“大写新时代”原创长篇精品丛书

陈家厝

陈道忠 著

海峡出版发行集团
海峡文艺出版社

图书在版编目(CIP)数据

陈家厝/陈道忠著. —福州:海峡文艺出版社,2023.10
ISBN 978-7-5550-3362-2

Ⅰ.①陈… Ⅱ.①陈… Ⅲ.①长篇小说—中国—当代 Ⅳ.①I247.5

中国国家版本馆 CIP 数据核字(2023)第 174049 号

陈家厝

陈道忠 著

出 版 人 林 滨
责任编辑 何 莉
出版发行 海峡文艺出版社
经　　销 福建新华发行(集团)有限责任公司
社　　址 福州市东水路 76 号 14 层
发 行 部 0591—87536797
印　　刷 福州华彩印务有限公司
地　　址 福州市福兴投资区后屿路 6 号
开　　本 720 毫米×1010 毫米 1/16
字　　数 280 千字
印　　张 23.5
版　　次 2023 年 10 月第 1 版
印　　次 2023 年 10 月第 1 次印刷
书　　号 ISBN 978-7-5550-3362-2
定　　价 58.00 元

傅翔　郑培华

一幅色彩斑斓的乡村振兴新画卷

《福建文学》2022年度长篇小说专号隆重推出连江籍作家陈道忠先生的《陈家厝》，小说围绕陈家厝的历史与现实展开，突出乡村振兴的时代主题，故事鲜活、内容厚重、情节生动、人物典型、可读性强，是一部反映当前乡村现实的力作。

小说好看，故事也很吸引人，令人欲罢不能，我们一口气读完，直呼过瘾。小说成功之处在于作者写的是自己最熟悉的生活，还有他最熟稔的家乡的人和事以及他们丰富的情感世界。

连江县马鼻镇、透堡镇是有名的建筑之乡，也是作者的家乡。作者大学毕业后留在家乡中学任教，后下海从事建筑业。他对家乡马鼻透堡一带的传统文化、红色历史和风土人情以及口口相传的民间传说、人文掌故可谓信手拈来，对房地产领域的描写更是生动透彻，出人意料。难能可贵的是，他跨行业、跨地域工作生活多年，闯荡社会与江湖，见多识广，但他依然初心不改，为人厚道，态度平和，对人情世故和人性百态的理解与洞察都相当圆融。他所塑造的革命老人陈春旺、乡镇领导游世方和林定军、乌山村干部田均来、贫困户陈嘉土、开发商陈嘉树和蔡东峰以及市领导程秘书长（后任市长）、市规划局郑局长等人物，性格迥异，栩栩如生，呼之欲出。这些人物脉络清晰，极具典型性与代表性，他们与日新月异的现实生活相交织，形成了一幅色彩斑斓、生机勃勃的乡村振兴新画卷。

《陈家厝》的斑斓与厚重至少体现为以下四个方面。

一是真实反映了农村经济发展的阶段性特征。在国家经济高速发展的大背景下，小说所写的乌山村不再是过去的穷模样，别墅、小洋楼鳞次栉比，多数村民在城里也有住房，轿车等进入寻常百姓家，生活水平明显提高。但是，村集体经济还很薄弱，创办公益事业仍需要村里大户支持；农村整体脱贫，但仍有个别贫困户。这是小说落笔的起点和立足点。另外，农村集体资产和土地管理存在的问题，拆迁与补偿的纷争、村民之间日益凸显的矛盾纠纷以及乡镇领导代表的官场生态等，也是作品聚焦与着力刻画的核心内容。

二是形象再现了红色革命的艰难历程。小说描写了风雨如磐、灾难深重的旧中国以及日本入侵后的马堡人民的苦难生活。以杨德昌为首的马堡抗日训练班组织民众，组建游击队，打击日本鬼子，惩处汉奸，保卫红色政权。通过当年艰苦卓绝的革命斗争的深入描绘，提升了作品的历史感与厚重感。

三是深度追溯了陈家厝的家族苦难史。陈家厝是小说描写的主要对象，作者通过陈春旺老人回忆、讲述等方式，展开了马堡名门望族的陈家厝“从福州沦陷那年起”一落千丈的故事，从“连续三年时间抬出三部棺材”，引出陈家厝与大地主黄贵成家族的恩怨情仇。家族史的追溯，让小说浸染了浓郁的地域特色，故事因此有较浓重的魔幻神秘色彩，情节跌宕起伏，引人入胜，从而拓展了小说的历史纵深和故事的现实走向。

四是深刻揭示了房地产行业的复杂性。房地产业是资金密集、高风险、高利润行业，竞争激烈，股份、土地、关系、管理、运作等一样都不能少。小说主人公陈嘉树显然是这方面的佼佼者。他受大股东委托负责公司的运营，在运作金安市政府搬迁项目成功后，又主导安德市另外更大的楼盘。小说对他如何筹措资金、安排股份、协调官场关系、加强施工和安全管理以及对付地痞流氓的手段等进行生动描写，让人感知房地产业运作的奥秘所在，读来有身临其境之感。这部分内容的铺陈，盘活了作品，为大量村民外出务工、从事建筑业的乌山村乡村振兴工作赋予新的内涵。

小说贵在以情动人。作者将情感冲突作为小说叙事的内在主线贯穿始终，引导并推动读者在沉浸式的情感体验中深入思考作品的思想立意，品味作品的意蕴内涵。在小说中，留给人深刻印象有三种情感。

一是对帮扶对象的责任感。小说正面描写了马堡镇、乌山村干部全面推进乡村振兴工作的真实场景，精心构思马堡镇镇长（后任党委书记）林定军与乌山村贫困户陈嘉土结对子帮扶的情节。林定军与陈嘉土的父辈是生死之交，俩人又是儿时伙伴，林定军通过清明扫墓、单独交心等，从指导其克服心魔、走出仇恨、增强自信，到具体项目扶持以及帮助其女儿找工作等，帮助他一步步摆脱贫困，生动地展示了乡镇干部带着责任、带着感情做好脱贫攻坚工作的曲折过程，给人以满满的正能量。

二是对修缮祖厝的紧迫感。陈家厝系明清建筑，年久失修，承载着陈家太多的苦难和记忆。作为陈家厝春字辈唯一健在的老人，陈春旺对祖厝有一种超乎寻常的神圣感。一个人在祖厝的时候，回忆逝去的亲人，他常常默默流泪。他最大的愿望就是在有生之年，抓紧协调侄儿辈共同出力把祖厝修好，成为家族的活动场所。虽多次协商，由于各人经济状况不同、想法打算各异以及突发事件，未能完成修缮，一场暴风雨后，他被压死在祖厝。陈春旺老人的去世，唤醒了陈家厝子孙内心深处对家族的认同。

三是对家中妻儿的内疚感。为追求美好生活、实现梦想，乌山村很多青年外出谋生，由此引发许多势不可挡、动人心弦的情感风波。主人公陈嘉树中学时代对女同学严小莺有好感，后与同乡学友肖慧恋爱结婚，下海经商后又与未婚女子郑芬发生感情纠葛。一边是结发妻子，一边是红尘知己，他陷入深深的感情漩涡。蔡东峰婚后到上海做生意，认识山西姑娘秦婷婷后同居生子，尽管他在山西创业成功，但两个家庭却坠入痛苦的深渊。

凡此种种，作者饱含热泪，手写我心，满腔热血，倾注笔端。只因爱之深责之切，从历史到现实，从故土到家园，作者都投注了全部的力量与心血，从而浇筑出这么一部可安妥自己灵魂的力作。

（傅翔，福建省文艺评论家协会副主席，一级作家。历获曹禺戏剧奖评论奖、中国文联文艺评论奖、福建青年散文奖、福建省优秀文学作品奖及福建省百花文艺奖等奖项，现供职于福建省艺术研究院文化发展战略中心。郑培华，福建省生态环境厅原党组成员、纪检组长、一级巡视员。）

张家鸿

人物饱满、细节丰沛的乡村风俗画

《陈家厝》是一部深刻、厚重的长篇小说，写乡村的当下，写乡村的过去，更探索乡村的未来。它以乡村何去何从为核心问题，以围绕陈家厝展开的历史变迁与命运流转为主要话题，刻画出包括陈春旺、陈嘉树、林定军、陈嘉土、陈嘉木等人在内的人物群像。这些人物个个栩栩如生、面容清晰，独具感染力的他们不仅在小说的字里行间，而且仿佛就在读者身边。

在传统的坚守中展望未来

若无陈春旺，便无关乎陈家厝前世今生的种种诉说。他是回忆过去的诉说者，也是展望未来的建设者。陈春旺是作家重点勾勒的中心人物，作为乌山村老一辈的代表人物与修建陈家厝的灵魂人物，他肩负承上启下、继往开来的责任。已处在风雨飘摇状态的这栋明清古民居，如何修缮并让它在新时代散发独有的历史魅力，让它在未来的日子里成为陈家族人的精神纽带，一直是陈春旺心中最大的心事。

因为这桩心事，陈春旺四处奔走，今天联络这个，明天沟通那个。除却奔走，他还一次次陷入回忆。回忆属于个体，个体从属于家族，家族隶属于乡村。个体回忆是大历史的一部分，如此就把乌山村置放于广阔、激昂、悲壮的革命岁月里。人物的悲喜歌哭、人物的命运波折，与脚下的这片热土有了命运的关联，有了无法割舍的情缘。陈春旺作为红色历史的讲述者，他是革命的参与者与见证者，展示了可感的温度与鲜活的细节；陈与正作为红色历史与家族往事的第二讲述者，是必要的补充，他是局外人与旁观者，多出了几分客观与冷静。参与者与旁观者的双重参与，让乌山村的当下拥有坚实可靠的历史背景，让陈家厝的故事有了突破家族圈子、走进更多人内心深处的可能。镇政府干部唐跃作为聆听者与记录者，是当下年轻人的代表，他虔诚地聆听、用心地记录，而后再做细致、周到的整理，为红色故事的进一步传播提供许多可能。唐跃的出场次数不多，但是他的存在分量很重。新时期的乡村建设需要林定军这样有眼界、有魄力的基层干部，需要陈嘉树这样有实力、有眼光、有情怀的乡贤，同样需要唐跃这样有责任心与使命感的致敬者与传播者。不管乡村再偏僻、再穷困，为它支撑起当下的，必定是背后一段曾经可歌可泣、如今几近被遗忘的历史。

乡村的建设与发展，需要关注经济发展这一条线，同样不能忘了与历史、文化休戚相关的精神继承这条线。经济是硬的，精神是软的，硬实力与软实力兼而有之，才能为乡村撑起足够宽阔、明朗、持久的一片天。回到过去，让过去与当下连成一条历史的线，展望未来；修建祖厝与新农村的建设不仅不矛盾，相反二者互相借力、彼此凝聚。

身为基层干部的林定军，没有丝毫架子，一片真心对百姓。他深知对嘉土扶志之重要性，他深知新农村建设要因地制宜。更重要的是，在发展乡村经济，提振乡村村民士气的同时，他没有忘记过去。这对身处高速运转状态中的基层干部来讲，是多么可贵。他深知乡村传统之不可丢，恢复村后的百年荔枝林极为必要，荔枝林中最古老的一棵荔枝树已有四百多年历史。他深知乡村振兴的首要是文化振兴。乌山村的陈家厝正是接续并弘扬传统文化的载体，重修古厝正是不可失去的契机。这是乡村的根，根丢了，魂就没了，乡村就不知走向何方，归于何处。与被自己视作长辈的陈春旺交流的时候，他流露出自己的想法：他有意将乌山村打造成乡村振兴试点村，把陈家厝作为古民居加以保护，开辟红色展示室，将陈家厝的故事告诉后人。他深知带着深厚历史底蕴寄托着陈家族人美好愿望的陈家厝，是乌山村漫长历史无言的见证者，也是乌山村村民走向新生活的起点。

作品中，小说家关于每年端午节游神队伍中的“高歌”与“矮八”出场场景的描绘、“铁肩膀”表演与明嘉靖年间戚继光歼灭倭寇有很深渊源的解析，皆为乌山村营造出浓郁的传统氛围。与陈家厝翻建的点点滴滴、前前后后互为映衬，更显出乌山村深厚的历史底蕴。乡村建设并不意味着否定过去，而是要因地制宜，要继往开来；乡村建设并不只是修路、造房、引资办厂，环绕周遭的青山绿水是发展中最自然、最柔软、最有价值的一部分；乡村建设不是一个时间点或片段，而是一条漫长的时间线，走的是可持续发展的道路。

细节，决定着人物的魅力与感染力

与林定军一道撑起乡村希望的另一个重要人物，即从事房地产开发并致富的陈嘉树。为陈家厝翻建、陈果山公园建设、为安抚郑镇武家属，他多次捐款，还计划创办乌山村教育基金会，联络别的企业家共同为家乡谋划未来，为家乡子弟与父老办更多实事。

陈春旺在前，林定军、陈嘉树在后，一老两少，薪火相传，共同探索农村的前行之路。陈道忠把三人放在真实的人间大地上，让他们置身于各种困境的集中之处、各种矛盾的扎堆之处，给予他们磨砺锤炼，让他们在成长、丰富自我的同时，也带动族人或村民生活得越来越好。故而，人物不是苍白肤浅，而是血肉清晰的；人物不是千篇一律的，而是个性鲜明的；人物不是一成不变的，而是随着生活的日益深刻复杂做出相应变化的。

人物塑造之成功源于何处？源于真实生活中一个个可感可悟的细节。

陈春旺是一个怎样的人？是萦绕读者心中的主要问题。这是一个性情真实的老头，时而严肃、时而有趣，时而忧愁的可爱老头。为修建陈家厝，陈春旺召集众侄儿到嘉森家里聚餐。众人各怀心事，然而能聚在一起实属不易。唯一美中不足的是，嘉树因事耽搁回来得晚。不过，这已足够让陈春旺高兴了。一高兴，他就多喝了几杯，一觉睡到次日早上六点。“不过这醉酒也值得，把嘉金、嘉火请到了嘉森家，让他们兄弟能坐在一起喝酒，消除彼此之间隔阂、增进感情，这是成功的第一步。”在小说的最后，台风来袭，春旺第一个赶回陈家厝施工现场，现场的情况让他焦虑。东边房梁断了一条，西边后墙倒了一半，他担心随着雨势越来越大，情况会越发糟糕。等不及年轻力壮的晚辈到来，他自己动起手来。“春旺找到一根木头，扛到后院。木头短了，没办法顶好后墙，他就搬来两块大石头当后座，折腾来折腾去，一直没办法把后墙顶住。”老人已然付出全力，为了保全风雨中飘摇不已的陈家厝，他最终付出生命的代价。陈春旺的一生，从陈家厝中走出，又回到陈家厝里去。没有陈家厝就没有陈春旺，没有陈春旺就没有后来的陈家厝。

《陈家厝》之所以厚重深刻，在于它不只写了农村的变化发展的大形势与大格局，还把小说中的人物哪怕只是出场有限的角色写得生动灵活、入木三分。经济相对困难、在陈家厝重修之事中各打小算盘的二房子弟；看管学生不力惶恐不已的马堡中学林钦平老师；沉迷于色欲无法自拔且毫无责任意识的黄放；与玲玲谈着恋爱听着老人讲述过往历史的唐跃；因找嘉树承包小工程不可得而暴跳如雷的陈嘉金等等，皆是如此。把他们安放在具体情境中，让他们的性格变得立体、深刻，让他们呼吸着真实的人间烟火，说出合乎农村人心境与性情的话，这些陈道忠已然做到。

写出他们在权势与财富面前的唯唯诺诺、小心翼翼，既合乎普通村民的真实处境，又符合他们见识有限、眼力不足的现实心境。有了他们如此这般的存在，才让这部小说称得上是源自乡村细致观察与全方位记录的锤炼之作。他们当然是配角，然而他们的重要性并不亚于陈春旺、林定军、陈嘉树等人。少了他们，乡村是不完整的、不真实的，那么陈道忠创造的江海县马堡镇乌山村也只是脑海中的想象而已。

如果乡村的发展是一出大戏，陈道忠已然把帘幕拉开，把乌山村陈家人的家族往事与陈家厝的历史风烟置放于舞台中央，唱的是一出回望历史、审视当下、眺望未来的大戏。还可以说，《陈家厝》是一部新农村建设背景下，各种观念交织冲撞、各种人物登场发声的交响曲。曲中有矛盾、纠葛，有彷徨、迷茫，有止步不前或向后退缩的，更有朝前看的信念、向前走的朝气，唯拥有信念与朝气的人，才是当下农村与未来农村的主人翁。这不是说他们在前进中从来一帆风顺，只是说他们从来不被难题与困境吓到，不因之而畏缩止步，反而竭尽全力、想尽办法攻克并跨越。陈嘉土的咸鱼翻身、陈嘉树的更上一层楼、陈家兄弟们的齐心协力、县镇两级政府对陈家厝价值与意义的高度认可，皆非轻易可以达成。

“一个有志气的弱者，即使被对手踩在脚下，也要拽着对手的鞋带爬起来。你要成为这样的弱者，要有这个信念。人的一生，毅力往往比知识、关系、运气等等更加重要，坚韧不拔地干一件事，怎么会干不成？越是身份低微的人，越要努力奋斗，否则你永远没有希望。无法忍辱负重的人，是做不了大事。”这是林定军给当年发小陈嘉土鼓劲的真心话。一个人如此，一个家族如此，一个乡村何尝不是如此？

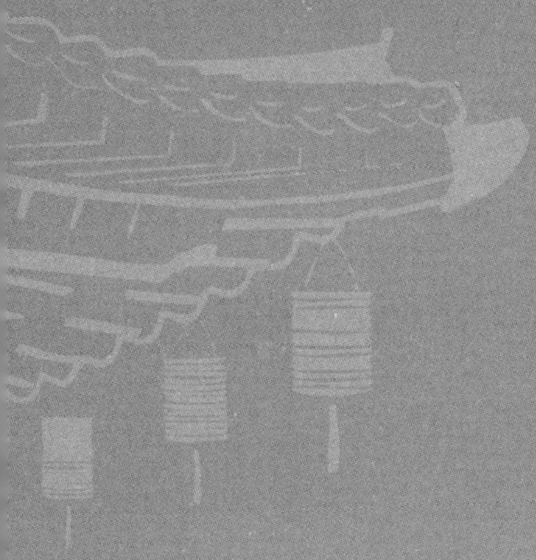

目录

第一章

镇政府离乌山村不远，走路也就几十分钟路程。林定军上周就同陈如发约好了，今天去乌山村调研脱贫攻坚工作。陈如发长期在马堡镇工作，现在是马堡镇副镇长、乌山村包队干部。陈副镇长想叫镇里的公务车，林定军说算了，趁春光明媚，雨过天晴空气清新，干脆走路去。他想反正每天要走一万步，不如为晚上节约些时间。

临走前，林定军在手机百度上搜乌山村。据百度上的介绍，乌山村在镇址西北部、炉山脚下，古时村口是罗源湾海域，经长期淤积成陆，至今犹存崎坪尾、墩埭等海上地名。据县志记载，乌山村始为乌山境，唐朝时即有先民于此劳作定居。该村是革命老区村，历史上以务农为主，改革开放后，村里大力发展茶、花、果高优农产品，同时组织村民到全国各大城市搞建筑业经商务工。据 2010 年资料显示，全村社会总产值 8927 万元，其中建筑业产值 5800 万元，村财政年收入 10 万元，农民人均纯收入 6929 元。

这是林定军任马堡镇镇长后第一次来乌山村。村党支部书记田均来、村委会主任张应强早早就在村口门楼亭候着。田均来又矮又胖，肉嘟嘟的脸笑起来，眼睛眯成了一条缝。张应强又高又瘦，青白色的脸像面瘫一样，很难看见笑容。前年他们当选村干部后站在一起，负责乌山村选举工作的陈如发副镇长笑着说："你们俩以后就是乌山村的两尊神，一个是矮八、一个是高哥。"

人们一看，两人的外表果然像马堡镇游神中的矮八神、高哥神。从此，矮八、高哥的外号就传开了。田均来和张应强虽然外表反差大、性格差别也大，但在工作上配合很好，没有其他村书记、村委会主任暗中争权的通病，是镇领导最放心的一对搭档。

乌山村不大，三百来户人家，一千三百多人口，改革开放后，经过近四十年发展，现在是远近闻名的建筑之村。进村的村道是乡贤捐资修的，平坦宽敞。村道两边的广玉兰树花开灿烂，红的、白的、紫的、黄的、粉红的，五彩缤纷。村口第一排是别墅群，第二排、第三排是装修考究的四五层小洋楼。往里走，感觉房屋越来越旧，建筑年代越来越久远，最后是明清建筑的古厝。乌山村房屋建筑虽然跨越百年，但街道、房子整整齐齐，干干净净，像大树的年轮，井然有序。

村里静悄悄的，村道上几乎看不到人影，连农村常见的小狗、小鸡也没了踪影。

“怎么啦？人呢？乌山村的乡亲不欢迎我？都躲起来了！”林定军说。

“不敢，不敢！您来了，我们欢迎还来不及。村里会动的都出去讨生活了，只有一些老人和小孩在家，我马上通知他们出来迎接领导。”田均来边解释边向张应强使眼色。

张应强明白田均来的意思，掏出手机就要打电话。陈如发拍了下张应强的肩膀，说：“林镇是开玩笑的，我们还不知道你们村的情况？老实说，矮八高哥，你们俩是不是接到我的通知后赶回来的？”

“我们工作没做到位，怠慢领导了。”田均来尴尬地笑了笑，“林镇、陈副，来，抽烟、抽烟。”他从口袋里掏出一包软中华，撕开封口，倒过来拍打出两支烟，举到林定军和陈如发面前。

“你这矮八，包工程做老板，请我们抽烟没有整条也得一包。我真的搞不懂，你这狗腿子模样怎么能当老板，发大财？”陈如发将田均来递烟的手挡回去，“我们不抽烟，你也不许抽烟，老老实实向林镇汇报村里情况。”

“好、好、好！”田均来讨了个没趣，调整下状态，说：“乌山村的支柱产业是建筑业，村民百分之九十从事建筑以及相关产业，当老板的十二个人，有两家房地产公司、一家一级建筑企业、两家二级建筑企业。老板带亲戚，亲戚带亲戚，老实说，村两委班子成员也都有自己的事业，多数人在外面忙乎。全村绝大部分人在省城、县城买了房子。大人在公司、工地工作上班，小孩在省城、县城读书，平常就是想打牌都难凑齐一桌。只有逢年过节，村民回家了，村里才有人气，才热闹些。再过半个月就是清明节了，有很多人回来，那个时候你们再来，我保证组织一百人以上举着小红旗欢迎你们。”

陈如发说：“矮八，我们和你不是同类，你是鬼神，清明节让村民欢迎你去吧，我们承受不起。”

陈如发和田均来以前就认识，田均来当村支部书记，还是陈如发推荐的。他们私交很好，见面经常逗趣，开玩笑。

“百度上介绍的乌山村信息滞后了，你们远远跑在了前面。”林定军感慨中带着兴奋，“我三十多年前来过这里，那时候乌山村全是旧房子，很落后，想不到现在发展得这么好。你们村提前进入了小康社会，全面打赢脱贫攻坚战了！”

田均来听话头，急忙问：“林镇以前来过我们村？”

张应强听话尾，如实回答：“还有一户没脱贫。”

张应强第一次开口说话，而且说的是大实话，林定军顿感兴趣，回头望着他，说：“还有一户就不算圆满完成任务，说明我们这项工作做得不够到位。‘小康路上一个都不能少’，这是习总书记的殷殷嘱托，我们要想办法让他尽快脱贫！”

张应强挠了挠头：“我们村两委花了很多时间和精力想帮他，拉他一把，关键是他不想脱贫，不想富，整天喝酒，耍酒疯。”

“古代的人说，人为财死，鸟为食亡。你们村还有不想脱贫、不想富的人？他又是哪路神仙？”林定军感到奇怪，乌山村还有这种人！

陈如发知道张应强说的是陈嘉土。陈嘉土之所以成为贫困户、酒疯子，他很清楚，可这一时半会说不清楚。他建议：“林镇今天来就是调研脱贫攻坚工作的，这个贫困户情况很复杂，等下向你们慢慢汇报。”

田均来对林定军来过乌山村很感兴趣，插嘴说：“林镇三十年前来过我们村，说明林镇同我们村有缘分，是不是有亲戚朋友在我们村？”

林定军知道田均来的心思，笑了笑回答：“我父亲的一个老战友在你们村。”

“叫什么名字？我马上联系他。”田均来想刨根究底。

“名字忘记了，那时候我还小。今天就算了，以后有机会。”林定军其实知道父亲老战友陈叔叔名字，那是父亲战场上生死相依的战友，老父亲经常念叨他。但他知道现在联系不上了，早在二十年前陈叔叔就过世了。今天来乌山村是工作，不是走亲访友，自己刚调来一个多月，同两个村干部只见过一次面，林定军不想在下属面前表现公私不分的庸官模样。

一行人边走边聊。突然，前方传来一阵吵闹声。原本空荡荡的街巷，不知从哪里冒出几位老人，慌慌张张地往吵闹方向赶去。两只小狗在老人身前身后闪转腾跃，遭到主人大声呵斥。

林定军想过去看看。田均来说又是那个贫困户喝酒了，耍酒疯，没什么问题。陈如发也劝林定军不要过去，醉酒的人，哪认得你是镇长。吵闹声越来越大，似乎发生了什么事情。田均来脸色凝重，向张应强丢了个眼色。张应强心领意会，转身去处理事情。陈如发交代张应强，处理结果回来向林镇报告。

村委会大楼也是乡贤捐建的，建在村尽头的后山腰上。在田均来、陈如发陪同下，林定军来到村委会。村委会前面是个广场，后面是一栋办公楼。办公楼一共五层，建筑面积一千多平方米，外墙挂石，装修漂亮。屋顶的国旗迎风飘扬，国旗下的高音喇叭正播放着轻快的乐曲。走进四楼支部书记办公室，宽大的大班桌，真皮座椅，花梨木茶桌，椅子，琳琅满目的各种茶叶罐，这哪里是一个村级干部的办公室，比县领导的办公室豪华多了。田均来忙着烧水、洗杯、泡茶。

约莫过了一个小时，村委会主任张应强回来了。他是个实诚人，按照刚才陈副镇长的叮嘱，将事情的经过向两位领导简单汇报：

“耍酒疯的叫陈嘉土，他早上起来就喝酒，喝得醉蒙蒙时，操起一把菜刀去田俊秀家，声称先杀了田俊秀，然后自杀，让俊秀垫自己的棺材底。田俊秀想清明提前回来扫墓，不让陈嘉土知道，不知怎么一回家就被他看见了。俊秀躲在家里不敢出来。嘉土被村老人会会长与正劝回去了，我派两个老人在他家里守着，没什么大事。”

“这还不是大事？这个隐患不排除，出了事，追责下来，你们两个村主干跑得了吗？！青天白日提刀杀人，为什么不报警？维稳、维稳，你们是这么维稳的？”林定军越听越生气，脸色严峻，但他强忍着怒火，保持正常的语气语速。他不想让自己的手下太难堪，给以后工作配合增加困难。可乌山村的美好形象在他心目中轰然倒塌，对两个村干部的好印象也一下子消失了。

林定军语气看似平静，但句句如刀似箭。田均来一脸羞愧，眉毛眼睛挤在一块，像个肉包褶子。张应强张着惊讶的眼睛，本来巴掌大的面孔显得愈发瘦小。陈如发也愣住了，办公室里只剩下电磁炉烧水的咕噜咕噜声。

林定军很失望，两个村主干就懂得自己包工程赚钱，把村里的工作当成副业，检查来了，回来应付下，敷衍了事，不将党的方针政策、上级布置分配的任务当回事，不把村里的隐患、群众的困难放在心上，这样下去，会出事的。他对这双号称镇领导最放心的搭档，开始不放心了。

“老陈，你是乌山村包村干部，你说说拿刀杀人的这个贫困户情况吧。他为什么敢拿刀杀人？”林定军想这里面一定有问题，也许是大问题。他不相信坐在自己身边的两个乌山村主干，想听听陈如发了解到的情况，他的话应该是真实的，不会注水的。

镇长认真，副镇长不敢马虎。陈如发说：“陈嘉土我比较熟悉，他的父亲原来是乌山村老支部书记，二十年前过世了。陈嘉土是老书记的大儿子，为人诚实、勤劳，以前是个小工头，包些工程，也赚了些钱，发展前景不错。当时计划生育政策严，嘉土老婆肚子里八个月的男婴被催产了，他怪罪当时的村支部书记田俊秀害了他，天天喝酒买醉，没心思做事业，最后回到家里。回到老家后，他喝醉了酒，就满街大骂俊秀，有时会拿刀去俊秀家。俊秀这几年都不敢回家。嘉土本质是好的，现在成了这样，大家都可怜他……”

当陈如发说陈嘉土的父亲是老支部书记，二十年前过世了时，林定军心里咯噔了下。他想，老支书一定是陈叔叔，陈嘉土就是自己儿时一起爬树摘荔枝、一起到水库游泳的嘉嘉了。林定军无法想象嘉嘉现在成了这样子，他越听心里越难受，鼻子酸酸的，有一种想流泪的感觉。他打断陈如发的话，问："他为什么不想脱贫？不想富？"

"他是死头脑，一根筋！"田均来赶紧接过话，"嘉土和我是中学同学，我们小时候就玩在一起。我经常劝他，过去的事没办法挽回了，想传宗接代，赶紧赚钱去。钱多了，去做试管婴儿。现在社会，有钱，一切事情都好解决。"

"矮八，你这说什么话？有钱一切事情都好解决。那好，你有钱，你去解决嘉土的事情！"陈如发听见田均来答非所问，讲话离谱，担心又惹林定军反感，赶紧将他一军，不让他信口开河。

"我刚才说了，他是死头脑。只要他点头，我出面，到大老板那里，或者到他堂哥嘉树那里拿个小项目，土方、水电、冷作、涂料、防水什么，闭着眼睛，一年怎么也能赚十万、二十万。再差跟着他弟弟嘉火做装修，一年也有八九万收入。他就是不听，死要面子活受罪，整天活在仇恨里，怀疑别人都是敌人，拒绝别人帮助，这种人实在是没救了！"田均来辩白。

林定军知道了嘉土致贫的大概轮廓，心里堵得慌。他不想再听下去，说："把陈嘉土的情况写份报告，送到我这里来。还是那句话，小康路上一个都不能少。你们村两委要想方设法帮他脱贫，有什么困难，提出来，我帮你们解决。"田均来听说新来的林镇长军人出身，是市政府机关事务局调来的，很严厉，今天一接触，果然名不虚传，是个不好侍候的主，赶紧点头答应。

林定军想到村里兜一圈，田均来和张应强带着两个领导从村委会出来，一边走一边介绍情况。到了村口，一辆电动的四轮小车迎面驶来，田均来说嘉土的堂伯陈春旺来了。他是老革命，以前是我们村最大的官，我们见下老人家。

车子停在路边，陈春旺从车子下来了。他八十六岁了，腰不弯背不驼，精神隽铄，目光有神，加上米黄色的半长风衣，不熟悉的人肯定猜不出他的实际年龄，以为他七十多岁。田均来一口一个叔，称赞陈春旺越活越年轻，老当益壮，拉着他的手，把他介绍给镇长林定军。

林定军记得以前嘉嘉说过当官的春旺伯，同他热情握手："老伯身体硬朗，军人出身就是不一样！方便时候到我办公室喝茶，向您讨教健身之道好吗？"

"好、好！"陈春旺有点惊讶，"你怎么知道我当过兵？"

"我知道，而且还知道您参加过地下党，是解放江海县的功臣。"林定军笑着说。

田均来灵光一闪，说："林镇长，您父亲的战友是不是春旺叔？"

林定军笑着摇了摇头。

"矮八，你不要猜了，我们林镇长是部队出来的，是不是当过兵，一看一个准。"副镇长陈如发同陈春旺认识，"老陈，难得您今天回老家，是不是有什么要紧的事？"

"是有要紧的事。"陈春旺苦笑着说："陈家厝一直没修缮，昨晚一场大雨，我担心祖厝塌了，所以特意赶回来看看。"

陈如发劝慰："是该修修了。您下个命令，嘉树他们出钱就好了，不要您老人家操心。年纪大了，开车千万要小心。"

陈春旺叹了口气："众口难调。再说我年龄大了，说话没人听了！"

快十一点了，陈春旺急着回县城。大家约定，以后方便再聊。

送走了陈春旺，林定军同田均来、张应强交代些工作上的事后，准备回镇政府。田均来想留林镇长、陈副镇长吃午饭，早上他特意交代村里的厨师买菜，在自己家里宴请两位领导。陈如发说快中午了，有意留下来。林定军说还不到饭点，执意要走，打电话叫镇里的公务车。陈如发没办法，田均来也不好强留。

公务车很快就到了村口。林定军临上车前，交代田均来把陈家厝的情况也写一份报告，和陈嘉土的情况报告一并送来。

第二章

陈春旺是乌山村陈家厝年龄最大、辈分最高的一位，是春字辈仅存的一粒果子。每年秋季陈氏祠堂祭祖，族长都打电话要他回来参加。自从十几年前妻子过世后，他一个人闷得慌，也想念家乡，每次有请必到，渐渐地，家乡宗族的事情成了他生活中一项重要内容。

落叶归根，是老年人普遍的愿望。陈春旺十几岁参军离开家乡，六十多年来，家乡乌山村、自己的老宅陈家厝、父亲母亲、哥哥嫂嫂经常在梦里出现。退休后有时间了，方便时他就回老家走走，看看祖厝。现在家家户户都建了新房子，陈家厝没人居住，破败尤为厉害。

前几天，陈春旺听说陈家厝又断了一根副梁，瓦片掉下来碎了一地，昨晚又是一场大雨，他一夜没睡好。今天清晨，他在街上吃了一碗锅边两根油条，开着四轮电动车赶往三十千米外的老家乌山村。讲了几年要维修祖厝，这次再不修肯定不行，台风一到，马上坍塌。如果祖厝倒了，村里人会怎么看陈家厝人？这怎么对得起列祖列宗？怎么对子孙后代交代？趁自己脑子还没糊涂、手脚还能动，无论如何要把陈家厝修起来。

电动车是儿子陈嘉军几年前孝敬的。陈嘉军是县交警大队队长，看见老父亲经常回老家，坐班车倒腾辛苦，看老人家身子骨还好，花了三万多元买了这辆如小轿车一样的四轮电动车。现在交通条件好了，村村通公路，而且是水泥路，不到四十分钟，就看见了炉山。远处的炉山山顶，一团白雾笼罩着；半山腰郁郁葱葱，嫩黄色的樟树新梢点缀其间；山脚漂浮着一层薄薄的雾气，小小的乌山村若隐若现。这多像电影里的神仙侠女，头戴白纱笠，身披绿披风，足登白云靴。乌山村像云靴上的精美刺绣，更像云海里的海市蜃楼。

陈春旺进了村口，没看见什么人，只看见几头小狗在村口嬉戏。小狗看见陌生人开车进村，冲着他狂吠一阵后，又互相追逐玩耍去了。陈春旺把电动车停在村中大榕树下。

这里以前是村口，现在成了乌山村新村与旧村的接合部、中心点。南面都是高大亮丽的新楼房，北面都是低矮破旧的老房子。以前逢年过节，新村人声鼎沸，鞭炮声汽车喇叭声此起彼落；旧村死气沉沉，小鸡小狗也不见几只。现在来旅游观光的人渐渐多了起来，小山村恢复了生机。陈春旺想找一个在家的本家侄儿一起去陈家厝看看，可谁在家呢？

陈春旺想到亲侄儿嘉树、嘉森家走走。嘉树是房地产老板，还没到清明节，怎么可能在家呢？嘉森在工地当项目经理，这个时节工地正忙，他离不开。嘉森老婆可能在家，可新房子一座挨着一座，外表都差不多，虽然去了几次，现在依然记不清楚。算了，大清早的，侄儿不在家，找侄媳妇也不合适，干脆自己先去陈家厝看看。

陈家厝建在炉山余脉的后山终点处，距离村中心大榕树约一里路，一会儿就到了。以前高大的门楼似乎矮了，大门被雨水侵蚀长着青苔，墙头上去年长的衰草随微风摇曳，瓦片也所剩无几，看上去像风烛残年的老人。门楼前的空地却春意盎然，新长的嫩草从枯萎的草头间冒出，绿油油的，草叶上的露珠像婴儿的眼睛，晶莹剔透，顾盼生辉。每次回老家，陈春旺都要到陈家厝走一走、看一看，每次都像朝圣一样。

陈春旺小心翼翼地趟过门前埕草地，轻轻推开门楼斑驳的大门，发现厅堂上红烛高照，八仙桌从供桌边挪到了厅堂正中间。他走过天井来到厅堂，看见八仙桌上第一排是排列整齐的十个酒杯，中间一把筷子，左边是一个打开盖子的老式锡酒壶；后面两排是十碗鸡鸭鱼肉鱼丸肉燕等荤菜；桌子两边是一对红烛——原来有人给祖宗上供。

祖先牌位在厅堂插屏门前供桌中央，牌位前的香炉线香烟气袅袅，一位妇人跪在供桌前的蒲团上祷告什么。大清早来上香，还挑来丰盛的供品，陈家厝还有这么孝顺的子孙？陈春旺一激动，咳嗽了两声。

妇人倏然回头，显然受到了惊吓。

“嘉森媳妇，来上供？”原来是陈春旺熟悉的侄媳妇。

“哦，是叔公！”嘉森媳妇颤悠悠地起身，“这么早来乡下，有什么急的事？”

“没有，没有，今天有空，就回老家走走看看。”这种敬神敬祖先的肃穆氛围，陈春旺不想多讲话。

“对了，前几天西边后正房断了一条梁，你这么早赶来，是不是听谁说过，大清早特意过来看看？你来乡下要先打个电话，我们好去村口接……你刚才去我家了吗？我一早就来陈家厝了。前天晚上嘉森做梦，梦见自己建的楼房塌了，叫我来祖厝上供求祖宗保佑……”嘉森媳妇四十多岁了，心宽体胖，讲话大大咧咧的。

“你先忙，我逛逛。”陈春旺知道嘉森媳妇的性格，心直口快，讲话不分场合。可这种场合不讲究、不虔诚，就是对祖先不尊重。

“中午一定到我家吃饭，这么多鱼肉，我和小女儿吃不完。中午千万不要回去哦！”嘉森媳妇望着走进房弄的叔公，再三叮嘱。

“我今天还有事，下次吧，下次一定去。”春旺本来就讨厌嘉森媳妇啰唆，今天上供还口无遮拦，心里感到厌恶。再说嘉森不在家，吃饭没有男主人陪着喝酒聊天有什么意思，他赶紧借口推脱。

陈春旺小心翼翼绕着陈家厝走，来到东边后正房。这房子以前是自己的，后来嘉水结婚被借用，借到现在也没说还。他打开房门，墙角的青苔、杂草，屋内的破农具、垃圾，墙壁上脱落的石灰，一股呛人的霉臭味直冲脑门。陈春旺很失落，默默关上门。他来到西边后正房，看见满地的腐烂椽条和破碎砖瓦片，屋顶开了天窗，一条副梁从中间折断，砸塌了二楼楼板，木梁、椽条耷拉着，四周是摇摇欲坠的瓦片砖头，一种凄凉的感觉从陈春旺心中弥漫开来。

曾经巍峨壮观、风光无限的陈家厝，现在像风烛残年的老人，行将就木。陈春旺的眼睛湿润了。

二十多年前，嘉木、嘉树到村口买地建房，后来嘉土、嘉森、嘉金、嘉水、嘉火一家跟着一家建楼房陆续搬走。这十来年，陈家厝一直没人居住，风吹雨淋，破败尤为厉害，先是瓦片脱落、后是椽条楼板腐烂、墙角坍塌，现在连副梁都断了。大前年，陈春旺就建议修复陈家厝，虽然大家都有意愿，可说到出资，捐赠房屋土地，他们你看我我看你，每个人都打自己的小算盘，最后不了了之。破败的陈家厝一直是陈春旺的牵挂、一块心病。

陈春旺绕一圈回到厅堂，看见嘉森媳妇在天井准备烧金银元宝。元宝炉是铁皮汽油桶改制的，炉口开口小，焚烧不方便，嘉森媳妇身体笨拙，带的元宝纸又多，陈春旺赶紧过去帮忙。

“叔公，祖厝要修了，再不修，年底我都不敢来给祖宗上年供了。刚才我还是从边门进来的。”嘉森媳妇说。

“唉……”春旺长长叹了口气。他何尝不想，整个陈家厝，自己年龄最大、辈分最高，领头修祖厝是义不容辞的责任，可年轻人各有各的想法，各有各的难处，而且一人一脾气，三年了，一直达不到共识。陈春旺不知如何回答。

“我们长房诚意都拿出来了，房屋全捐出来，修理多少钱，我们一分不少。嘉树伯还说了，如果二房哪家暂时困难拿不出钱，由他垫。他另外捐十万元做启动资金。可二房的人房屋不但不捐，还要卖钱，价格开得高高的，不同意就不让修，这不是敲竹杠吗？好像他们不是陈家厝子孙、不姓陈似的，还说风凉话，说嘉树伯讲派头，有那么多钱，干吗不自己出资修？”嘉森媳妇又打开了话匣子。

“我知道。这事你不要同外人讲，我们与二房是同一个饭炊里吃饭的人，都是陈家厝子孙，要团结。修祖厝是整个家族的大事，每一家、每个人都有责任和义务出钱出力，力量大的多出些，力量小的少出些，不能只顾自己，不然的话，家族亲人有什么用？”

嘉森媳妇说的是事实，修陈家厝是陈春旺提议并主导，他一家一家商谈过，每个人的想法再清楚不过，可他不想对核心之外的人员说。因为牵涉到个人恩怨和个人利益，现在每个家庭经济收入不平衡，富的富穷的穷，难免各有各的想法。主导人职责就是采纳多数人意见，平衡各方利益，和和气气、皆大欢喜地把事情办成功。如果因为修祖厝加深家族成员之间的猜疑、矛盾，事与愿违，那何必呢？

“叔公，我也这么想，可他们开的条件早就传开了，全乌山村人都知道，都说二房人没道理，太过分了。你在县城听不到。”

“外面怎么传我们不管，我们不能说，说了，别人会笑话我们陈家厝人人品差，没格局，个个认钱不认亲，还没开始修就吵成一锅粥，丢人！”

“丢的是二房的人，我们长房的不丢人。我们够诚恳了，他们居然放话要嘉树伯出一百万，这不是上踏板还要上床铺，得寸进尺吗？嘉树伯清明回来扫墓，我告诉他，不修了，倒就倒吧，我们不当冤大头。”嘉森媳妇理直气壮的。

“嘉树回来，你告诉他我今年也回来扫墓，我还有事同他商量。”陈春旺不想听嘉森媳妇啰唆，转身走出门头厅。他想利用清明扫墓这个好机会，把长房二房几个侄儿召集起来，再次商量修陈家厝的事，加大力度，一定商量个结果来。

“叔公，元宝钱还没有烧完呢。”

“你慢慢烧吧，我还有事要先走了。”

“去我家喝杯茶再走吧？”

“不了，下次再去。”

陈春旺心情沉重，出了陈家厝后，在村口岔路处遇见几个乡镇干部，寒暄几句就开车回县城去了。

第三章

陈家厝的故事，在马堡平原一带流传很广。这几年时兴乡村游，来乌山村游玩的人都会来参观这座明清古建筑。乌山村老人会会长陈与正也是乌山村义房后代，与陈家厝人同宗不同支，对陈家厝情况很熟悉，小学校长退休后，最喜欢给游客做免费导游，使陈家厝传奇故事声名远播。

乌山村陈家厝有四百多年历史了，住在这大厝里的义房子孙大起大落，像夏秋季节的台风，狂风暴雨，地动山摇，让人惊心动魄。有的老人说，这都是陈家厝祖墓风水的问题，子午正冲，兴也快败也快，六十年甲子一轮回。

乌山陈氏族谱记载，陈家厝建于明神宗年间，是八世祖丰英公所建。陈家厝是六扇大厝，二进院落，两侧马头墙高耸，门楼四扇大门，照面华彩气派。门楼进去是门头厅、天井、大厅。天井是巨大条石铺设的，两旁是书院。大厅分为前后厅，插屏门隔开。前厅为前廊后堂；后厅有上楼的大扶梯、石磨，后门等。整个大厅深七柱，双坡屋面，鞍式山墙，穿斗式扛梁柱木结构。可惜的是，郑成功反清复明，清朝前期两次禁海，乌山村离罗源湾不足二十里，义房陈家厝建了拆，拆了建，变成前落清朝建筑，后落又是明代建筑格式。

陈家厝前后落虽然有点不协调，可从厅堂方壁上雕刻的“福禄寿喜”“鲤跃龙门”“富贵长春”等精美木枋上，看出陈家厝曾经的辉煌。

陈家义房曾是马堡平原名门望族，耕读世家。崇祯十四年，陈家厝五个年轻人在县试、府试、院试中一路高歌猛进，同榜题名，最年轻的只有十四岁，轰动全县。那时候童子试，一个乡镇一次能考上一个，一个村庄十年能考中一个秀才就了不起了，义房陈家厝同时考中五个秀才，这是全县破天荒的事情。知县大人亲自到乌山村陈家厝送匾祝贺，匾上刻着“文魁第”三个金色大字。“文魁”是授予举人以上功名的，而他们只是秀才，义房人不敢接受。知县大人说陈家厝是风水宝地，一定会出举人甚至进士。有感于知县美意，也为博个好彩头，义房陈家厝人把匾挂在祖厝大门门首。

乌山陈氏义房陈家厝在明朝时期风光无限，清朝入关后就逐渐没落了。面对异族入侵，国亡家破惨景，五个秀才有的终身不娶，有的抑郁早亡。到了陈春旺父亲这一代，偌大的义房陈家厝只剩下两户人家两个男丁。长房陈寿昌，居陈家厝东面四间房及东书院；二房陈寿盛，居陈家厝西面四间房和西书院；门头厅、天井、厅堂、后厅，走廊共用。后来长房陈寿昌娶了大垱村王季家的二女儿为妻，生了三个儿子春耕、春种、春旺和一个女儿，可惜女儿一岁多时患白喉夭折了。二房陈寿盛娶了龙头乡兰和家长女，生了两个儿子春发、春达和一个女儿。陈家厝的元气开始恢复了，只是两家均以务农为生，成了目不识丁的平民阶层。同其他家族唯一区别的是，陈家厝里的男人们个个英俊挺拔、聪明勇敢，这可能是陈家祖先的基因强大优秀吧。

20 世纪 40 年代中期福州沦陷，陈家厝又开始没落了，用

“一落千丈”来形容也不为过。三年时间连续抬出三副棺材，一年一个，死的都是顶梁柱的男丁。他们死前没有一点征兆，活跳跳的人，走着出去，躺着回来，都是意想不到的死法。陈家厝里的人，一个个脸色铁青，胆战心惊，晚上轻易不敢出门。外面的人各种猜测、传说更是沸沸扬扬。陈家厝被一片诡秘的邪气笼罩着。

第一个死去的是长房陈寿昌。那是夏天的一个清晨，他吃了一大碗稀饭，挑着一担草木灰拌猪粪的肥料到半岭番薯园作料（施肥）。过了中午，太阳偏西了，他的妻子王玉莲左等右等不见他回来吃饭，突然，胸间一阵钻心疼痛。她慌了，有一种不祥的预感，急忙叫长子陈春耕到半岭找他父亲。春耕到半岭番薯园，发现父亲栽倒在番薯地的垄沟里，满脸是土，眼睛紧闭，脸色灰黄，没有了呼吸。他背着父亲一路狂奔，生怕碰见熟人。闽东沿海地区乡规民约：死人不能进村，如果进村，犯七煞，全村人都会遭殃。还好是大暑节气，又在点火会着的下午最热时候，石头铺的路白晃晃的，汗水滴在上面吱吱作响，路上没有一个行人，陈春耕将父亲的尸身背回了家。

陈寿昌的丧事在陈家厝办的。五十岁是上寿（高寿）之人，寿终正寝才是善终，来吊丧的里亲外戚无不称赞这位坚韧正直、与人为善的忠厚长者。丧事办得体面风光，死者有尊严，子孙后代有颜面。陈寿昌是陈家厝辈分最高、年纪最大的人，他先走一步是自然规律，大家没感觉什么，只是惋惜走得早了一点。

第二个死去的是长房长子陈春耕。那是秋风送爽季节，临近中秋，天还没亮，春耕拿着麻绳、柴刀、枪挑（挑柴用的竹竿，两头削尖，两米多长，如长枪）去九溪砍松枝。以前午饭时分他就回来，可这次太阳西斜快黄昏了，还不见他的身影，春耕的妻子郑秋菊心间一阵阵绞痛，抱着女儿到村头小桥边等丈夫。她问遍砍柴回来的人，都说没有看见春耕，从傍晚到天黑，一直没有丈夫的消息。秋菊慌了，找婆婆王玉莲。王玉莲急忙叫二儿子陈春种、三儿子陈春旺打着火把上山找长子陈春耕。

九溪山在大山深处，山高谷深，离乌山村有十多里路程。春种兄弟爬过一山又一山，喊破嗓子，回应的是猫头鹰恐怖的叫声。春种兄弟找了大半夜，火把点完了，山上野兽声音不时传来，他们不得不下山回家。人们说猫头鹰叫唤意味着要死人，王玉莲和秋菊一夜没合眼，凌晨婆媳俩到观音岭的观音堂、尊王宫、仙姑庙等宫庙烧香许愿，求神仙菩萨保佑春耕平安归来。

第二天，春种、春旺、叔叔寿盛、堂弟春发，还有陈家宗亲总共十几个人闻讯纷纷参加搜救，生要见人死要见尸，他们几乎将九溪山山水水翻了个遍，最后在九溪山谷深水潭边发现了春耕的枪挑、麻绳，而且还有人滑进水潭的痕迹。

春耕最后是从深水潭里被捞起来的，至于怎么会到这人迹罕见的深潭边、怎么滑进去成了永远的谜。

死尸不能进村，春耕的丧事是在村外路边一个小空地上办的。大家用竹席竹软卷搭个了简易竹棚，草草收殓，第三天就抬去埋了。母亲王玉莲几次想去见儿子最后一面，人们怕她伤心过度出意外，紧紧拉住她，最后抬回来。妻子郑秋菊是个苦命人，从小被人卖来卖去，好不容易偷跑出来遇到春耕，结婚生子，好日子没过三年，丈夫又抛下她们母女突然走了。秋菊哭得死去活来，女儿香香哇哇大哭，那凄凉场面，围观的乡邻无不潸然泪下。

长房倒了两根主柱，整个家快要坍塌了。特别是春耕，走的时候才二十岁，留下孤儿寡母，以后她们该怎么熬？王玉莲在床上躺了半个月后，把刚分家的儿媳孙女接过来一起过。她叫二儿子春种同西屋的二叔商量，找个风水先生看看，到底是祖墓又被人破坏了，还是陈家厝犯了什么煞气。

二房陈寿盛也想到了这个问题。自春耕突然落水而亡起，他忧心忡忡，常常睡不着觉，几次到祖墓和陈家厝四周转悠，寻找家族劫难的证据。陈寿盛四十九岁了，会些泥水活，村里村外的建房打墓没少参加，多少知道一些风水术，可看不出祖墓和祖厝有什么破劫。他建议先到观音堂抽签，请观音菩萨查明陈家厝到底哪里出了问题？

观音堂在乌山村观音岭山坳里，掩映在一片百年荔枝林中。庙不大，只有七八十平方米，可名声很大，灵验得很，平常烧香拜佛的人很多，香火鼎盛。鸡一打鸣，陈寿盛和侄子陈春种就起床洗脸更衣，提着早已准备好的香烛鞭炮、金银钱纸摸黑往观音堂去了。

观音堂里，陈寿盛轻车熟路。他点亮蜡烛，用草纸点火后绕了绕自己的头部和双手。春种也学着叔叔用草纸点火绕自己头部和双手一圈，这是净身去秽，对神明的尊敬。陈寿盛点燃了香线，对天地、门神、观音菩萨、迦南、元帅、护卫的塑像一一鞠躬，把香线插在每个香炉上，然后到观音神像前，跪在蒲团上虔诚祷告。他的声音很轻，跪在他旁边的春种听不清楚他讲了什么。祷告后，寿盛要春种把桌上的签筒递给他，然后抖动签筒。一会儿，一条竹签从签筒跳出来，落在地上。寿盛从地上捡起竹签，端端正正摆在自己面前，拿起一对木筊杯，合在掌心，口中念念有词，然后抛掷出去。落地的筊杯一正一反，这是圣杯，观音菩萨应允了，要说的话都在这个签面上。抽签很顺利，寿盛和侄子春种烧了纸钱、放了鞭炮，回家找人解签去了。

春种知道这几个阿拉伯数字，一路念叨着：四十七签、四十七签。天亮后，叔侄两人找村里的五行先生解签。胡子雪白的老先生听说是四十七签，皱着眉，捋了捋胡子，不停地摇头，随口吟道："一重江水一重山，谁知此去路又难；任他改求终不过，灾难是非不得安。孟姜女送寒衣，下签。"

"怎么会抽这么坏的签！"寿盛听懂了签的内容，神色慌张。

"这是凶签，诸事不宜。你怎么问观音娘娘的？准备做什么事情？"解签老先生闭着眼睛，右手曲指点算着。

"我问的是……是我自己的运签，求观音菩萨算我今年的运气好不好。"陈寿盛听说是下下签，怕老先生传出去，别人又开始指指点点议论陈家厝，话到嘴边改了口，说是请观音菩萨算自己的流年运气如何。

"运气不好，一定要小心。孟姜女送寒衣，寒衣送到了，丈夫却死了。一重江水一重山，遭一回难，接着又是一回难。"老先生盯着陈寿盛，一句一顿，"怎么求怎么改都没办法，以后会很艰难，灾难重重，不得安宁……"

陈家厝的灾难还没有尽头，还会发生，陈寿盛越听心里越发毛，一阵寒意从脚底升起。他打了个寒战，全身起了鸡皮疙瘩，伸手紧紧抓住春种胳膊。春种把解签的钱给了老先生后，赶紧扶着叔叔回家。

王玉莲和陈寿盛夫妇到处抽签卜卦、请神明扶乩。一个神明一种说法，祖厝、祖墓、灶台、祖上许愿等等，林林总总不下十个地方出了问题，其中讲最多的是祖厝。说陈家厝的厝运退了，狐狸猫精入住、恶鬼入侵；祖上许愿未还，被鬼神邪气压着什么。陈家厝两家人请道士画符念经、捉鬼烧狐狸；请风水师门前树"泰山石敢当"，门后砌围墙。能做的全做了，可两家人还是惴惴不安，冥界里的事情，谁说得清楚呢。

第三年的大暑节气，悲剧又发生了，这回死的是二房陈寿盛。他摘荔枝时从树上跌下来，一根树枝不偏不倚插进屁股眼。大儿子春发看见父亲四肢抽搐，号叫着将父亲连同他屁股眼上的树枝一起背回家。小儿子春达一路狂奔去马堡镇请郎中。郎中还没到，寿盛就断了气，前后不上一个时辰。陈家厝的人彻底崩溃了，一个个像没有魂魄的木偶，铁青的脸毫无表情，目光呆滞，哭声也少了，多是有气无力的呜咽。

陈寿盛五十岁了，也是上寿之年，但丧事办得比他哥哥寿昌简单冷清多了。来吊唁和帮忙料理后事的宗亲、里外亲戚多是上年纪的人，年轻人听说陈家厝又暴死一个人，谁还敢跨进这出鬼厝的门槛？

连续三年，家族倒了三根顶梁柱，而且都在夏天，整个乡村人心惶惶，议论纷纷，说什么的都有。说陈家厝厝运退了，狐狸猫鬼跑进去，专吃男的，一年一个；有的说那年寿昌死在山上，春耕把他背回家，犯了七煞，一年要死一个人，死了七个人才算完；有的说是陈家厝祖墓出问题，以前被黄厝里黄家挖断龙脉，破了风水，每六十年一甲子就轮回，又开始大破了。人人都认为陈家厝是凶宅，白天绕着走，晚上更不敢靠近。

乡里人的种种议论，最后都传到陈家厝几个年轻人的耳中。长房春种、春旺对“狐狸猫鬼”“犯七煞”之说嗤之以鼻，对祖墓龙脉被挖断，六十年一轮回倒有几分相信。他们小时候经常听大人说家族兴衰史，早就对黄家怀着刻骨仇恨。二房春发、春达不相信“狐狸猫鬼”“六十年轮回”之说，更相信陈家厝“犯七煞”。春耕背父亲寿昌回家时，寿盛在马堡镇一个地主家打零工，回来时天黑了。他怀疑哥哥可能是死在山上，不然背回来怎么没叫郎中，也没呼叫其他人？可死者是亲叔伯哥哥，是侄儿背回来的，他不敢说，闷在肚里。春耕死后，寿盛更相信自己的判断，一次饭桌上向春发、春达说了埋在自己心底的担忧。可长房都这样了，寿盛怎么忍心说破呢？只是连连叹气。春发怨春耕造孽，把死在山上的父亲背回家；恨长房自私，不说事情真相，不按风俗规矩办事，不但害了自己，还害了整个家族。自寿盛死后，长房和二房有了隔阂，说话走动明显少了。

白露节气到了，北风一夜比一夜强劲，天气转凉了，正是砍柴的好时节。砍柴的人砍好柴，随手晒在地上，经过一天太阳暴晒、晚上北风劲吹，第二天柴草中的水分十去七八，第三天柴草就全干了。他们今天砍了柴，明后天挑回家，循环轮回，这样既有晒柴草的地方，又可以挑干柴回家，减轻了肩上负担，俗称拾“八月柴”。八月的秋风白露节气，是山上最热闹时候，砍柴人的声音此起彼落，路上挑柴人首尾相连，浩浩荡荡。他们既要备足冬天和春天的柴火，还要准备卖一些钱补贴家用。

白露也是祭墓时节，祭祀祖先、寄托哀思。权贵人家春秋两祭，春祭在清明，秋祭在白露。黄厝里黄家是马堡平原赫赫有名的大户人家，每年的白露祭墓都是轰轰烈烈的，极具排场。

这几天，春种和春旺天蒙蒙亮就起床上山砍柴草，中午挑柴回家。这天兄弟俩挑柴正在金鸡山祖墓旁边歇息，远远看见蜈蚣岭方向黄家在祭墓，人头攒动，一阵阵锣鼓声、唢呐声、鞭炮声，好不热闹。兄弟俩想起父亲讲的家族史，如果黄家不挖断陈家厝祖墓龙脉，陈家厝怎么会这般衰败没落，家破人亡？兄弟俩怎么会落魄到如此地步？黄家现在是远近有名的大地主，黄贵成做了马堡区区长，趾高气扬、盛气凌人。那恢宏的祭祖场面刺激着春种兄弟。

兄弟俩越看越生气，决心报复黄家，为家族、为死去的列祖列宗报仇。

蜈蚣岭是炉山余脉，长约两千米，细细长长的，像一条正在向东爬行的蜈蚣。黄厝里的黄家祖墓在蜈蚣头。据说自从黄家先人埋进去后不久，几乎一夜之间，黄家突然暴富，一边四处买田买地，一边建造三进六扇豪华大厝，一下子成了马堡平原新贵、大地主。仅仅过了十几年，黄家五天时间突然死了五个年轻人，黄厝里几天不见炊烟。乡里人议论纷纷，有的说黄家的祖墓埋在蜈蚣嘴，蜈蚣是毒虫，黄家是勾结倭寇抢了艘大货船发家的。这次又伙同倭寇抢劫被官军打败了，才死了这么多人。有的说北面金鸡山陈家祖墓是金鸡孵蛋穴，以前金鸡母孵蛋不离窝，现在鸡仔出壳，中了五个秀才，金鸡母出窝了，肚子空空的，不吃南面的蜈蚣才怪呢。乡下人更相信因果风水，舆论一出来，马上传遍大街小巷。金鸡吃蜈蚣，陈家克了黄家，陈家一榜中了五个秀才，如日中天；黄家一连死了五个年轻人，在劫难逃。

黄家人强势彪悍，咽不下这口气，不管是真是假，重金请人连夜挖断陈家厝祖墓顶上的山梁，断了龙脉。陈家厝祖墓龙脉被挖，是可忍孰不可忍，陈家厝人向知县状告黄家毁人祖墓，横行乡里，无恶不作。知县派人抓捕黄家涉案之人，涉案人四处隐蔽躲藏。黄家钱多，重金贿赂县官，过了几年，案件不了了之。陈家人后来花钱请人修复被挖断的山梁，可龙脉被挖断，风水就破了，陈家厝从此每况愈下，五个秀才，没有一个人中举。没有再前进一步，自然就没有官职可言，最后五人全都郁郁而终。

金鸡岭陈家厝祖墓是明朝熹宗年间建造的。陈太公为了子孙后代兴旺发达、荣华富贵，把一个江西赣州的堪舆大师请到家里，一天一只鸡伺候着，一年多时间，终于寻到了这个金鸡孵蛋结穴宝地。大师找到宝地后，问陈太公要早发达还是慢慢发达？陈太公回答当然越早发达越好。大师说，你陈家厝人以后要保护好后山龙脉，多做善事，多积阴德，才有大福报。陈太公交代子孙："风水要做，江山要夺。"陈家后代要想成为名门望族，首先要重视风水。人们说"一运二命三风水，四积阴德五读书"，陈太公做了调整，"一风水二命运，三积阴德四读书"。他认为：什么样的墓地风水，会出什么样的子孙后代。墓地风水好，子孙骑骏马做高官，他的命运、阴德、读书不好能行吗？风水衰败的墓地，出了贫困潦倒后代，他会注意积阴德、会有钱读书吗？不积阴德不读书，他的命运能好吗？

陈家厝后代没有陈太公的远见卓识，祖墓风水被黄家破坏后没有及时搬迁，应了陈太公的话，子孙后代贫困潦倒，衰败没落了。

春种十六岁，练过拳术，天不怕地不怕；春旺十三岁，爱恶作剧，出名的捣蛋鬼。两人说干就干，当天晚上，月朗星稀，春种把麻绳、尖刀捆在一起，绑在腰间。春旺"嘘"一声，春达家的小黑狗摇头摆尾跟着他们身后走了。小黑狗是春达一年前抱回来的，天天在两家饭桌底下转来转去，早已分不清谁才是自己的真正主人。小黑狗乖巧可爱，谁对它好，它心里像明镜似的，春旺一叫，它嗦一声就到他的跟前，在主人前后左右闹腾。到了蜈蚣岭黄家祖墓，春旺用衣服猛地裹住狗头，春种马上用绳子捆住小黑狗四只脚。狗呜咽着不断挣扎，春种一刀子刺进狗喉咙，一股狗血如水箭般射出来，喷向黄家祖墓墓碑。狗抽搐着，躺在墓的祭台上，鲜血汩汩而出。春种春旺兄弟满身是血，突然间产生一种莫名的恐惧，飞也似的逃回陈家厝。

黄家人是三天后才知道祖墓被人泼了狗血。一个掘番薯的人路过黄家祖墓，看见墓碑上有血迹，祭台上躺着一只黑狗，回村告诉村里人，村里人又告诉了黄贵成。黄贵成是马堡平原有名的大地主，又是国民党马堡区区长，跺一脚马堡平原都会颤动的人物。他想不到有人用黑狗血破自家祖墓风水，用死狗侮辱自己的先人，这不是骑在自己头上拉屎拉尿吗？黄贵成气得脸色紫黑，脸上的肥肉在抽搐，像一支支水蛭在他脸上爬动。他带着侄儿黄贱贱和几个家丁赶往蜈蚣岭。

祭台上的死狗不知被乌鸦还是什么野兽撕咬过，已面目全非。泼在墓碑上的狗血干涸了，蒙住墓碑上的文字。黄贵成跪在墓前，号啕大哭。黄贵成的侄儿黄贱贱带着家丁清理祭台上的死狗，到芦溪挑水清洗墓碑、祭台。

黄贵成请来风水大师。大师说祖墓最好要迁移，如果不迁走，可用两个办法破解：一是用水银绕墓浇一圈。水银五行属“水”，气属阴，道家云阴气遇风则散、遇水则聚，水银最能聚阴气，中国古代皇陵都用水银浇灌墓穴；二是不用水银，用朱砂也可以，朱砂属阴，性寒冷，能安神定魂。古代陵墓也经常用朱砂来安魂。黄家祖墓公认风水好，是结穴之地，黄贵成舍不得搬迁。他听从风水师的意见，用朱砂给祖宗安魂。

黑狗血是极其污秽之物，能破阴气，损害坟墓风水灵气。坟墓被浇黑狗血，轻者家族后代伤残癫狂、重则家破人亡。如果不是你死我活的刻骨仇恨，谁会去做这伤天害理的事情？现场残缺不全的死狗、再普通不过的麻绳、凌乱不堪的脚印，想找到仇家几乎不可能了。黄贵成想到与自己有矛盾、有仇恨的人，将他们一一列出来，写了十页纸，足足六十个人，然后用排他法，根据自己判断缩小范围，找出犯罪嫌疑人。

陈家厝春字辈四兄弟的名字也在六十个人名单中。黄贵成在春种、春旺、春发、春达名字前犹豫了，心想他们几个十几岁的小孩，怎么懂得黑狗血破风水的事情？就是知道，敢半夜到那瘆人的坟墓里干这龌龊的事？如果寿昌、寿盛在世，小孩听大人的话，有大人撑腰，还有可能；现在两个大人都去炉山松柏树下睡觉了，小孩哪有这主见干这事。再说，黄厝里和陈家厝的矛盾是几百年前的事，都好几代了，谁还会在意这事情？黄贵成将春种四兄弟的名字划掉了。最后，黄贵成把目光锁定抗日合作培训班里的人。

那天清晨，王玉莲发现每天盘在门口的小黑狗不见了，到猪栏喂猪，看见两团沾满血疤的衣服塞在猪栏木架子上，展开一看，是春种、春旺的。她吓得半死，赶紧把兄弟俩从床上拖起来，问怎么回事。两兄弟在母亲的泪水涟涟下坦白了昨晚上做的事情。儿子闯下了弥天大祸，王玉莲吃不了睡不着，几天时间眼窝就陷进去了，人瘦了一圈。

春发发现小黑狗突然不见了，又听说黄贵成祖墓被人浇了黑狗血、丢了死黑狗，怀疑是东屋的春种兄弟干的。他心里很矛盾，既为小黑狗的无辜惨死愤愤不平，又对黄家遭此劫难暗暗欢喜，对东屋的春种兄弟既愤怒又佩服。春发交代一家人，特别是弟弟春达千万不要对外人说，这是关乎身家性命的事，说出去，弄不好惹火上身，害人又害己。对小黑狗的失踪，他们没有透露半点讯息。

黄贱贱到处明察暗访，谁家最近有没有丢失黑狗，想从死黑狗入手，寻找作案人。风声一天紧似一天，王玉莲坐不住了，催促两儿子到姐姐王凤莲家躲一阵子。外甥杨德昌是马堡小学教员，半年前日本人攻陷了县城，他和他的同事办起了抗日合作训练班。他连日本人都不怕，难道还怕黄贵成不成？春种、春旺这几天不敢上山砍柴，躲在陈家厝里，像被关进笼子的野兽，胆战心惊，耳朵竖着，警惕的目光四处扫射。陈家厝除了陈家几个人进进出出，外面的人谁敢进门？可春种兄弟依然心惊肉跳。母亲一发话，兄弟俩打好包袱，连夜跑到大姨家。

大姨王凤莲家在马堡镇杨厝街东头。表哥杨德昌看见春种背着包袱领着弟弟春旺连夜到来，以为小姨家又发生什么大事，吓了一跳。当听说黄贵成家的祖墓被人泼黑狗血是眼前两兄弟干的，他哈哈大笑，连声夸奖说，“干得好！”杨德昌拍着春种的肩膀，说：“你这个大英雄，我收了！以后跟着我干革命，我们发动群众，把日本鬼子赶出中国，打倒黄贵成和其他地主恶霸，为你们陈家和马堡苦难百姓报仇！”三个表兄弟挤在一张床上，谁也睡不着，一晚上有说不完的话。

杨德昌介绍春种到马堡小学当校工，一个月两块银圆。春旺在大姨家住了几天，一个人闷得慌，看见黄贵成家没什么动静，就回家了。

一只黑狗，改变了陈家厝春字辈兄弟的命运。陈春种当了校工，成了第一个走出陈家厝的人。

第四章

陈家厝分为东西两边，长房居东边，二房居西边。二房嘉字辈五个男丁，名字按五行“金木水土火”排列。春发和春达有同感，不求儿辈大富大贵，但求一生平稳，不要大起大落，所以取名讲究五行齐全。嘉金、嘉木、嘉水是春发的儿子，排行老大、老二、老三。嘉金过了知天命之年，在建筑工地做模板工，风吹雨淋的，赚的是辛苦钱；嘉木是小学老师，是二房唯一吃公家饭的人，他平常安分守己，知足常乐；嘉水是老实巴交的木匠，跟着老大嘉金打工，生活一般。老大、老三合伙在村子第四排建了座四层楼房，各分两层，一直没装修。老二很早就在五排建了房子，面积不大，平常住得少，所以只简单装修。嘉土、嘉火是春达的儿子，排行老四、老五。嘉土以前是个小包工头，后来由于计划生育的原因变成了酒鬼，半死不活的，还好以前建了房子，在老二旁边，有个住的地方。嘉火是泥水班组长，在工地承包砌砖粉刷捣水泥，有时也包些装修活，收入比较好。他在村口第三排建了栋四层楼房，外墙贴了瓷砖，室内简单装修。

长房父辈当过官，嘉字辈男丁取名相对文雅些。春种的两个儿子嘉树和嘉森，寓意一木为树、二木成林、三木为森，子孙生生不息、兴旺发达之意。嘉树是房地产开发商，是老板。他家的新房子在村子第一排，西式四层别墅，还有院子，院子里种着沉香、红豆杉、金桂等名贵树木。嘉森跟着哥哥嘉树当项目经理包工程，单独在村口二排建个三层半楼房，外墙全部挂砖，与同排楼房相比，不落下风。春旺对军队情有独钟，生了儿子就叫嘉军。后来他老婆的肚子一直没鼓起来，兄弟们催促他再生两个，凑足十个，十全十美。春旺也有此意，可他老婆是城里人，身子骨弱，生嘉军时难产，差点一尸两命，死活不同意，偷偷做了结扎手术。春旺无可奈何，对兄弟们说，嘉字辈八个男丁，八骏马，只要他们个个有出息，胜过二十个男丁，我们要数量更要质量。春旺是当官吃公家饭的，见过大世面，兄弟们不敢逆他的意，再说生孩子是他们夫妻间的事情，如果一个不愿意，还生不出来呢，这事怎么能强迫呢？嘉军从小跟着父母，生活工作一直在县城，现在是县交警大队大队长，对老家没什么概念。

二房说风水都被东边长房占了，长房有官有财有丁，二房没官没财就丁多。丁多负担重，困难也多。俗话说亲帮亲邻帮邻，何况是一个屋檐下长大的不出五服的亲叔伯兄弟，长房当官当大老板的理应照顾支持二房困难家庭。长房发展确实比西边二房好，可家家都有一本难念的经，有时候没照顾到，二房也会生怨气；有时候支持不够到位，二房也不满意；还有父辈不和睦留下来的裂痕，计较多了，鸡毛蒜皮的小事也成了大事，你不让我我不让你，造成大家心理隔阂，因此平常往来不多。

嘉金与嘉树的矛盾，春旺最清楚，而且自己还参与了。那年嘉树包了个大工程，建筑面积达十万平方米。嘉金常年在建筑工地做模板雇工，有出工有钱，没出工没钱，听说嘉树包了个大项目，满心欢喜跑去找他，想分包一些木工工程。嘉树说答应了别人，没有办法。嘉金想到他的工地当管理人员，赚些工资。嘉树又回绝了，说工地有施工员、项目经理还有监理，不需要其他管理人员。项目刚开始，嘉树忙，没有安排嘉金吃饭住宿，嘉金憋了一肚子气。

嘉金年龄大了，做木工爬上爬下，体力越来越吃不消了，加上建了新房子欠了债，正想找个收入高、稳定的事情做，结果碰了一鼻子灰。他不死心，来县城找春旺，说三伯您辈分高，又是嘉树的亲叔叔，他最听您的，您出面说情，他不敢不听，一定会答应的。

那天酒喝得多，微醺之际，春旺当着嘉金的面，打开手机免提，直接拨通嘉树的电话，说了老大困难和找他的缘由。

嘉树回答：“老大没队伍、没资金垫资、没有承包经验，谁敢将这么重要的项目包给他？他年龄又大又没文化，能管好自己就不错了，要是没钱买烟买酒，我再寄些钱给他……”

语气有点不耐烦，说话直通通的。那天嘉树肯定不知道老大嘉金正在叔叔旁边，否则他不会讲这些没过脑子的伤人话。春旺意识到不妙马上关掉免提，想尽快结束通话。可年纪大了，动作迟缓，难听的话全部进了嘉金耳朵。嘉金酡红色的脸变成猪肝色，嘴唇哆嗦，说：“看不起我，不让包项目不让做工就算了，还这么作践我！三伯您说说，我是不是他亲叔伯哥哥？以后我就是当乞丐饿死，也不会到嘉树门前……俗话说碎瓦片还可以垫桌脚，我在嘉树眼里，难道连碎瓦片都不如？给我一些小钱也拿出来说……”

嘉金与嘉树的矛盾就是那次结下的。从那时候起，嘉金再也没有来过县城春旺家。嘉金的儿子结婚，春旺一边动员嘉金打电话邀请嘉树参加婚礼，一边打电话要嘉树一定要回来，而且要包个大红包。都是陈家厝长大的义房子孙，叔伯兄弟，舌头和牙齿都会相碰咬到，发生矛盾很正常，解决矛盾的最佳时期就是家族喜、丧事的时候。嘉金说人穷志不穷，坚决不打电话。最后由嘉金的儿子打电话邀请。嘉树看见嘉金没出面，不好意思回来，最后包了个大红包，派儿子回来参加。两人的心结一直没解开。

嘉火同嘉树、嘉森的矛盾由借钱引起的。那年嘉火在福州东区一个楼盘承包捣水泥项目，中午经常在富丽堂皇的售楼部里流连。售楼部中午没什么客人，一个年轻靓丽的售楼小姐也无聊，看见嘉火衣着光鲜，口气不凡，是个不错的潜在客户，再三游说这楼盘地段好，升值空间大，将来资产会增值上千万，并许诺签了合同后陪他一晚。

嘉火心动了，这不是财色双收吗？他选择了一套商品房。房子一百一十平方米，首付四十多万元。嘉火手头现金有十几万元，未结的工程款也有大二十几万，再努力一两年，首付款绰绰有余，现在关键是能不能借到钱。嘉火打电话给嘉树。嘉火小时候是嘉树的跟屁虫，特别佩服嘉树，俩人形影不离。嘉火要买房子，嘉树答应到时候借给他二十万。嘉火欣喜若狂，马上同销售部签订了认购书，交了十万元定金，约售楼小姐去酒店开房。

售楼小姐笑着说："早着呢，等交了首付，签了正式购房合同后再说。"嘉火很郁闷，可毕竟买了省城的房子，按捺不住喜悦之情，到处打电话说自己在福州买房子啦。

嘉森早就想在福州再买套大房子。儿子在学校谈了个女朋友，女方长相、家境都很好。女方父母看见女儿的男朋友模样周正，父亲是包工头，就确定了恋爱关系。女方家长要求男方福州要有房子。嘉森以前买的是小户型，只容得下自己老两口。现在儿子马上大学毕业，需要买个大户型给儿子当婚房。他听说嘉树准备借二十万给嘉火买房子，心想肥水怎能流到外人田，借钱应该亲兄弟优先才对。嘉森来到嘉树办公室，想借钱买房。嘉森知道哥哥的个性，不敢直接开口借钱，编了个理由："文仔和他女朋友看中一套房子，靠江边的，想买下来做婚房……"嘉森试探嘉树。

"这是好事，看中了就买吧。"嘉树正在电脑上寻找什么。

嘉森听哥哥口气温和轻松，心中暗喜，说："江边的房子很贵，一平方米均价要两万多，首付款不够。"

"文仔女朋友的家境那么好，叫她家也出一半。反正是他们俩住的，是夫妻共同财产，以后小两口吵架谁也不能说'滚出去'什么。"嘉树漫不经心地回答。

"叫女方出钱不现实，我们男方要买房。结婚没有像样的婚房，这脸往哪儿搁？"嘉森看见哥哥心情不错，准备亮底牌了。

嘉树："如果钱不够，买个小户型的。"

嘉森："小户型怎么行？我们老两口住哪里？"

嘉树："你不是有一套小户型房子？再说老家房子那么大、装修那么好，不能住了？"

嘉森："我们就一个儿子，老了不跟儿子孙子住一起，靠谁照顾？"

"那你的意思是？"嘉树似乎明白了，可能嘉森听说了嘉火借钱的事，嫉妒了。他脚一蹬，大班椅转到嘉森面前，"要我借钱给你？"

"你都借给嘉火二十万了，我们也想借八十万……"嘉森豁出去了。

"我还想借钱投资呢，想买房自己赚钱去！"嘉树猜对了嘉森的小九九，用力拍了下桌子，下了逐客令。

嘉树听弟弟说也要借钱，而且是一笔大款项，头都大了。自己是做房地产开发的，资金需求量很大，哪有多少多余的钱？嘉树本来想暗中帮嘉火一把，现在嘉森知道了，也来凑热闹，心里窝火。嘉树想，嘉森是个精明人，懂得审时度势，为了饭碗，不借钱给他，他心里不痛快也不敢吭声，可弟媳妇就难办了，她的嘴巴像漏勺，他领教过了。为公平起见，免生事端，嘉树决定两方都不借，两边都不得罪。

嘉森灰溜溜地走了。他全靠嘉树才有今天的好日子，如果惹急了嘉树，以他的脾气，被一脚踢出公司都有可能。嘉森借不到钱还好，没损失什么，嘉火的麻烦大了。开盘时间到了，嘉火首付款不够，违约了，房地产公司要没收定金。嘉火慌了，求爷爷告奶奶，到处托人说情，最终还被扣了一半，白白损失了五万元。

嘉火怪罪嘉森，叔伯兄弟买房子，您应该高兴应该支持才对，你不但不支持，还嫉妒眼红，故意插一杠子，让自己借不到钱，还损失一大笔，天下有这种阴险歹毒的兄弟？嘉火也怪罪嘉树，这么大老板，答应了借钱，后来又反悔，言而无信，这哪里是大老板的做派、格局？

嘉树虽然是成功人士，但做事沉稳，对堂兄弟的指责不放在心上。他想自己是陈家厝的标杆性人物，办大事出大钱要靠他，家族大事情绕不过他。这几年要抓住机遇发展事业，把所有的资金投入房地产，事业做大了，成功了，再帮兄弟们也不迟。到时候，他们自然就会理解了。

社会现实是这样的，办事情离不开钱，特别是结婚、建房、买房，需要一大笔钱，没有亲朋好友支持难度很大。三年前，春旺想修祖厝，找的第一个人就是嘉树。

嘉树像对待贵宾一样接待叔叔。在别墅里，他指挥手下人把年前朋友、供应商送的山羊肉、野生大黄鱼、湖南泥蒿、湖北洪山菜薹等搬出来，请村里的厨师掌勺。午宴上，嘉树开一瓶飞天茅台，叔侄俩边喝边聊，最后聊到家族、聊到陈家厝修缮问题。

“如果陈家厝只是简单维修，没有人打扫管理，过不了几年还会坏掉，还要翻修。现在陈家厝人丁兴旺，家家都建了新房子，何不把各家旧房子捐出来，连同门楼、厅堂、后厅等公共部分统一修缮，变成陈氏义房陈家厝支祠？这样，祭祖、家族喜丧事有一个固定宽敞的好场所……”嘉树赞同修缮陈家厝，赞成之余，提出另外一个思路。

“修支祠？这需要很多钱，再说，二房他们会同意吗？”嘉树的想法确实好，大手笔，站得高看得远，可二房几个愿意把旧房子捐出来吗？再说全面修缮需要一百万元左右，能筹到这么多钱吗？春旺兴奋之余不免担心。

“事在人为，我们长房三家应该没问题，就看二房五家。叔叔先问问他们，如果他们也同意就好了，钱的事情再商量，大不了分两期做……”

“对，对，有道理。俗话说，人心齐、泰山移。来，敬你一杯！”陈春旺满脸笑容，与侄儿干了一杯。他想，如果二房几家也同意，岂不光宗耀祖，大功告成，了却自己心愿！

第二天，春旺走访二房几家，征求意见。没想到走进第一家就卡壳了。嘉金期期艾艾的，意思是修缮祖厝不反对，也欢迎修支祠。可他的旧房子不能捐，要留着放农具杂物或者做点什么。另外家庭困难，摊派的钱实在拿不出，如果自己的老房子塌了，自己出钱修。

春旺知道嘉金的小算盘，他是二房长子长孙，房子比别的兄弟多一份，地皮按现在价格计算，值几十万元，捐了就亏大了。修缮要摊派出钱，他家经济不宽裕，新房子还没有装修，没什么余钱也不想出这笔钱。可他是二房长子长孙，场面上的话不得不说，其实心里是消极抗拒的。可他不点头，不起模范带头作用，下面的戏就没法唱下去了。

“你的难处我理解，我会同嘉树商量，你少出点，让嘉树多出点。你是老大、二房长子长孙，要有担当……”春旺再三说服动员。

“在陈家厝，谁承认我是老大？孙子都不如！嘉树有钱，到外面买地盖一座支祠，惦记祖厝干吗？”不提嘉树还好，提到嘉树，过去的耻辱又涌上嘉金心头。他脸红脖子粗，讲话声音也大了。

老大谈不妥，春旺到楼上嘉水家。嘉水看见三伯来了，敬茶敬烟，说到修陈家厝的事，他就一句话，听老大的。嘉水从小跟着嘉金长大，手艺也是跟嘉金学的，做工都在一起，习惯听老大的。春旺又碰了个软钉子。

到新村三排嘉火家。嘉火正在楼上和朋友打牌，听见是三伯的声音，赶紧找了个替手，到楼下迎接。

嘉火西装革履，满脸笑容，用家里最好的武夷马头岩茶招待三伯。对三伯的建议，他举双手赞成，说捐房子没问题，出资的事向老大他们看齐。当要他转告嘉土时，嘉火的眉毛拧成了麻花，唉声叹气，说嘉土的老婆、他的嫂嫂太不是人了，去做会头炒股票输了很多钱，把标会的钱挪用了，会员都在找她，她不敢在家待着。还说嘉树太小气，这么大老板，钱财生不带来死不带去，活着不为家族兄弟做些好事，死后谁帮他抬棺材？剩再多的钱有啥用？

春旺跑了一上午，除了嘉木在学校没联系外，其他没有一家痛快地答应，还被明里暗里数落一番，这严重打击了他的自尊心。退休前，他威信高，说一不二，他们打心眼里尊敬他。现在他们的钱袋子鼓了，看见三伯年纪大了，不中用了，表面上尊重，其实越来越不把他放在眼里了。春旺要走，嘉火拉着不让走，一定留他吃饭。春旺肚子都气饱了，哪能吃得下饭？他挣脱嘉火，摇摇手，转身下楼走了。

春旺不理解，这是好事一桩，对每家都有好处，他们为什么不同意？回县城后，他请教也是农村出身的老领导。老领导告诉他，表面看每家都建了新房子，生活富足，其实是互相攀比、提早消费了。现在社会贫富差距越拉越大，人人向钱看，“仇富”心理普遍。春旺静下心来想想也对，现在的农村不是以前的农村了，农村里的人不是过去的农民了，亲情、友情淡薄了。修祖厝要另外做方案，做一个切实可行的方案。

第五章

陈嘉树根本不把修不修祖厝的事放在心上，他手头上有两个项目，特别是湖南的房地产项目，忙得他恨不得一天当三天使。

去年夏天，陈嘉树陪同福隆建设集团董事长杨秀夫拜访福建商会顾问、省工程学院丁校长，在丁校长家里认识了金安市市委关书记。金安市的招商引资力度是湖南省最大的。关书记热情邀请两位福建老板到金安市观光考察、投资兴业，说市里刚推出一批招商引资项目，任凭你们挑选，市委、市政府全力支持。

春节后，杨秀夫和陈嘉树应邀到金安市考察，他们对市政府搬迁项目很感兴趣。项目条件是：第一，打三千万元押金给市政府，新市政府建设工程造价一亿八千万，由对方负责承建；第二，旧市政府土地一百零五亩，每亩定价一百七十万元，共一亿八千万元抵新市政府工程款；第三，待新市政府工程建成后，旧市政府地块挂牌出让，市政府保证对方摘牌；第四，若土地超出每亩一百七十万元，超出部分市政府负责由市财政返还。

金安旧市政府位于市中心，地段好，升值空间大，但资金投入多。如果新市政府工程分两期建设，再向亲朋好友融资或者找可靠的合作者合作，就有底气拿下这个好项目。经过几轮沟通洽谈，负责招商引资的程秘书长在关书记授意下，同意了新市政府工程分两期建设。杨秀夫和陈嘉树资金不足，邀请老同学蔡东峰、严小莺合股，四个人集资八千万人民币，成立了湖南金凤房地产开发有限公司，杨秀夫任董事长、陈嘉树任总经理。严小莺的丈夫黄放刚好从美国回来，知道消息后，也向亲朋好友融资一千万元，挂在严小莺名下，担任公司常务副总经理。

工程由福隆建设集团第一项目部承建。杨秀夫是福隆建设集团老板，他做了最大的让利，毕竟他是房地产公司最大的股东，付出最多，收益也最大。他全权委托陈嘉树监管第一项目部。陈嘉树既是甲方又是乙方，常常工作到深夜。

暖春三月的湖南，万里晴空、风和日丽，正是施工的好时节。虽然施工许可证还没有办下来，但为了抢时间赶进度，在金安市委程秘书长支持下，建委同意提前开工，开始土方和基础部分的施工。杨秀夫叫五行先生选了个好日子，工程正式破土动工。

建筑企业安全最重要。安全不仅关系到工人性命，也关系到企业的生命。承接一个工程，如果发生一起死亡事故，赔偿和其他各种费用没有一百来万元摆不平，还要受到建委等主管部门极为严厉的处罚。所以施工企业老板最重视安全，也最怕安全出问题。每次新工地开工，杨秀夫都要请道士到现场做一场法事，敬土地山神，超度坟地被毁的孤魂野鬼。他点第一炷香，跪地祈求工程平安顺利，工地所有管理人员都要跟着他下跪。杨总身材魁梧，目光如炬，如果谁不虔诚，轻则当场遭到斥责，重则打包袱回家。

破土动工的这天早晨，时辰一到，几十箱花炮同时被点燃，惊天动地，响彻云霄。然后法事开始，供桌上摆着三牲和其他供品。杨总跪在最前面，背后跪的是项目部管理人员和班组长。大家神情肃穆、认真虔诚，不敢有一丝懈怠。

工程建设步入正轨。集团的第一项目部施工进度及保证措施、安全生产与保证体系彻底贯彻，各施工班组都是跟随项目部多年的老班组，配合默契，工程进度正按既定的目标有条不紊地进行着。金凤地产公司的几位领导紧张的神经得到一定缓解。

周六上午，陈嘉树开车带着办公室主任郑芬到湖北赤壁古战场游玩。郑芬和陈嘉树在一起几年了，这个月两个人亲热就寥寥三次，陈嘉树每次都在应付，草草了事。郑芬大为不解：是工作太忙、思想压力太大？还是自己迟迟没有怀孕，不能完成他生个男孩传宗接代的心愿？或是上次回老家被他老婆修理了一番，怕了，故意疏远？陈嘉树是个重感情、敢担当的汉子，应该不存在玩弄感情的事情。望着心爱的男人，郑芬百思不得其解。女人哦，一旦同心爱的男人上了床，魂魄就被牵着跑了。

在生育下一代的问题上，郑芬有她的原则。虽然她深深爱着陈嘉树，一百个愿意同他有爱的结晶，但如果自己没有名分，不是陈嘉树的合法妻子，就意味着孩子得不到家族的承认，得不到社会公平、公正对待，甚至会被歧视。如果这样，不如不生的好，以免给自己和孩子造成一生的遗憾。每次激情过后，郑芬都偷偷吃颗毓婷。她等待着，等待着彻底抛掉毓婷的那一天。

陈嘉树知道这段时间郑芬对自己有怨气，但他管不了那么多。房地产开发是高投入、高利润同时也是高风险的项目，一个环节出问题，就有可能满盘皆输，血本无归。现在手头上这么大一个项目、这么大的投资、这么好的机会、这么多人的信任，如果不把握好出现问题，会使很多人倾家荡产，自己将悔恨终生。这一个月，陈嘉树的神经绷得太紧了，现在工作步入正轨，也应该安抚一下这可怜的小女人。

陈嘉树把车载音乐调到小提琴协奏曲——《梁祝》。小提琴独奏时而婉转悠扬，时而欢快明朗；大小提琴对答时而情意绵绵、依依不舍，时而缠绵凄苦、如诉如泣；高潮部分的锣鼓管弦齐鸣，声震天壤；结束部分长笛的鸟鸣山间，彩蝶双飞。这是一部伟大的作品，仿佛让人们看到一种旷世的美好、人世间的至情。陈嘉树百听不厌，他想制造一种氛围，让郑芬体验欢快、悲伤、痛苦，最后豁然、笑看风云。

郑芬明白陈嘉树的心思。在女子学院时，她听过老师的《梁祝》小提琴协奏曲鉴赏课。两人久久沉浸在协奏曲的旋律中。

金安市距离赤壁古战场很近，沿着京珠高速公路跑，一个半小时就到了。近两千年的风雨侵蚀，沧海桑田，古战场只剩下江边的一块大石头。若不是石头上“赤壁”两个字，谁还相信这里曾发生过一场流传千古的经典战役。古战场的其他景区都是当今千篇一律的人造景区，没什么看头。陈嘉树坐在新修城墙的墙头上，望着茫茫的长江，同郑芬讲三国里周瑜、诸葛亮同曹操赤壁大战的故事。旅游，很多时候是乘兴而去、败兴而归。简单吃过午饭后，他们就迫不及待往回赶。两人心有灵犀，都想要一场酣畅淋漓的灵与肉的交融。

公司的四位股东，虽说是老同学，有的是几年甚至二十几年没见面了。这年头，找知根知底、又有钱、又合得来的合作者不容易，所以公司的第一次董事会，四位董事都来到金安市。

蔡东峰和司机从山西晋中市直接开车过来。他们开的是悍马车，从早上七点出发，下午四点半到达，九百多千米只开了十个小时，速度很快。他们第一次到金安，陈嘉树想去高速出口迎接，蔡东峰说他的车有车载导航，坚决不让，陈嘉树只好在公司楼下等他了。

霸气的悍马车开进公司大门。陈嘉树赶紧迎过去，同车上跳下来的蔡东峰紧紧拥抱。陈嘉树和蔡东峰二十几年没见了。当年又矮又瘦的调皮捣蛋鬼，变成肩宽腰圆的高大汉子，满脸粗糙，完全是黄土高原上彪悍男人的模样。如果不是事先通过电话，陈嘉树真不敢相认。

“怎么样，认不出来了吧？像不像土匪、山寨王？”蔡东峰笑着问。

陈嘉树禁不住哈哈大笑。杨秀夫与蔡东峰是同一个村的，联系比较多。陈嘉树从杨秀夫口中知道蔡东峰的传奇故事。这些故事发生在陈嘉树印象中的蔡东峰身上，陈嘉树相信，但今天看见蔡东峰这副模样，陈嘉树怎么都不相信。

他们来到总经理办公室。郑芬早已摆好洗过的时鲜水果、泡好茶，等待蔡总到来。蔡东峰同郑芬是第一次见面，大家都是家乡人，蔡东峰就开始开玩笑：

“杨主任结婚了吗？”

“还没有，没人要了呗。”郑芬微笑着回答。

“你气色这么好，夜生活很滋润吧！”蔡东峰追问。

“还好。你开车过来肯定很累了，休息一会。我先出去了。”郑芬知道蔡东峰接下来肯定没好话，赶紧退出总经理办公室。

蔡东峰是闲不住的人，郑芬一走，他把目标转向陈嘉树：“陈总，杨主任整天像蝴蝶一样在你面前飞来飞去，不会不动心吧？”

“瞧你这德性，坐这么久的车，不累吗？”陈嘉树苦笑。

“我在车上睡过了，不累。你说，我们这么努力赚钱为什么？不就是为了过好日子！如果身边没有女人，怎算好日子？那赚钱干什么？”

“对。我听说你赚了很多钱，过着好日子。坦白一下，你身边有几个女人？”陈嘉树借力打力，反将一军。

“我有呀！我是山寨王，肯定有压寨夫人。我怕你身边没有一个女人，阴阳失调，怎么做好工作？你是我们的总经理，全靠你为我们赚钱，关心你也是关心我自己！”

“你关心我，好呀！你教教我，或者帮我找一个？”

“真没有？你看杨主任怎么样？年轻漂亮，我帮你撮合撮合……”

“又在吹牛！我知道你闲不住，走，去工地看看！”

陈嘉树心想蔡东峰一定听到一些自己同郑芬的事，不知真假，特意来个火力侦察。他赶紧转移方向。

每个成功男人的身上，都有一段传奇故事。如果故事中有年轻漂亮的姑娘，那故事就更精彩了。男人成功了，就是一段英雄美人的佳话。如果男人失败了，就是男人沉迷女色、女人红颜祸水的风流笑话。蔡东峰的创业故事，也是一段佳话。

蔡东峰高中毕业后跟叔叔去上海卖香菇木耳，认识一个叫秦婷婷的山西姑娘，两人你情我愿滚了床单。秦婷婷同堂妹秦莹莹在上海一家五星级宾馆当服务员。农村的年轻人到了大城市，见识广了，胆子也大了。蔡东峰不甘心这样碌碌无为，想创一番事业。创业哪有那么容易，他一没经济基础，二没官场门路，可他头脑灵活，想出一个好办法：同秦婷婷姐妹合作，在宾馆里接项目。

20 世纪 90 年代，全民经商热，大家都在寻找商机，宾馆无疑是商人最集中的地方。蔡东峰负责寻找项目信息，秦婷婷姐妹负责在宾馆寻找投资人。秦莹莹长得漂亮，是前台接待，客人的身份她第一个知道。张中瑞是深圳一家能源公司总经理，酒店的长住客，正寻找投资项目、扩大商业版图。为了抱住这个大老板，蔡东峰使出一套连环计。

秦婷婷、秦莹莹经常陪张中瑞聊天吃饭、唱歌跳舞。长期出差的寂寞与孤独，有了两位年轻漂亮的女子做伴，张总的日子就像歌里唱的，活得潇潇洒洒。时间长了，感情就深了，张中瑞认秦莹莹为干女儿。后来秦婷婷引蔡东峰与张中瑞认识。蔡东峰头脑灵活、社会经验丰富，渐渐地两人成了好朋友，并成立了一家投资公司。

秦婷婷的家乡在山西晋中山区，父亲是村里的党支部书记。他们村勘探时发现一处煤矿，急需资金投资开发。秦婷婷带张中瑞、蔡东峰坐飞机赶回了家乡。经过一番龙争虎斗，作为地头蛇的秦婷婷父亲有张总雄厚资金的支撑，终于取得了煤矿开发权。

这个煤矿是露天矿，挖出来的煤是无烟煤。客户用麻袋装着现金来要煤，装煤的载重卡车排成一条长龙。蔡东峰在山西这几年，是煤矿发展最红火的时期，公司日进斗金，蔡东峰成了身价上亿元的煤老板，实现了从小商人到企业家的华丽转身。

煤矿过分开采、环境污染日益严重，山西省人民政府出台了整合煤炭资源的政策。很多煤矿或兼并重组或资产转让，小型无证的小煤矿被关闭，蔡东峰和秦婷婷也在考虑自己的后路。刚好杨秀夫的金安房地产项目需要资金，蔡东峰和秦婷婷商量后，一千万元资金准时到位。这次董事会，秦婷婷担心在福州召开，后来发现是在湖南金安市开会，不是回福州，就同意了。蔡东峰像出栏的赛马，一路狂奔来到了金安。他一看见陈嘉树，心里就有一种抑制不住的激动。

严小莺是做服装贸易的，在东莞有两家大型服装厂。她从深圳坐飞机过来，黄放去荷花机场接机。杨秀夫从省城开车过来。傍晚，四个人既是公司股东又是老同学见面了。杨秀夫和严小莺对蔡东峰的体形变化惊叹得不敢相认，蔡东峰自嘲一番，引起大家哈哈大笑。

晚餐安排在流水山庄，是陈嘉树昨天订好的。陈嘉树和郑芬坐悍马车前面开路，蔡东峰被杨秀夫拉着坐奔驰车跟在后面，黄放和严小莺坐公司的路霸车殿后。三辆车向流水山庄驶去。

傍晚时分，夕阳西下，流水湖湖面一片金色光芒。光芒随着涟漪，像无数少女闪着笑眼，迎接尊贵客人的到来。陈嘉树一行人看见这美丽的景色，迎着湖面上凉爽的微风，心情舒畅，意气风发。

蔡东峰看见包厢里流水潺潺，水中的鱼儿悠闲游动，水边花草茵茵。他顺着流水追溯，原来山庄的餐饮包厢是顺着小溪流依次修建，融山水饮食于一体。蔡东峰惊叹不已，这几年他长期生活在山西的山沟沟里，一眼望去，尽是光秃秃、黑沉沉的群山，今天见到久违的老同学，见到湖光山色、绿草红花，有宛如隔世的感觉。

菜是金安特色的野味和土菜，不加辣椒。四个股东加黄放、郑芬及三位司机，九人一桌。座位还是杨秀夫来安排。他坐在主位，拉蔡东峰坐自己左边，请严小莺坐右边。陈嘉树、郑芬依蔡东峰坐下，黄放依严小莺坐下，剩下三位座位是司机的。依福隆建设集团惯例，男人喝茅台、女人喝小拉菲、司机喝饮料。

蔡东峰与老同学太久没见面了，菜一上来，他就站起来，三个同学一人敬一杯，黄放、郑芬两人各敬一杯，三个司机敬一杯。

杨秀夫是个讲究规矩的人，做事情有板有眼。他认为喝酒是好事，喝好了，成好事，是享受；喝过了，会误事，是负担。酒性不好的人，醉酒后乱性、乱德，会坏事。他看见蔡东峰一上来就打个通关，担心大家胡乱喝酒，喝高了会闹笑话、出洋相。他定了今晚敬酒的规矩：敬酒要有酒令，师出有名，而且不能重复，否则不算。这样口才差、经验少的人就不敢举杯敬酒了。杨秀夫对自己的酒量很自信，他以董事长名义，打个通关。

杨秀夫敬酒后，陈嘉树、严小莺、黄放、郑芬依葫芦画瓢，也以自己在公司职位的名义向各位敬酒。蔡东峰不喜欢这样循规蹈矩的喝酒模式。他今天高兴，喜欢热闹，以同学名义、以距离远近名义、以年龄大小等等不下十种名义向大家敬酒。本来说好了晚餐后去唱歌，但蔡东峰敬酒不依不饶，酒席从七点持续到晚上十点半才结束。最后，蔡东峰醉了，唱歌也去不成了。陈嘉树就在山庄开几个房间供大家休息。蔡东峰的司机担心老板半夜要是吐了、喝水什么，想同他住一个房间。陈嘉树知道司机今天开车太累了，就安排他同杨总的司机一起睡，自己同蔡东峰住在一起。

第六章

清晨，天刚蒙蒙亮，窗外就传来唧唧啾啾的鸟叫声。陈嘉树昨晚喝酒微醺，回客房就睡着了。早上醒来，他看见蔡东峰睡得正酣，就蹑手蹑脚起床洗脸刷牙，然后去别墅背后的登山道登山了。

初春的清晨，凉爽的风夹杂着树木青草的清香，沁人心脾。小道边的草尖上挂着晶莹的露珠，像小女孩挂在眼角的泪滴，不忍触碰。陈嘉树徜徉于林间山道，贪婪地呼吸着清新的空气，轻松惬意。太阳从东面的山尖露出了笑脸，陈嘉树才踩着露水回到了别墅。

蔡东峰醒了，懒洋洋地躺在床上。陈嘉树烧好了水，倒一杯放在他的床头柜上。一阵铃声响起，蔡东峰的电话来了。手机还在充电，他顺手按了免提：“喂，谁呀？”

“爸爸，我是花花，爸爸……”一阵女孩的声音。

蔡东峰怔住了，久久没有回答。

“爸爸，我是花花呀，我的声音你都不认得了？爸爸！”电话里传来女孩的哭声。

蔡东峰的脸抽搐着，眼泪从他的眼眶慢慢溢出，顺着脸颊流了下来。他拿起电话，一声“花花”禁不住哭出声来。

“爸爸，我长什么样你都不知道了，爸爸，你回家吧，爸爸……”花花的哭声越来越大。

“花花，爸爸会回去看你、看你哥，你莫哭、你莫哭……”蔡东峰老泪纵横。

陈嘉树禁不住也潸然泪下。他拿起蔡东峰的手机，说：“花花，我是你爸爸的同学嘉树叔叔。你爸爸会回去的，他现在忙，过一段时间就回去看你们。你莫哭，你一哭，你爸爸也哭了，他还没吃饭……”

陈嘉树费了很长时间才哄花花放下电话。蔡东峰一直处于悲恸中。过了好一会儿，他起床刷牙洗脸，然后坐在床上发呆。

“你怎么啦？这么长时间不给家里打电话、也不回家？”陈嘉树看见蔡东峰平静下来了，不解地问。

“想呀，怎么不想？特别是逢年过节时候，老家的儿子、女儿天天打电话，哭喊着叫我回家。婷婷这边也是眼泪不停，怀里的小孩又小，我忍心回去吗？一次又一次、一年又一年，我受不了、我快发疯了，干脆换了号码。我对不起他们母子，我无脸面对他们……”蔡东峰深深自责。

“那他们生活怎么办？平常谁来照顾？”陈嘉树问。

“以前我直接寄钱回家，后来断了联系，我寄钱给我姐转交。家里有什么事也是委托我姐解决。我这次来金安我姐知道，电话号码可能是她告诉花花的。”

“你以后怎么办？总不能一直这样下去吧？马上清明节了，我准备回家一趟，你想不想跟我回去，到你父母坟前烧些纸钱？”嘉树试探道。

“想回去，可现在不行。我是个不孝之子，我不想再这样下去了！人的一生为了什么？还不是为了父母、子孙？我两边都有小孩，手心手背都是肉。我欠花花母子太多了，我想赎罪，我还想落叶归根。我们是老同学，你要支持我……”蔡东峰向陈嘉树敞开了心扉。

这几年蔡东峰赚了很多钱，一直想转移资产回去，但秦婷婷控制得很严，所以寄回去的钱不多。去年山西开始煤矿大整顿，他们的煤矿面临着被兼并。前几个月杨秀夫来电话说做房地产需要资金，蔡东峰觉得这是个机会，于是投了一千万。蔡东峰想，公司是杨秀夫、陈嘉树掌控，以后转钱回去就容易了。如果将来还有地产项目，蔡东峰还想投资，他计划将赚的钱尽量转回家乡，回报亲人。

按计划上午去工地检查工作，下午开董事会。一行人在陈嘉树、项目杨经理陪同下，绕工地走了一圈。俗话说，内行看门道，外行看热闹。杨总检查工期进度、工程质量、安全防护、文明施工等等。蔡东峰、严小莺对工程施工不熟悉，只见工地热火朝天，两栋办公楼拔地而起，兴奋不已。检查完后，他们到项目部会议室召开生产会议。会上，杨秀夫下了死命令：“十月二十日前验收交房。工程竣工只许提前，不许推后。提前有奖，推后重罚！”

董事会在房地产公司会议室举行，由杨秀夫董事长主持，郑芬记录。当郑芬把泡好的茶、水果端上会议桌后，会议就开始了。

总经理陈嘉树第一个发言。他向股东汇报了金凤房地产公司成立以来公司运作情况、以后工作计划安排。他把十二项重要议题提请董事会确定。郑芬将打印好的议题材料分发各位股东。议题有各种规章制度、公司年度任务目标、总经理、常务副总权限、资金使用情况、项目部奖罚、人员招聘等等。

这些议题是这次董事会核心内容，是每个股东最关心的问题。一个企业想发展壮大、想成功，必须制定一套好的规章制度，否则就是一盘散沙、最终企业垮台，股东因财失义，甚至对簿公堂。几个股东都办过企业、都是过来人，所以对陈嘉树提出的议题一项一项认真审阅、修改补充。董事会从下午两点到晚上九点才结束。

董事会开得很成功。股东们对陈嘉树的工作评价甚高，对他的管理水平赞赏有加。大的原则方针已定，大家心情舒畅，一起到一米阳光 K 歌。昨晚他们余兴未尽，今晚倍加兴奋。特别是蔡东峰，由于有严小莺、郑芬在场，自己也不敢乱来，只是不停地同大家干杯。杨秀夫定下规矩，大家轮流唱歌，找人合唱也可以，然后由男同胞敬酒，女同胞献花，不唱的加倍罚酒。大家你一首我一首，直到凌晨两点才尽兴而归。

清明节快到了，有的工人要借钱，有的工人要请假回家扫墓，对当老板的人来说，这是个关口。董事会结束的第二天，杨秀夫急着回长沙。蔡东峰是煤老板，境遇同杨秀夫差不多，也急着回晋中。

严小莺留在金安。这个季节是服装行业的淡季时间，订单少了，工厂的事情也少了。严小莺想在金安多待一段时间，同黄放一起过清明节，尽一份妻子的责任和义务。从结婚到现在，俩人在一起的时间不足三年。长期的分离、又没有感情基础，双方各过各的，经济也互相独立，两人之间隔着一条无形的鸿沟。严小莺认为，两人结婚组成家庭，像成立一家公司。公司要双方投资、共同经营。如果一方不投资感情、不经营，公司最终会倒闭，两人以离婚收场。以前两人相隔万里，投资不到位，婚姻是个空壳公司。现在两人近了，投资方便了，应该要加大投入，把“公司”经营得红红火火。

黄放能去美国，是他的堂叔黄光耀所赐。黄光耀是黄厝里黄贵成的儿子，新中国成立前留学美国，后来成了科学家。他三十年前回家乡祭祖、修缮祠堂，警车开道，县长陪同，还到马堡中学演讲，轰动了整个马堡镇。黄光耀回美国后，担保几个黄家年轻人去美国。黄放初中毕业，是几个年轻人中的一个。黄放同严小莺的婚姻是黄厝里的人介绍的。严小莺的父母看见女儿考不上大学，如果能同黄放成婚，钓到金龟婿，解决了女儿终身大事，这是天上掉下来的馅饼，于是顾不得女儿的意见，立马同意了。结婚后，因为签证问题，严小莺迟迟不能出国。长期的两地分居、有限的交流，造成了黄放和严小莺两人间的猜疑和隔阂。他们俩没有经过恋爱直接进入婚姻，后来有了孩子，所以少了爱情，多了亲情。

黄光耀帮黄放办出国后就不管了。黄放起先在中餐馆当小工、当厨师，后来同先期出国的宗亲合伙开餐馆。餐馆在美国有名的赌城拉斯维加斯市，黄赌毒盛行。黄放经常去按摩店释放多余的荷尔蒙。这种地方消费便宜，很多小姐是偷渡过来没有身份的亚裔。黄放偶尔也去消费比较高的红灯区，那里很多金发美女，一个个袒胸露乳、搔首弄姿，玩的是刺激。黄放每次都是兴冲冲去，垂头丧气回来，常常后悔，这是何苦呢?

夜深人静时，黄放常常想着妻子严小莺。严小莺干净素雅、嫣然巧笑，是那么明丽动人。朦胧间，他看见妻子一袭白色连衣裙，乳白色的中跟皮鞋，手里提着白色的小巧皮包，像一朵白莲花忽然飘到了自己床前。睁开眼，又是南柯一梦。这日子她是怎么熬呢？每天晚上她在做什么呢? 是不是同别的男人上床?

黄放在金安市认识的第一个朋友叫猴子哥，矮矮瘦瘦的，是道上的人，后来开了一家土石方公司、一家担保公司，成为当地赫赫有名的人物。黄放上班第一天，猴子哥就上门洽谈土方工程的事。后来虽然工程没中标，他也没有派人来捣乱勒索，还几次约黄放吃饭。一个周末，黄放同一米阳光歌厅的一个小姐消夜，碰见猴子哥。猴子哥拉着黄放说，找歌厅里的小姐容易被别人看见，不如找一个学生妹，每个月给她两三千块钱，租个房子，召之即来，挥之即去。等过一两年她毕业了，两人拜拜，这样又便宜、又安全、又保密，又能减轻她的经济负担。猴子哥认识职业学院里的一个厨师，他有办法介绍。黄放听后笑了，“这算扶贫吧? ”

黄放以为猴子哥说着玩的，没放在心上。一个月后的周末一天傍晚，猴子哥打电话来，说找到了一个学生妹，要他赶紧过来。想不到猴子哥来真的，约了个姑娘在饭馆包厢里等他。姑娘身材丰满，穿着一件蓝色连衣裙、戴着眼镜、肤色白皙、脑后扎了个马尾巴，一看就知道是一个健康单纯的女学生。黄放从猴子哥的介绍中得知女孩家在本省西部山区，名叫黄香依，就读金安职业技术学院旅游专业，今年大二。

菜是猴子哥事先点好的，大鱼大肉的，辣得黄放不敢下筷子。黄放和猴子哥喝着啤酒，唱起了双簧。猴子哥大肆吹捧黄放，说他是美国来的华侨大老板，在金安投资房地产，在金安市没有他办不了的事情。黄放也卖弄一番，讲一些美国故事。黄香依喝饮料，坚决不喝啤酒，辣菜正合她的口味。她一边微笑地听着，一边放开肚皮、大快朵颐。可能吃太多了，黄香依去了卫生间。

“还满意吗？”猴子哥看见黄放色眯眯的眼光老瞟黄香依，故意问道。

“不错、不错，就是不爱讲话。”黄香依年轻漂亮、丰满单纯，正是黄放梦寐以求的。

“不爱说话是胆子小，没在社会上泡过，单纯干净。我给了我朋友四千块钱，加两条芙蓉王，他才把这个妹子介绍给我们。”猴子哥洋洋得意。

吃完饭后，黄放建议大家一齐去一米阳光唱歌。猴子哥也怂恿黄香依。黄香依说同班上同学约好了，今晚要排练节目，准备参加校庆文艺表演。黄放为了给对方留下好印象，也不强求，双方留了电话。最后黄放叫一辆的士，绅士般送黄香依回学校。

周六下午，黄放约黄香依到福建酒楼吃饭。黄香依喜欢吃，对美食是来者不拒，黄放邀请，她答应了。市中心步行街新开一家福建酒楼，经营福建特色海鲜，楼上还有客房。开业那天，酒楼陈老板邀请金凤公司和项目部福建籍的管理人员参加酒宴。黄放去了，发现这是一个好地方，他想在这里请黄香依吃海鲜，灌醉她。

夜幕降临，步行街两边五彩缤纷的霓虹灯亮了起来。男男女女从家里走出来，或散步、或逛街购物，渐渐的人越聚越多，长长的大街人潮如织。黄放在五楼客房开好房间，二楼餐厅定了包厢。包厢里，黄放点好了菜，温好了青红酒，正焦急等待黄香依的到来。

黄香依来了。可能走路有点急，丰满的胸脯上下起伏，红晕的脸上布满了细细的汗珠。她走进包厢，一屁股坐在椅子上。

酒菜陆续上来，有牡蛎、海蟹、九节虾、大黄鱼，炒、蒸、煮、煎，琳琅满目、香气扑鼻。黄香依从来没见过这么好吃的海鲜，两眼放光，抄起筷子就往盘里伸。

“不急、不急。”黄放拿一个杯子，给她倒了一杯冒着热气的鲜红色液体。

“这是什么？”黄香依有些疑惑。

“这是青红酒，是福州地区特有的糯米酿的酒。”黄放回答。

“我不喝酒的，这你知道。”黄香依提醒黄放。

“吃海鲜不喝这种酒不行的。海鲜生、冷，没吃过的人，吃多了肠胃适应不了，马上就会得肠胃炎，上吐下泻，要送医院的。”黄放耐心解释。

“你们那里也有不喝酒的人，他们为什么可以吃海鲜？”黄香依警惕性很高。

“他们经常吃，肠胃适应了，所以没问题。”黄放认真回答。

“哦……”黄香依依稀记得看过这种报道，“这不会醉吧？”

“不会，这种酒是绿色无公害酒，酒精度很低，不会醉的，你试试。”黄放端起酒杯往黄香依口里送。

黄香依接过杯子轻轻抿了一口，酒有点涩，又有些甜，满嘴香气，很顺口，没有白酒的辛辣、呛人。黄香依相信了，喝了一大口酒，挟一块黄鱼肉往嘴里送。

美味很诱人。黄香依从来没吃过这么好吃的海鲜，少女的矜持样不见了，狼吞虎咽，风扫残云。黄香依的吃相让黄放越看越高兴，这正是他想要的。黄放又点了红烧带鱼、土鸡鲍鱼汤两道菜。他不停地夹菜劝酒干杯，一壶五斤装的酒壶喝了底朝天。黄香依的脸红彤彤的，打着酒嗝，摇着手不想再喝了。黄放不让，又温了半壶青红酒上来。他说："青红酒是美容养颜的，你看，这颜色红红的、这么鲜艳，喝一次，胜过去美容院美容十次。"

黄香依开始醉了。青红酒度数低、好入口，没经验的人不知不觉中就会喝多了，慢慢醉倒了。黄香依眼皮开始沉重，眼睛有点模糊，脑子胀痛。她摇摇晃晃站起来，"我要回去，我要回去……"

黄放赶紧过来扶住她，把她的一只手搭在自己肩上，"好，我送你回去！"然后把黄香依半搀半背到了五楼客房。黄放把她放在床上，她倏地坐了起来，一道腥臭无比的浊流从口中喷涌而出，然后又"嘭"一声躺倒床上，痛苦地呻吟着。这样反复两三次，她才渐渐平静下来。

黄香依完全醉了，吐得一塌糊涂。黄放叫来服务员清理一番。还好服务员是黄放认识的，清洗得干干净净，还喷了空气清新剂，否则这房间根本不能住人。

房间开着空调，很缓和。黄放洗了澡，把房间大灯关了，只开床头灯。床头灯的灯光是橘黄色的，很柔和，照在黄香依熟睡的脸上，是那么美丽、安详。黄放轻轻揭开被子，慢慢褪去黄香依的衣物，一具完美的胴体呈现在面前。黄放的心脏一阵狂跳，他平静一下心情，从头到脚轻轻抚摸着这丰腴、富有弹性的躯体，心醉了……

黄放一夜没睡。天快亮时，他给黄香依穿上衣物，清理了现场，把一扎一万元钱放在她的枕边，然后把"请勿打扰"的牌子挂在门外的把手上，关上门，洋洋得意地走了。

星期天一整天，黄放待在自己房间，忐忑不安。黄放清楚，在国内，没有征得女孩同意或者女孩酒醉了没有意识，同她发生性关系都算强奸，如果对方报警，被抓到要蹲监狱的。特别是女大学生，社会舆论会淹死你。天快亮时，黄放担心黄香依醒来大声呼叫，那麻烦就大了。他掏出一万元钱放在黄香依的枕边。黄放想，看在这么多钱的份上，黄香依应该不会报警吧！

第一天过去了，没有任何风吹草动；第二天又过去了，还是没有什么异常，黄放提到嗓子眼的心终于落到肚子里。

那天早上，黄香依醒来，感觉脑子昏沉沉的，全身酸痛。她睁开眼睛一看：白白的墙壁、宽敞的房间、高档的摆设，这是宾馆。黄香依吓了一跳，自己怎么会睡在这里呢？她摸了下自己身子，发现衣服还在身上，放心了。她努力回想昨天晚上怎么到这里的，一直想不起来。只记得昨天同黄总两个人吃饭喝酒，红红的酒，一桌子海鲜，后面发生了什么，没有一点印象。

黄香依慢慢坐起来，看见枕头边一扎百元大票，感觉不妙。她摸了摸自己下面，黏糊糊的，还隐隐作痛，就明白昨晚被黄放算计了。她脑子乱哄哄的，不知如何是好，只是望着那一扎百元大票发呆。过了半个小时，黄香依才起床，她刷牙洗脸，洗了个澡，然后把钱装在宾馆的洗衣袋里，提在手上，落寞地回到学校。

黄香依出生于湖南西部山区一个苗族家庭，家里有爷爷奶奶、父亲母亲，一个哥哥。爷爷奶奶年老，父母亲种田，哥哥在做旅游，一家人日子过得去，但也没有什么剩余。黄香依上大学后，看见班上有的女同学衣服一套又一套，化妆品、苹果手机，她羡慕嫉妒恨。她也想拥有这些东西。黄香依听说有的女同学陪客人吃饭、唱歌、旅游可以赚钱，也想去试试。食堂胖师傅说他有门路，可以介绍。黄放是她的第一个客户。他白白胖胖的、性格温和、出手也大方，是个不错的大叔。可他色眯眯的，有点讨厌，这么大年纪了，还这样，真是个老色鬼！自己千小心万小心，最后还是落入他的陷阱。不过这老色鬼还有点良心，一下子掏了这么多钱，黄香依的心释然了。

一周后，黄放又打电话约黄香依，黄香依不出来。第二周黄放打了三次电话，才把黄香依约到福建酒楼。这次黄香依打死都不喝酒了。吃完饭后，她还是跟着黄放到五楼开房。这次黄香依虽然被动，但有了互动。黄放心花怒放，甩给黄香依五千块钱。

黄放平常花钱有点小气，唯独对女人花钱很大方。黄香依被他的钱炸倒了，投进了他的怀抱。两人在一个小区里租了一套房子，经常幽会。

女人的心是很敏感细腻的。严小莺发现黄放有什么秘密瞒着她，但她不想去寻根究底。这么多年了，作为一个男人，老婆长期不在身边，出去偷吃几口也正常，但不能过分，不能让自己知道，不能伤害到“公司”，这是严小莺的底线。

难得放假一天，陈嘉树约严小莺、黄放、郑芬去岳阳楼游玩半天，傍晚回来参加项目部的清明晚宴。黄放借口今天要同材料商谈价格，是前几天约好的，所以没时间去。其实他想趁严小莺离开金安，自己好与黄香依幽会。郑芬怕严小莺发现自己同陈嘉树的私情，借口有事不敢去。陈嘉树和严小莺看见他们两个不去，俩人在金安森林公园兜了一圈，就回到公司泡茶聊天。

严小莺成为金凤房地产公司的股东，是陈嘉树的功劳。当谈下金安地产项目选择投资者时，杨秀夫推荐蔡东峰，陈嘉树推荐严小莺。严小莺和陈嘉树的密切关系，要从高中时候讲起。他们俩的第一次亲密接触是一次劳动后发生的。当时也是春天，他们班的男同学在学校分的试验田里插秧，女同学负责午饭。劳动结束后，陈嘉树的白衬衫上粘了很多黑泥巴，他脱下衬衣在河边的水里慢慢搓洗。白衬衫是的确良布做的，当时是非常高档的衬衣，陈嘉树有点心痛。严小莺一个人在河边洗碗，她看见四周没什么人，只有身着背心的陈嘉树在洗衣服，轻轻地说：“来，我帮你洗！”伸手去拿陈嘉树手中的衣服。陈嘉树当下愣住了，他回头看了下严小莺，看见她的脸一下子红到了耳根。陈嘉树不知如何是好，手脚忙乱地把衣服一裹，颤巍巍地递给了她。严小莺接过衣服，低着头默默地洗着衣服，洗完后把衣服递还陈嘉树。陈嘉树轻轻说了声“谢谢”。

高中最后一年，学校组织毕业班学习成绩比较好的、有希望考上的学生住校晚上补课，陈嘉树、游世方、胡文章、蔡东峰、严小莺都入选了。寄宿生的生活紧张活泼，男女同学的关系渐渐融洽了许多。重阳节，大家相约去龟山登高，凌晨一到放鞭炮，为明年高考博彩头。

晚上十一点多，大家打着手电筒往龟山山顶冲去。严小莺体质较差，渐渐落到最后。陈嘉树陪着她，不时拉一把。上龟山的山路很窄、很陡，严小莺爬得气喘吁吁。快到山顶时，严小莺走不动了，坐在路边的一块石头上休息。陈嘉树也累了，挨着她坐下。

农历九月的深夜，山顶有些凉意，一阵风吹过，衣服上的汗水变得凉飕飕的。严小莺一激灵，自然地靠到了陈嘉树的身上。陈嘉树顺势拥住了她。严小莺吹气如兰，陈嘉树闻到了阵阵幽香，觉得胸中有团火，不断往上翻涌，他低下头寻找那幽香之源。严小莺轻轻推开陈嘉树，瞬即又抱住了他。

“嘉树，你在哪呢？”不远处传来胡文章的声音。

陈嘉树、严小莺赶紧松开对方，陈嘉树慌张地回应道：“我在这儿！”

黑夜里，虽然只隔三四十米，但谁也看不见谁。一会儿，陈嘉树、严小莺一前一后出现在山顶。

那年高考，陈嘉树、胡文章报考大专，榜上题名。游世方、杨秀夫、蔡东峰、严小莺报考中专，只有游世方一人考上了。

高中毕业，是人生路上的一个十字路口。下一步怎么走、走向哪里，人生道路的选择摆在大家面前。陈嘉树、胡文章考上了大学，去了省城福州。游世方考上了省财经学校，去了厦门。杨秀夫跟着他舅舅学泥瓦工，去了江西。蔡东峰跟着叔叔去了上海滩开店做生意。严小莺想复读一年，但是她的父母却逼她嫁给在美国开餐馆的黄放。严小莺哭过闹过，最后在她父亲的棍棒威胁下、母亲的哀号眼泪中屈服了。

二十多年过去了，高中时光一直是陈嘉树和严小莺的美好回忆。

清明节是个缅怀追思的日子，太阳一下山，身在异乡的游子呼朋唤友，推杯换盏，人人都沉浸在节日的气氛中。项目部今晚在福建酒楼宴请房地产公司全体人员，酒席开三桌，参加人员几乎都是家乡人。大家集体狂欢，用酒精来忘却对家乡亲人的思念。

第七章

陈嘉木是二房嘉字辈唯一吃公家饭的人，民办转正成了小学教师，是几个兄弟中最有知识的人。修祖厝的事，陈春旺打了他几次电话，征求他的意见。他说："不急，不急，好好沟通商量，事情总会解决的。"二房几个兄弟也要他拿个主意，他被逼急了，提了个方案，三条防线。

陈嘉木是个知足常乐的乐天派，下午放学送走学生后，他对着一楼厨房大声喊："李梅、李梅，我们家大喜事来了，把冰箱里的猪脚炖了，今晚好好喝几杯！"

"喝、喝，就知道喝酒！"李梅大嗓门回应，显得不耐烦。

厨房是教室改成的，敞着窗户，宽敞明亮。李梅老师正在厨房里忙着晚餐饭菜。陈嘉木看见自己的话激不起妻子的兴奋，快快地跨进厨房。

"什么大喜事？大呼小叫的，想好酒好菜明着说，哪一天亏待你了？天天晚上就知道喝喝喝，连'大财靠运气，小财靠节俭'的道理都不懂，还当什么老师、校长？想吃好的自己弄去！"

"我什么时候说过假话？真的有大喜事。"

"那你说，我听高兴了给你炖猪蹄，不高兴了你别想喝酒。"

"好的，讲话算数！你听高兴了一夜睡不着，不要怪我喔！"

"到底什么事把你美成这样？再不说我可生气啦！"

"你宝贝儿子的事。快下课时儿子打电话来，他女朋友的父母终于点头了，同意他们往来。亲家说关系确定了要一个仪式，儿子的意思买一枚钻戒送他女朋友，只要三万块钱。你快要当婆婆了，我快要当公公了，接下来就是当爷爷奶奶，你说是不是我们家的大喜事？该不该好好喝几杯庆贺庆贺？"陈嘉木兴奋得眉尖在跳舞。

"是我们家的大喜事，我高兴得今晚肯定睡不着了。你说，你今晚不喝酒能睡得着吗？"李梅听后一脸的喜悦，接着又暗淡下去，“钻戒只要三万快钱，不多，你拿钱来？”

一盏日光灯下，陈嘉木和妻子李梅在厨房边的小餐桌上吃饭。桌上摆着一碗猪蹄炖黄豆、一碗干煎带鱼、一盘青菜。陈嘉木唉声叹气，闷酒是一杯又一杯。

李梅数落：“我早跟你说过，我们当老师的就这么几块工资，要省吃俭用，存些钱备用。你就是不听，天天酒肉不断，请客送礼不甘人后，装大方，现在要用大钱了拿不出，耽误了儿子终身大事怎么办？你五十多快退休的人，再这样下去，双手空空的没一点积蓄，到时候哭了流不出眼泪。你脸皮薄，不想求别人，借钱都要我出面，我如果不出面，你怎么办？每回要借钱你就唉声叹气，喝闷酒，逼着我向娘家借。这是最后一次，以后借钱的事我再也不管了！”

陈嘉木讨好妻子：“你是我们家老板，我们家三人小公司肯定要靠你。我是员工，埋头工作，不打麻将不抽烟，就晚上咂几口，算是模范员工了。公司形象很重要，人情世故你来我往，我怕我们这个小公司被别人瞧不起。再说，我这个老员工活得滋润，吃好穿暖，被人家尊重，那是为你这个老板长脸。如果做员工的受虐待，吃不好穿不暖，不跳槽才怪！”

李梅：“你跳呀！有本事你就跳，看你能跳到哪里去？哪家公司会收你这个老头当员工？”

陈嘉木：“没有公司收留我，我就去寺庙，学弘一法师，当和尚算了。”

李梅：“你去呀！当你的和尚去，没人拦着你。就怕要酒要肉的，被寺庙赶出来，成了野和尚！”

陈嘉木：“对啊，我有老婆有儿子，又喝酒又吃肉，哪家寺庙敢收我？看来我真的没地方去了。我不想辞职。这和尚我不能当！”

陈嘉木洋洋自得，端着酒杯，“嗞”地又是一口。

丈夫的油腔滑调令李梅哭笑不得，她挖了丈夫一眼，伸手佯装要敲他的脑壳。

第二天，李梅坐三轮摩托车去马堡镇娘家借钱了。李梅的三个哥哥都是建筑老板，经济条件都不错，借两三万元根本不是问题。她准备先到大哥家。大哥的家是四层小洋楼，外墙贴着金黄色小瓷砖，楼梯部分是蓝色的玻璃幕墙。李梅看见了大哥的小洋楼。突然，一辆崭新瓦亮的轿车慢慢靠近自己停下，车门打开，一个穿着酒红色连衣裙、涂脂抹粉的贵妇人笑眯眯的下车，朝自己甜甜叫道：“哎，李梅，李梅……”

人的容貌会变，声音不会变。这声音是那么熟悉，又是那么亲切，李梅闭着眼睛就能猜到：她是自己的好同学、好闺蜜——张美美。张美美和李梅从小学到初中都是同班，家又挨得近，毕业后又一起在镇上开店。张美美开的是美容店，李梅开的是裁缝店。晚上时间俩人都腻在一起，还经常睡在一个被窝里。

张美美很会做生意，什么赚钱做什么。李梅结婚那年，张美美和丈夫离婚了，把三岁的女儿丢在娘家，上北京开茶庄、上海开金银首饰店，做珠宝生意。她几次想和李梅合伙，都被陈嘉木拦阻。李梅知道丈夫心里的小九九，担心自己在大城市心野了，拴不住。现在看见张美美衣锦还乡，李梅心里是五味杂陈，不知如何开口。

张美美热情地拥抱李梅，说：“我去了你大嫂家，专门打听你。刚才车子开过去，我看见好像是你，又调头过来，果然是你！”

李梅：“好久不见了，如果你不叫我，我可能都认不出你了，我眼睛有点花了。还是你眼力好，这么远一眼就认出了我。”

张美美：“我们俩什么关系，二十几年天天在一起，说句难听的话，就是烧成了灰也认得。听你大嫂说，你儿子研究生毕业，在省交通厅当公务员，你老公当了校长，你现在是校长太太了！”

“我是乡下老太婆，满脸皱纹，老了，哪里是什么太太！你女儿呢？还在新加坡吗？很久没见了，现在见面肯定认不得了。”李梅知道，“太太”是上层社会官员或有钱有权男士妻子的尊称，自己是山沟里的老太婆，美美这么称呼自己，不知是恭维还是讥笑？她笑不起来，但不得不挤出一丝笑容，赶紧把话题转移到美美女儿身上。

“玲玲回来了，在她外婆家。这孩子到现在还没有男朋友，真是愁死人！几年了，叫她带一个男人回来，可她就是没有！再不找，一生就毁了！你这个干妈，帮你干女儿物色一个小伙子，只要你觉得行，我拿刀逼着她嫁过去。我在省城早给她买了婚房……”张美美的性格一点没变，还是那么爽直，像个男人。

“玲玲回来了？还没结婚？咦……”李梅想问问什么原因，话到嘴边咽住了。玲玲这么长时间没给自己写信打电话，谁知道她还记不记得小时候的事，心里还有没有我这个干妈？

“我叫她到你家住几天，你把她当成亲闺女，好好开导开导她。你的话她会听的。玲玲心里还在怨恨我，我的话她当成耳边风，有时候故意和我对着干……”张美美说着说着，眼眶红了，声音也哽咽了。

李梅拥着美美：“好的好的，我理解你。你叫玲玲大胆来，只要她不嫌弃，想住多久都行，我慢慢做她思想工作。玲玲是个好女孩，不会怨恨你的，你可能想多了。”

“她的亲爸爸真是没良心的人，大人离婚了，可女儿是他亲骨肉呀！玲玲长这么大，从来不闻不问，天下有这么狠心的父亲吗？我真瞎了眼，当初怎么会看上这样的人？害了自己也害了女儿，我真后悔！那时候我北京上海奔波创业，要是没有你和她姥姥收留，玲玲不知道会变成什么样了。她心里恨我，我罪有应得！”眼泪涌上张美美的眼眶。

李梅：“有失必有得。你没有离婚，就走不出这小镇，也不会有今天的成功。我更后悔，当初没听你的话，被陈嘉木死死拖着，不能跟着你走南闯北创业，到今天还窝在山沟沟里，成了扶贫对象。我现在是乡下老太婆，你是成功的女企业家，你还后悔什么？过去的事就让它过去，不要想那些伤心事了。”

张美美破涕为笑：“对，对，不提那些伤心事了。你衣服、裤子、鞋子都穿什么码数？一年四季我各买两套寄回来。”

李梅再三推辞：“山沟沟里穿好衣服糟蹋了，不要买，我有衣服。”

“我们还是姐妹吗？以前天天在一起，现在联系少了、生分了，再这样下去姐妹都没得做了。”张美美有点生气了。

“那好吧，我回去后短信告诉你。”盛情难却，李梅答应了。

“现在有微信了，微信联系最方便。你那里有网络吗？”

“有网络。我们加个微信吧。”

“加了微信，我们以后要天天联系！”

张美美要赶飞机回上海。加了对方微信后，俩人依依不舍告别。

夫妻离婚，最受伤害的是儿女。张美美离婚后，男方不要玲玲，担心成为再婚的障碍；美美为了事业，不能带着女儿。玲玲小时候经常在外婆和李梅干妈两家之间迁徙。李梅曾经想抱养她，由于国家计划生育政策不允许，所以不敢向美美开口。玲玲以前经常同李梅干妈联系，大学毕业去了新加坡后联系逐渐少了，最后断了音讯。

时间如流水，坚冰一样的感情在它面前都会慢慢淡化。李梅和张美美以前是两天一联系，后来是一周一联系，再后来是一月一联系，最后是一年一联系。几年不见，两人有一种说不出的隔阂感。

李梅后悔早上走得太急，没有换一身时兴衣服，加上坐摩托车一路灰尘，在美美眼里，自己是个十足的农村老太婆。李梅心里空落落的，和美美相比，自己像是旧社会跑出来的乞食婆。李梅清楚大嫂是个势利眼，美美前脚刚走，自己这个样子走进她的家，她一定不会拿正眼瞧自己。这怎么好开口向她借钱呢？可快到大嫂家了，如果不进去，被她知道了，怎么解释？李梅硬着头皮走进大嫂家。

大嫂正在打电话，看见李梅一脸的落寞，散乱的头发耷拉着，半新不旧的衣服皱巴巴的，脸上露出鄙夷的神色。她放下电话，拉着李梅到客厅洗面台洗脸。她边走边数落：“你看你，像个疯婆子、乞食婆！刚才美美来我这里打听你，你不知道，人家保养得像二十多岁的大姑娘。你和她同岁，以前比她漂亮多了，赚钱也比她多，怎么现在相差这么大呢？你坐火箭都赶不上她了！唉，女孩子嫁人，一定要睁大眼睛……”

李梅看了一眼镜子中的自己，鼻子一酸，眼泪夺眶而出。她用毛巾捂住脸，不让泪水流下脸颊。

大嫂感觉自己的话伤了小姑子，话锋一转：“吃得苦中苦方为人上人。你培养儿子读研究生，前期辛苦；将来儿子当大官，你可以进城享福了！美美虽然现在赚大钱很风光，可她女儿到现在还没结婚。后半生，你比她幸福多了！”

李梅知道大嫂为安慰自己，故意拿两个小孩做文章。大嫂虽然势利眼，可对自己还是挺关心的，没有恶意。她洗了脸，拍掉身上的灰尘，梳理了头发。

大嫂端来热茶，姑嫂二人坐在沙发上喝茶谈心。

“你大哥这次在省城接了个大工程，前两天打电话回来，工人和机械设备进场了，开始建临时设施啦！”大嫂洋洋得意，笑得嘴巴快裂到了耳根，“你大哥要我找一个月嫂，要有文化、有经验、脾气好、可靠、年龄不要太大。我问了几个人，没找到合适的……”

“谁家找月嫂？大哥和大嫂这么上心！”李梅疑惑不解。

“这个大工程的甲方老板！他老婆生小孩，找了两个月嫂都不中意，特意委托你大哥找一个合适的，可靠的，工资加倍都行。”大嫂回答。

建筑工程的甲乙方，是刀俎和案板的关系。工程是块肥肉，乙方想多留些肥肉，全希望甲方刀下留情，少砍几刀，可以说乙方的经济命脉掌握在甲方手中。李梅的三个哥哥都是承包工程的，她知道工程甲方老板的重要性，难怪大哥大嫂这么上心。

“我正想打电话找你，刚好你来了。你可能是救苦救难观音菩萨特意派来帮我的……早上我到观音堂烧了香。”

“一个月工资多少？要做多长时间？”李梅看见大嫂这么紧张，不由得笑了。

“一个月五千，最少要做半年以上。”大嫂殷勤地给李梅续了茶，“你帮我问问，有没有这样的人？愿意不愿意去？”

“我们那地方穷，这么高的工资，肯定有人愿意去。实在没人，我去，算我帮大哥大嫂一回！”李梅想起来大嫂家的目的，马上答应。

“如果有合适的人，这两天就要走。你大哥一天一个电话，天天催我，地址都给我了，意思找不到人，要我去顶。你说，我是当老妈子的料吗？你哥的心狠不狠？”事情有了眉目，大嫂的眉毛都笑弯了。

“那工资怎么发？能不能先给一些？让人家安顿家小。”李梅试探道。

“工资从我这边拿。你大哥说了，这是做甲方领导关系的好机会，怎么让领导掏钱呢？”大嫂看见李梅有点犹豫的样子，急了，“你又不是别人，半年工资三万块钱我提早给你，你帮我管着，一个月发一次，你一定要帮我……”

“好，我一定帮忙，找不到人，我自己去！”李梅像是沙漠中口干舌燥的旅行者突然看见一口甘泉，心里乐开了花。

逶迤的群山苍茫无际。一条公路像系在群山腰上的白腰带，渺小的三轮摩托车在这条腰带一样的公路上奔跑。车子转过山垭口，进入玉山村地界，美丽宁静的玉山村、半山腰的学校映入了人们眼帘。夕阳下，山村、学校闪着金色的光辉。渐渐的，学校那高高飘扬的国旗越来越醒目了。校门口站着一个人，正向山下眺望。

摩托车停在村口，几个村妇下了车。李梅背着背包最后一个下车，朝着学校方向走去。

李梅回到了宿舍。宿舍在二楼，是教室隔成的，一张大床、两张办公桌、一个大柜子，大柜子中间一格是一台电视机。李梅把三扎百元大钞锁进柜子。

李梅疲惫不堪，存好钱后挨到床上躺着。一楼厨房里，陈嘉木一边哼着《久久艳阳天》歌曲，一边忙着做菜温酒。他心情很好，把一盘盘美味佳肴端上小饭桌，然后摆上两个酒盅，两双筷子。晚餐很丰盛，一锅芋头鸭汤、一盘红烧肉、一碗清蒸鲫鱼、一盘蔬菜，桌子摆得满满的。他要好好犒劳凯旋的妻子。

“李梅，吃饭了，看我给你做什么好吃的……老婆子，吃饭了！”陈嘉木对着楼上大声喊。

“李梅，快点下来，菜都凉了，我开吃啦！”陈嘉木久久不见妻子下楼，又喊道。

面对美味佳肴，陈嘉木等不及了。他倒了一杯青红酒，美美地呷了一口，抄起筷子，夹一块红烧肉放进嘴里。

楼梯传来脚步声，李梅终于下楼来到厨房，坐到饭桌前。可她阴沉着脸，一声不吭，像跟谁赌气似的。

陈嘉木看见妻子闷闷不乐的，小心翼翼地问：“怎么啦？坐车坐久了，身体不舒服？”

李梅眉头紧锁，默不作声。

陈嘉木有点奇怪：“怎么啦？谁欺负你了？还是谁讲什么不中听的话，惹你生气啦？”

李梅还是一言不发，象闷葫芦似的。

陈嘉木有点不耐烦“你不是借到钱了吗？儿子要的婚戒有着落了，怎么不高兴呢？”

李梅长长叹了口气后，又沉默了。

陈嘉木焦急了，声音也大了：“到底怎么啦？你说话呀？”

“那是我大嫂托我找月嫂的工资钱。”李梅终于开口了。

“什么，你没借到钱？不会吧，你哥哥是个千万富翁，三万等于我们三块钱。大嫂不肯借你，又要你帮她找人，有这样的亲戚吗？简直是地主恶霸、欺人太甚！”陈嘉木怨恨道。

“不是，不是这回事。”

“不是这回事？那你没开口问大嫂借？不对，我明明看见你包里拿出三万，刚好三万，你一定在骗我！”

“我骗你干什么？对，我没向大嫂开口。这三万块钱，是大嫂给月嫂的工资钱！”

“你专门去镇里借钱，没向大嫂开口，为什么？”

“我不想求别人，看别人脸色。我想去当月嫂，靠自己的劳动赚钱……”

“你疯了，为了这几万块钱去当月嫂、做保姆，堂堂的一个老师，斯文扫地，你面子不要啦？你去当月嫂，传出去，我和儿子的脸面往哪儿搁？明天把钱还给她，我们不做保姆。她愿意借就借，不愿意拉倒。我就不相信，没这三万块钱，我儿子结不了婚！”陈嘉木彻底愤怒了。

“你要面子，你本事大，你拿钱来！一个大男人，一个月四千多的工资，还不如当保姆！现在哪家不买房子？你呢，到现在还欠债，还向别人借钱，说出去笑死人！一回借钱二回借钱，我丢不起这个脸！有本事你拿钱出来，没本事充什么好汉，要什么面子？嫁给你，我是前世造孽，倒八辈子霉……”李梅彻底爆发了，一天来的委屈、痛苦、加上劳累，如火山爆发，倾泻而出。

陈嘉木被李梅骂得狗血喷头。他喝了些酒，脸红脖子粗，仗着酒胆，不甘示弱：“我一个教师匠，是没本事，你当初干吗答应嫁给我？嫁鸡随鸡嫁狗随狗，现在后悔，晚了！刚刚开学，不请示不报告，想走就走，学生怎么办？我忙得过来吗？不能走，走了就不要回来……”

陈嘉木拿筷子的手往饭桌一拍，筷子蹦到地上。

“我要走，不回来就不回来。我是代课的，临时工，能代就代，不能代走人。你是校长，学生是你的事。我就管自己，管自己的儿子……”李梅脸色铁青，撂下饭碗，转身出厨房上楼去了。

陈嘉木不明白妻子为什么发这么大火，明明知道自己不是校长，还故意用校长名号来奚落自己，白白受一通抢白、责骂。他窝了一肚子火，郁闷极了，整整两斤青红酒喝得一滴不剩。

陈嘉木当过玉山村小学会计兼保管，从来没当过校长。后来生源少了，老师陆续调走，最后学校并到乡中心小学，村小学只剩下十个生活无法自理的低年级小学生。有学生必须有老师，陈嘉木老师被留了下来。可他提了个条件，需要一个校工帮他。学区校长知道陈嘉木的妻子想当代课老师，同意了他的请求。

玉山村小学变成了教学点，一个老师一个校工十个学生。一个家庭有家长，一个小单位也应该有一个什么长。叫点长，没有这个称呼，叫得别扭，人家听得也莫名其妙。一个学校的负责人自然是校长，学生们把陈老师当校长。大家也觉得叫校长合适，渐渐的，叫陈老师、陈嘉木的人少了，大家都叫他陈校长。其实，学区从来没有文件任命陈嘉木为玉山村小学校长。

陈嘉木喝高了，儿子订婚的三万元没借到，老婆赌气要去当保姆，气得他肺里冒烟。他踉踉跄跄走进睡房，倒头就睡着了。

天蒙蒙亮，陈嘉木睡意蒙眬。“咣当”一声，学校大铁门被人用力关上，陈嘉木知道又是妻子李梅出门了。每天早晨，李梅出门买菜办事都没这么早，关门声音都是小心翼翼的，生怕吵醒丈夫，今天怎么啦？铁门声音这么响？陈嘉木一激灵，睡意全消，打开电灯一看，柜子上的旅行箱不见了。他急忙穿上衣服，追到校门口。

春天清晨，雾气从山脚掠着山坡漫过来，四周一片神秘、朦胧而迷离，整个山村被雾霭弥漫着，目光所及不足十米。陈嘉木放开喉咙喊叫："李梅、李梅，你回来……你今天不回来，就永远不要回来……"

学校在半山腰，陈嘉木的声音传得很远，一会儿，回声在回荡。陈嘉木听见回声后悔了，自己这么一喊，等于向全村宣布：李梅和自己闹翻了，出走了。天亮后如果好心人来问，怎么向人家解释？陈嘉木后悔不已，昨晚不该多喝那几口，不该骂李梅。酒呀，真的害死人！

李梅突然离开，陈嘉木原有的生活节奏、工作程序完全乱了。早上他吃了一碗泡面，急匆匆来到教室。他给二年级学生布置作业后，又在黑板上板书贺知章的《回乡偶书》，给一年级学生上课。

两个年级的学生坐在同一个教室，四个小学生在做作业，五个小学生跟着林老师读：少小离家老大回，乡音无改鬓毛衰。儿童相见不相识，笑问客从何处来。

一个女学生问："校长，李老师去哪里呢？好几天没看见她了。"

陈嘉木："她请假去我儿子那里。"

女学生："她什么时候回来？"

陈嘉木："过几天吧，过几天就回来。"

女学生："我们可想李老师了。"

晚饭桌上，陈嘉木一个人在喝酒，桌上只有一盘萝卜干、一碟花生米。厨房很大，却凄清，在灯光下，他显得很落寞。

突然，一阵手机铃声响起。陈嘉木脸上露出惊喜神色，手脚忙乱地拿起手机，迫不及待地问："喂、喂……"

手机里传来儿子的声音："爸爸，吃饭了吗？"

“喔，是扬帆啊！爸爸吃完饭了，你呢？”

“我也吃了。我妈呢？”

“你妈、你妈在楼上忙着。找她有事吗？”

“妈妈电话怎么一直关机？”

“她电话坏了，拿去修了，还没有拿回来。拿回来后我叫她给你打电话。”

“我买钻戒送女朋友了，你跟妈妈讲一声。”

“好的，好的。你最近身体好吗？工作忙吗？”

“好，好。”

“跟女朋友相处好吗？”

“好，好。爸爸，没事我先挂了哈。”

手机里传来电话挂断的嘟嘟声。

陈嘉木无奈放下电话，闭上眼，长长叹了一口气。

夜深了，陈嘉木躺在床上看电视。他拿着遥控器，一台一台转换，电视里没有他感兴趣的电视。他百无聊赖，失神的眼睛离开电视屏幕，望着天花板，想着妻子李梅……

第八章

陈嘉木盼望着妻子李梅回来。

中午放学，陈嘉木送学生出校门，照例向镇方向的山垭口眺望。

山下村口通往学校的路上，一个穿着白色连衣裙、脖子挂着一条红色纱巾的年轻姑娘正向学校走来。

姑娘走近了。她脸蛋圆圆的、白中透红，很有肉感；眼睛大大的，双眼皮，顾盼生辉；眉毛弯弯的、细细的，显然是精心修饰过的大美女。

陈嘉木不自觉地多看了几眼，有点似曾相识的感觉。

姑娘盯着陈嘉木，像在他身上寻找什么似的，脸上露出抑制不住的笑容。

陈嘉木望着这张如花朵盛开般的笑容，有点不自然。他努力猜测她会是谁。

“我是小玲玲，你是陈老师、干爹吧？”漂亮姑娘问。

“哦，是……是玲玲！女大十八变，我真的认不出来了！你今天来，怎么不事先打个电话？”陈嘉木恍然大悟。

玲玲：“给干妈打电话了，她电话关机。我想着开学了，你们肯定都在学校，通不通电话无所谓，所以就来了。”

陈嘉木：“对、对。快、快进来！”

办公室里两张办公桌，一套沙发，显得有点凌乱。陈嘉木忙着倒开水，玲玲寻找干净的地方放包包。

“我想干爹干妈很久了，今天终于来了。我干妈呢？”

“前几天去省城看你扬帆弟弟了，过几天就回来。”

“她跟我妈说在学校，怎么突然去了省城？家里没什么事吗？！”

“没事、没事。扬帆谈了个女朋友，要订婚，他妈去一趟。”陈嘉木不想将自己与妻子矛盾以及妻子当月嫂的事告诉玲玲，也用搪塞学生的话敷衍玲玲。

“扬帆有女朋友了？好呀，我们家大喜事。他女朋友哪里人？做什么工作？”

“城里人，和扬帆同单位，也是公务员。”

“难怪，干妈高兴得什么都忘了，手机也忘了开机。”

陈嘉木把冰箱里的鱼肉拿出来退冰，他要煮几样可口的饭菜招待远方来的客人。玲玲帮着干爹洗菜淘米，两人有一搭没一搭聊着。

陈嘉木：“你去新加坡好几年了，这次回来是探亲还是什么？”

玲玲：“不是，是合同期满正式回国，我回来大半年了。干爹，你还是过去样子，变化不大。”

陈嘉木：“老了，白头发全出来了！玲玲，新加坡那么好的国家，花园城市、经济发达，干吗回来呢？”

玲玲：“我妈逼着我回来结婚。再说合同期到了，自然得回来，要不就变成黑户，被抓住要蹲监狱、遣送回国的。”

陈嘉木：“不会吧？很多中国女孩到新加坡后就定居那里。像你这么优秀、漂亮，不会没机会定居吧？是不是国内有更好的选择、更好的机会？”

玲玲：“没有啦。想定居新加坡，除非同新加坡籍的男士结婚。我在那边几年，几乎天天在小诊所待着，哪有时间、机会认识什么好男人？再说我也不想结婚。一个小姑娘出去，变成一个老姑娘回来，现在是孤家寡人。”

陈嘉木：“你真的还没有结婚？为什么不结婚？”

玲玲：“没结婚呀，为什么要结婚？”

陈嘉木：“男大当婚女大当嫁，这是千古定律。如果男不婚女不嫁，就没有下一代，往大的说，革命事业没有了接班人；往小的说，自己晚年没有人依靠和照顾。这不行，不能有这种想法！”

玲玲：“如果像我爸我妈那样，结婚生了小孩又离婚，那是摧残革命事业接班人，不结婚更好。至于晚年需要人照顾，过几年我去抱养一个女孩，好好培养她，晚年不就有了依靠！”

陈嘉木：“你爸你妈都不关心你？你的婚姻大事也不管了？”

玲玲：“我爸那里有了后妈，他们自己的女儿都爱不够，哪管我这个没有法定关系的女儿？我妈那里，我不想看见后爸的白眼。我妈是关心我，这不，叫我到干爹干妈家来，要你们做我思想工作，帮我介绍对象。”

陈嘉木：“你妈这是逃避责任！好吧，等你干妈回来，好好帮你参谋参谋，介绍个好对象。”

玲玲：“对象介绍不介绍无所谓，像我这种年龄，哪个男人没娶老婆、没抱上小孩？年纪比我小的，谁愿意娶一个妈妈级的女人当老婆？关键是我想在这里住几天，寻找儿时的记忆，好好享受这青山绿水、清新空气，还有鸟语花香。还想和干妈撒几回娇。”

陈嘉木：“我老了，说不过你。好吧，住几天吧，反正扬帆的房间也是空着。”

玲玲设了闹钟，每天早上六点准时起来登山。

春天的清晨，空气干净而清凉，夹杂着若有若无的草木甘甜气息，令人神清气爽。叮叮咚咚的山涧流水，是谁不知疲倦地弹着单调的乐曲？玲玲徜徉于林间山道，贪婪地呼吸着清新空气，聆听自然界的美妙歌喉，轻松惬意。

玲玲太喜欢这里了，喜欢这里的山清水秀；喜欢这里可爱的小朋友；喜欢这里田园牧歌式的生活。她把这里叫作世外桃源，早上登山，上午帮干爹上课，下午帮干爹批改学生作业，晚上陪干爹喝两杯青红酒，听他讲世事人生、天文地理，还有他的喜怒哀乐。

晚饭后，办公室里，陈嘉木正在批改作业，玲玲在翻看上级下发的文件本。

玲玲："学生都叫你校长，怎么学区村小学校长没你名字？"

陈嘉木："唉，我哪里是校长。当年生源少，撤点并校，三年级以上的学生去中心校读书，老师们陆续调走，学校就我一个公办老师，所以他们都叫校长。我是没有红头文件任命的校长啰。"

玲玲："哦，是这样！你当年为什么不调走，选择留下来？"

陈嘉木："当年年轻人都想走，老教师就我一个，我不留谁留？再说低年级学生也要老师教。学区给了你干妈一个代课名额，我就留下了。"

玲玲在办公室角落里发现一块装裱好的字匾，仔细端详："这是个好东西，怎么丢在这里？"

陈嘉木："这是扬帆带回来的，听说是一个书法家送他的。办公室这么乱，挂起来不协调，干脆不挂了。"

玲玲："学校里就你们两个，设什么办公室？布置成客厅算了。挂上这幅字，放几盆鲜花，摆上一套茶具，坐这里批改作业、喝茶聊天，那才是享受。"

陈嘉木："好呀，好主意！我柜子里有一套茶具，还有茶叶，不拿出来糟蹋了。"

"学校来了个漂亮女老师，李梅老师不见了！"学生将这信息传遍整个玉山村。这几天，经常有老人来学校门口探头探脑。陈嘉木在门口碰见一个老人家。老人大胆问，李梅老师去哪儿啦？这个女孩子是谁呀等等。陈嘉木还是那句话，李老师去省城儿子那里，过几天回来。这个女孩是上级派来的代课老师，代几天课就走。老人似乎不相信，眼光里透着疑惑。

学校在半山腰，偌大的校园里只有一男一女两个老师，年轻漂亮的女老师来历不明，男教师妻子又突然失踪，不得不令人产生丰富的联想。有人想起那天早晨陈嘉木的呼喊声，更让人怀疑学校里的不正常，隐藏着什么秘密。大家电视剧看多了，什么婚外情、情杀案往陈嘉木身上套，事情越传越玄乎。村里一个富有正义感的人打电话向学区陈校长反映情况。陈必达校长感到事态严重，拿起电话，拨通了陈嘉木老师的手机，通知他过几天学区派人到玉山村教学点检查工作，自己带队。

晚餐时间到了，玲玲在厨房里忙着煮菜温酒。陈嘉木正在拨打李梅电话，可电话一直都是这句："你好，你所拨打的电话已关机。"陈嘉木很失望。

突然电话铃声响起，陈嘉木赶紧抓起手机，一看是儿子的电话号码，脸上又露出失望的神情。他按了绿色按钮，儿子的声音传来："爸爸，我妈呢？"

"你妈在楼下厨房忙。有事吗？"

"没有。妈妈电话一直打不通，十几天了，到底怎么啦？"

"没事、没事，你妈电话还没有修好，农村电器修理师傅水平差。等修好了我叫她赶紧给你打电话。"

"没事就好。修好了你叫她给我打电话，不要忘记了！"

"好的，好的。"

"那我挂了。"

电话里传来挂断的声音。

饭桌上，陈嘉木和玲玲边小酌边聊天。

玲玲："干爹，我干妈怎么还没回来？"

陈嘉木："快了、快了，过两天该回来了。"

玲玲："这么多天了，怎么电话都不打一个回来？"

陈嘉木："可能太忙了。哦，过几天学区校长会来检查工作，我们要好好招待他们。”

玲玲：“好呀。要不要我帮忙？”

陈嘉木：“要啊！学区校长是我好哥们，以前也在这里教书，他酒量大，以前经常灌我。我发现你酒量也很好，这次我们两个联手灌他，把他喝倒。”

玲玲：“好，我听你的。干爹，这两天怎么老有人来学校问我干妈去哪？”

陈嘉木：“他们可能找你干妈有事。”

玲玲：“我问他们了，他们都说没事，看我的眼光怪怪的。”

“不会吧？”陈嘉木警觉起来。

玲玲：“是，连学生看我的眼光也是怪怪的。”

“这样啊？”陈嘉木暗暗吃惊。

玲玲：“我干妈不会出什么事吧？”

陈嘉木：“应该不会吧。”

陈嘉木喝着酒，有点醉意。他很痛苦，眼里闪着泪花。玲玲发现干爹今晚有点异常，劝他少喝点。

“我受不了了，你问，你干妈怎么不打电话回来；扬帆问，他妈电话为什么一直关机；村里的老人问，李老师去哪里了。其实我一直骗你们，她当月嫂去了！我对不起她，也对不起你们……”热泪从陈嘉木眼角慢慢流下。

李梅走了十几天了，电话关机，微信更是无法联系，像是人间蒸发一般。陈嘉木是度日如年。村里老人们怀疑的目光、儿子的电话、玲玲每天询问，陈嘉木撑不住了，将十几天前自己与妻子的争吵及原因和妻子到省城当月嫂的事向玲玲全盘托出。陈嘉木边说边流泪，泪水和酒水一同流进喉咙，酸辣苦咸味直冲脑门，就是没有甜味。

"……我知道自己没本事，只会教书，不会做其他事。我工资低，所以不抽烟不赌博，就高兴晚上喝两口，这过分吗？我职称低，工资比别人少，她骂我无能、不思进取。我怎么不想评高级职称？去年陈必达当了学区校长，我正想找他，求他帮我，能评上高级职称，一个月工资多个八百一千，对她有个交代……"

玲玲想不到干爸干妈这么困难，这么不容易。她边听边流泪，听完后已是泪流满面。她想为干爸干妈做点什么。

第九章

清明节到了，家家户户祭清明。

闽东一代习俗，春季祭墓在清明节气前，秋季祭墓在白露节气后，简称"清明前白露后"。古代人生活工作大多在家乡周围，时间容易把控。现代人生活工作圈子大到全国，甚至国外，时间不好把控，祭墓的时间也相应延长了，春季祭墓清明节后也行，秋季祭墓白露节气前也可以。

这段时间，炉山山麓小路，上山的人们有的肩扛锄头、有的手捧花束、有的手提装着元宝烛炮的袋子。下山的人们，手中除了锄头柴刀外，每人手上多了一两条树枝。上山下山的人们，有的三五成群，有说有笑；有的踽踽独行，神情黯然。他们相遇时候，熟悉的有的互相点头致意，最多轻声交谈几句，没有人大声说话。山上青烟缕缕、鞭炮声此起彼落，这是一年中山里最热闹时候。

今年的清明日没有细雨纷纷，而是艳阳高照。春旺跟在侄儿嘉森身后来到金鸡山陈太公墓地时，已是气喘吁吁，脸上的汗水在如沟的皱纹里蠕动，身上的衬衣湿漉漉的，贴在脊背上。他不敢脱掉外衣，怕招风感冒，用带来的干毛巾擦了脸和前胸后背。

二房的嘉金和嘉火早就来了。他们俩从小干的就是农家活，熟练挥锄舞刀，不上两个小时，把祖墓的杂草淤土清理得干干净净，就等着三伯陈春旺到来。三伯到了，他们招呼三伯坐下喝水休息。

七八年没来了！以前清明节，春旺几乎年年来这里扫墓，这几年身体大不如前，最多到比较近的父母坟地烧纸祭拜，路程远的祖先墓地交给下一代负责了。今年不一样，春旺想利用祭墓机会，给晚辈讲讲自己知道的祖先历史，好好上一课，让他们知道祖先经历了多少苦难、创业多么不容易以及和睦团结的重要性和修祖厝的意义。通知了大家都要来，结果嘉木因为妻子去当保姆没了音讯，没有来参加；嘉水工地赶工期，离不开；嘉土酒疯子来不了。嘉树回来了，今天要先陪着老婆给岳父岳母扫墓，然后给自己的父母上坟。让春旺宽慰的是，每一支都来了个代表。

春旺是长辈，负责上香。他点燃一把线香，在三个不同的地方各插三炷香，敬天地、土地、山神，然后将剩下的香插在祖先墓碑前。嘉金他们把一金一银两张元宝纸折成长条形，从墓碑开始，顺着坟墓排水沟压一圈元宝纸。叔侄四人依辈分长幼跪拜，然后烧纸钱。纸钱是每个人自己掏钱买的，嘉树最多，一万张，其他一人一千张。放完鞭炮后，四人从坟边灌木丛中折几条树枝，带回家插在门楣，祈求祖宗保佑，全家人平安顺利。

清明节是传统节日，礼敬祖先、慎终追远，扫墓回来，大多数家族都要摆几桌，大家聚一聚，好好吃一餐。以前清明祭墓，嘉树经常做东请客，嘉树没回来时才轮得上嘉森、嘉火做东。这几年，兄弟间有了矛盾，变成各祭各的，有的干脆不回来。这次春旺提早交代嘉森媳妇办一桌酒席，费用由他出。通知几天前就发了，今天在山上又强调了下，在家的一律到嘉森家聚餐，不得缺席。春旺简单洗刷后，来到一楼客厅，做好了说服动员侄儿们的准备工作。

客厅的左边摆着一张仿古花梨木茶桌，桌子中央是一套景德镇产的精美茶具，右边一台带自动抽水和语音播报的烧水器，周围是五张清朝样式的椅子。陈春旺边泡茶边等待侄儿们的到来。

第一个到达的是嘉金。他换了一身干净得体的衣服，头发梳得整整齐齐，显然刚洗过澡。可斑白的双鬓，核桃般皱纹的脸，还有略显佝偻的腰，出卖了他的年龄和职业。

春旺很同情这个大侄子，从小缺衣少食；少年时候，父亲身体不好，肩上背的不是书包而是犁耙枪挑，早就挑起了家庭生活的重担；青年时候，既要照顾弟妹，还要赚钱娶妻生子；中年时候拼命干活建房子娶儿媳妇；可谓生不逢时，被生活压弯了腰。春旺想，这次修陈家厝，要尽量照顾他，缺多少，帮他补上。

春旺招待嘉金坐下来喝茶。嘉金到一楼转一圈后才坐下来，连连称赞这房子装修得高档。春旺倒茶，嘉金端起来就喝。他们俩一个是伯伯，一个是大侄儿，有一种天然的亲近感，加上年龄相差相对小些，交流讲话自然随便多了。

“嘉金，这次回来到陈家厝看了没有？”

“看了，西边后正房那间房断了一条梁，再不修是不行了。”

“这次你一定要支持我，我们两个意见统一了，事情就好办多了。我觉得嘉树的方案太超前了，不现实，还是你说的方案切实可行。”

“对呀，祖厝大家都有份，要尊重大多数人意见，如果每个人都像嘉树一样有钱，将陈家厝修成皇宫我也同意，关键是我们没钱。如果照他的方案，那只好把房子卖给他，他想怎么弄都行，我们只要求过年过节能来祖厝上供祭祀祖宗就好了。”

“老房子是祖上传下的，怎么能卖呢？过去的事情不说了，这次要面对现实，以少花钱办实事为原则。今天商量陈家厝事情，我们俩把握原则，互相配合，把事情落实了。”

“三伯，我们几个商量再好，嘉树不点头都是空的。你不知道嘉树现在多威风，说一不二……”

“他再牛也是我侄儿，也要叫我叔叔。”

“对，当面叫叔叔，背后会不会把你放在眼里就不知道了，我很担心喔。”嘉金的口气带点调侃，脸上似笑非笑。

春旺最讨厌气量小、讲话半阴不阳挑拨离间的人。他白了嘉金一眼，语重心长地说：“我年纪大了，不知道还能活多久，家族的事以后主要靠你，一代传一代。你一定要宰相肚子能撑船、听得进不同意见，搞好团结。有凝聚力的家族，才能成大事，子孙后代才会兴旺发达……”

嘉金自讨没趣。他看见三伯不高兴，不敢再说什么，一边听三伯讲话，一边拿起茶壶，给他续茶。

第二个来的是嘉火。他穿着白色休闲服，提着一袋包装精美的茶叶昂首挺胸走进客厅，不知是啫喱水喷多了还是走得急，头上的水珠不时往下滴。

“三伯，到乡下来还要您请客，羞死我们了！这是朋友送的今年炉山明前茶，你尝尝。您老如觉得还行，我叫朋友再送两盒来。”嘉火一进门，就把茶叶往三伯手里塞。

“谢谢，谢谢了。来，先拭下汗。”春旺接过茶叶，从桌上的纸巾盒抽出几张纸巾递给嘉火。

“我来泡茶。”嘉火擦了头上水珠，坐在泡茶位上，把茶壶里泡淡的茶叶倒掉，用沸水洗茶壶、茶杯，然后从口袋里掏出两个小罐茶，撕包装纸、拧开盖子，放在鼻子下闻了闻，小心翼翼倒进茶壶。

嘉金感到好奇：“这是什么茶？”

嘉火：“这是武夷山正宗马头岩小罐茶，这一泡三百块钱。”

嘉金：“这么贵？哪里来的？”

嘉火：“比这贵的还有呢，一斤二十万元都有。武夷山市领导送我老板一盒，我老板给我两罐。我舍不得喝，今天特意拿来孝敬三伯和你。”

一会儿，水开了，陈嘉火洗茶、冲泡、分杯，随着橙黄明亮的茶水注入瓷杯，一股馥郁的茶香氤氲开来。他小口轻饮，享受马头岩的香醇。春旺和嘉金学嘉火饮茶，感受喉咙以及下腹的感受。

“嘉火，祖厝又断了一条梁，你去看了吗？”春旺问。

嘉火：“没有，反正知道陈家厝快倒了。”

春旺：“再不修，台风一来肯定倒掉。刚才我和嘉金商量过了，将陈家厝重新翻修一遍，坏掉的柱、梁、椽条、瓦片全部换掉。”

嘉火：“这要多少钱？找人算过没有？”

嘉金：“我们都是做工程出身的，还要找别人算？我估算过，要四十多万，最多不超五十万元。”

嘉火：“这么点小钱，对嘉树来说是鼻屎钱，他卖个厨房就够了。我们大老板什么意思呢？”

春旺：“嘉树等下再讲。先说你，你什么意见？”

“我听三伯和大哥的，你们挥手我前进。”嘉火右手一挥，学领袖当年挥手姿势，“客人来半天了，主人不接见，是不是不欢迎穷兄弟？”

“哪能呢？嘉森在二楼厨房帮他老婆打下手。你同意了就好，就好！”春旺被侄儿嘉火的动作逗笑了，心情大好。嘉水听他大哥的，嘉土听嘉火的，嘉木和嘉军早就表态一切听我的，就是举手表决，这方案也一定会通过。

“我同意不同意不起作用，关键是大老板什么意思。他同意了，事情才能办得成，否则，我们商量再好也等于零。”嘉火说这是嘉木的意思。

嘉金、嘉木、嘉火的担心是有理由的。经过春旺多次说服动员，去年八月，二房几家同意修缮祖厝，出资以长房为主，二房帮贴。旧屋维修后依旧归各家使用，不做捐赠。如果嘉树想重新改造装修，建陈氏义房支祠，二房几家旧屋以市场价出售，然后按各家意愿再出资。

春旺将二房提出的条件同嘉树协商时，嘉树不同意。二房的意思是陈家厝修缮装修资金靠长房，长房其实主要由嘉树出资。嘉树的意见是：如果做不了支祠，简单翻修后过几年还要修，这样既浪费资源又浪费资金又不安全，不合算也没意义。建支祠造福每家每户，不是为了某一家某一个人，如果他们将旧房子卖给公家，一百多万资金全部由他出，他负担不起。再说旧房子空在那里，为什么不能捐呢？如果二房几家有诚意，也把旧房捐了，他愿意拿八十万出来。

建支祠的诱惑力太大了，春旺倾向于嘉树主张，但又不得不考虑二房几家意见，苦思冥想了几天，他提了个折中方案：祖厝改造成支祠，装修后的旧房子产权不变，但不得私自使用，使用权归公。如果将来国家征用拆迁，则拆迁补偿款归产权者所有。

这样既节省购买房子的大笔资金，达到嘉树的要求，又保证二房各家利益不受损失，三全其美。春旺为自己的方案拍案叫绝。

当春旺将方案告诉嘉金时，嘉金脸色像台风来临前的天空一样，一会儿乌云密布，一会儿阳光乍现，最后说："这方案好是好，就算我们同意房子借给公众使用，不算钱，可装修成支祠，没有一百五十万以上拿不下来。我们二房砸锅卖铁最多出二十万，每家平均四万，你长房能出一百三十万吗？嘉树最少要出一百万，嘉军和嘉森各十五万，否则，又是一个'空'字。"

嘉金的方案其实是嘉木提出来的，经二房几个兄弟商量后的最后底线。说实话，他们内心里都赞成陈嘉树的意见，能建成义房支祠，功在当代利在千秋，何乐而不为？三四万元钱，他们咬咬牙，还是拿得出来的。可他们心中有个坎，都是陈家厝子孙，你嘉树发财了，有义务有责任帮兄弟们一把，你平时不帮，有需要时叫兄弟们来帮忙，凭什么？二房几个兄弟推举老大嘉金做发言人，设了三道防线：第一道是简单维修，资金主要由嘉树承担，房屋产权和使用权不变；第二道是修建支祠，长房房屋捐赠归公，二房将旧屋以市场价出售给集体，费用按各家意愿出资；第三道是修建支祠，资金长房出大头，二房帮贴，多少不限，房屋可借给集体使用，但产权不变。

第一道防线是二房想要的结果，长房嘉树不同意；第二道防线是长房想要的结果，二房反将一军，死棋一局。第三道防线是双方妥协的结果，也是二房最后的底线。想不到春旺提出的方案同二房的第三道防线如出一辙，而且更有说服力，可操作性更强，陈嘉金不得不将底牌全部亮出来。

摸清了二房的底线，春旺高兴得一夜睡不着，第二天到福州找嘉树商量。嘉树在闽侯县有个项目，公司设在荔园国际大厦十五楼。春旺走进公司大门，前台小姐笑颜如花，热情邀请他到会客室就座，然后转身去倒茶。会客室里有七八个人，他们应该是老相识，正埋怨吐槽请款困难什么，谁也没在意进来一个新面孔。

坐在会客室的几个人都是嘉树的材料供应商，他们也是来找嘉树的。

昨天说好了在他办公室见面，现在都十点了，嘉树的办公室关着门，春旺回到前台问服务员。服务员说："老板刚才来电话了，他很忙，临时有事，一早去了龙岩。"

春旺掏出电话打给嘉树。嘉树在电话里听了叔叔方案和二房底线，愣了一会儿抛出一句话："多少不限，几万元是当盐用还是当味精用？分两期建设，二房每家出八万，剩下的由长房负责，长房还有缺口，由我兜底。我去龙岩给领导拜节了，这事以后再说。"

每年的中秋节是民营企业老板忙得不可开交的日子。嘉树这几天忙着拜节送礼，像打仗似的。

春旺灰心丧气回到县城。农历八月十五他去了趟老家，将嘉树的意思告诉嘉金。嘉金听后连连叹气，说："二房不像长房，二房一家出四万，血都榨出来了，出八万，那要去抢银行！三伯，你不要这么费心费力了，等陈家厝倒了再说。"

目前陈家厝快倒了，到了非修不可的地步，春旺再次站出来，利用清明节祭墓机会，召集大家开会商量。现在问题的焦点都在嘉树身上，春旺和二房达成共识，只有嘉树点头同意叔叔和大哥意见，大功就可告成，资金问题也好解决了。大家正等待嘉树到来。

嘉森的餐厅在二楼，分里外两间，里间餐厅小、简单，同厨房连在一起，平常一家人使用，来了几个客人就要动用大餐厅了。大餐厅中间摆着一张咖啡色实木大圆桌，带转盘的，桌上的餐具摆得整整齐齐，旁边是十二条同是咖啡色的靠背椅。靠墙的一边是酒柜，隔着玻璃，酒柜里白的、红的、啤的各种酒类归类摆放、错落有致。

“哇，这么多酒？”嘉金跨进大餐厅，一眼看见酒柜里琳琅满目的好酒，不由得惊叹。

“这些酒你以为是他花钱买的？不是的！”跟在嘉金身后的嘉火轻蔑道。

“那怎么来的？”嘉金不理解。

“都是剥削来的。”嘉火哼了一声，“阎王好见小鬼难缠，你以为只有大官大老板有人送钱送物，其实小官小老板更难侍候。比如说工程项目经理，他说你这班组进度慢、质量不合格，随时刁难你、罚你扣你，过年过节不送烟送酒，不包个红包，行吗？大哥你落后了，跟不上时代，所以做工都没人要，更不要说当管理了。”

春旺知道嘉火又在讽刺嘉森，岔开话题：“不是有一句话叫‘代沟’吗？我们年纪大了，旧头脑，跟你们年轻人肯定有差别，你们适应社会自然比我们强，本事比我们大。我诚心诚意邀请你们年轻人来聚一聚，八个人才来三个，换你们这种年纪，我早就骂人了……”

“三伯，我从小就一直尊重您。今天您请客，我厚着脸来了。如果不是您的面子，我怎么可能来嘉森老板家？”嘉火嬉皮笑脸，扶着三伯坐在主位上，自己挨着他坐下。

“忙了一上午，肚子早就饿了，不等了。嘉森，上菜！”春旺喊道。

“好的。”嘉森端着一盘海鲜炒米粉从厨房出来，满脸汗水，“我打了三个电话，大老板说不要等他了，我们几个先吃。来，先吃些米粉，垫下肚子。要什么酒？”

嘉森放下米粉，打开酒柜门，讨好的目光望着嘉火。刚才嘉火的话他都听见了，冷嘲热讽的令他羞愧无比，汗水直冒，还好老婆忙着做肉丸子，刀子捣瘦肉的咚咚声，影响了她的听觉。

嘉火瞟了嘉森一眼，脸上露出一丝转瞬即逝的快意，说：“你最好的是什么酒？拿出来！”

“有两瓶五年茅台，在我睡房里，我去拿。”嘉森转身拿酒去了。

嘉金轻声问：“嘉火，五年茅台一瓶要多少钱？”

嘉火：“少说也要一万多块钱。”

嘉金：“这么贵？喝掉可惜了，你跟嘉森说来瓶便宜的。”

嘉火：“孝敬大哥和三伯，他还不应该？其实这酒是别人孝敬他的，不喝白不喝，今天你们俩好好享受下，敞开肚皮喝。”

春旺哭笑不得，手指嘉火：“你呀，你……”

桌上摆满了美味佳肴，有清蒸龙虾、白灼虾姑、跳鱼炖酒、红烧带鱼，还有猪蹄煲、醉排骨、鲍鱼汤、青菜等等。嘉火反客为主，是酒桌绝对主角，为了让三伯和大哥吃好喝好，讲儿时的糗事、工程上社会上的趣事，逗得大家笑声不断，胃口大开。他劝酒时花样很多，辞令精彩纷呈，令人无法拒绝。两个小时下来，春旺和嘉金脸色通红，睡眼惺忪。最惨的是嘉森夫妇，嘉森当场吐了，趴在桌上；嘉森媳妇说我要尿尿，可一直挪不动笨拙的身子。等嘉树到场时，五个人都喝得东倒西歪。

嘉树同叔叔说好了过来吃午饭，联络二房兄弟感情，消除误会，商量解决陈家厝问题，可清明节到处堵车，来晚了。嘉树看见面前的情况，摇头叹息。还好秘书、司机在身边，他们先把嘉森夫妇扶到卧室，然后扶嘉金、嘉火回家，最后带春旺回到自己别墅，餐桌上的碗碟杯筷、残羹剩菜，乱七八糟的，不管它了。

春旺睡到第二天早上六点才起来，多少年没这么喝酒了，昨天一高兴，喝多了。不过这醉酒也值得，把嘉金嘉火请到了嘉森家，让他们兄弟能坐在一起喝酒，消除彼此之间隔阂、增进感情，这是成功的第一步。昨天如果嘉树早点回来，那该多好啊！

春旺洗脸刷牙后，看见嘉树还没起床，时间还早，就出门到村外溜达去了。清明时节的乌山村原野，田间一片片紫云英，底下一层是密不透风的绿叶，上面一层是亭亭玉立的小花，红的、紫的、白的，你挤我我挤你，互不相让。蜜蜂唱着歌，围着花朵翩翩起舞。路边地头，萝卜开花了，一朵朵纯白的花儿像一个个穿着婚纱的新娘，微风过处，羞涩躲闪。新修的环村水泥路宽大平坦，两旁栽了不知名的绿化树，新冒出的枝丫嫩嫩的、绿绿的。小鸟在树上追逐嬉戏，叽叽喳喳，像恋爱中的小情侣，幸福甜蜜。春旺走在路上，呼吸着清新的空气，陶醉在故乡如画的美景中。

现在国家大力推动新农村建设，振兴乡村，发展旅游，种地有补贴，在家乡一样可以创业，而且山水这么美，空气这么清新，为什么村里的青年都喜欢往外跑？春旺想不明白，如果陈家厝修好了，他还想搬回来住，落叶归根终老祖宅，给自己的一生画上圆满句号，不失为一件好事。

春旺回来时，嘉树也起来了。叔侄俩吃了饭，在客厅开始谈昨天没来得及谈的正事。这次嘉树很干脆，清明节前闽侯工程回了一大笔款，口袋有钱，没等叔叔讲完几个人商量结果，就说：

“好吧，按您和大哥意思办，我出五十万，其他人愿意帮贴就帮贴，不愿意也没关系，如果钱多了，留下来以后用。”

嘉树这么快同意并表态捐五十万元，这完全出乎春旺意料，他手一抖，喝到口里的茶水呛到了喉管，剧烈的咳嗽连眼泪都流出来。

嘉树一边拿纸巾一边轻拍叔叔背部，笑着说：“别激动，别激动。”

今天一早，春旺出门溜达时候，嘉森向嘉树汇报了昨天祭墓和中午吃饭情况以及几个人商量修缮祖厝结果。既然大家都同意第一种方案，嘉树不想再坚持自己的观点，如果到时候陈家厝真的倒掉了，所有人都会指责自己，脏水往我身上泼，我何苦呢？

“你决定了出五十万？”

“对，五十万。二房几家都是铁算盘，向他们要钱，我担心会气坏你的身体，除非他们主动送钱来。我想既然要修，就修得像样、漂亮些，可换可不换的部位全部换掉，估摸五十万够用，干脆我包了。”

“那资金什么时候到位？”

“过几天我打钱给嘉森，由他负责财务。老大负责工程，你总管。”

“原来你都想好了，都安排好了。”

每年清明节，无论多忙，嘉树都要回来给父母和祖先扫墓。今天因为时间紧，他和弟弟嘉森分开活动，嘉森和叔叔他们一起去给祖先扫墓，自己去父母的墓地祭拜后还要陪妻子去岳父岳母坟地。站在父母的墓前，嘉树想得很多很多，这是人生的必经之路，这里是每个人的最后归宿，就像一个小品里说的一样，人生最多三万六千天，不舍又不得不舍，为什么不能为亲人为家乡多做些好事呢？嘉树把自己的感悟埋在心底。两天后，嘉树的资金到位了，陈家厝修缮小组正式成立，嘉金负责工程，嘉火负责采购，嘉森负责财务，春旺任组长，负责全面工作。施工过程中重大问题，大家商量解决。

开工前要做很多准备工作，修缮小组成员各就各位。嘉金媳妇和嘉森媳妇约好了到马堡镇上找五行先生，为开工选个好日子。嘉金联系两家专门做古建筑的班组，谈价格、谈工期，互相比较，正等着春旺最后拍板。嘉火跑了几个木材市场，适合做柱子和椽子的杉木很多，价格差别不大，到时候随便哪家买都行。难的是旧瓦片，问了很多地方，都买不到，据说福州旧货市场可能有，嘉火准备过一两天到福州看看。

第十章

修祖厝的事终于定了下来，现在正做开工前的准备工作。陈春旺几乎天天在县城和老家之间来回跑。一个人在祖厝的时候，父亲、母亲、哥哥春耕春种、嫂子秋菊、侄女香香，一张张模糊的面孔，一件件往事不时在陈春旺脑海里闪现。他经常默默流泪，去拼凑连接记忆中的过去。其中最清晰的是夜泼狗血黄家祖墓后，哥哥春种回家，母亲逼着春种与寡嫂秋菊同房的那段历史。那个时候马堡抗日合作训练班同石澳游击队伏击日本鬼子，哥哥和自己想参加游击队，母亲死活不让，是一家人最煎熬的日子。

春种听说黄贱贱查不出谁家丢了黑狗，高兴地回了趟家。

这是春种离家最长的一次。他绕过走廊到厅堂，冲正屋喊一声“娘”。屋里没有一点声音。春种看了看四周，西面叔叔一家也没有人影，陈家厝一片寂静，没有一点声息，顿时，失落、孤独、无助像一阵寒风向他袭来，他感到很凄凉，鼻子酸酸的，眼眶红了。

“叮……叮……”后门厅响起铃铛声，一颗小脑袋从插屏门边探出来，是香香。小侄女香香三岁了，粉嘟嘟的煞是可爱。春种快步向前，一把抱住香香，在她嫩嫩的脸蛋上狠狠亲了几口。嫂子秋菊在后门厅打草鞋，她说母亲去晒谷埕缠柴（把柴草捆成小枕头大小，好塞进灶门）去了，春旺今早砍柴去了，今年我们家柴草不比往年少。西屋春发一家清早就出门掘番薯、砍柴了。种田人家的大人哪有大白天在家歇息的呢？

秋菊坐在凳子上，纤细的腰系着绳子，绳子在前腰分叉出五条小绳子，钉在一臂长的五根竹钉上，手中的稻草被她搓成小拇指大的圆状，在五根小麻绳之间左右翻飞。春种抱着香香看着嫂子秋菊在打草鞋。嫂子白嫩修长的手指，那么灵活、那么漂亮，春种不由得看痴了。

秋菊能到乌山村陈家厝，成了哥哥陈春耕的媳妇，这是谁也想不到的事情。那年腊月十八，春耕半夜从家里出发，挑一担白菜到江海县城沿街叫卖。在一个胡同口，一个衣着单薄、瑟瑟发抖的女孩突然冲出来，跪在春耕面前，一把鼻涕一把泪喊着要春耕救她。女孩名叫郑秋菊，是财主家的丫鬟，财主家逼着她同害肺痨病快要断气的主人圆房。她趁黎明倒粪桶的机会偷跑出来，希望有好心人搭救她。春耕看见女孩楚楚可怜，豪气倍增，二话不说，把秋菊装在大竹筐里，一路挑回家，藏了起来。两个月后，老财主死了，逃掉的丫鬟也没人追究了，秋菊完全融入了这个家庭，成了陈家人。

秋菊同春耕结婚那年，秋菊十五岁，春耕十八岁。秋菊小时候被卖过三回，家在哪里、亲爹亲妈是谁没有一点印象，结婚自然就没有娘家，少了出嫁坐花轿、吹吹打打的热闹环节。酒席只开五桌，请来的都是嫡亲。对外说媳妇家在霞浦小岛上，是小时候定的亲，亲家一家捕鱼翻了船，小媳妇孤苦伶仃没了依靠，投奔到了未婚夫家。婚礼简单、宴席粗陋，请亲戚宗亲见谅。

春耕宠着秋菊，不让她干重活，更不让她外出抛头露面。秋菊都在屋里待着，没经风没经雨，又有爱的滋润，白白嫩嫩的像水葱一样，能掐出水来。寿昌夫妇觉得长期这样下去不是办法，儿子结婚了，父母的任务就完成了，没必要再搅在一起，再说下面还有两个渐渐长大的儿子也要订婚娶亲，要花大笔钱。一年后寿昌夫妇添了孙女，就同春耕夫妻分了家。想不到分家只两个月，寿昌撒手西去，接下来才过了一年，长子春耕也随他父亲而去，婆婆王玉莲不得不把秋菊和孙女揽过来一起过。

秋菊打完了一只草鞋，站起来伸了个腰。春种觉得嫂子比以前更漂亮了，腰肢婀娜，脸色红润，精致的五官比过去更有韵味。秋菊抬头看了春种一眼，发现春种目不转睛地盯着自己，眼神痴痴的，脸一下子红了，有点发烫感觉。她急忙解开身上的麻绳，边走边拍打身上的稻草屑，说："香香和叔叔玩，娘要煮饭去了，奶奶快回来了。"

春种很喜欢香香，经常抱她，逗她玩，香香手上的小铃铛是春种半年前买的。春种听说铃铛是法器，声音可以镇住妖魔鬼神，放在屋里，脏东西不敢进来，特意到镇上买一个回来，以防嫂子和侄女受伤害。春种抱着香香想去找母亲，母亲回来了。

王玉莲看见儿子回来，脸上皱纹像龟裂的田地被注入汩汩清泉，舒展开了。她听说儿子在马堡小学想参加抗日合作训练班，以后上战场同日本人打仗拼命，担心死了。大儿子才走了一年多，二儿子如果打仗有了三长两短，这一家人该怎么活？玉莲仔细端详儿子，问长问短。她要春种今晚在家过夜，有重要事情与他谈。春种也想参加抗日游击队的事同母亲好好谈，他在表哥杨德昌面前发誓过一定要参加游击队，表哥说要征得你母亲同意，不然他不批准。春种想想也是，家里老的老小的小，自己走了家里怎么办？该怎么开口跟母亲讲？他心里一点底都没有。

中午春旺回来了。他摘下斗笠，擦一把汗水，眨眼间，晶莹的汗珠又冒出来，从他通红的脸上滚落。春旺脱下被汗水湿透的旧衣衫，嚷嚷着春种不能再走了，家里砍柴、掘番薯、晒番薯米（番薯切成丝状晒干），他一个人实在忙不过来。一种内疚感袭上春种心头。春种心疼春旺，知道弟弟太累了，这么多农活压在他一个十几岁的小孩身上，确实吃不消，换成他，也会埋怨生气。下午，春种叫弟弟歇半天，他上山掘番薯，一个人三担番薯轮流挑回家。晚上吃饭时候，饭桌上出现了一碗罕见的肥肉。母亲看见春旺、香香满嘴流油，春种、秋菊一直没动碗里的肉，就一人夹一块塞进两人饭碗。秋菊忸怩一会，羞红了脸。春种这一个月吃过两回肉了，把碗里的肉又夹给香香。

秋菊洗好碗和香香睡觉去了。春旺也已洗脚上了床。春种被母亲叫到睡房，开始关乎一家人前途命运的谈话。

玉莲的声音很平静，很有条理，先从秋菊母女现在状况和将来不可预测谈起，问一家之主的春种怎么办？再问陈家厝长房连续倒了两根主柱，十里八乡谁敢同我们家联姻，把女儿嫁给春种兄弟？三问陈家的传宗接代怎么办？家族靠谁来传承？最后提出目的要求：“兄终弟及”——春种娶秋菊。

春种从来没想过这些问题，更没有想过“兄终弟及”娶寡嫂的事情，被母亲这么一说，蒙了，想参加游击队征求母亲意见的事也忘记了，像喝醉酒一样，头脑乱哄哄的，不知怎么回答。

为了这次谈话，王玉莲准备了很久，可谓深思熟虑。她一苦这个家庭，如果春种去参加游击队，枪炮不长眼，如果人没了，这个家不就塌了？二苦春种兄弟，年龄不小了，衰败的陈家厝，周围乡村谁愿意将女儿嫁进来？就是愿意，家里也拿不出这份聘礼了。一年又一年，兄弟俩将来很可能打光棍，到时候打光棍，他们怎么不怨恨娘呢？她三苦秋菊母女，孤儿寡母，再嫁，哪有什么好人家？不嫁，这日子怎么过得下去？如果春种娶了秋菊，拴住了他，秋菊母女有了依靠，春种又省了聘礼等等花费，两全其美，陈家就有了希望！可春种愿意吗？秋菊会同意吗？要是老头还活着，自己何至于这般艰难，玉莲想起丈夫寿昌，眼泪顺着脸颊流了下来。

春种躺在床上，翻来覆去，一夜睡不着，脑子里哥哥春耕、嫂子秋菊影子不停闪现。说心里话，春种很喜欢秋菊，以前羡慕、甚至妒忌哥哥的艳福，妄想着将来也娶一个像嫂子一样的老婆。如果秋菊是别人家的寡妇，娶她，春种一百个愿意。可秋菊是自己的亲嫂子，娶她，别人会怎么看？乱伦！无耻小人！地下的哥哥、父亲会怎么看？家门不幸，辱没祖宗！可母亲说的也有道理，“兄终弟及”也有先例，再说，秋菊也同意了。春种的头脑像一捆乱线团，理不出一条线来。到天快要亮的时候，他才迷糊了一会儿，朦胧间，正要走进秋菊房门，哥哥春耕从房间里走出来，不说一句话，不正眼瞧一瞧，径直走了。春种想喊哥哥，可发不出声来，一急，醒了。原来是南柯一梦！

自从那天婆婆同秋菊谈起要她改嫁春种，几个晚上了，秋菊辗转反侧难以入眠。昨天春种回来，婆婆特意要她将炒菜用的肥肉煮了，一家人高高兴兴吃一顿团圆饭，营造一个好气氛。晚上婆婆和春种谈得怎么样？春种答应了吗？秋菊心里像被什么堵住似的，闷得慌。那天婆婆讲的话，句句讲到秋菊心里去。婆婆是个好婆婆，像自己亲妈一样，处处为自己和女儿着想。春种年轻帅气、淳朴厚道、聪明勇敢，对香香疼爱有加，这么好的小伙子不嫁，你还想嫁什么人呢？可自己是寡妇，还拖个油瓶，春种愿意吗？小叔子娶寡嫂，难免别人指指点点，春种会答应吗？秋菊不由得想起春耕，这么好的一个人，这么年轻，怎么说走就走呢？这么好心的一家人，怎么就没有好报呢？秋菊一直想不明白。她又想起丈夫春耕……

春种兴冲冲回家，想不到母亲竟然要自己同嫂嫂成婚，吓得不敢同她提参加游击训练班的事。第二天天还没亮，春种就跑回了马堡小学。

三天后的半夜，合作训练班的学员悄悄出发了，听说是去打日本仔。春种目送他们扛着枪一个接着一个离开学校，想跟着队伍后面走，可又不敢。表哥杨德昌说一不二，他的严厉全校出名，母亲没有答应，如果跟着队伍去被他知道了，那还了得？春种的心像猫抓似的。

只过了一天，学员们全都回来了。他们每个人都是笑眯眯的。春种很想知道战斗情况，可他们的嘴巴像被锡焊焊住了一样，一句话也没有。晚上，春种在小溪边找到同自己玩得最好的一个学员，才知道昨天伏击日本兵的经过。

这群日本兵准备打红山镇，由汉奸带路。石澳游击队得到秘密交通站报告，立即派人与马堡抗日合作训练班联系，共同伏击敌人。训练班学员凌晨到达岳山岭乌山顶，同石澳游击队汇合，然后在岳山岭两侧埋伏。早晨，日本部队前锋抵达岳山岭，进入了游击队火力圈。游击队长的枪声响了，骑马的日军指挥官应声掉下马，接着山岭两边的机枪步枪响成一片，打头阵的十几个日本兵死的死伤的伤，后面的敌人乱了，退下山岭，转用大炮轰击我方阵地。游击队趁敌人退下山时，撤到岭后休息，等敌人炮声一停，立即冲下山去。敌人乱成一团，狼狈地退回县城。这次战斗打死打伤日本兵十几个，缴获三八大盖枪九把、子弹几百发。

好朋友交代春种千万不要对别人讲，上级有命令，为防止汉奸告密引来报复，一定要保密。

世上没有不透风的墙，短短几天，石澳游击队和马堡抗日训练班的人在岳山岭伏击日本兵，打死日军指挥官的消息几乎传遍了全县。

来马堡抗日合作训练班打探消息的人很多，春旺和堂弟春发也来了。在春旺的再三央求下，春种把好朋友说的战斗经过添油加醋讲了一遍。春旺和春发听入迷了，不相信哥哥春种没有参加战斗，恳求春种同表哥德昌讲情，也要加入合作训练班，不然他们去投石澳游击队，一样打鬼子。

陈家厝与马堡镇距离不远，春旺这几天学校家里来回跑，回来就同春发在一起，神神秘秘的。王玉莲正等着春种答应娶秋菊的事，看见两个年轻人举动异常，担心又干出什么出格的事，逮住春旺问个明白。春旺在母亲斥责和眼泪下，像石磨磨豆浆一般，一点一点挤出来，将他们的打算全讲了。

抗日是好事、大事，别人家运气好，死伤可能不会摊到他们头上。我们家运气坏，七煞魔咒，到时候坏事摊到自己头上，哪还不家破人亡？王玉莲越想越怕，家里实在经不起折腾了，一定要把春种拉回来！春种是头，他回来了，那两个小子就不会跑出去了。

春种性格倔强，怎么拉得回来？王玉莲找媳妇秋菊商量，要秋菊和春种赶快生米煮成熟饭。秋菊心里很憋屈，但拗不过婆婆一把鼻涕一把泪，勉强答应了。

周末了，春种被母亲叫回家帮春旺掘番薯。晚饭时候，母亲温了一壶酒，说春种掘番薯累了，喝点酒解乏。春旺想喝两盏，母亲不让，气得春旺骂母亲偏心，气鼓鼓地脚也没洗就上床睡了。母亲端起酒杯，破例陪儿子喝酒，母子俩边喝边谈。母亲健谈，从她脚踏红轿到陈家，几十年风风雨雨的经历；从祖辈到现在，陈家起起落落的心酸史，如数家珍，说也说不完。秋菊温了一回又一回酒，直到春种睡眼蒙眬、扑在桌上响起鼾声才作罢。

夜深了，玉莲和秋菊搀扶着春种到秋菊床上。玉莲示意秋菊好好伺候春种，然后抱起熟睡的孙女回自己睡房。秋菊脸上升起一片红晕，剜了婆婆一眼，不知是娇羞还是埋怨。

天快亮时候，春种感觉头疼欲裂，口干舌燥，浑身燥热。他伸手一摸，旁边是光滑如绸缎般热烘烘的肉体，再往上摸，一对带蒂的葫芦，柔柔的，暖暖的，光滑圆润。这不是女人的身体吗？春种一激灵，酒醒了一大半，再摸一下自己的身子，光溜溜的。他吓得半死，赶紧起床，摸到自己衣服，胡乱套起来，轻轻开门，溜出了房间。

春种头也不回直奔学校。他不明白昨晚自己喝了多少酒，怎么会到嫂子房间同她睡在一起？做了这伤天害理、禽兽不如的事情，怎么有脸面对秋菊？面对母亲？春种拼命回忆昨晚的事，只记得同母亲喝酒，嫂嫂温酒，其他的都忘记了。忘记了更可怕，不知道伤害有多大。春种的头快要爆炸了。

自从岳山岭伏击战胜利后，石澳游击队和马堡抗日合作训练班名声大振。投奔马堡参加抗日的年轻人来了一拨又一拨，合作训练班又扩大了两个班，现在有了两百多人，春种成了正式学员。春旺和春发也报了名，领导说要家里的父母同意。可王玉莲和春发母亲怎么会同意呢？合作训练班去不成，春旺和春发找到了石澳游击队。石澳游击队征收队员的条件和合作训练班一样，兄弟俩垂头丧气回了陈家厝。

杨德昌老师整天忙于训练班工作。这天交通员交给他一份县委机密文件。在敌情通报中得知马堡镇出了汉奸，同县城日军头头有联系，近期日军有可能偷袭马堡镇，剿灭抗日合作训练班。县委要求马堡党组织尽快把合作训练班武装起来，正式成立马堡抗日游击队，抗击日本鬼子。杨德昌同其他领导人商议，准备召开马堡抗日游击队成立大会。

王玉莲几天不见春种回来，问春旺，不知道；问秋菊，也不知道。王玉莲不相信，问秋菊那天晚上他们俩是不是睡在一起了？秋菊承认是睡在一起，可什么也没做。王玉莲问为什么，不是说好了吗？秋菊回答，他醉得人事不知，我一个人怎么做？王玉莲被问住了，气得跺脚。

王玉莲几次催促春旺把哥哥叫回来，春种说忙，死活不回来。王玉莲想过几天找姐姐凤莲说说，请她做春种思想工作，男大当婚女大当嫁，讨妻生子是人生大事，谁也逃避不了。

几天后一天傍晚，橘红色的太阳挂在炉山边，四周是绚烂无比的彩霞。“哐、哐、哐……”马堡大街小巷响起了铜锣声。拐脚地保边敲铜锣边大声喊叫：“今晚学校开会啰，防汉奸，防日本仔……”地保身后，是春种和十几个训练班的小伙子。

黄贱贱正准备吃晚饭。他有个习惯，晚饭前要喝半斤糯米老酒。以前他一坐在饭桌前，酒、菜、酒盏、筷子都摆好了，今天菜上桌了，酒盏筷子也都摆好了，可没看见烫好的老酒。他大声喊道："酒呢？"

婢女端着酒壶跑过来，倒好酒。贱贱端起酒盏，一仰头，一杯酒就倒进他的嘴里。

"噢、噢、噢……"贱贱一阵号叫，眼泪鼻涕一齐出来。他抓起酒壶，砸向婢女："你想烫死我？"

"啪"一声，锡制的酒壶重重砸到小婢女身上，滚烫的酒水浇了婢女一身。婢女倒在地上翻滚，哭声凄厉。

小婢女是山里人，昨天抵债抵来的。她第一次给管家烫酒，担心酒不热，等酒味浓烈、酒烧开了才敢端上来。贱贱像过去一样，甩口就是一杯，想不到烫到了。他怒冲冲地对着小婢女又是几脚："明天把你卖掉，卖到福州白面院（妓院）去！"

嘴疼得吃不了饭，外面"哐哐哐"的锣声搅得黄贱贱烦躁不已。他想，以前镇里开会，从来都是黄区长下令，自己叫地保打锣通知。今天见鬼了，开会自己不知道。

黄贱贱急忙带着两个家丁到街上，截住打锣的拐脚地保："谁叫你打锣？不许打，再打弄死你！"

春种和十几个训练班学员围了上去，举着拳头："抗日合作训练班叫他打锣，不行吗？你想打人？"

凶神恶煞的贱贱和家丁，看见对方人多势众，灰溜溜地跑进黄厝里。

黄厝里位于马堡镇中心，三进式大院，门口大石狮旁边站着两个民团团丁。黄贱贱走进大厅，看见叔叔黄贵成坐在太师椅上，阴沉着脸。白胖的黄贵成看见侄儿贱贱进来，欠了下身子："贱贱来了。"

黄贱贱满面杀气："这些穷鬼，反天了，没有老爷您开口敢打锣开会，不压住，以后他们就爬到我们头上拉屎拉尿了！”

“贱贱，你一开口就是打打杀杀，用点脑好不好？你想想，训练班为什么开会？开会讲什么？对我们有什么威胁？谁领头？你什么都不知道，就知道打呀杀呀，这怎么行呢？”

黄贵成断定合作训练班开会是冲着他来的，可能是自己同日本人接头之事露了破绽，被共产党人嗅到了。他本来想借日本人之手除掉抗日训练班，一报祖墓被泼狗血之仇；二不许训练班坐大，与区政府分庭抗礼。他认为自己行事缜密，对方不可能抓到真凭实据，不能乱了阵脚。

“你先派人看看这批人唱什么戏，如果他们敢针对我们，我们再出手不迟。在马堡，他们就是孙猴子，也跳不出我黄贵成的五指山！何况还有贱贱你这个二郎神。走，喝酒去！”自从祖墓被人泼了狗血，黄贵成变深沉多了。

贱贱看见叔叔黄贵成气定神闲、胸有成竹的样子，将信将疑，同他一起喝酒去了。

马堡小学大厅汽灯高挂，亮堂堂的如同白昼。男男女女不断从校门口涌入，整个大厅人头攒动、人声鼎沸，他们正热切等待着会议主持者登台亮相。

“乡亲们静一静，静一静！”书桌搭成的简易台子上，杨德昌出现了。他穿着长衫，目光如炬，坚毅的脸色因为激动而泛红。他舞动双手，示意大家安静。顿时，嘈杂的声音消失了。

杨德昌讲日本人侵略中国，妄想灭亡中国，犯下了一桩桩滔天罪行，号召乡亲们擦亮眼睛、提高警惕、防汉奸、防日本鬼子偷袭马堡……会场内外四五百人，抗日合作训练班学员带头喊口号，呼声一阵高过一阵。

王玉莲也来到马堡小学。晚饭还没吃完，门口春发探头探脑，春旺把碗一放，一闪身和春发出了大门。王玉莲听说今晚学校开大会，心想春旺他们一定去那里，一路跟着。会场人很多，春旺早就没了踪影。王玉莲站在门口边，搜索着春种春旺，黑压压的人群，怎么能找得到呢。她看见外甥德昌在台上讲话，句句在理，台下人鼓掌、喊口号，气氛热烈。她被深深感染了，心里热烘烘的，跟着举手喊口号……

人老了容易走神，正回忆那段热血沸腾的日子，突然间又断片了，脑子里一片空白。陈春旺痴痴地望着一只不知名的小鸟在天井中飞旋跳跃。

第十一章

清明节前，林定军利用周末回老家给父亲扫墓。老父亲过世五年了，他的音容笑貌常常在林定军脑海里闪现。他讲故事的声音，仿佛还在林定军耳边萦绕。

林定军的父亲 1949 年参军，是原二十八军八十二师二四四团团部侦察排的排长。老人家年轻时参加过十几次战斗，年老的时候，儿孙们问起哪场战斗让他记忆最深，他毫不犹豫地说，1953 年 7 月的东山岛之战。在东山岛反击战中，他带着战士陈春达一起到前沿侦察，不料被敌人发现了，一颗手雷从山顶丢下来，吱吱冒烟。陈春达眼明脚快，一脚将手雷踢下山涧。手雷在山涧爆炸，陈春达顺着手雷爆炸的浓烟，滚下山坡。敌人看见有人跑了，拿机枪追着他扫射。陈春达机智灵活，一眨眼工夫滚了几十米，消失在山脚下的茅草丛中。他贴在石头缝里，没被敌人发现。他说，如果没有陈叔叔的那一脚，没有他机智勇敢地引开敌人，他这条命就丢在东山岛上了，不可能有他的今天。

东山岛之战，他们俩都立了三等功。三年后，两人同时复员，林定军的父亲在市商业局工作，陈春达在省地质勘探队工作。三年困难时期，陈春达为了一家人能吃上一口饱饭，想回老家种田。辞职前，他特意来市里找老排长谈心。林定军的父亲再三叮嘱他，国家的困难是暂时的，很快就会恢复过来，劝他要咬咬牙，挺过这一关，千万不要辞职。过了不久，陈春达还是戴红花回到了乌山村，任大队党支部副书记，后来任书记。林定军的父亲对这位自己的老部下、老朋友、救命恩人惋惜不已。

林定军念初中时很顽皮，可能是青春期叛逆心理，经常惹事。暑假，他的父亲把他送到乌山村陈春达家参加农业劳动。在乌山村的一个礼拜，他和陈春达的儿子嘉嘉一起去放牛。他们把牛系在荔枝树头，牛绳放得长长的，然后到处疯玩，偷摘大队的荔枝，在芦溪水库里游泳。一次在水库里游泳他溺水了，还好嘉嘉在旁边，从水底顶住他的屁股，把他推到岸边。陈春达知道了这件事，用竹鞭把嘉嘉抽得满身血痕，第二天把林定军送回老排长家。孩子的安全问题，责任太大，他不敢让林定军再在自己家待下去了。

三十多年过去了，这一段经历让林定军难以忘怀，于公于私，自己都有责任、有义务帮助嘉嘉尽快脱贫致富。他决定再去一趟乌山村，一来给陈叔叔扫墓，二来看望嘉嘉，解开他的心结，帮助他走上脱贫致富的道路。

为了第二次去乌山村，林定军做了充分准备。他交代办公室明天上午自己有私事，请假半天，然后到街上买了苹果、雪梨、早熟的枇杷三种水果，还有烧鸡、卤鸭、酱牛肉等等，还把自己舍不得喝的一瓶飞天茅台酒拿出来，装了两大包，准备明天一早骑自行车去乌山村。第二天临走前，他又看了一遍田均来送来的关于陈嘉土一家贫困情况、致贫原因以及村委会准备帮助他脱贫方案的报告后，骑车出发了。

乌山村不大，加上不久前来过乌山村，林定军大致知道嘉嘉所住的旧房子位置。由于临近清明节，街上的行人比上次明显多了，林定军很快就找到了陈嘉土家。

陈嘉土住的是两层砖混结构房子，外墙没有粉刷，红砖裸露，木头制的门窗风吹日晒，红漆剥落。由于建筑时间久了，地基沉陷明显，与前面几排的楼房相比，显得格外寒酸、破败。房屋的大门关着，说明房主人还没起床。

林定军停好自行车，提着袋子，敲响大门："嘉嘉，在家吗？嘉嘉，起床了吗？"

一会儿，里屋传来窸窸窣窣声响，应该是嘉嘉起床的声音。约莫五分钟后，"咿呀"一声，大门开了，一个头发像枯草一样的脑袋伸出来，"谁呀，什么事？"声音沙哑、慵懒，显然还没有睡醒。

"我是林定军，你爸爸战友的儿子，也是你小时候的朋友，我今天特意看你来了。"为了让嘉嘉听明白，林定军自报家门，还特意一句一顿。

嘉嘉昂起头，不知是一时适应不了屋外的强光，还是思索陌生来人身份的真假，好一会儿，他才睁开了眼睛，说："哦，哦，进来，进来，你先进来坐下，我洗脸刷牙，等下就来。"

嘉土脸色暗淡，褶皱又多又深，像浓缩版的陕北黄土高坡。走进大门，迎面是厅堂，厅堂后面是后厅，用插屏门隔开。东西两间分成四个房间，分别是卧室、厨房、杂物间等。这是典型的

20世纪90年代初期闽东农村房型结构模式，那个年代能建两层水泥楼房，说明房主人曾经的辉煌。插屏门前的桌儿正中央摆着观音塑像，塑像前是个香炉。插屏门左边贴着“陈家堂上历代元祖宗亲”香位，再左边是两个老人的照片。林定军知道，一个是陈叔叔，一个是陈婶婶。

陈嘉土从卫生间出来了，一身的休闲服，洗过的头发梳得整整齐齐，下巴的胡须也刮得干干净净，显然是精心修饰过，与刚才简直判若两人。林定军心中暗喜，这么注重自己形象的人，说明有强烈的自尊心，不是田均来说的自甘堕落、心如死灰的模样。这下有救了！林定军对嘉嘉充满了信心。

“我记起来了，你是福州的定军哥。我听说你后来参军了，几十年没联系了，今天怎么突然到我这里来？”嘉土似笑非笑，满眼疑惑。

“是几十年没联系了。我在部队一待就是十多年，后来转业到地方。清明节到了，这次特意来给陈叔叔扫墓，还有看看你。”林定军从报告里知道嘉嘉特别孝顺，要打开他的心结，首先要以情动人，从他的情感上打开缺口，直达内心深处。

林定军来看自己，而且还要给父亲扫墓，这让嘉土感到很意外，而且很感动。多少年了，有几个人正眼看过自己，真正关心自己？陈嘉土显然有些激动，他张罗着要泡茶、拿烟。

“我不抽烟，喝茶我自己来。你赶紧吃饭去，吃好了一起上山。”林定军催促道。

“我不吃饭，喝瓶啤酒就够了。”陈嘉土手上变魔术似的多了瓶啤酒，用牙一磕，对瓶咕噜咕噜就是几口。

“不急，不急，我这里带了卤鸭、酱牛肉呢，正好下酒。”林定军解开袋子，拿出已切片的酱牛肉、卤鸭。

嘉土有点尴尬："不用不用，我都是这么干喝，喝啤酒就像喝开水，哪里还要下酒菜。"

"我带来的这些东西就是给你吃的。"林定军把袋子里的食物全部掏出来，摆满了一桌子。

"那就中午吃吧。中午我们痛痛快快地喝酒。"嘉土建议。

俩人约定中午好好喝一场，一醉方休。

林定军没买扫墓用的烛炮、金银元宝纸等。嘉土家里有，他收拾好装在一个红提袋里。林定军要拿锄头、柴刀，嘉土说前几天他和弟弟嘉火扫过墓，墓地很干净，不用带农具了。

一路上，林定军和陈嘉土边走边聊，聊家庭、聊工作、聊儿时的美好记忆，聊分别后的经历。嘉土讲得最多的是他的女儿。他的女儿即将大学毕业，是他的骄傲，可女儿毕业后的工作问题成了他的心病。他希望这个当官的朋友能帮他解决女儿就业问题。他再三强调这是他余生最放心不下的事情，如果这事情解决了，死也瞑目了。林定军答应想办法解决。

陈春达夫妇的墓地建在芦溪水库西边的荔枝林里。清明节气正是荔枝开花时节，白色的小花绽满枝头，整个荔枝林是一片缤纷世界，空气里充满了荔枝花香和蜜蜂的嗡嗡声。

坟墓是太师椅造型，不大，四周是一圈修剪整齐的茶树。由于前几天嘉土和嘉火扫过墓，墓地干净利索。林定军点燃一对白蜡烛，固定在墓碑前的石台两边，然后焚香。他把手中的三条香插在墓碑正中央的石制香炉里，供墓主人；三条插在墓地的左边，供土地爷；三条插在墓地的右边，供山神。嘉土给土地爷、山神烧纸后，过来同林定军一起给父母亲烧纸钱。

"嘉嘉，我刚才给陈叔叔说了，保佑你一家人身体健康，保佑你事业发达，保佑你女儿大学毕业找个好工作。你有什么要同你父母说的吗？”林定军问。

燃烧后的纸钱灰，随着山风漫天飞舞。嘉土双腿一跪，喊了声：“爹、娘，儿子不孝，儿子对不起二老！”

嘉土呜咽着，似乎有无尽的悔恨想倾诉，却又讲不出来，跪在墓前不停地抽泣，泪流满面。

林定军心里酸酸的，安慰他：“人都有困难时候，人生都有遗憾，都有不圆满的地方，关键看你怎么想、怎么面对。跨过去，就是一片天。有什么困难，你大胆跟我说，我一定帮你。”

这句话，林定军也是对自己说的，扶贫先扶志，他觉得嘉嘉信任自己，自己有能力，也有责任帮他克服心魔，走出困境。

中午，林定军留在陈嘉土家吃饭，陪他过清明节。嘉土把冰箱里所有的好东西都煮了，连同林定军带来的几种卤味熟食，摆了满满一桌。林定军把茅台酒开了，顿时，屋子里充满了浓郁的酒香。

半天的接触，陈嘉土知道林定军是真心真意来的，是真心想帮自己的，几杯酒下肚后，他再度撕开自己血淋淋的伤口，讲述二十几年前发生的改变他家庭、改变他后半生命运的那个夏天。

陈嘉土记得非常清楚，那是六月的一个傍晚，他接到一个电话，是村支部书记田俊秀打来的，说他到了福州，想到自己家里坐坐。俊秀是父亲一手培养起来的，同自己如亲兄弟一般。那天嘉土同一家大公司签订工程建筑承包合同，正想找人喝几杯，庆祝庆祝。嘉土一口答应，约定在自己住的对面黄岐海鲜酒楼请俊秀吃饭。

那天晚上，两个人从傍晚七点开始喝到晚上十二点，一箱二十四瓶啤酒全部喝光。俊秀说他现在压力太大了，计划生育工作压得他喘不过气来。这边镇政府分配任务，采取高压手段，拆房子、抓人。政策是“生了一男不准再生，生了一女隔四年可再生”“宁可血流成河，不可超生一个”。这边老百姓反应激烈，躲避、反抗、举报、寻死觅活都有，就为了生个传宗接代的男孩来。都是乡里乡亲、沾亲带故的关系，这得罪人的工作实在没办法干下去了。

陈嘉土把田俊秀当成亲兄弟，好酒好菜安慰他。嘉土老婆头胎生女儿，二胎又怀孕八个月了，离“生了一女隔四年”的政策时间间隔少了两个月，俊秀帮忙瞒过了镇计生办，还通知嘉土特殊时期做好保密工作。嘉土感激俊秀保护自己一家，说以后俊秀退下来了，到我这里来，我们兄弟俩一起干。

酒楼要打烊了，嘉土要给俊秀开宾馆。俊秀说他是出公差，同镇政府的人一齐来，宾馆早就开好了。他是利用晚上时间来看嘉土的，如果晚上不回去，带队的领导会批评的。

送走俊秀，嘉土回到家，发现大门不出二门不迈的挺着大肚子的老婆不见了，只有满脸泪痕的女儿扒在沙发上睡觉。嘉土知道出事了，半夜敲门把邻居叫起来，一问，晚上八点多，一群自称马堡镇计生办的人把他老婆抬走了。当时没有手机，嘉土到电话亭打俊秀的 BB 机，直到天亮，一个回复的电话也没有。

第二天上午，弟弟嘉火打来电话，说嫂子昨晚在县医院做了催产手术，肚子里的孩子催掉了，是个男孩。从此以后，嘉土老婆的肚子再也没有大过，嘉土经常借酒消愁，事业每况愈下，最后成了现在这样子。

陈嘉土最恨的是，父亲对田俊秀恩重如山，他居然骗自己出来，让计生办的人去家里抓人，让自己断子绝孙。嘉土最痛心疾首的是，自己还感激他，请他吃饭。你说，世界上还有比俊秀还忘恩负义的人吗？还有比我还窝囊的人吗？你说，我还有什么脸见人？还有脸见地下的父母亲？

陈嘉土声泪俱下。这个时候，任何的安慰都是苍白无力的，最好的办法就是让他宣泄，让他把心里几十年的积淤引流出来。

林定军问："事后，田俊秀有没有给你个说法？"

嘉土说："有。他后来托人来赔礼道歉，说那天他确实是来看嘉土的，绝对没有骗开嘉土，让计生办的人抓走他老婆的阴谋，否则天打五雷轰、断子绝孙。事后他听计生办的人说，是嘉土父亲春达当支书时得罪别人，俊秀袒护嘉土，被人举报了，才发生了这件事情。你说，谁会相信这鬼人说的鬼话？"

林定军看见陈嘉土宣泄差不多了，开始引导他："后来呢？田俊秀这个人后来怎么样？"

嘉土说："这种人能有什么好报应？他祸害了很多人，最后没办法再干下去，到东北挖煤去了。"

"那个年代，计划生育是国策，是高压线，大环境这样，谁能躲得过？我也只生了一个，也是个女孩。"林定军感叹。

嘉土说："你是城市人，端铁饭碗的，老了有退休金。我们农村人不一样，没有儿子，在村里抬不起头，年老了没有人养老送终，怎么会一样呢？"

"现在社会变化太大了，城市不一定比农村好，农村人不一定比城市人差。"林定军解释，"一，我们镇里有三个公务员，端铁饭碗的，家在农村，户口就是不搬，就愿意当农村人。你知道的，以前在城里买房子迁走户口的人，现在很多人想迁回来再成农村人，容易吗？二，我是城市人，端铁饭碗的，可我买不起城市中心的房子。市中心的好房子住的全是农村人。说明端铁饭碗的城市人不一定比农村人强。三，现在没儿子的人多着呢，我也一样，难道我们不要活了？不，我们不但要抬起头，好好活着，而且要活得更精彩，让别人知道，我们是为自己活着，不是为别人活着。”

嘉土说：“这些大道理，我知道。你是当领导的，接触的都是有钱人，成功人，他们的心思，你清楚。像我这样的贫困户，没水平没能力的人，能跟他们比吗？山鸡不能与凤凰比。”

“哦，对不起，扯远了。”林定军自罚一杯。要想说服嘉土，接受自己的观点，要从他的经历讲起，从他身边发生的事情讲起。林定军换了个话题：“二十几年前，你建了这么大一栋房子，当时算豪宅吧？那个时候，你应该算成功人士。”

“没有，没有。”嘉土羞涩地笑了，喝了一大口酒，“我学的是泥瓦匠，从班组长做起，当时运气好，遇到一个好老板，接了几个工程，赚了钱，盖了这栋房子，当时是全村数一数二的好房子。现在落后了，别人都建了新楼房，事业都做得很好。我现在是一没事业，二没新房，三没儿子，做人很失败。”

陈嘉土目光迷茫，神情伤感，陷入回忆中。

林定军问：“如果有一个老板想帮你，你愿意重新出山，干一番事业吗？”

“世界上还有这种人吗？还有人瞧得起我？”嘉土不相信，“以前村支书田均来也这么说，找个大老板帮我。他找的老板是他的亲戚，这个人很苛刻，账算得死死的，赚他的钱不容易。再说，我没本钱垫款，没有队伍，他怎么可能将工程包给我呢？均来嘴巴甜，会哄人，不会真心帮我的。”

“这老板不是一个人，而是一个组织，是共产党领导下的人民政府……”林定军将党中央关于脱贫攻坚政策向嘉土做了宣传、解读。

嘉土笑了：“中央的政策是好的，到了最底层的农村，想不想执行？对谁执行？还不是基层干部说了算。”

林定军问：“基层干部，你可以不相信别人，但你相信我吗？”

嘉土说：“我相信你，我们是两代人生死之交，我相信，你对我是真心的。”

“那就好！”林定军和嘉土干了一杯，“今年是脱贫攻坚战收官之年，镇里的中心工作。我是马堡镇镇长，要选一个贫困户结对子进行一对一精确帮扶，我选你，我们结对子可以吗？”

嘉土说：“我们是兄弟，我听你的。不过，我女儿的工作，你可不能不管哦。”

“帮你女儿找工作，也是我扶贫工作的一部分。”林定军的脸上，露出兴奋的笑容。

两个人说话投机，喝酒高兴，不知不觉，一瓶酒干完了。这时，门外涌进一群人，有田均来、张应强、还有两个建筑公司老板。这次去乌山村，林定军没有告诉任何人，不知田均来他们怎么知道的。田均来邀请林镇长和嘉土一起到一个老板家吃饭，林定军说吃过了，谢谢好意。张应强说他们刚知道镇长来了。

嘉土站起来，说要给客人泡茶，可头重脚轻，双腿不听使唤。张应强和一个老板搀扶嘉土到里屋休息。田均来看见来迟了，镇长吃过饭了，提出是去老板家喝茶还是去村委会喝茶，必须二选一，否则就是不给面子，瞧不起乌山村。林定军酒量好，半斤茅台没问题，头脑依然很清醒。他选择去村委会，边喝茶边同两个村主干商量帮扶嘉土的事情。

一行人簇拥着林定军往村委会走去。

第十二章

清明节后，陈必达准备去玉山教学点检查工作。他想起唐跃考到镇政府一年了，当时承诺请他吃从没有吃过的好东西，让他一生不忘。这次去玉山，陈嘉木这个吃货，一定会请他吃山上的野味，何不带上唐跃，践行自己的诺言？陈必达特意打电话问他想不想去。年轻人都嘴馋，唐跃哪经得起诱惑，马上答应了。

唐跃是个英俊小伙子，一米八多的个头，加上经常进行体育锻炼，显得阳光帅气。他以前是马堡中心的小学教师，去年考干转行，现在是马堡镇党政办主任。他同陈必达校长关系很好、也熟悉陈嘉木老师。下午一上班，唐跃请了假，就同陈校长、中心校德育处黄主任一起去玉山村教学点了。

一长二短有规律的汽车喇叭声，一辆的士出现在山垭口，顺着公路向玉山村疾驰而去。车子停在村口，三个人从车上下来向学校走去。走在前面的是学区校长陈必达，后面是两个年轻人。

陈嘉木老师站在校大门口，向山下镇里方向眺望。玉山村学校教学楼是 20 世纪 90 年代末建的，现在依然是村里的标志性建筑。空中迎风猎猎的国旗、清洁整齐的校园，一股尊重感令人油然而生。

陈嘉木迎上前，紧紧握住陈必达的手，笑容满面。陈必达微笑着，但笑得有点牵强。

陈嘉木：“陈校长，辛苦、辛苦了，欢迎、欢迎你们。”

陈必达将身后的两个年轻人介绍给陈嘉木。

陈必达："这是德育处的黄主任。"

陈嘉木："你好，黄主任。欢迎、欢迎来检查指导工作。"

黄主任："你好，陈老师！我是刚来的，支教老师。听陈校长说这里风景优美、云雾缭绕，像仙境似的，今天过来一看，果然如此。你看你，仙风道骨，一股仙气。"

陈嘉木哭笑不得。

陈必达："镇党政办唐主任你认识，就不用介绍了嘛。"

陈嘉木："唐跃，你怎么也来了？辛苦了！"

陈必达："他是代表镇领导来看望你。"

陈嘉木："有这回事？什么时候镇领导想起了我这个默默耕耘的老黄牛，不会有什么事吧？"

唐跃："你长期坚守这里，成了留守老师，辛苦你了，应该要慰问慰问。"

陈嘉木："谢谢！谢谢！领导们辛苦了！"

陈嘉木带着三位领导向教学楼教师办公室走去。三位领导环顾校园，脸上露出赞许之色。

陈嘉木把领导领到自己的办公室。办公室不大，但布置得优雅大方。墙上一幅字"海纳百川，有容乃大"，是福建先贤、民族英雄林则徐的自勉联。这幅字一定是书法家写的，行云流水、大气磅礴，是书法精品。沙发边的两个茶几桌上，一盆是兰花，一盆是开着金黄色花朵的金菊花，办公室里弥漫一股淡淡花香。陈嘉木烧开了水，用滚烫的开水清洗茶具，拿出自己舍不得喝的武夷正岩大红袍招待领导。

陈校长环顾办公室，指着陈嘉木："老陈，你这办公室比我的办公室豪华多了，这怎么行呢？今天检查，第一项不合格，办公室过度豪华。"

“我不是校长，哪有什么办公室？这是我家客厅。”陈嘉木笑着回答。

“学校变成你的家？你这是职务侵占，是犯罪行为，比办公室过度豪华严重多啦！”陈校长摊手耸肩，调侃着：“这不在我的权力范围内了，我没法处理。回去我们向公安局报案。”

陈嘉木紧紧握住陈校长的手，说：“好啊，你报案去！说不定挖出一个以校为家的全国最美山村老教师。我提前感谢您了！”

“如果挖出来你是犯罪分子，你可不要怪我！嫂子呢？怎么没见嫂子？”陈校长挣脱陈嘉木的手，大声喊叫。

“她请假了，去省城我儿子那里，过几天回来。”陈嘉木回答。

陈必达：“什么，去省城了？去几天了？”

陈嘉木吞吞吐吐的：“大概、大概五六天了。”

陈必达神情严肃：“什么时候回来？”

陈嘉木：“大概、大概四五天吧。”

陈必达：“这怎么行呢？教师请假一周以上要我签字同意。你告诉我嫂子的电话，我打电话找她。”

陈必达拿出手机。陈嘉木不得不把李梅的电话号码告诉他。陈必达当场给李梅老师打电话，连续拨了三次电话，电话里都是“你所拨打的电话已关机”。

陈嘉木有些尴尬：“可能电话没电了。”

“嫂子请假了，你一个人忙得过来吗？”陈校长盯着陈嘉木的眼睛，“要不要我派一个老师来帮忙？”

“我找了个代课老师，谢谢陈校长关心！”陈嘉木看见好朋友成了学区第一把手，而且还像以前一样同自己调侃打诨，太高兴了，根本不知道陈校长他们此行的真正目的。

“那叫代课老师来，我代表学区谢谢她。”陈必达当学区校长时间不久，最担心下面学校出什么乱子，看见李梅真的不在学校，急了，开始逼迫来历不明的漂亮女老师尽早出现。

陈嘉木：“好的，那我代表她谢谢陈校长了！”

“玲玲，下来给领导泡茶！我该准备领导们的晚餐了。”陈嘉木走到门口，朝楼上喊话，喊完后直接下楼到食堂忙乎去了。

唐跃坐在沙发上喝茶。陈必达和黄主任站在窗户边看风景。

叫玲玲的姑娘推门走进办公室。她特意化了个淡妆，喷了香水，戴个眼镜，身上散发若有若无的淡淡清香。

玲玲：“领导们好，领导们辛苦了！”

唐跃眼前一亮：“你好！”

玲玲穿一件白色的连衣裙，脖子上围一条红纱巾，身材曼妙；圆圆的脸蛋，白皙红嫩，鼻子小巧高挺，给人一种美丽脱俗的感觉。特别是鼻梁上的那副眼镜，更增添了一份少女的妩媚，一份知识分子的气质。

玲玲走近了。唐跃捕捉到玲玲身上散发出来的清香，表情有点不自然。

玲玲微笑着：“我来泡茶。”

唐跃站起来，把位子让给玲玲。

陈必达走了过来：“你就是代课老师？”

玲玲：“对。您是陈校长吧。”

黄主任也被玲玲的青春靓丽镇住了，轻声问唐跃：“她是谁，陈老师妹妹？”

唐跃：“不是。年龄相差这么多，怎么是兄妹呢？”

黄主任：“是他女儿，绝对是他女儿！”

唐跃：“不可能。陈老师就一个儿子，研究生毕业，在省交通厅工作。当时计划生育政策那么严格，他们生二胎被人举报要开除的。”

黄主任：“这深山老林的，他们偷偷生一个，谁知道。”

唐跃：“凡走过必留痕迹。一个大活人，二十多年别人不知道，可能吗？”

黄主任：“他们生了女儿寄别人家养大，现在带回来，怎么不可能？”

唐跃：“哎，她戴着眼镜，那么漂亮，应该是本三、大专一类学校毕业的吧？”

黄主任：“你以为漂亮的女孩都不会读书？看这气质风度，应该是重点大学毕业的。”

唐跃：“你猜猜看，她学的是什么专业？”

黄主任：“应该是中文、英语、法律等文科类的。”

唐跃：“也可能是理科的，物理、化学、医学一类。”

黄主任：“今晚喝酒时候让她多喝，酒后吐真言。”

唐跃：“好啊。那打赌，谁猜错谁罚酒。”

黄主任：“好，赌就赌，谁怕谁！”

唐跃：“那说定了，谁输了谁喝三杯。”

黄主任：“好！请陈校长做裁判，谁也不许耍赖。”

唐跃：“好嘞，耍赖罚五杯。”

黄主任：“一言为定！”

唐跃：“驷马难追！”

陌生漂亮的姑娘，最容易引起年轻男人的好奇心。黄主任和唐跃的声音虽然很轻，可很多话飘进陈校长和玲玲的耳朵里。

黄主任和唐跃向陈校长示意他们打赌的事，陈校长笑着点头同意做裁判。

玲玲笑眯眯的，她知道三位领导在议论自己，迎着他们目光，大方招呼他们过来喝茶。

玉山村教学点就九个学生，一年级四个、二年级五个。检查的重点就是有没有流生，检查工作很快就好了。

陈嘉木将以前老师吃饭用的大圆桌子搬出来，擦洗干净，铺上红塑料布，摆在餐厅中央。大饭桌上摆着四种酒：四瓶天之蓝白酒；一箱罐装雪津啤酒；一箱长城干白；一大罐本地糯米酿的青红老酒；还有碗筷、酒盅、碟子等。

晚餐时间到了。一会儿，一盆热气腾腾的红烧山兔肉、一罐香气扑鼻的山鸡炖莲子汤端上了饭桌。玲玲热情地招呼三位领导入席。陈校长当仁不让地坐到主宾位子。黄主任、唐跃依次坐在陈校长的右边。他们招呼厨房里不停忙碌的陈嘉木赶快入席。

野鸡、山兔这些东西山区一带才有，镇里不容易吃到。唐跃挡不住山珍美味的诱惑，只想尽快大快朵颐。他朝着厨房喊："真香呀！陈老师，来，赶紧来！"

陈嘉木穿着围裙，肩膀上搭一条毛巾，正在厨房里忙着。他擦着汗，说："你们先吃。还有两道菜，我炒完了就来。"

陈必达坐在桌前，睹物思情："我以前在这里教书时，就在这张桌子上吃饭。"

黄主任："在这里当老师好啊，空气清新、环境优美，关键食品都是绿色的。"

陈必达苦笑："当时我们年轻人天天在骂娘，谁都想跑。只有陈老师乐呵呵的，时不时到厨房露一手。"

唐跃等不及了，走进厨房："你快点，桌上的菜快凉了！"

陈嘉木："你们先吃，只有一道菜了，我炒完了就来。"

唐跃："主人不来，客人怎么开席？"

陈嘉木："由玲玲先陪着。"

唐跃："我们男人喝酒，她会喝吗？"

陈嘉木："你肯定喝不过她！她的酒量同陈校长有得一拼。"

大家听见陈嘉木的话，都睁大眼睛看着玲玲。玲玲自信地甩了下马尾巴头发，坐到主陪的位子上。她伸手拿起开瓶器，把箱子里的天之蓝酒、干白葡萄酒各拿两瓶，逐一打开盖子，整齐地排在桌面上。

陈校长的酒量在整个学区是数一数二的，一瓶高度白酒没问题，喝啤酒从来没醉过，学区老师们都知道。黄主任和唐跃听陈老师这么一说，很是惊讶。听别人说有的女人要么不喝，如果喝起来很多男人不是对手，今晚看来是凶多吉少，不醉不归了。

陈校长对两个愁眉苦脸的年轻人挤眉弄眼。心想刚才两个人打赌，还想请自己做裁判，灌醉玲玲，这下他们是自作自受，搬起石头砸自己的脚。今晚两个人非出洋相不可。

玲玲把天之蓝酒给陈必达倒满，然后给自己倒上。黄主任和唐跃各自拿一瓶长城干白给自己倒酒。玲玲举杯站起来："我叫张玲玲，这第一杯酒，我代表我干爹干妈敬各位领导，感谢领导对玉山村学校、对扎根山区老教师的关心支持。"她同三位领导一一碰杯，毫无女孩子的腼腆、扭捏之态。

玲玲自然大方，一点不怯场，不像学校里的女教师，扭捏作态，倒像一个商界女强人，气场十足，这着实让唐跃刮目相看。看来玲玲是酒（久）经沙场，见过大场面的人，这一定是个有故事的姑娘！唐跃心中产生一种想全面了解她的欲望。

陈必达："你是陈老师、李老师干女儿？你妈是不是叫张美美？"

玲玲有些疑惑："对，你怎么知道？"

陈必达恍然大悟："我以前在这里当老师，经常听陈老师、李老师说他们的干女儿，原来就是你！"

玲玲笑了："是我。"

几杯酒下肚后，大家融洽了，气氛也上来了。陈嘉木把菜上齐后也上桌了。

陈必达和玲玲面前是白酒，陈嘉木面前是青红酒，黄主任和唐跃面前是啤酒和干白酒。

酒桌气氛很好，陈必达和陈嘉木、玲玲碰杯喝酒。黄主任和唐跃开始兑现刚才的打赌承诺。

黄主任："玲玲是陈老师的干女儿，干女儿也是女儿。唐主任，你输了，喝酒！"

唐跃："我认输，我喝，我喝啤酒。"

黄主任不依："不行，喝干白！"

唐跃不同意："刚才打赌时又没有说非要喝干白。"

黄主任："那也没有说喝啤酒。"

唐跃："那你说，同样容积的干白和啤酒，哪个重？你说对了，我喝干白；你说错了，我喝啤酒；这可以吧！"

黄主任琢磨一会："干白重！干白酒精含量大、容易醉，酒倒出来也比啤酒稠，同一容积的干白酒肯定比啤酒重。"

唐跃："不，啤酒重！"

黄主任："理由呢？"

唐跃刚才是灵机一动，想吓唬文科出身的黄主任。同样的容积，到底是干白重还是啤酒重，他虽然是理科出身，也说不出所以然。他望着裁判陈校长。陈必达一直在笑，久久不做裁判，其实他也不懂。

“啤酒重！干白由于酒精含量高，轻，往上走，喝多了脸红；啤酒酒精含量低，重，往下走，喝多了去卫生间多。”玲玲有意偏向镇干部唐主任。

唐跃看见玲玲古怪精灵、反应快、讲笑话自然冷静，轻轻松松帮自己解了围，忍俊不禁，不由得伸出大拇指，连连称赞：

“才女、才女，太有才了！”

唐跃高兴地喝完三杯啤酒，问：“你哪个学校毕业的，学什么专业？”

玲玲歪着头：“你说呢？猜猜看！”

陈必达：“你别卖关子了，干脆说吧。他们俩在打赌，都眼巴巴望着你呢。”

玲玲：“那你说，我是学什么的？”

陈必达：“你是学医的。”

玲玲：“你怎么看出来？”

陈必达：“你到现在洗了三次手，只有当医生的人才这么勤洗手。还有你的啤酒、干白、酒精论述，使我更坚信自己的判断。”

玲玲佩服了：“领导就是领导，洞察秋毫、火眼金睛，水平就是高！对，我是学医的，市医专毕业的。”

唐跃高兴站起来：“呵呵，黄主任，你输了，喝，快喝！”

唐跃把刚才黄主任放在自己面前的三杯干白酒，推到黄主任面前，催促他尽快喝掉。

黄主任：“你刚才喝啤酒，现在要我喝干白酒，不行，这不公平！”

唐跃：“我喝啤酒，是你我同意、陈校长批准的。现在情况同刚才一样吗？不要耍赖，耍赖罚五杯！”

黄主任：“这公平吗？”

黄主任发觉刚才上了玲玲的当，可怜巴巴地向陈校长、陈老师求援。

“喝吧、喝吧！”陈必达他们四人一边大笑一边催促黄主任喝酒。

黄主任：“人家说，看了《苹果》，知道男人靠不住；看了《玉观音》，知道女人靠不住；看了《投名状》，知道朋友也靠不住；看了《集结号》，原来组织也靠不住。今晚上我真正领教了！”

黄主任无可奈何地一杯一杯喝下去。

夜深了，陈嘉木还想再倒酒，黄主任说太晚了，自己明天早上还有两节课，坚决不让倒酒。陈嘉木看着陈校长，陈校长看着唐跃，等待他发话。唐跃把目光投向玲玲，似乎征询玲玲意见。

玲玲说：“好吧，听黄主任的。领导明天还要工作，耽误了，我们担当不起。下一次，大家一定要尽兴。”

陈嘉木和玲玲同陈校长、唐主任、黄主任告别。唐跃虽然酒喝了不少，但头脑很清醒。他从口袋里掏出一张名片，递给玲玲。这次来玉山村，认识了一位美女，还痛痛快快地喝了一场好酒，他心里痛快极了。

一辆的士停在村口，两道车灯像两把利剑刺向漆黑的夜幕。在车灯的尽头，陈必达和陈嘉木还在谈话。

“你不要骗我了，你和嫂子到底发生了什么？”

“儿子订婚要三万块钱买婚戒，李梅和我大吵一架，去省城当保姆了。”陈嘉木知道瞒不了了，向陈必达坦白了一切。

陈必达心情很沉重：“你不容易，嫂子更不容易。我们是好兄弟，知根知底，所以我要批评你。嫂子是镇里人，富裕家庭出身，嫁给你在山村生活几十年，同别人比，难怪她心里不平衡。”

“我对不起她，我后悔了，那天不该喝那么多。”

“赶紧把嫂子找回来，玲玲不可能帮你代那么长时间。”

“她的手机一直关机，省城那么大，大海捞针一样，我到哪里找？”

“一定要想方设法找到，让她赶紧回来！村民现在议论纷纷，怀疑你暗害嫂子，还怀疑玲玲。”

“有这么严重？”

“对，很严重！”

“我赶紧找到李梅，叫她回来。你千万要帮我保守秘密，给我留点面子。”

第十三章

马堡镇镇长林定军与乌山村贫困户陈嘉土结对帮扶，乌山村两委班子，特别是村支部书记田均来特别上心，把这事当成自己的事来抓。他在原来帮扶陈嘉土脱贫的方案做了调整完善，然后送到林定军手上。

田均来提的方案有好几条，也很细，有村里哪个老板最近包了个大工程，土方工程量很大，可分包些土方工程；有村里哪个公司中标某标段公路工程，可分包到混凝土活；有村里哪个房地产公司开发的楼盘，房子快要封顶了，可单项承包防水工程等等。应该说，这些活都是本钱少、利润高、符合嘉土现在实际情况的好项目，可这些项目暂时还是个信息，老板愿意不愿意承包给没有团队的新人？陈嘉土有没有能力做好？完全是未知数。田均来最后还提了个方案，如果以上提供的项目都不成功，干脆做投资，把钱投到村里有实力有信誉的老板，资金由村里的基金会出，陈嘉土坐在家里吃利差。

乌山村是建筑之村，田均来他们想到赚钱的办法都在建筑方面。林定军可不一样，他认为，就是老板给面子，给你个小项目，平平安安做下来，赚些小钱，能不能保证每年都有小工程？每次老板都给他机会？如果没有，过了一年两年，又回到贫困线上。林定军有更深层次的思考。陈嘉土不能把希望全部寄托在承包单项工程上，应该有新的、更好的出路。就像乌山村的经济，不能全部依赖建筑业，应该还要发展其他产业，拓展新的事业版图，这样才能立于不败之地。

现在的乌山村，城市有商品房的家庭占百分之八十多，中青年人都在外地打拼，田地几乎全部荒芜，如果不花大力气发展其他行业来振兴家乡，过不了三代，乌山村的人就走光了，村庄就消亡了。扶贫攻坚后就是振兴乡村，乌山村的经济实力强，历史文化底蕴深厚，何不把它列入这批振兴乡村试点村？如果经济发展了，环境美化了，何愁凝聚不了人心，留不住乡愁？林定军决定在党委会上提出自己意见，全力促成乌山村成为这一期马堡镇振兴乡村试点单位。

这几天，林定军满脑子都是乌山村、陈嘉土的事情。参选振兴乡村试点村，乌山村有很多优势，村经济发达，百姓生活富裕，环境生态宜居，关键是怎么把散落的珍珠串起来，呈现在别人面前。林定军做了很多功课，翻了很多资料，其中一篇写乌山村的文章让他兴奋不已。

明朝时期，乌山村乡贤田尚华中了贡元，后被吏部外放浙江嘉兴府任司理。一次，田尚华被一件扑朔迷离的谋杀案难住了。社会舆论的强大压力，上司限定的破案期限迫近，使他焦虑万分。正月十五闹花灯，他被亲信带去看游神吃烟花表演。当他看到僮者（神明附体者）惊奇表演、听见组织者关于神明通天王的神奇法力的介绍，被深深触动了。他请符头（道士）、僮者及有关人士“打准”（请神），就谋杀案请通天王指点迷津。通天王的指点和暗中相助，案件如期顺利告破，轰动朝野。后来，田尚华舍官回家乡教书，也把通天王及正月十五“吃烟花”民俗表演带回乌山村。

400 多年来，每年“吃烟花”民俗表演，依然吸引着十里八乡乃至福州的信众前来观看和祭拜。“吃烟花”表演难度不亚于西南地区少数民族的上刀山下火海，江海电视台也多次报道过。乌山村通天王等神明被人们称为“活神”，是明朝民间信俗文化的活化石，在江海县绝无仅有，福州乃至福建应该也罕见。

文章还介绍乌山村荔枝与田尚华的关系。

乌山村后山的这片百年荔枝林，品种叫“状元红”，最老的一棵有四百多年历史，是“荔枝王”。“状元红”原产地是莆田荔城区新度镇下横山，系北宋莆田状元徐铎所植。相传，北宋熙宁九年（1076 年），莆田延寿人徐铎与仙游枫亭人薛奕双双考取文武状元。宋神宗大喜，在琼林宴上题写“一方文武魁天下，四海英雄入彀中”。徐铎衣锦还乡后，拜访下横山村学友，感念当时在此读书习文之情，特地从家乡带来的荔枝苗种植于下横山兰水旁，后人就把这株荔枝称为“状元红”。

“状元红”荔枝于明朝初年被引进广西，由于色红、皮薄、个大、核小、汁甜、味美而大受欢迎，广为种植。乌山村乡贤田尚华感念家乡，从广西凭祥辞官回乡时带回一棵“状元红”荔枝种苗，精心培植繁衍。现在乌山村的荔枝林都是这棵荔枝种苗的后代。以前这种皮薄核小味甘的“状元红”荔枝是乌山村的一个产业、一张亮丽的名片，后来乌山村的人大多涌向城市，包工程做生意赚大钱去了，谁会瞧得起卖不上价钱的荔枝？现在荔枝林荒芜着，没人治虫、施肥、修剪，过不了几年，这片百年荔枝林就毁了。

乌山村振兴乡村方案，林定军想从恢复百年荔枝林做起，修登山路，建荔枝公园，让村民、乡贤看到家乡新面貌，凝聚人心。然后投入资金改造“吃烟花”民俗表演，建民俗博物馆、红色教育基地发展乡村旅游，迎来大批游客，发展旅游业，作为乌山村第二、第三产业，既解决像陈嘉土一样的低收入人群，也能引一部分村民回乡就业或创业。

对于陈嘉土的脱贫致富问题，林定军有了新想法。他想，嘉土待在家里很多年了，而且被贴上了“酒鬼”的标签，一时半会老板们不会相信他，不会把工程分包给他。再说他脱离建筑业太久了，年纪也大了，建筑市场今非昔比，再回头重操旧业，难度非常大，林定军心里没底。至于借村基金会的钱去投资，吃利息差，林定军更不赞成。村基金会资金出借有严格规定，还要办理相关担保手续，嘉土不具备条件。如果村里看在镇长的面子上借钱给他，自己难免落下以权谋私的嫌疑，林定军不想落下骂名。不如让嘉土继续留在乌山村，在振兴乡村工作中安排就业，戒掉酗酒毛病，以后根据情况量才取用比较实际。林定军决定叫陈嘉土来镇里一次，当面谈谈，征求他的意见。陈嘉土接到林定军电话，马上骑自行车来到镇政府镇长办公室。

扶贫先护志。镇长办公室里，林定军将他的想法和顾虑、对陈嘉土脱贫致富的计划和盘托出后，语重心长地说：“老虎吃羊，羊吃草，草去哪里喊冤叫屈？所以你要记住，任何时候不要以弱者身份出现，弱者人人都可以把你踩在脚下。一个有志气的弱者，即使被对手踩在脚下，也要拽着对手的鞋带爬起来。你要成为这样的弱者，要有这个信念。人的一生，毅力往往比知识、关系、运气等等更加重要，坚韧不拔干一件事，怎么干不成？越是身份低微的人，越要努力奋斗，否则你永远没有希望。无法忍辱负重的人，做不了大事。”

林定军分析得头头是道，处处站在自己的角度摆事实讲道理、推心置腹、鼓劲加油，陈嘉土又被感动了一回。他再次表态：你是我结对子一对一帮扶的领导，又是兄弟，是真心想帮我，我一切都听你的！其实嘉土心里清楚，现在自己这么落魄，想活出个人样，不听林定军的，行吗？

今年县里安排一个振兴乡村名额给马堡镇。省政府红头文件，一个振兴乡村名额，配套五百万资金用于基础建设。马堡镇有十三个行政村，谁都想摘到这个仙桃，每个村的村干部都使出浑身解数，动用各种关系上蹿下跳。林定军属意乌山村，通知田均来赶紧行动起来、做规划、修公园，抢占先机，他在后面助推，争取将名额揽入怀中。

乌山村是个小村，虽然经济全镇第一，但综合排名属下游，镇里的红利好处往往争不过其他村，时间长了，也就习以为常了。这次林镇长主动提议，田均来信心满满。镇长是镇里的二把手，不说一锤定音，起码是一言九鼎，成功的可能性非常大。田均来在省城召集村两委、乡贤开会，商量如何落实林定军镇长的宏伟计划。几个老板当场报名捐款，村主任张应强决定三天后回村实施。陈嘉树刚好在福州，答应马上联系设计院，让设计院尽快到乌山村做总体规划。大家一致认为，即使这次“振兴乡村”

落选了，我们也要趁热打铁，动员乡贤捐款，加大家乡基础设施以及信俗文化建设，为子孙后代建造一座美好的精神家园。

陈嘉土的女儿燕燕大学念的是环境艺术设计专业，正准备写毕业论文。林定军交代田均来让燕燕参加乌山村规划设计团队，做一份文创设计。在设计过程中，燕燕很用心，从乌山村的新石器时代的贝丘文化遗址写起，隋唐古墓、宋朝瓷窑、明朝抗倭洞、烽火台、清朝古厝、红色革命等等，一颗颗闪亮的珍珠被她串了起来。乌山村历史不断代，文化不断层，让林定军惊叹不已。

乌山村人热爱家乡、建设家乡的热情被激发出来了，有钱的出钱，有力的出力。俗话说，人心齐，泰山移。他们边设计边施工，三台钩机日夜奋战，几天时间，荔枝公园的雏形出来了，芦溪水库四周搭起了钢管架，准备建一座可容纳两百人同时垂钓的钓鱼台。

陈嘉土是泥瓦匠出身，被田均来安排做荔枝公园工程的监理，一天一百五十元，一个月工资加补贴五千元。林定军为避嫌，不好经常去乌山村。可田均来和张应强三天两头来镇政府请教林定军，陈嘉土也一天一报工程进度情况。

乌山村轰轰烈烈的基础设施建设拉开了序幕，新来的镇长同乌山村某个人有特殊关系，有意将振兴乡村名额给乌山村的消息渐渐传开了。其他村的村民眼红了，综合排名靠前村庄的村干部坐不住了，这不是以权谋私吗？有人直接找领导反映情况，凭什么呀？有人写匿名信，怀疑其中有钱权交易，要上级查明真相，严肃处理。

上级批转的意见和下级反映的问题都集中到马堡镇党委书记游世方这里来。游书记在基层摸爬滚打几十年，这种事情见多了，处理起来可谓轻车熟路。他决定同林定军谈谈。

游世方书记来到三楼镇长办公室，脸上挂着以往常有的笑容，漫不经心地问："定军，听说你爸的一个战友是乌山村的，是生死之交，有这回事吗？"

林定军点了点头，接着又摇头叹息："是呀。我上个月去看我老父亲战友的儿子，想不到他家是村里唯一没有脱贫的家庭。"

"听说你准备帮他脱贫，想把振兴乡村的名额给乌山村，让村干部将工程给他做？"游书记微笑着望着林定军眼睛。

林定军心里一惊，睁大眼睛回望他，说："想帮他脱贫是真的，有意将振兴乡村名额给乌山村也是真的，但绝没有让村干部将工程给陈嘉土干的意思，绝对没有！"

游世方拍了拍林定军肩膀，安慰道："帮助贫困户脱贫致富是我们的中心工作，这我支持你。要做好乌山村工作，你要去拜访乡贤陈嘉树，我相信他会帮你很多。什么振兴乡村的工程你想包给谁干，我不相信有这回事。振兴乡村名额给谁，你说的不算，我说的也不算，上级领导定了谁才是谁，拼的是实力。子虚乌有的事，传得沸沸扬扬，农村工作，不好做。"游书记知道林定军是军人出身，以前在机关工作，没有农村工作经验，做事急于求成，很容易被别人揪辫子，不免为他感到担心。

林定军是个聪明人，听懂了游世方的弦外之音，农村工作不比军队，不比机关，上面千条线，下面一根针，干部的一言一行直接影响党在群众中的形象，关乎党组织的公信度和群众满意度，以后工作中一定要慎之又慎，细之又细。

游书记同林定军谈过话后，林定军也找田均来、张应强谈话，告诫他们讲话要谨慎，以免引起不良影响。实际上林定军也没有承诺这名额一定给乌山村，而是鼓励乌山村努力争取这个名额，先走一步。现在村民的士气鼓起来了，基础设施建设热火朝天进行中，气可鼓不可泄。林定军交代两位村干部做好两种思想准备，拿到名额，固然可喜，拿不到名额，也没损失，而且也有收获，荔枝公园建起来了，水库垂钓区搭起来了，下一步开始修烽火台的登山道，村民们只会感恩，不会责难。

田均来答应再也不敢到处吹牛，不管名额能不能拿到，对林镇长只有感激，绝没有埋怨。今年荔枝公园修起来了，村委会准备办一场百年荔枝品尝会，宣传千年古村乌山村，推介仙果百年荔枝，为下一步乡村游做准备，恳请林镇长到时一定光临。临走时，田均来紧紧握着林定军的手，说："如果没有林镇长推动，就没有乌山村今天的变化，乌山村村民会感恩您的。"

第十四章

林定军想，乡村振兴必须有人，没有人的乡村振兴是空话、作秀，想留住人，要有兴旺的产业。林定军走遍了全镇十三个村，通过比较，发现乌山村作为乡村振兴典型村很合适。脱贫攻坚结束后，镇里的中心任务就是振兴乡村，现在国家大力提倡，省市投入大量的人力物力财力准备在每个县、每个镇设立试点村。乌山村的经济实力全镇首屈一指，历史文化底蕴深厚，环境和基础设施也好，如果能落地一两家企业，引大批的人回来，再盘活村里的土地、房屋等资产，发展特色产业，增加集体收入，乡村就振兴起来了。林定军有意将乌山村推荐为这期马堡镇振兴乡村试点单位。他交代镇党政办主任唐跃去收集乌山村以及陈家厝的资料。

林定军镇长魄力大，工作雷厉风行，抓工作扎扎实实。他实行的周工作例会制，把镇政府机关每个人周工作要点形成文字，一份交给镇长，一份留存本人在例会上宣读；下周例会既要汇报上周工作完成情况，又要报告下周工作计划。如果没完成，林镇长会问你什么原因，然后请与会者共同为你寻找原因，出谋划策。这是大家最害怕的环节，众目睽睽之下，你说有多尴尬、多狼狈？这逼着大家往前冲，机关工作作风焕然一新，工作成效成倍提高。

林镇长交代的事，唐跃赶紧落实，他骑着电动车去了乌山村。

陈家厝的故事，唐跃早有耳闻，也想来实地参观，一睹这座明清古民居风采。走进陈家厝门楼，唐跃看见一位鹤发老人在扫地，一问，原来就是要找的老革命陈春旺老人。唐跃作了自我介绍后，说林镇长一直关注陈家厝，安排由他负责收集整理陈家厝的历史文化资料。镇长特意交代，乡村振兴，首先是文化振兴，抢救性收集陈家厝红色资料，为以后乡村旅游、建立党员学习教育基地做准备。

陈春旺听说林镇长一直关注陈家厝，要抢救性收集陈家厝红色资料，大为感动。有领导重视，修缮陈家厝也许能从政府方面取得支持。陈春旺带着唐跃参观了陈家厝，然后请他到东正房喝茶。小唐笑容可掬，彬彬有礼，陈春旺想起了年轻时的自己、哥哥春种和弟弟春发、春达。要从哪里讲起呢？春旺一时茫然。唐跃说，马堡最有名的红色故事就是冬节围歼日本先锋队，智取官坂契税局，能不能从那里说起？

这段历史过去七十多年了，知道的人走了差不多了，陈春旺想，如果自己不说，以后可能没人知道了，这段历史就被埋没了，这是对历史的不负责任。他喝了口茶，平静下心境，开始讲述那段血雨腥风的历史……

1944 年冬天，冬至到了。这是一年中最后一个节日，闽东地区有“搓糍丸”的习俗，叫过“冬节”，由于“糍丸”是圆的，大家也称团圆节。过了这一天，春节马上就到了，除旧迎新、团圆幸福是人们的共同愿望。

母亲王玉莲一直惦念春种，叫春旺喊哥哥一定回家吃糍丸。春旺在学校找到了正给游击队员教拳术的哥哥，向他打手势，示意他回家过节。春种说“知道、知道了”，催促春旺赶紧离开，不要干扰他的教学。好长时间没回家了，春种也想趁冬节回家看看母亲和嫂子侄女，可形势这么紧张，日本鬼子随时会发动进攻，他怎么能离开呢?

昨天，玉莲和秋菊婆媳俩忙开了，她们浸米磨浆，将米浆装在布袋里，用石磨压着。傍晚后，米浆成半干粉团状，一家人围坐在桌子边，王玉莲边搓糍丸边教香香唱民谣：“搓糍丸齐搓搓，依娘疼依哥；依哥有依嫂，依弟单身哥。依嫂带孕喜，爹娘都欢喜；孩儿掉落脚桶下，依哥马上做郎爸……”

桌子中央放一张竹箩，萝中放几个福橘、一双红筷子、一对红纸花，王玉莲先用米糍捏一对胖乎乎的泥人仔，再捏牛羊猪狗；香香笨手笨脚搓着糍丸，学着奶奶教的民谣，戏谑叔叔。

清早，炊烟弥漫、鞭炮声声，春旺、春发将一碗碗热气腾腾的糍丸，或甜或咸，整整齐齐供在厅堂祖先和神明的牌位前。供好后，大家等着吃糍丸。王玉莲忙着将煮好的糍丸送给西屋的婶婶侄儿品尝，春发也将母亲煮好的糍丸端到东屋来，你来我往，其乐融融。

冬节这天刚好是农历十一月十五。农历初一和十五是上香祈福日，家中主事者，首要之事是点香祈福。虔诚的佛教徒，一定到寺庙焚香烧纸；平常之家，也一定在自家的神龛、祖宗牌位前上香祷告。这两天还有许多禁忌，例如：不宜杀生、不宜房事、不宜理发、不宜结婚等等。这一天，马堡镇出现少有的宁静和祥和。

第二天上半夜，天空月朗星稀，大地一片清辉；下半夜，乌云追逐，一会儿，天空乌云密布，大地一团漆黑。突然，马堡街上，一群人举着火把，向马堡小学冲杀过来。

日本人动手了。他们由黄贱贱带路，趁着黑夜偷袭马堡游击队。

“哐、哐、哐”一阵急促的锣声响了起来，埋伏在学校门口两旁的游击队员在陈春种的带领下突然出现墙头，他们齐声呐喊，仇恨的子弹射向进攻的敌人。

呐喊声、铜锣声，在静谧的冬夜，像一声声闷雷滚过马堡大街小巷。乡亲们听见铜锣声，知道日本人进攻游击队，马上起床，有的拿起锄头扁担上城墙巡逻，有的向马堡小学游击队驻地赶去。

日本人准备攻打马堡游击队的消息昨天被获悉。十几个满脸杀气的年轻人来到国民党马堡区区长、大地主黄贵成家。游击队队长杨德昌得到报告，断定是日本人先锋队。他一面派人向县委报告，请求其他游击队增援，一面召集游击队领导开会，排兵布阵，围歼敌人。

杨德昌安排陈春种带领五十几个枪法准、身手好的游击队员埋伏学校门口两旁伏击敌人，安排其他游击队领导一人带一批人马把守四个城门，防止敌人后续部队进来，也堵住日军先锋队退路；待消灭城内的敌人后，同城外的其他游击队配合夹击敌人。杨德昌居中指挥，铜锣声一响，大家齐声呐喊，吓破敌胆，最后里应外合，彻底粉碎日本鬼子和汉奸的阴谋。

日军先锋队冒着弹雨想冲进学校。学校门口，陈春种带领游击队员犹如铜墙铁壁一般，打得鬼子汉奸鬼哭狼嚎，尸横遍野。

黄贵成站在黄厝里高高的屋顶上，看见游击队早有准备，学校门口两边墙上黑压压地站满了人，又有大批乡民从四周赶来增援，呐喊声如山洪暴发，知道形势对他们不利，赶紧派人叫黄贱贱撤退。

敌人撤退了，游击队追杀过去。在寺后街，两支队伍短兵相接，刀枪的撞击声、愤怒的吼叫声、痛苦的哀号声响成一片。陈春种他们越战越勇。寺后街房子多巷子也多，敌人且战且退，天快亮时，鬼子和汉奸黄贵成在城外敌人的接应下从城墙抛绳索逃出了城外。

半夜了，乌山村突然响起一阵锣声，接着是呐喊声：“日本仔到马透了！”王玉莲知道出事了，一定是日本人攻打游击队。她叫春旺，春旺早就没了影子。王玉莲赶紧起床披衣穿鞋，到厨房抄起火钳往外跑。她的两个小孩都在游击队，春种在他表哥杨德昌身边。杨德昌是游击队的头，日本人一定盯着他。日本人是没有人性的野兽，德昌危险，春种要保护他，一定也有危险。她担心儿子的安全，心慌意乱，被门槛一绊，重重摔倒地上，爬不起来。

王玉莲迷迷糊糊的，这一摔，反而清醒了。她想，自己是个裹脚女人，脚不方便，这样出去帮不了儿子的忙，反而会成为他们的累赘，不能出去！儿子在跟日本人生死搏斗，王玉莲心急如焚，这可怎么办呢？打仗要有力气，不能空着肚子。半夜了，他们肚子一定空了，赶紧煮饭，煮好吃的，让他们吃饱了，有力气同日本人斗！

王玉莲慢慢爬起来，拍打身上的尘土，一拐一瘸地回到厨房。厨房里，秋菊早起来了。婆媳俩把珍藏的半袋糯米拿出来，洗好木饭炊，淘米蒸饭。饭炊熟了，天也亮了。秋菊将糯米饭装在两个木桶里，一步一晃挑到了马透小学。

一晚上的战斗，游击队员们早已饥肠辘辘，当秋菊揭开木桶盖子时，糯米的清香霎时弥漫开来，疲惫不堪的队员们为之一振，纷纷向木桶围了过来。秋菊一人捏一个饭团，交代他们慢慢吃，不要噎着。不一会儿，两桶糯米饭快空了，春种还没有来，秋菊心里有点发慌。她急忙捏一个大饭团，藏在腋下，到处寻找春种。

学校后面的一个房间里，秋菊找到了春种。春种看见秋菊，啊了一声，又埋头护理伤员。两个年轻的游击队员为了保护春种，一人挨了一刺刀，一个伤在大腿，一个伤在胳膊。

秋菊看见春种平安无事，悬着的心放了下来。可她听见伤员的呻吟声后，放下的心又悬了起来。她赶紧过来帮助春种护理伤员。趁护理空隙，秋菊轻声问："你怎么这么长时间不回家？"

"我、我想回、想回家，你和香香还、还好吗？"春种嗫嚅道。

"想回就回，那是你的家。香香怪想你的。"秋菊的脸不由得红了。

"一两天我就回去，我也想娘，想香香。"春种明白了秋菊的意思。

"这次回去还偷跑吗？"秋菊一脸娇羞。

"不偷跑了，我要保护娘、保护你和香香。"春种回答得很干脆。

“那你这次一定听娘的话了？”

“一定！”

经历了一场生死考验，春种仿佛一夜间变了样，变成一个成熟的男子，一个顶天立地的男子汉。

病房有了秋菊帮忙，春种轻松了许多。日本鬼子和汉奸黄贵成虽然跑了，但他们是不会甘心失败的，将来形势会更复杂、战斗会更残酷、可能会更多伤亡，杨德昌正召集开会，布置下一步工作。

春种同秋菊约定，等忙过这阵子，一定回家。

日军在江海县驻兵不多，偷袭马堡失败后变谨慎了。日军大佐田原派黄贱贱去马堡镇隔壁的官坂镇担任契税局局长，目的是打探马堡游击队消息，伺机再次攻打马堡镇。游击队队长杨德昌知道日寇一定会来报复，命令游击队员高度戒备，任何人不得离开游击队，严阵以待。陈春种是杨德昌的通讯员兼警卫员，更是一步也不能离开。当杨德昌得知黄贱贱来到官坂任契税局局长，决定除掉这个汉奸，打掉日本人的耳目。

过了冬节，吃了搓糍丸，春节很快就到了。这几天，官坂街头出现少有的热闹。海边来的沿街摆着簸箕竹筐吆喝着卖鱼卖虾；山里来的挑着木柴挎着菜蔬沿街叫卖；实在没东西可卖的人家，也要抓一两只鸡鸭到街上兜售；人人都想手头上有些钱，好给家里人买些好吃的，过一个舒心的春节。

郑银花的家在官坂后街，两年前丈夫害痨病死了，她带着年幼的小孩生活实在艰难，在邻居的帮助下，她蒸了一屉年糕，在街头支个摊子卖年糕，打算赚些小钱给孩子做件新衣裳过年。

节日集市，生意兴旺，官坂契税局局长黄贱贱哪肯放过这发财的机会。在马堡，他一直被叔叔黄贵成压着，看着他眼色行事，现在当了官，手里有了权，恨不得像漏勺捞炸鱼一样捞钱。黄贱贱两眼冒着绿光，带着两个手下拿着棍子，从街的南头到北头，东敲西打、逼交赋税。突然，黄贱贱看见街的北头有一个新摊点，一个年轻漂亮的少妇站在那里张罗着。他大摇大摆走了过去，用脚踢了下摊子，说："妹子，开店当老板了，怎么没看见你去契税局挂号呢？"

郑银花看见一个身穿黑制服，背着盒子枪、满脸横肉的男人直勾勾地盯着自己，心里一阵发毛。她赶紧低下头，怯生生回答："我、我就卖一些年糕，今天刚摆出来，不知道规矩，我、我明天去、去挂号。"

"那今天先交了，十个铜板。"

"不交，年糕摊子没收！"

契税局的两个税丁跟在黄贱贱身后，举着棍子，大声叫喊，凶神恶煞。他们也想趁过节收税中饱私囊，不放过任何敛财的机会。

"我刚摆出来，一个铜片都没卖呀！要不，你拿一些年糕去。"郑银花又羞又急，眼泪流了下来。他向黄贱贱哀求，要拿年糕抵税。

黄贱贱贴近郑银花身子，唾沫星子溅到郑银花的脸上，说："你打发乞食人！这能抵税吗？"

郑银花不停后退，哆嗦着："我、我年糕没卖出去，哪来的钱、钱呢？"

黄贱贱张手，想捉郑银花的手："没有钱，跟我走一趟！"

"住手！青天白日的，想干什么？"一个身着灰色长衫、先生模样的年轻人一声斥责。这个年轻人是化妆后的陈春种。

黄贱贱愣住了，悻悻收手。他不知道这英气逼人、神色威严的年轻人什么来头，敢当面呵斥他，脸色由红变青，又由青变红，狼狈不堪。他忽然想起自己身上背着枪，何不用枪挽回自己的面子，逼对方亮出身份？他伸手向后腰摸去，想拔出盒子枪，镇住对方。

“先生、福州先生！”郑银花感觉年轻人的声音很熟，脑子里闪现出一张永远忘不了的面孔，一声惊呼，赶紧躲到陈春种身后。

两个税丁狐假虎威惯了，今天看见自己的头头蔫了，吓得更是不敢吭声。

街上的人们看见有人敢站出来主持公道，制止契税局局长的胡作非为，替郑银花出气，胆气陡增，纷纷围了过来，你一言我一语谴责黄贱贱和税丁：“一块年糕没卖，就要交税，没良心！”

“卖几块年糕，要税十个铜板，丧尽天良！”

“一个寡妇家，这么作践她，没天理！”

“踹门砸锅，榨百姓血汗，出门天雷打！”

小小的官坂街，被契税局横征暴敛，人们对黄贱贱他们恨之入骨。围过来的人越来越多，控诉声、声讨声响成一片。

黄贱贱手按在盒子枪的把子上，一直不敢拔出来。他看见福州先生一直盯着自己，两道目光像两把利剑，旁边还有两个精干的小伙子，应该是他的伙计。虽然是三对三，黄贱贱知道自己两个手下是软脚蟹，一旦动起手来，自己肯定占不到便宜，并且周围的乡民全是自己的死对头。情势不妙，黄贱贱不得不对郑银花网开一面：“你卖吧，你先卖，卖完了再收税。”

黄贱贱想福州先生一定有来头，而且同这小贱人相识，他不会轻易放过这事情，还是走为上策。黄贱贱赔着笑脸，带着两个税丁狼狈退出了官坂街。

陈春种和两个游击队员一大早从马堡镇出发，走了两个多钟头才来到官坂镇。他们此行目的是侦察契税局情况。原计划是节前集市热闹，十里八乡的陌生面孔多，侦察不会引起黄贱贱他们怀疑。陈春种趁黄贱贱带着税丁出去收税的机会，把契税局前后左右侦察一遍后，来到街上，刚好看见黄贱贱调戏自己半年前在江丁轮上认识的小妇人，不得不出手相救。

郑银花第二次看见这个年轻人，而且第二次救助自己，这不就是自己命中的贵人吗？她不顾周围人的目光，拖着陈春种他们一定要到她家喝杯茶不可。

“那你的摊子呢？年糕不卖怎么行！”陈春种推辞。

“今天不卖了，明天再说。”郑银花收了摊子。

一个队员早上只喝了一碗稀粥，肚子咕咕叫了，向陈春种建议：“我们中午也要吃饭，干脆我们买了年糕，怎样？”

陈春种看着两个年轻小伙子期待的目光，笑着点头同意。

“我怎么能收你们的钱呢？”郑银花不停摇头，“走，去我家喝杯茶。”

陈春种他们也想找个地方歇歇脚，就跟着郑银花身后向官坂后街走去。

第十五章

陈春种与郑银花是半年前认识的。那天“江丁”号客轮徐徐离开了台江码头，向闽江下游缓慢地行驶着。刚才慌乱嘈杂的声音渐渐平静了下来，扁担、箩筐，鸡笼、鸭笼堆放整齐了，船舱里弥漫着鸡鸭味、鱼腥味、酸臭味，什么味道都有。人们有的闭目假寐，有的窃窃私语，有的干脆走出船舱登上甲板，呼吸新鲜空气，领略闽江两岸水色山光。

甲板最前头站着三个人，他们迎着凉爽的江风交谈着，不时发出一阵阵笑声。其中一位穿着长衫，面庞清瘦，双目炯炯有神的男人气度不凡。他是中共福州中心市委领导老陶，去江海县指导成立抗日游击队的事。同行的两个年轻人，一个是中共江海县委宣传部部长杨德昌、一个是杨部长的通讯员陈春种。

农历四月，湛蓝的天空、碧绿的江水、青翠的群山还有闽江口湿地飞来的一群群水鸟，令甲板上的这一行人目不暇接。

“闽江过了马尾就叫马江，对吗？”老陶操着浓重的湖南口音，显然是第一次来这里。

“对。乌龙江和台江在马尾汇合，马尾到入海口这一段人们叫马江。”杨德昌师范毕业，当过老师，听得懂老陶浓重的湖南官话。

“闽水泱泱，闽江是福建人的母亲河。马江海战，福建水师、马尾造船厂、船政学堂、各个炮台，全部被毁，美丽河山遭受蹂躏，老百姓惨遭屠杀，受屈辱的中国，苦难的同胞！”老陶是黄埔军官学校毕业的，知道四十多年前发生在这里的中法马江之战，激愤不已。

“马江海战是中华民族的耻辱，是福建人永远的心痛。”一讲起这段历史，杨德昌义愤填膺，“那么多军舰、炮台像纸糊似的，一天时间，被法国人撕成稀巴烂，福建水师那些将领贪生怕死、畏敌如虎，是千古罪人！”

“马江海战失败，钦差大臣张佩纶要负重大责任！他只听李鸿章的。李鸿章畏敌误国，是清朝最大的卖国贼！”老陶熟悉这段历史，矛头直指当权者。

“难怪李鸿章喜欢张佩纶，把如花似玉的大姑娘送给张佩纶做填房，原来是一丘之貉！这么无耻的人把持朝政，清朝不完蛋才怪……”杨德昌嘲讽卖国贼，怒斥腐败清政府。

“腐败落后就要挨打！日本大举侵略中国，占了东北、华北、华中，后来又侵犯福建、两广，烧杀抢掠，大片国土沦陷。”老陶向杨德昌、陈春种讲国内外形势，痛斥国民党政府、贪心怕死的国民党军将领。

老陶和杨德昌讲官话，春种听不懂，见他们谈得热乎，心里只有羡慕。三天前，他和杨德昌从乌猪港坐船，过粗芦岛、琯头、琅岐岛、亭江、闽安镇、马尾到台江码头下船，然后直接坐小船到仓山，在泛船浦一家小旅店住下。第二天接了老陶后，又从仓山坐小船到台江码头，原路返回江海县。这是春种第一次来福州城，出了趟远门，坐上客轮领略闽江沿江风光，既长了见识，又顺利接到了人，心里不由得产生了自豪感。

“有人跳江了，有人跳江了……”轮船从闽安镇码头开出不久，船尾传来一阵惊呼声。

船舱里又骚动起来，人们从甲板、船舱纷纷往船尾涌去。几个穿着制服的船员拼命拦着挤来的人群，声嘶力竭地喊道：

“不要挤，回去，回去……不要挤了，再挤船就翻了……”

坐船的人们基本都是闽江边长大的，知道这个道理。骚动的人群渐渐平息下来，人们互相打探跳水人的情况。

“救起来没有？”

“水这么深，水流这么急，神仙都难救！”

“男的女的？多大年纪？哪里人？”

"好死不如赖活，什么事想不开？"

"船上这么多人，没人发现不正常？旁边没人拉一把？"

"船上有没有她的亲人？"

"唉，真可怜……"

老陶、杨德昌和陈春种挤到船尾。年轻的船员看见老陶和杨德昌身着长衫，神色威严，以为是官厅里的人，不敢阻拦。一身伙计打扮的春种被拦住了，说什么也不让过去。

后甲板一个衣衫破旧、头发凌乱的年轻女人在呼天抢地，哭喊着、诉说着。一群好心人有的在安慰她；有的在船边焦急地搜索着；杨德昌加入安慰的人群。老陶听不懂福州话，参加了搜索队伍。

波涛滚滚的闽江，早已吞噬了跳江者的蛛丝马迹。浪花拍打船体、岸边的礁石，仿佛一声声叹息，叹息人世间的悲惨、贫穷人家的苦难。

跳江的人是甲板上年轻女人的嫂子，江海县人。她丈夫早死，儿子重病，不得已将八岁的女儿卖给闽安镇一个残疾人当童养媳。后来钱花光了，儿子也走了。这几年她孤苦伶仃，思女心切，约了小姑子，将好不容易养大的十几只半番鸭挑到福州卖掉，然后到闽安镇看女儿。女儿怨恨母亲，打死不认。母亲一路哭号，上船后就投了江。

船到琯头，年轻女人要下船找人捞尸体。同船的人你一个铜片、我一个银角塞给可怜的年轻妇人，帮一点是一点。陈春种听说投江的女人是江海官坂镇人，边安慰她，边掏出身上仅有的十几个铜片，放在年轻妇人兜起的围裙里。老陶摸出口袋里的一块光洋，要送给那妇人。杨德昌拦住他："我们到家了，身上的钱都捐了也没事。你是出门人，得留些。"

“到了江海，跟着你我还怕没地方吃饭睡觉？百年修得同船渡，同船的人遭难了，不帮她怎么行呢？”老陶把光洋递给杨德昌。

杨德昌这次去福州，是以学校买教具名义去的，教具买的不多，身上还剩两块光洋，他掏出来，连同老陶给的一共三块钱放进妇人围裙里。妇人要给杨德昌三人下跪，陈春种一把托住她，望着同自己年龄相仿的可怜人，眼泪夺眶而出。

悲伤写在每一个人脸上。围在旁边的几个女人泪眼婆娑。

船进入了江海县地界。宽阔的江面，几条破旧的小船在江中撒网捕鱼。不远处，一个老年人边摇橹边唱着歌：“一支竹子节节高哟，苛捐杂税实在多；穷人糠菜半年粮哟，天天日子都难过；又遇倭仔来清乡哦，烧杀抢夺没天良……”歌声苍凉哀怨，让本来伤心不已的“江丁”轮上的人们，愈加难过。

“这苦难的日子何时是个尽头！你要帮助我们尽快成立游击队，给我们刀枪，同日本鬼子、汉奸、国民党反动派拼到底！”杨德昌迫切向老陶提出要求。

“我这次来就是帮助江海县委成立抗日游击队的。刀枪市委造不出来，得靠你们从敌人手中夺取。”老陶向杨德昌介绍其他抗日游击队发展壮大的成功经验。

船上一别，半年过去了，陈春种想不到在官坂街又一次见到郑银花。

银花的家是独立的土木结构单层房，表面破旧，可屋里收拾得井井有条。

陈春种一落座，就问起那天郑银花在琯头下船后的情况，找到她嫂子尸身没有？

郑银花的眼泪又涌上眼眶。那天她下船后，呆呆地不知道该找谁、该怎么办，身边没有一个亲人，自己孤孤单单的，特别无助。她蹲在地上，号啕大哭。

码头上的人围了过来，知道出了这么大一件事情，热心人纷纷出谋献策，最后大家形成共识：通知琯头、壶江、长门一带的曲蹄船、捕鱼船，一旦发现尸体，马上报告给琯头码头轮船售票处；郑银花赶紧回到闽安镇死者女儿家，叫她的女儿和家人赶紧来处理后事。她女儿如果不来，以后怎么在闽安镇做人？

郑银花赶到侄女家，告诉侄女她母亲跳江自杀的事情。侄女听后瘫倒在地，后悔自己太绝情，逼母亲走上了绝路。她悲伤欲绝。侄女婿和他的家人赶紧叫上几个族亲，赶到琯头。

银花嫂子的尸体两天后在长门江边发现，由一艘曲蹄船捞起来。郑银花把陈春种他们送的两块光洋给了船主，剩下的钱全交给了侄女婿。后面收殓、安葬的事由侄女婿负责，不够的钱也由他们出。侄女没有给母亲养老，送终还不应该吗？

喝了茶后，郑银花问陈先生怎么到官坂来？有什么要紧的事？

这话把陈春种问住了，他一时不知道怎么回答。如实讲吧，侦察契税局情况、准备处决汉奸黄贱贱，这是军事秘密，怎么同外人说呢？不说吧，时间紧，任务重，没有一个可靠的当地人配合，怎能摸清契税局内部情况，一举灭了契税局呢？陈春种知道郑银花不是外人，并且是官坂当地人，就大胆向她打听契税局的事：“有要紧的事。契税局有你认识的人吗？”

“我怎么会认识这些汉奸土匪？如果认识，今天也不会被欺负。”郑银花若有所思，“我上次回娘家，听说我一个叔伯堂哥在契税局煮饭。”

“你还认得你堂哥吗？他为人如何？”陈春种问。

“认得，他比我大一岁，小时候讨小海，他还经常帮我，做人可好呢。”郑银花脸上露出了笑容。

“他怎么会去契税局煮饭呢？”对陈春种来说，是敌是友，能不能争取，这个很重要。

“讲起这件事，我郑家人会吐血！”郑银花将堂哥郑满怎么到契税局煮饭的事一五一十告诉了陈春种。

去年冬天，郑家一户人娶亲，同村地主家的一只狗跑到厨房来。郑满是厨师，正忙着切肉，狗在桌底下不停转悠。他一气之下，顺手一拍，想不到刀太锋利了，砍断了狗的脊梁骨。狗惨叫着跑回家，死了。地主带着一帮打手到娶亲的家里，要他交出杀狗之人，否则新娘要先跟死狗拜堂。无奈之下，郑满承认自己无意中杀了狗，下跪道歉并愿意赔偿。地主发话：“打狗要看主人！你要给死狗披麻戴孝！”多少人说情下跪都没用，最后郑满不得不披麻戴孝厚葬死狗。他在村里待不下去了，来官坂摆摊过日子，后来听说契税局要找一个煮饭的，他是厨师，做饭好吃，所以去了契税局。

陈春种越听越生气，猛地站起来，把茶杯重重砸在桌面上：“怎么不跟他拼命？他不让你活，你也不让他活！你能帮我约你堂哥吗？我要见他，最好今天见面，最迟不能超过明天晚上。”陈春种这下心里有底了。

“好的，我去约他，一定让你们见上面。”面对恩人，郑银花怎么会推辞呢？就是赴汤蹈火，她也愿意。

陈春种急得要回马堡。他担心自己在街上的表现会引起黄贱贱怀疑，被看出破绽，然后派人跟踪。陈春种交代郑银花约好她堂哥后，到街上隆兴客栈找随行的小王。最后他掏出两块银圆压在茶杯底下，算是茶钱和耽误她生意的补贴。

郑银花说什么也不肯收，还要留陈春种三人吃饭。推让一番后，陈春种把年糕全部拿上，并约定置办一桌酒席请她堂哥，郑银花才勉强收下钱。

目送恩人一行远去，郑银花隐约知道了他们的身份。从他们对话中，她得知穿长衫的恩人姓陈，住在马堡小学，这不是前不久岳山岭和马堡伏击日本仔的马堡游击队员吗?

岳山岭和马堡两次伏击战胜利，影响巨大，闽东一带的老百姓都把杨德昌当成大英雄，马堡游击队的故事传遍闽东大地。

郑银花为认识游击队英雄感到无比骄傲。

为围困马堡游击队，断绝游击队海上补给，一小队日军驻扎在罗源湾猴屿岛上。猴屿岛离官坂镇不远，可以随时登陆支援各个主要据点。汉奸黄贱贱当上官坂契税局局长，到处收集游击队情报。游击队虽然人数多，但武器装备严重不足，要想除掉黄贱贱，强攻会引来猴屿岛上日军的增援，这肯定不行，只能智取。杨德昌决定夜袭官坂，消灭黄贱贱和契税局税丁，夺取武器。

第二天傍晚，小王回来了，带来了好消息，郑银花找到了她的堂哥郑满，约好今晚上十点在她家见面。

晚饭后稍加休息，杨德昌和陈春种四人离开马堡镇，赶往官坂街。

临近春节的闽东沿海地区，虽然还是冬天，但有点春的讯息。杨德昌他们走着走着，刚才还冷风飕飕，忽然间起雾了，一团团浓雾从周围山顶翻滚而下，顺着山坡漫到眼前的羊肠小路。雾中夹着蒙蒙细雨飘洒着，一会儿，每个人的衣服都湿漉漉的，雨珠顺着头发滑落到脸上。杨德昌他们一点都不觉得冷，心里反而热乎乎的，他们相信此行一定会成功，一定能说服银花的堂哥郑师傅帮助游击队，端了契税局。

到了银花家附近，杨德昌安排小王和另外一个队员警戒，自己和陈春种去银花家敲门。

郑满早就到了银花家。银花还没等陈春种他们到来，就向堂哥透露了要见他的客人身份。郑满是心怀深仇大恨的人，听说来的人就是共产党领导的抗日游击队，专门打日本仔和汉奸恶霸，激动得团团转。当听见敲门声，他一个箭步冲过去，打开房门。

郑银花看见陈先生还带着上次给自己三块银圆的大恩人时，嘴唇嗫嚅着，眼里噙着泪花，不知说什么好。杨德昌拉着郑银花的手，主动介绍了自己的身份，向她问好并表示感谢。

杨德昌和郑师傅边喝酒边谈事。事情谈得很顺利，郑满答应做游击队内应。刚好明天是祭灶日，郑满打算借祭灶的名义，把杨德昌给的两块银圆去买好酒好菜，以自己的名义感谢团丁一年来的照顾，然后想方设法把他们灌醉，打开大门，迎接游击队。郑满还附加了两个条件：一是等攻打契税局胜利后，他要参加游击队；二是要帮助他抓住让他给死狗披麻戴孝的恶霸地主，报血海深仇。

郑满住在契税局里。黄贱贱查岗，听岗哨说郑厨师还没回来，十点多了，他会去哪里呢？

自从昨天上午街上出现福州先生后，黄贱贱心里一直惴惴不安。他怀疑福州先生是共产党游击队，赤手空拳的书生不怕拿枪的税警，这不是共产党还能是谁？游击队怎么会出现官坂街？他们来这里做什么？是不是报仇来的？

黄贱贱想起了不久前自己在马堡开枪杀人的情景……

街上杂乱不堪，人影绰绰，几十个游击队员像一股旋风，呼啸着卷来。自己的队伍一路抵挡一路退却。站在黄厝里屋顶上的黄贵成命令黄贱贱开枪反击游击队，坚决挡住他们的进攻。

黄贱贱扣响扳机，“轰”一声震耳欲聋的枪声响起，冲在最前面的一个游击队员一头栽倒在地上。一个人扶起他，后面的还在喊：“冲、冲、冲上去……”

“轰、轰、轰……”黄贱贱他们不停地开枪射击，游击队终于停止了进攻，他们才能跑到城墙上，抛绳坠下城墙，死里逃生。

黄贱贱想着猴屿岛驻扎的一小队日军，游击队几条破枪，肯定不敢来找死。自己是枪不离身，部下还有十几条钢枪，他们其奈我何？不过要小心，小心驶得万年船。昨天晚上开始，黄贱贱四处巡查，不放过任何一个可疑的目标。

黄贱贱转到官坂后街时，看见郑满从一条巷子出来，急忙闪身躲在一个矮墙后，看看他身后是否有可疑的人。等郑满走到面前时，他猛地跳出来，大声喊：“干什么？”

郑满吓了一跳：“哦，是黄局长。吓死我了！”

黄贱贱：“深更半夜的，你鬼鬼祟祟的干什么？”

郑满：“明天不是祭灶吗？祭灶是我厨师分内的事，我想买些好酒，明天晚上聚餐。我问了很多家，品了很多酒，所以回来晚了。”

黄贱贱：“哦，是这回事，我以为去哪个相好家。”

郑满：“我哪像你，我怎么会有相好的女人？”

“都几点了，快给我滚回去！”黄贱贱闻到郑满身上的酒味，相信了他的话。

第十六章

祭灶日，闽东一带叫过小年，一般在农历腊月二十四日。民间传说，灶君是一家的主宰，每年腊月二十五日上天，向玉皇奏报一家善恶。因此，腊月二十四晚各家应备饼果等，礼祭灶君，祈求灶君上天多说好话，保佑平安多福。祭灶时，要张贴“春牛图”，上方正中有“东厨府”匾额，中列古典供桌图案，布以桌裙，正面书“奏善堂”三字。堂上灶君灶妈，正襟危坐。供堂下有香炉宝鼎，一对金童玉女嬉于左右。图下方有十二生肖图及二十四节气日期表。这一天，还要在厨房烟囱张贴“青云直上”的红纸条，意为祝愿生活顺畅、日子好过，如青云直上。祭灶储备有灶糖灶饼，还要备甘蔗，以示生活节节甜，还要摆放橘子、苹果、梨等，以示吉利平安。本地还传唱：“祭灶祭糊涂。金色烛斗银香炉；灶君上天讲好话，灶妈落地保佑奴；保佑奴爹有钱剩，保佑娘奶福寿长；保佑奴哥讨好嫂，保佑奴夫中状元。”旧俗女婿在这期间，还应给岳父母送年货，俗称“分年”，出外务工从商的人，也陆续回家过年。

这一天，官坂也不例外，家家户户都忙着买糖买饼买甘蔗，以备晚上祭灶使用，期盼来年幸福生活的降临。

晚上十一点，杨德昌带领五十几个游击队员来到官坂镇，一部分布防海边，防止猴屿岛日军增援；一部分自己带着，来到契税局门口，等待着内应郑满的暗号。

根据昨天晚上的约定，郑满一早上街买了酒和鸡鸭鱼肉，忙乎大半天煮了一桌子好菜，准备灌醉黄贱贱和税丁们，然后开门迎接游击队，端了契税局。

傍晚，税丁们洗刷完毕，簇拥着黄贱贱来到饭厅。饭桌上鱼虾蟹蛍、煎煮蒸炖；还有红烧鸡块、芋头番鸭汤，香气直往税丁们鼻孔里钻。税丁们平常生活清汤寡水，今天看到这么多美味佳肴，抄起筷子，狼吞虎咽起来。

郑满把温好的老酒提上来，一人倒一茶缸。老酒的醇香顿时弥漫开来，满室飘香。男人都好酒，他们杯觥交错，你来我往，一个个乐不可支。他们喝着喝着，话题就转到前天上午在街上被人围住的窝囊事。

“我们本来是爷爷，前天上午却当了回孙子，真窝气！”

“都怪那寡妇，不好好待在家里，还上街抛头露面，卖什么年糕！”

“想用几块年糕抵税，哪有这么便宜的事！”

“那寡妇长得真漂亮，那身段、那小脸，像戏里的小姐一样。”

“如果能用人抵就好了。她家住哪里？还有什么人？”

“她叫银花，娘家是上屿郑家，家住后街，剃头店旁边单独的柴厝，前几年结的婚，丈夫死了，家里只有一个小孩。”一个家住官坂街的税丁介绍说。

“她丈夫年纪轻轻的怎么会死呢？”

“她老公是害痨病死的，以前身子骨是差些，结婚后身体越来越差，结婚不到两年，双脚就伸直了。后来听说她老公家里穷，为了娶她，借了高利贷。她的老公为了还债，到处扛活，最后身体弄垮了。可怜他老婆，年纪轻轻的守寡，那么漂亮，真可惜！”同乡的税丁知道一些寡妇家的情况。

酒色是连在一起的，女人是男人酒桌上永恒的话题。税丁们议论着漂亮的卖年糕的寡妇，越讲越下流，笑声越来越淫荡。

税丁的对话刺激着黄贱贱。他想起前天上午被人围攻辱骂的窝囊，又想起那寡妇楚楚动人的俊模样，仗着酒劲，无声无息就离开了酒桌，回宿舍套上制服，背上盒子枪，上街去找银花家。

黄贱贱提着马灯，摇摇晃晃来到后街，举着马灯仔细辨认税丁说的剃头店。漆黑的夜里，马灯微弱的光照着黄贱贱，远远看去，像一个鬼影在游动。黄贱贱来来回回走了几趟，终于找到了剃头店西边单门独户的柴厝。他拍打着房门，喊着话，可能是酒喝多了，口齿含糊不清。

郑银花有事情就把儿子寄在姑姑家。她知道今天晚上有大事发生，早早就把儿子送走。她一直没睡，期待着街上响起枪声，期待着陈先生出现自己面前，带来胜利的好消息。突然门外有人敲门喊话，准是陈先生他们！郑银花赶紧披衣起床，点了油灯，准备去开门。

黄贱贱擂着门，喊着："妹、妹子，你、你开门，我、我知道你、你在等、等我！"

郑银花吃了一惊，这不是陈先生的声音，也不是杨先生的声音。到底是谁，是谁在敲门？她仔细聆听敲门人到底喊什么。她听了一会儿，叽里咕噜的，什么也听不清。

夜深了，敲门声特别清脆响亮，郑银花感觉如同一声声炸雷在头上响着，她开门不是不开门也不是。开门，如果是土匪流氓，后果不堪设想；不开门，这砸门声等于告诉别人，苍蝇不叮无缝的蛋，自己不守妇道，野汉子找上门了。寡妇门前是非多！她一咬牙，从针线箩中拿起剪刀，小心翼翼地挪到门口，拉开门栓。

黄贱贱敲了一会门，里屋一直没有响应，以为找错了门，正想离开，突然门开了，一张粉红色的女人面孔出现面前。

“对，就是你！卖年糕的小寡妇，可找到你了！”黄贱贱一步跨进门，顺手一带，关上了门。

郑银花开门一看，一个人像黑塔似的立在面前，满脸横肉，是、是契税局的黄贱贱！她“啊”一声，不由得倒退一步。油灯在大门一开一合中，忽闪着，郑银花急忙用手护着火苗，剪刀掉到地上，油灯也灭了。

“妹子，我来收税啦！”黄贱贱一把抱住快要瘫倒的郑银花，把她扛在肩上，提着马灯，闯进郑银花的睡房。郑银花拼命挣扎，怎敌得过五大三粗、孔武有力的黄贱贱？

郑银花遭殃了。

郑满忙着温酒热菜，端盘劝酒，突然发现黄贱贱不见了，吓了一跳。郑满问了几个税丁，他们一个个东倒西歪，迷迷糊糊的不清楚局长去了哪里。契税局内，郑满里里外外找了几遍，不见黄贱贱的踪影，同杨先生约定的时间快到了，最关键的人物黄贱贱跟丢了，他心急如焚。

他会去哪里呢？听说黄贱贱勾搭街上不三不四的女人，但到底是哪一个，郑满不清楚，如果他今晚不回来，夜袭契税局的战斗就要泡汤。郑师傅责骂自己麻痹大意，后悔死了。

夜深了，下弦月像姑娘的笑眼，一会儿闭上眼，躲进云朵里；一会儿撩开面纱，睁开眼，露出娇美的笑容。整个官坂街一片静谧。郑师傅扶着烂醉如泥的税丁回到宿舍后，一边收拾碗筷，打扫卫生，一边等待黄贱贱的出现。

“咚、咚、咚”一阵敲门声，郑满知道黄贱贱回来了，按着狂跳不已的胸脯，一阵小跑开了门。

“你怎么还没睡？站岗的人呢？”黄贱贱看见是郑厨师开门，感到奇怪。

“我看见局长您还没回来，不放心，不敢去睡。兄弟们都喝多了！我干脆替他们站岗算了。”郑满献媚道。

“这批死仔，见酒不要命，早晚会死在酒海里。”黄贱贱的骂声没有往日的狠劲，口气反而亲昵。

郑满小心翼翼扶着黄贱贱回宿舍，不敢吭声一句。

“那个小寡妇，真够味！前面很烈，又抓又踢；甩了几巴掌，后面就……”黄贱贱得意扬扬地说着他与小寡妇的快活事。

郑满侍候黄贱贱上床睡觉，心里暗骂这个恶魔，又糟蹋一个良家妇女，今晚你死定了，明年的今天，就是你的祭日！

郑满回到厨房，按照约定发出两长一短三声猫叫，门外马上回应两短一长猫叫，联络暗号对上了。郑师傅赶紧开门，杨德昌带着游击队员摸进契税局。按照作战部署，兵分两路，一路人由陈春种带领对付税丁；一路由杨德昌率领对付黄贱贱。按照约定时间，黄贱贱和税丁的宿舍门同时被踹开。

税丁们一个个睡得如死猪，当大刀架到脖子上，才清醒过来，打着哆嗦站在墙角。十二把长枪早已被游击队员抓在手中。

黄贱贱虽然喝了很多酒，经过半天的折腾，醉意消了不少。他今天太兴奋了，久久不能入睡。院子里似乎有轻微的脚步声，他警觉不对，起床点上蜡烛，准备穿衣下楼看看。

“嘭”一声，门突然被踹开。黄贱贱扑向床头，抓起盒子枪，想掏枪反抗。

“不许动！”杨德昌的曲九枪抵住黄贱贱的脑门，两名游击队员按住他，缴了他的枪。

天亮了，游击队员上街宣传共产党抗日政策，讲述夜袭契税局战果，发动群众烧毁契税局的文本、账簿。大批民众涌进契税局，有的咒骂被绑在房前的黄贱贱一伙；有的帮助游击队员焚烧账本税契。整个官坂街沸腾了。

剃头的林师傅早上开门营生，看见郑银花的房门虚掩着。往日这时候银花都在忙乎，她的儿子进进出出，今天怎么啦？他一瘸一拐到了隔壁，大声喊道："依嫂，依嫂，在家吗？"好一会儿，没有应答。剃头林想起昨晚上银花家有动静，该不会发生什么事吧？他大着胆子推门进去。

剃头林走进里屋，看见银花吊在横梁上，吓得连滚带爬逃出郑银花家，大声叫喊："来人啦，快来人啦，银花吊死、吊死啦……"

四周邻居多是银花族亲妯娌，她们听见剃头林喊声，都跑了出来。几个男人跟着剃头林进了睡房，看见家里凌乱不堪，银花挂在房梁上，解下来时早已气息全无。

人命关天！银花怎么会上吊呢？一个见过世面的中年人想起昨晚的拍门喊叫声，问剃头林："昨晚有人找你剃头吗？"

"没有，晚上剃头的，一年没见几个。"剃头林回答。

"你刚才怎么进来？怎么知道银花吊绳？"中年人又问。

"我看见他们家门开着，很长时间没人进出，叫了也没人答应，所以想进来看看。"剃头林胆怯了。

"昨晚你听见有人拍门吗？"中年人再问。

"没有，真的没有！昨晚我喝酒了，睡得很死！"剃头林急得顿脚，他担心兄弟们怀疑到自己头上。

"咿呀，这里有男人衣服！"一个妯娌从被子里发现一件男人的上衣。

大家一看，是契税局税丁穿的制服。他们听说过前几天银花卖年糕遭税丁欺负的事。原来是税丁造的孽！这些禽兽不如的东西，晚上来逼死人。郑银花的叔伯妯娌向契税局冲去。

契税局被人们围得水泄不通。银花的叔伯们拿着税丁制服逼问税丁这是谁的，他们一个个都说不是自己，气得银花的妯娌用钻子一个个扎过去，院子里响起一阵杀猪般的嚎叫声。

寡妇银花的惨死，激起在场人们满腔怒火，杀声一片。郑满号啕大哭，扒开人群，指着黄贱贱："是他，是这个禽兽干的！昨晚就他出去了，回来说去收税、睡了后街寡妇……"

银花叔伯妯娌嗷嗷叫着、一蜂窝冲向绑在树桩上的黄贱贱，一阵拳头、钻子，黄贱贱浑身是血，抽搐不止，却不敢吭一声。

杨德昌泪流满面，在临时搭起的台子上，揭露汉奸黄贱贱滔天罪恶，一个月前残杀我马堡两个游击队员，昨晚还害死乡亲郑银花，号召大家勇敢行动起来，血债血还，同日本鬼子、汉奸黄贵成、黄贱贱他们战斗到底！

台下许多人听说杨德昌带领游击队两次伏击日军，打死打伤几十个日本仔，是个了不起人物。今天他们亲眼看见了他、亲耳聆听他的演讲，激动不已，随着游击队员的口号声，跟着振臂高呼：

"打倒日本帝国主义！"

"打倒汉奸卖国贼！"

"拥护共产党，拥护游击队！"

"血债血还，枪毙黄贱贱！"

在一片怒吼声中，黄贱贱被陈春种、小王拖出会场，由郑满领着，来到山脚的一个乱石堆边。陈春种举起大头刀，对黄贱贱说："死前让你明白，你祖墓的狗血是我喷的！去阴间报道吧！"黄贱贱眼睛血红，突然间蹿起来，刀从腰间经过，顿时断成两节。

郑银花为袭击官坂契税局的胜利做出了巨大贡献，杨德昌、陈春种悲痛之余，想好好安葬她，并将她的儿子托付给她的亲人。经过协商，银花的族亲长辈同意杨德昌意见，由游击队从契税局缴获的银圆里拿出三百元，作为抚恤费，养育她的儿子长大。为防止日本人报复，郑银花的遗体由游击队抬去马堡厚葬。

游击队要撤退了，郑满打起包袱跟着游击队走。官坂街的男女老少一路相送，既送保家卫国的马堡游击队，也送家乡烈女郑银花。

当陈春旺讲到官坂街的男女老少一路相送家乡烈女郑银花时，眼里闪着泪光，哽咽的声音时断时续，手指开始颤抖，讲不下去了，沉浸在悲痛之中。唐跃也被感染了，眼眶红了，转身拿来抽纸，抽出两张递给春旺老人，说老人家受累了，今天就讲到这里吧。他给春旺老人倒了杯茶水，要他好好休息下。春旺老人说，扶我起来，我们一起出去走走。

走在乌山村旧街巷里，两旁一个个低矮破旧的房子，饱经风霜，危危而立，像一个个风烛残年的老人，向人们诉说往日的历史。陈春旺一一解说新中国成立前每个户主的姓名、人口以及他们家庭生活的惨状。唐跃难以想象，当年衣不蔽体、食不果腹的生活，乡亲们是怎么熬得过来？过去与现在对比，真是天翻地覆，沧海桑田。

第十七章

李梅去福州当保姆后一直没消息，陈嘉木魂不守舍，令玲玲心疼不已。周四上午，趁陈嘉木上课时间，玲玲简单收拾行李，留下纸条说去一下外婆家，然后去福州找干妈。在马堡外婆家住一晚上后，星期五下午，玲玲坐摩托车到了马堡车站。离开车还有一个半钟头，她背着背包在街道上漫无目的溜达着。

马堡镇区有两万多人口，虽然是下午了，街上的人群还是熙熙攘攘。中心街区，开着各种各样商铺，有杂货店、服装店、理发店、饭馆等等，每家店铺的招牌都不一样，五颜六色，让人眼花缭乱。在街上偶尔还能发现KTV、超市、德克士等这些县城以上才有的现代商业。因为是镇政府所在地，而且是中心乡镇，人口多，镇里有直通省城的班车，一天四班。

玲玲穿过中心街区，溜达到马堡镇政府门口。一辆黑色小轿车停在大门边，一个人正弯腰开车门，背影很熟悉。玲玲叫一声："唐主任？"开车门的人转过身，果然是唐跃！

"是你？你怎么来了？"唐跃惊讶道。

玲玲："我怎么不能来？这大街又不是你开的。"

唐跃："对，对！你是去福州吧？"

"你怎么知道我今天去福州？"玲玲很警觉。

唐跃："我，我能掐会算，算你在玉山学校待不住了，要当逃兵。"

玲玲："编，继续编。"

唐跃："怎么，不是去福州？"

玲玲："去，肯定要去。这不是时间还早吗，到处走走。"

唐跃："我也准备去省城。要不要坐我的车，一起走？"

玲玲："好呀，有专车，有免费驾驶员，不坐白不坐。这是你的车？"

唐跃："我哪有钱买车？这是借朋友的。"

玲玲："谁的车不重要，有车坐就好。什么时候走？"

唐跃："马上走。"

玲玲："好嘞！"

正月开始，唐跃体检时发现腰椎间盘突出，坐久了，腰部就开始酸痛。以前做了几次理疗、推拿按摩之后得到一些缓解，但过不久后，酸痛依旧。如果动手术，似乎没必要；若保守治疗，吃药按摩，效果不理想，弄得他很烦恼。前一段时间，他听说省立医院一位专家治疗腰椎间盘突出有奇效，就打电话到医院咨询，知道这位专家星期六上午坐诊。

马堡镇距离省城开车要两个小时，唐跃不想那么匆忙那么累，提早到省城住一个晚上，明天一早去就诊。这些年大家口袋里都有一些钱，病人一听说哪家医院哪个专家好，一窝蜂似的就往那里挤，常常排了半天队还排不上号。唐跃不想遭这个罪，半个月前就预约了专家。

音响开着，古典音乐使车里充满着温馨、浪漫。唐跃是个大龄未婚青年，现在玲玲坐在自己身边，他天南地北、古今中外侃侃而谈。两个小时的车程，两个年轻人越聊越热乎。

玲玲："省立医院是我当年实习的医院，我还有几个姐妹在里面。要不要我明天陪你去？"

唐跃："好啊。有美女做伴，心情舒畅，不看病也好了一半。”

玲玲：“来而无往非礼也！你今天帮了我，我明天陪你看病，礼尚往来。”

唐跃：“你这次来省城有什么任务吗？要不要我帮忙？”

玲玲：“好啊。有帅哥当跟班，何乐而不为。”

小车到了福州的五一路。这一带是城市中心，高级酒店、写字楼林立。街上车辆很多，车子蠕动缓慢，这时正是傍晚下班高峰期。两人继续热聊陈嘉木老师的事情。

唐跃：“农村老师工资低压力大，生活清贫，是不容易，我感受深刻。”

玲玲：“我干爹、干妈特别不容易，当了一辈子老师，三万块钱都拿不出，才发生这种事。今年的职称评定，你能不能帮帮他？”

唐跃：“现在有政策，职称评定向老教师倾斜。学区像陈老师这种情况不多了，我同必达校长关系不错，到时候想方设法帮他解决职称问题。”

玲玲：“那我要提前感谢你。”

唐跃：“嘉木老师也是我的同事，于情于理我都要帮他。”

玲玲：“谢谢唐主任！冲你这份承诺，今晚我请你唱歌喝酒。”

唐跃：“好啊！我几天没喝酒了，歌厅也有一年没去了，今晚美女请客，我好好享受一番。”

东湖宾馆是四星级宾馆，大堂中式装修，古色古香，给人一种温馨舒适感觉。唐跃提着包走向服务台，玲玲背着双肩包走在后面。

玲玲：“你怎么选择住在这里？”

唐跃："这里相对偏僻，环境优美、安静，关键是距离省立医院近。"

玲玲："你舍得住这么高级宾馆？"

唐跃："偶尔奢侈一下还是可以的。你呢？是住这里还是回家？如果住这里，我多开一个房间。"

玲玲："如果回家，明天来不及陪你去医院……"

唐跃："对呀！你说今晚上要请客，怎么能回去呢？开个房间算了。"

玲玲："好吧，那好吧！"

唐跃开了两个房间，房号分别为608、610。玲玲想掏钱交押金，唐跃坚决不让。上了6楼后，唐跃把610房卡给玲玲，自己打开608房门。他太累了，把房卡往桌上一丢，迫不及待地躺在床上。

玲玲进入610房后，把房卡往卡槽里一插，房间里的灯亮了。灯光明亮柔和，豪华整洁的房间显得更加富丽堂皇。玲玲把包放到衣柜里，到卫生间洗一把脸，顿时精神多了。她以前经常住宾馆，但心情从来没有今天这么惬意过。她坐在沙发上休息了会儿，想起隔壁房间的唐主任，该过去给他泡杯茶。连续开车两个小时，他一定累坏了。

玲玲到小唐房间门口，看见房门虚掩着，她轻轻敲了两下：

"唐主任，唐主任？"

"请进！请进来！"唐跃说。

玲玲推门进来，昏暗中看见唐跃扑在床上，一副疲惫不堪的样子，关切地问：

"累了？腰椎又痛了？"

"是。这次该好好治治了。"唐跃有气无力地说。

“等下我给你按按。”玲玲把桌上的房卡往墙壁卡槽一插，顿时，房间里的灯全亮了。

“你会按吗？哪里学的？”唐跃不相信。

“你忘了？我是学医的，课堂上学来的。”玲玲回答。

“好啊，给我按按，看看你的技术如何？”唐跃催促玲玲到床上来。

玲玲烧了一壶开水后，坐到床上，解下了唐跃的护腰带，撩起他的衬衣，熟练地按摩起来。

玲玲用指、掌、拳、肘，捏、揉、捶、推，力度恰到好处，像经验丰富的按摩师。玲玲触摸过的肌肤，唐跃感到一阵阵战栗、酥麻，他脸上露出舒坦、满足的微笑。

傍晚，在这灯光柔和的宾馆房间里，孤男寡女共处一室，肌肤相亲，怎不令人心迷意乱，想入非非。

“我，我难受。”唐跃呼吸变粗重了。

“哪里难受？”玲玲俯下身，关切地问。

“下，下面。”

玲玲脸色绯红，明白了怎么回事。

“不按了，我们准备吃饭。”唐跃知道，再这样按摩下去，自己可能会犯低级错误，他要把这欲望消灭在萌芽阶段。

玲玲下床，急忙离开了房间。

晚上玲玲请客。在宾馆餐厅小包厢里，玲玲点了佛跳墙、清蒸石斑鱼、黄酒炖跳跳鱼、鸽子汤，还有一盘时令青菜，开了两瓶红葡萄酒。两人边吃边喝边聊，直到餐厅打烊。

回到都市，唤醒玲玲以前的生活记忆。晚餐后，玲玲带唐主任到四楼 KTV 厅，要了个小包房，让他好好享受城市的夜生活，潇洒走一回。

音乐课是师范生的必修课，唐跃嗓音条件好，经常登台表演。他走进歌厅，犹如蛟龙入海，一会儿独唱，一会儿拉着玲玲男女声二重唱，一首接一首。玲玲感觉欢乐的波涛向自己一阵阵涌来。

玲玲唱功一般，她独唱的歌是孟庭苇的《冬季到台北来看雨》和刘若英的《后来》；和唐跃合唱的歌是孙楠、韩红的《美丽的神话》和郑绪岚、牟玄甫的《相思风雨中》，后来她专心聆听唐跃的倾情演唱。

美妙的歌声，听起来简直是享受。唐跃每唱完一首，玲玲就过来同他干一杯红酒，脸上的笑容写满了爱慕和敬佩。

心上人的赞扬、酒精的刺激，大大激发了唐跃的豪情。他点了《天边》，对着玲玲唱起来："天边有一对双星，那是我梦中的眼睛。心中有一片晨雾，那是你昨夜的柔情。我要登上山顶，去寻觅雾中的身影。我要跨上骏马，去追逐遥远的星星……我在树下采撷，去编织美丽的憧憬。我在山下放牧，去追寻你的足印……我愿与你策马同行，奔驰在草原的深处。我愿与你展翅飞翔，遨游在蓝天的穹谷。"

歌声嘹亮而深情，是歌者对美丽姑娘的爱慕和表白，是歌者对爱情的向往和忠贞不渝。玲玲知道这是唐跃借着歌声向自己表达爱意，她陶醉了。为回应唐跃，她选唱了周冰倩的《今夜无眠》："……今夜有约，今夜有约，当梦想挽起明天，拥抱生活的灿烂。来吧，亲爱的朋友，来吧，亲爱的伙伴，让我们为相约举杯祝愿。舞翩翩月也无眠，爱在天上人间；歌绵绵星也有约，美在梦想之间。心相连风雨并肩，未来不再遥远；情无限祝福永远，幸福岁岁年年……"

唱歌投入感情，就会感染听众。玲玲的歌声，感动了唐跃。

他激动得跳起舞来，为玲玲伴舞。玲玲唱完后，唐跃倒了两杯红酒，和玲玲喝了交杯酒。

这天晚上，是唐跃和张玲玲最幸福最难忘的晚上。他们以歌传情，爱意绵绵。

第十八章

妻子去当月嫂的消息，陈嘉木不敢张扬出去，家丑不可外扬。现在玲玲去福州找李梅，肯定会先找儿子扬帆，纸包不住火。陈嘉木硬着头皮打电话告诉儿子家里发生的一切，提供请月嫂的是大舅工程的甲方领导，家在省城等信息，要他想尽一切办法尽快找到妈妈，并把她带回来。

陈扬帆接到爸爸的电话后愣住了，在他的印象中，爸爸、妈妈恩爱有加，爸爸整天乐呵呵的。村里年轻人结婚，都请爸爸写对联喝喜酒，爸爸都包了个大红包。以前村里老师喝喜酒都不用随礼，还会被当贵宾招待，就爸爸特别。村里的年轻人都是爸爸的学生，一年喝喜酒的红包都要几千块钱，从来没听他们说过缺钱困难什么。

陈扬帆昨天还接过妈妈的电话，说家里一切都好，不用挂念。他半信半疑，赶紧拨打妈妈的电话，电话关机。陈扬帆急了，他相信爸爸说的是真的。他想打大舅的电话，可爸爸交代千万要保密，家丑不可外扬，又犹豫了。这么多年了，自己伸手要这要那，从来没有关心父母、关心家庭，没有考虑他们的感受，活脱脱一个啃老族！陈扬帆流下了泪水。

那天给爸爸打电话，陈扬帆只是随口一说，其实两人早就住到一起了，对于订婚不订婚、要不要这道程序，他和女朋友完全不在乎。是女朋友父母想催促他们早点结婚，找个理由而已。

第二天，陈扬帆向单位请了一天假，去大舅工地打探甲方领导的信息。

省城江边的广电大楼工地，大型水泥搅拌车进进出出，黄色红色的安全帽到处晃动。工地正在基础施工，几十上百工人正在忙乎着。陈扬帆穿过堆满建筑材料的空地，来到项目部办公室门口。

办公楼是临时搭盖的，轻钢结构，虽然简陋，但办公室、项目经理室、总工室、工程部、材料部、会议室等等一应俱全。偌大的办公地方，只有办公室里两个年轻人。他们不知道老板去了哪里。

陈扬帆认真观看挂在墙壁上的各种文字材料，想从中找到自己想要的信息。

第二天，陈扬帆又来到省广电大楼工地。他推开办公室门，大舅的司机正在玩电脑。这个司机姓李，年龄与陈扬帆相仿，家乡人，同陈扬帆熟悉。

“扬帆，你怎么来了？”

“你好。我来找我大舅。他在哪里？”

“他出去了。”

“你是他的专职司机，你没同他一起出去？”

“没有。老板自己开车走了。他不让我送，肯定有他的原因。”小李笑得很无奈。

“哦，有道理。这工程真大，造价多少？”陈扬帆陪个笑脸。

“一亿多。”

“甲方领导是哪一位？”

“是广电集团的余副总，他主管工程建设。”

“他经常来工地吗？”

“经常来，同你大舅关系好着呢。”

“那你一定同余副总熟。”

“熟着呢。有几次还是我送他回家。”

“他家住哪里？”

“在长乐路永辉超市旁边。”

“超市旁边哪一个小区？”

“你问这个干吗？”小李霎时警觉起来。

“听我舅妈说余副总家要请一个保姆，我一个亲戚想去，托我问他的家住哪里，买菜方便不方便，没有其他目的。”

“哦。其他的我不知道，你去问你大舅去。”小李将信将疑。

“好。谢谢，谢谢！”终于问到了有价值的线索，陈扬帆连连称谢。

找到妈妈工作地方的大致范围，陈扬帆欣喜若狂。他打电话向爸爸报告这个喜讯，然后打车赶到长乐路永辉超市。妈妈当月嫂，肯定要天天买菜，在这里等着，一定能等到妈妈。

永辉超市门口广场，停满了汽车、电动车、摩托车。超市门口，买菜的人们进进出出，像蜂箱箱口的蜜蜂一样，匆匆忙忙。陈扬帆站在超市门口，看着进出超市的人们，寻找母亲李梅的身影。

省城的夜晚，灯火通明。超市门口的大街上，车来车往。门口两边的商店，霓虹灯在闪耀。虽然是晚上，可街上的行人越来越多。陈扬帆站在超市门口，认真搜索过往的人们，期待着母亲的出现。

李梅确实在余副总家当保姆。余副总的家是一套复式豪宅，上下两层。一层客厅装修富丽堂皇，如宫殿一般。客厅的隔壁是饭厅，饭厅的对面是厨房。晚上九点多，李梅在厨房里洗碗，锅里正热着牛奶。楼上传来女主人的声音：

“李嫂，地板脏了，拿抹布上来。”

“来了。”李梅赶紧擦干手，拿着抹布快步上楼。

“李嫂，牛奶拿上来。”

“来了。”李梅在擦地板，她停下手中活，下楼到厨房拿着牛奶瓶上来。

“李嫂，赶快给宝宝换尿包。”

“来了……”

李梅楼上楼下来回跑，气喘吁吁，脚像绑了块石头。

“李嫂，还不快点！”女主人大声呵斥。

李梅满脸委屈，继而愤怒，但不得不咬牙坚持，随叫随到。

深夜了，李梅洗了衣服、烘干，然后一件件挂起来，凉在阳台上。

保姆房里，李梅躺在床上。她望着天花板，想起了玉山学校……突然，楼上传来玻璃杯、陶瓷瓶砸裂的声音。女主人和男主人又爆发了战争。

“你骗我、你骗我！”

“现在说这个，有用吗？”

“我可怜的儿子，私生子，将来怎么办啊？”楼上传来女主人的哭声。

“当时叫你去美国，你不走，现在晚了。”

“我不管，我要出去……”

男女主人的争吵声和婴儿的哭声越来越激烈。

“李嫂、李嫂，你快来、快来！”男主人声音很急促。

“我去纪委告你……”女主人的声音。

李梅赶紧起床，上了楼。

二楼豪华卧室里，披头散发的年轻女主人用手机、电视遥控器砸向年龄像她父亲一样的男主人。男主人边躲避边斥责女主人。

李梅进也不是退也不是。

“还愣着？快，把小孩抱下去！”男主人气急败坏。

李梅惊慌失措，到摇篮边要抱小孩。

“你来干什么？滚、给我滚下去！”女主人咆哮道。

李梅一转身跑下楼，躺在床上，两行热泪从眼角慢慢流了下来。她想起以前陈嘉木经常说的一句话：“鸡屎落地三分气。”

周六清晨，陈扬帆六点三十分就来到超市门口，他不想错过妈妈出现超市门口的任何机会。

超市大门开了，早起的老人们陆陆续续出现在超市门口。

李梅每天都是永辉超市的第一波顾客。她每天早上六点起床，洗刷完后，拖着购物小推车来超市买菜，然后回家做早餐，侍候大小主人。一天洗衣洗碗、泡奶粉、热牛奶、换尿包，还要变花样做各种可口的饭菜，像陀螺一样转个不停。最可气的是年轻的女主人，脾气古怪，嫌这嫌那，动不动就发火，骂人的话尖酸刻薄，把月嫂当成古代的丫鬟婢女看待。

几十年来，李梅到处受人尊重，何曾被别人这样作践过，几次想甩手走人，可为了这三万元钱，她流着泪一忍再忍。昨晚男女主人吵架了，从他们话语中，李梅知道女主人是男主人的二奶，小主人是私生子。女主人的怒火没地方发泄，常常把李梅当成出气筒，找借口把李梅臭骂一顿。

李梅好几次暗自垂泪，她想儿子、想老公、想玉山村学校，想老公对自己的好，想两个人恩爱幸福的点点滴滴。她后悔那天晚上太冲动了，那样羞辱嘉木。人活着要有尊严，穷点累点没什么，如果没有了尊严，就成了没有灵魂的木偶，跟死人有什么区别？在雇主家半个月，李梅深刻体会到尊严的可贵，被人呵斥羞辱是什么感觉。

李梅把在雇主家比喻成蹲监狱，每天早上去超市买菜比喻放风时间。她每天都是迫不及待地早早去超市。今天，她又拖着购物车来了。

“妈妈，妈妈！”耳边突然响起儿子的声音，李梅瞬间愣住了。她循着声音望去，儿子在超市大门边朝自己挥手。李梅鼻子一酸，眼眶一下子湿润了。儿子跑过来，抱住妈妈，声音哽咽着，说话也不利索了。

陈嘉木在睡梦中被电话铃声吵醒，迷迷糊糊中听儿子说找到妈妈了。他又一个激灵，完全清醒过来，要儿子重复一遍，又让儿子把电话给妻子，他要听听妻子的声音。在儿子催促下，中断十几天音讯的夫妻俩开始了对话。

“你……你……还好吗？”李梅的声音哽咽着。

“好、好，就是想你。电话马上开机，很多人找你，赶快回来！”陈嘉木的声音透着兴奋。

“嗯，嗯……”李梅又擦泪又点头。

找到了李梅，陈嘉木想将这喜讯第一时间告诉玲玲，可又担心玲玲没起床，吵醒了她。犹豫了会儿，他在玲玲的信息中留言：你干妈找到了！

玲玲确实还在睡梦中，手机响了，她抓过手机一看，瞥见手机上有一条未读信息，打开一看，是干爹发来的好消息——你干妈找到了！玲玲太高兴了，又躺进被窝，给干爹回信息：“……终于找到了！我今天一定接干妈回家。你准备一桌好菜等着！”

八点了，唐跃在玲玲门口左等右等，听不到房间里一丝动静。等了半个小时，他急了，打玲玲手机，手机一直占线。唐跃无可奈何，现在的年轻女性，喜欢煲电话粥，这习惯不好，要好好劝劝她。直到八点四十分，玲玲才从房间里出来。她脸上洋溢着笑容，像早上初升的太阳，灿烂无比。

“你的脸色怎么啦？像快要下雨似的。我跟我干妈打电话，你不高兴？”玲玲看见唐跃脸色，翘起了嘴巴。

“没有，没有。李老师找到啦？好，好啊！”唐跃的脸色马上阴转晴。

“我干妈找到了！我刚才给她打电话，说我们在东湖宾馆，中午我们去接她。”

“好，好！这么好的消息，事先怎么不告诉我？”唐跃满脸笑容。

“这脸色还差不多。”玲玲瞥了唐跃一眼。

“那我们赶紧吃饭上医院，完了我开车接你干妈去。”唐跃牵着玲玲的手，小心翼翼地征求她的意见。

两人不想耽误时间，在宾馆外的小摊点买两个肉包、两罐牛奶，边吃边赶路。东湖宾馆离省立医院很近，走路十分钟就到了。

唐跃预约的是专家号，就诊比较顺利。他的腰椎间盘突出是以前当教师时落下的职业病。教师讲课时一站就是四十五分钟，有的教师连续上半天课，站立时间太长，致使腰椎承受的压力过大。专家对唐跃的腰椎进行推拿按摩，开了一个疗程的药，交代要注意活动、自然端坐等等。

从医院出来，玲玲到工商银行取了三万元现金。

“取这么多钱干吗？”唐跃问。

“有用，有急用！”玲玲把钱装进背包，背在肩上。

从银行出来已经十一点多了，唐跃和玲玲准备回宾馆开车接李梅。刚到宾馆门口，隔着旋转玻璃门，唐跃看见李梅老师和一个年轻人坐在大厅沙发上。小唐拉住玲玲，说：“你干妈来了，坐在沙发上那个。你过去，看看她还认不认得你。”

“你，你真坏！”玲玲轻轻推了下唐跃，娇嗔道。

玲玲慢慢走向干妈。沙发上的干妈，曾经光洁白嫩的面容，变成暗淡灰黄；曾经秋水般的双眸，变成忧郁浑浊。额头上的皱纹，如同湖面上的波纹，荡漾开来。玲玲的眼眶充满着泪水。

李梅看见一个年轻时尚的姑娘向自己走来，紧盯自己的一双眼睛充满泪水，她站起来，张开双手，叫一声：“玲玲！”

“干妈！”玲玲快步扑向李梅。

两个人紧紧抱在一起，激动的泪水溢出眼眶，顺着脸颊流了下来。

中午四个人在宾馆用餐。吃饭前，李梅想请未来的儿媳妇过来一起吃个饭、见个面，可又想自己这次不光彩的经历，话到嘴边，咽下了。陈扬帆本来想让女朋友来见见妈妈，妈妈来省城一次不容易。他想起爸爸的叮嘱，不张这口了。

陈扬帆点了一桌好菜，招待母亲、唐主任和多年不见的干姐姐。饭桌上，四个人说不完的生活经历，道不尽的亲情和思念。最后，玲玲把一袋子钱放在干妈和弟弟面前，说：“扬帆弟弟快要结婚了，姐姐我提早祝贺。这是贺礼！”

李梅和陈扬帆看见一袋子百元大钞，吓了一跳。

扬帆：“这么多钱？贺礼？太多了！”

李梅:“这礼太重了，我们、我们不能收。”

李梅和陈扬帆坚决不要，玲玲非要他们收下不可，双方推让着。

唐跃:“李老师、扬帆，你们就收下吧！现在经济好了，哪个当姐姐的能不出点血？有钱人包五万八万正常。玲玲有钱，你们收下吧！”

李梅:“这礼太重了，我们怎么敢收呢？”

玲玲:“干妈，你是不是想我不是你亲生的，如果收了钱，担心我瞧不起你，以为你贪财？”

李梅:“不是、不是，我没有这想法。”

玲玲:“不是就好。你把我当成你的亲闺女吧！你如果不收，就是怪我这么长时间没同你联系，从心底瞧不起我，把我当外人。”

话说到这个份上，再不收就是不近人情了。李梅明白，自己家的情况，玲玲一定全知道了。她拿出这么多钱，就是让我们一家过这个坎。她用这种方式，就知道我们爱面子。再说，没有这三万元钱，大嫂那边怎么交代？

“玲玲，你真是妈妈的贴心小棉袄！”李梅眼角泪光点点。

玲玲瞥一眼唐跃，满脸羞涩地说:“干妈，以后你也要帮我。”

李梅顿时明白了，唐老师和玲玲一齐出现在自己面前，李梅正觉得奇怪，原来是这种关系！

第十九章

陈家厝开始修缮的消息传遍了整个乌山村。

修缮的前期准备工作正紧锣密鼓向前推进，很多问题要陈春旺拍板同意，他三天两回往老家跑。早上七点，春旺又开车到了乌山村。他把车子停在大榕树下，下车时看见树上贴着一张标语，凑上前一看，白纸黑字："陈嘉土欠债还钱！"七个大字。春旺心里一惊，环顾四周，没有人影，他伸手撕下纸张，揉成一团抓在手里，急忙往陈家厝走去。

陈家厝门楼，一张一样内容的白纸张赫然贴在大门上。春旺暗叫不好，细细一想，这分明有人暗中使坏，明的向陈嘉土讨债，公开败坏他的名声，暗中让陈家厝整个家族蒙羞，想逼迫陈家厝人为陈嘉土欠债买单。嘉土到底欠谁的钱？欠多少？以前听嘉火讲过，他嫂嫂在福州跟别人炒股票，输了很多钱，看来是真的。春旺打电话给嘉火，叫他赶紧到陈家厝来。

春旺左等右等，直到太阳照到屋檐，嘉火才蹒跚而来。今天他耷拉着脑袋，脸色阴郁，一改往日见面时的满脸笑容、乖巧。陈春旺又气又好笑，想起小狗看见多日不见主人的欢快以及小狗被人追打的狼狈。

嘉火走到春旺面前，默默地将手里一个白纸团递给三伯。春旺什么都明白了。

嘉火走到嘉土家门口，看见门上贴着这张白纸，他撕下纸张踹开大门，怒冲冲地问嘉土事情的来龙去脉。嘉土知道早晚会有这么一天，哽咽着将家里欠债情况和怎么欠下一五一十全部告诉了嘉火。

嘉土媳妇知道丈夫没指望了，但为了女儿燕燕，自己无论如何要赚钱供女儿上学。她看见别人当标会会头很赚钱，也邀请了亲戚邻居朋友当会员，自己当会头。三年下来，嘉土媳妇组了四个会，将第一次所得的会款拿去放贷，取百分二月利。她组织会员竞标、收集追缴会款，忙得团团转。后来她听别人说炒股票赚钱，就把收上来的会款拿去炒股。结果炒股亏了，欠了会员多人的钱，讨钱的人来堵门，逼着她东躲西藏。

俗话说，跑了和尚跑不了庙。嘉土的妻子跑了，可家还在乌山村，陈家厝人修祖厝，讨债的人就来了，逼着嘉土夫妇还钱，如果不还，你陈家厝人还有什么面子修祖厝？

突然间出了这么一件事，春旺叫嘉火赶紧去找嘉土老婆，把欠钱情况说清楚，问她家里还有多少钱财资产、计划怎么还债等等。春旺还特意交代嘉火，一定要同嘉土夫妇讲清楚，躲得了初一、躲不了十五，这些钱不还，事情闹大了，人家报案，公安局会抓人的，要蹲监狱还是要还钱，自己一辈子抬不起头不说，还要连累到燕燕！

两天后，嘉火垂头丧气地回来了，带回来的信息令春旺揪心。嘉土媳妇欠下三十几家约九十万元会款，多的上十万，少的几千元，除去没收回的约十万利息款，净欠款约八十万元。嘉土家的财产摆在那里，除了自己住的房子外，就是祖厝的老房子了。他希望三伯和兄弟们拉一把，借钱帮他过这个坎。如果实在没办法，将他的两间老房子，还有旁边的厅堂走廊过道量一下面积，作价卖给家族，先还人家一部分，剩下的欠款以后慢慢还。

春旺料到嘉土会有这个想法。借钱，二房几个兄弟有可能凑十几万，长房也可以筹十几万，关键是大家肯不肯伸援手。特别是嘉树，他有钱，以他的个性，还有嘉土过去对他的态度，这就不好说了。嘉土的老房子和可分到的公共部分约八十平方米，以现在宅基地每平方四千元计算，价值三十二万元。但这笔钱从哪里来？大家同意不同意？修祖厝大家捐钱捐地，哪有卖地拿钱回去的道理？现在嘉土落到如此地步，提出这个要求，该怎么办？春旺的脑袋快要炸了。

修缮准备工作暂时停下来。嘉土脾气古怪，人缘关系差，自己出面肯定不行。春旺和嘉金、嘉火商量后，由嘉火联系二房几个兄弟，春旺联系嘉树嘉森，通报嘉土欠钱被人追债情况，商讨如何帮他一把。

嘉火为人好，在兄弟中说得了话，他出面了，二房几个兄弟都答应帮一把。嘉火五万，嘉金嘉木嘉水各一万，筹款比较顺利，总共筹了八万。

春旺联系长房，第一个打电话给嘉树。

嘉树："如果嘉土家发生天灾人祸或者做生意亏了，我会帮，可这是他老婆胡作非为欠的钱，自作孽不可活，我不会帮的。"

春旺："嘉土媳妇是误入歧途，她保证以后再也不会去标会炒股了。再说其他兄弟都借了，你不借给他，村里不好评。"

嘉树："该借不该借我有原则，其他兄弟愿意借给他就借吧，我负责出资修祖厝，也算支持大家、支持嘉土了。"

春旺："嘉土家欠款多，缺口大，如果你不帮，他过不了这个坎。那样修祖厝别人会来干扰，嘉土要卖房拿钱，怎么办？"

嘉树："我出钱修祖厝，谁敢来干扰？兄弟们借给他这么多钱，他如果还开口卖房子拿钱，那他还是人吗？"

春旺苦口婆心做嘉树思想工作，嘉树被逼急了，松口了，交代说叫嘉土自己打电话找他。

第三天，嘉火告诉春旺，昨晚嘉土打电话给嘉树，要借三十万。嘉树说最多借十万。嘉土说不够分摊。以前你瞧不起我，都没帮我，这次一定要借我三十万。嘉树说不是欠你的，爱借不借。两个人吵了起来，嘉树说一分不借，嘉土说等祖厝修好，他回家把正梁锯下来，将自己的旧房挖成鱼池。

问题出来了，而且是棘手问题，修缮准备工作不得不停了下来。

梅雨季节到了，天天小雨不断，田野房屋、绿化植被仿佛从水中捞出一样，湿沥沥的。街上的雨伞密密麻麻，五颜六色，像一朵朵移动的菌菇。昔日繁华的街市、嘈杂的声音好像也被雨水淋湿了，听不到什么声音，整个县城笼罩在烟雨中。

春旺住在丹凤新城十八楼，这几天，除了到楼下早餐店小卖部外，他几乎都在家里，煮菜做饭，听闽剧，看新闻和电视剧，没事情时候坐窗台看远处的山岳高楼，楼下的街道行人。他很郁闷，以前联系的古建筑班组打来几个电话，询问何时能开工，如果近期不能动工，他们就答应别人去长乐了。如果天气转好，春旺计划回老家看看。端午节快到了，嘉金、嘉火他们应该会回来过节，聚一聚，商讨怎么解开这个结。

五月初四，春旺给嘉金、嘉火、嘉树、嘉森一一打了电话，他们有的说刚出来一个月多，跑来跑去怎么赚钱？有的说忙，实在没空回去。初五早晨，难得好天气，春旺还是开车回了一趟老家。对闽东沿海地区而说，端午节比内陆地区隆重热烈多了，游神、踩街等民俗活动轰轰烈烈，精彩纷呈。公路上，汽车比平常多了很多，一辆辆呼啸而过；公路边的各个村口、街道，红色的拱门、立柱、彩旗飘飘，一派喜气洋洋。

乌山村也一样，村口是一个大拱门，上面写着“端午节合乡安康”七个楷书大字，显然是老人会会长陈与正手笔。进了大拱门，街道两边是两排立柱，立柱上写着祝福句子，多是“平安”“顺利”“发财”等吉祥词语，小字是祝福人的名字。写着捐助名字的立柱在前还是在后，这是有讲究的，划龙船是民间活动，一般由老人会组织，经费靠村里人捐款，谁捐的款多，谁的名字写在前面。春旺的车子慢了下来，寻找熟悉的名字，在右边第一个立柱上，他看到了嘉树的名字。

村里陆续有人出来，与春旺认识的，打个招呼问个好，不认识的，互相微笑点个头。到了乌山村榕树底下，春旺停好车后往陈家厝走去，今天过节，他想看看祖厝，给祖宗敬炷香。

将近两个月了，厅堂供桌上有一层细细飞尘，霉味又来了。几场大雨、暴雨后，以前清理过的坍塌地方又有一堆腐烂椽条和碎瓦片，另外两个地方也出现瓦片脱落。春旺绕陈家厝走一圈回到厅堂，从供桌抽屉里拿出打火机、蜡烛、线香。蜡烛点上后点线香，他跪在祖宗牌位前，嘴里念念有词：“……祖宗保佑子孙后代人丁兴旺、家家发财、团结友爱、祖厝修缮成功……”

几个侄子一个都没回来，春旺很失落，没心思去到哪家串门，也不想去海边看划龙船，就开车回县城。在马堡镇路口，他被游神的队伍挡住了去路，干脆停下车加入观众群，欣赏这闻名全省的民俗活动。

队伍中的“高哥”“矮八”最引人注目。“高哥”是掌管阴间的神，身穿白衣、戴白色高帽、吐长舌、摇羽扇，身高约四米，走路摇摇晃晃。“矮八”身材矮胖，不足一米，穿黑衣，戴方形黑帽，手拿黑扇，一会儿向前一会儿向后，趔趔趄趄，有时故意在人群中穿行，吓得妇人小孩尖声大叫。

队伍中有两个可爱的大头小孩，一个手拿红花，一个手拿白花，分发给年轻的妇人，想要男孩的妇人给白花，想要女孩的给红花。两个大头小孩轻歌曼舞，活泼可爱，逗得人们哈哈大笑。

游神是马堡镇的集体狂欢。活动由各村老人会组织，几乎家家出钱，人人参与。春旺小时候喜欢热闹，也参加游神活动，自己和春达扮演过闽王三兄弟，坐在高高的“铁肩膀”平架上。现在家乡又恢复了古时候的游神，影响越来越大，吸引越来越多的外地宾客前来观看。

马堡十里八乡的游神队伍从各自村庄出发，最后汇聚到马堡镇泰山宫，各个姓氏祠堂、各村寺庙神明、乐队，形成长达几里的队伍。前面锣鼓开道、鞭炮齐鸣，两人抬的巨幅彩绣“合乡平安”牌匾排在队伍最前面，后面是高大威猛、神态各异的神仙依次排列，绕街而行。神像所到，沿街家家户户燃放鞭炮，焚香祈福。队伍中穿插高跷队、舞龙队、腰鼓队等民间艺术表演，热闹非凡。“游神”活动中的“铁肩膀”表演，是最有特色的经典之作，观众赞不绝口。

马堡镇“铁肩膀”民俗表演有四百多年历史了，起源于明朝民族英雄戚继光抗倭的故事。相传明嘉靖年间，倭寇在莆田被戚家军打败后，逃到罗源湾一带烧杀抢夺。倭寇看上了富庶的马堡镇，几次侵犯，生灵涂炭。马堡乡贤就研究制作了“铁肩膀”，“铁肩膀”上端坐着戚家军造型，晚上在城墙上晃动。倭寇发现戚家军的队伍到了，吓得屁滚尿流，撒腿就跑。后来戚继光将军采用陈第“泥撬”战术，全歼罗源湾一带的倭寇，祸害闽东长达几百年的“倭仔乱”从此平息。为了纪念戚继光将军的抗倭胜利，马堡一带年年端午节都要举行“铁肩膀”表演，后来逐渐增加了游神等民俗表演，这几年又融入了新时代内容，如“嫦娥奔月、神舟上天”彩车。但“铁肩膀”民俗表演永远是游神活动的核心所在，是最精华部分。现在，“铁肩膀”民俗艺术已被列入福建省非物质文化遗产名录。

这几年，江海县乡镇经济发展迅速，德高望重的老人醉心于修祠堂、续族谱、民间民俗活动。事业有成的年轻人热心创办济困助学、修桥铺路的促进会、基金会等。农民富裕了，农村变了。先富起来的一批农民身份改变了，成了企业家，买了豪车、建起了小洋楼、别墅。马堡镇南侧，那一栋栋风格各异的豪华住宅，是马堡富豪们的聚居区。

第二十章

乡村振兴发展，离不开乡贤的鼎力相助。游世方书记提醒林定军镇长，乌山村的事要请教乡贤陈嘉树。林定军两次打陈嘉树的电话，他都说忙，这次端午节很多企业家回乡，林定军又打陈嘉树的电话，就乌山村乡村振兴问题，两人相谈甚欢。

陈嘉树:“不出五年，百分之六十以上的人会离开城市回到农村。改革开放四十年以来，国家的基础建设、工业革命已基本完成了历史使命，打工潮、农民工潮会逐渐退出历史舞台，高房价、高消费会愈演愈烈，这些没有正式工作的人群，将难以在大城市生存。在这样的社会大背景下，这些人不得不改变方向重新开始，回乡创业成了唯一选择。乌山村也一样，大批的人回来了，也带回资金、技术、信息等等，乡村振兴将迎来历史性的机会。”

林定军："现在城乡发展失衡，大城市繁荣了，一座座高楼大厦，一个个霓虹灯闪烁，如果一个个乡村凋零、衰败、死亡，那中国的现代化，将出现重大的颠覆性错误。中国将来无论如何发展，农村绝对不能丢，永远是个农业大国。现在城市畸形发展，结构调整艰难，经济可持续发展后劲不足，中央早就发现了这个问题。所以中央在几年前就提出扶贫攻坚战略，接着乡村振兴，提前布局，就是为这些返乡的农民创造条件，留得住人，能创业。只要产业兴旺了，乡村经济发展了，农民富裕了，才能实现真正的乡村振兴。"

陈嘉树："十四亿人的吃饭问题，永远是天大的问题。所以要保住土地这个资源性资产，因为所有的虚拟资产，当发生某种崩溃性的事件时，那你赖以生存的，不是你银行里有多少钱，而是你是否有地方避难，有粮食果腹，来支撑你的生存。我一直告诫年轻人，老家的田园不能丢。我们现在是过上了好日子，但要居安思危，如果出现战争、瘟疫，一斤米卖到五十、一百元，你不回老家能去哪里？我想带个头，将家乡荒芜的土地流转过来，先做苗圃，种植特色农产品等发展经济，如果国家粮食紧张，全部推到种植水稻。"

林定军："中央一直强调，我们正处于百年未有之大变局，凡是都要未雨绸缪。陈总是鉴往知来、志存高远！欢迎陈总回乡投资兴业！我一定竭尽所能，做好服务工作 ......"

林定军和陈嘉树对国内外形势分析，对国家乡村振兴政策理解有很多共同点，两人有惺惺相惜之感。

林定军有意请陈嘉树回乡详谈一次，打他电话，他都说忙。林定军感觉有点不对，特意向陈如发打听陈嘉树的情况。

陈如发说陈嘉树是个有性格的人，以前是中学老师，后来下海做工程、房地产，成了大富翁。他是游世方书记的同学，前几年由于征地的事同游书记有点隔阂。可能是游书记的原因，人家不待见我们。

林定军觉得这里面信息量很大，好奇地问起事情的来龙去脉。陈如发是当事者之一，当时陈嘉树的事业刚起步，他的母亲郑秋菊还在世，事情的经过错综复杂，还差点酿成悲剧，令陈如发终生难忘。这件事牵涉到自己的顶头上司游书记的私生活，还有他们中间的猫腻，陈如发不敢多说。

陈嘉树确实很忙，他制定了金凤房地产公司一整套管理制度，确定每个人的工作职责。每个月初每人写一份工作计划安排，月末写一份工作完成情况报告。每周一工作例会，每个人都要汇报本部门及本人的工作情况，提出问题，解决问题。会议由总经理主持，总经理不在公司，由常务副总主持。

陈嘉树自己带头遵守制度、执行制度。公司其他员工也严格遵守制度、按制度办事，唯独常务副总黄放特别，不把规章制度放在眼里。陈嘉树找他谈心："没有规矩不能成方圆。企业想发展壮大，没有一整套规章制度是不行的。你第一次做房地产，专业不熟悉、业务不精通，一定要认真学习总结，才不会走弯路、公司才不会受损失……"

陈嘉树同黄放谈心后，他前面几天还能遵守，后面依然我故，最后发展到公司周例会不请假、不参加的地步。电话找他，他都说在外面办事。更为离谱的是，他每个月请客吃饭、洗澡唱歌的报销发票一大沓，数额很大。陈嘉树知道土地挂牌出让的手续办理程序，要跑几个部门、接触几个人，正常费用要多少。黄放的报销，存在假公济私、虚假发票报销嫌疑。这两次发票报销，陈嘉树对几张数额大、有怀疑的发票找黄放说明，然后才给予签字报销。陈嘉树这么做，目的是提醒黄放注意公司财务制度，注意自己的人格操守，私人费用不能拿到公司报销。

黄放自从包养黄香依后，沉迷于她，为了显示自己华侨大老板的气派，出手很大方，经常送钱、送贵重物品。黄香依认为黄放是亿万富翁，有的是钱，不拿白不拿，找各种借口向他索要钱物。黄放经济出现了危机，开始收集发票到公司报销，有时资金周转困难，不得不向猴子哥借钱救急。

猴子哥看见新市政府大楼节节升高，这么大一块蛋糕摆在面前，自己一口都咬不到，心有不甘。这是他的地盘、他的势力范围呀！他像草原上的鬣狗，看着狮子在咀嚼着猎物，准备随时冲上去，抢一块肉。

猴子哥是个精明人，几次邀请金凤公司一把手陈嘉树吃饭，都被陈嘉树拒绝了。古语说："脸上没肉，不可相熟。"猴子哥尖嘴猴腮，一定是个圆滑狡诈、非奸即盗之徒，陈嘉树对他敬而远之。

陈嘉树对猴子哥印象非常深刻。当时新市政府工地准备动工，项目部正抓紧修建围墙。陈嘉树每天都要到工地巡视一次，发现问题就马上解决。这天下午，陈嘉树和黄放到了工地，看见工地停工了，项目部管理人员和工人被几十个人围了起来，杨经理正同别人拉扯着。陈嘉树走近一看，原来是当地两帮地痞为了争夺工地的土方工程，阻挠施工。

陈嘉树把杨经理拉到一边，问："怎么啦？什么事要用拳头来解决？"

"这些人是地痞流氓，想接这个项目的土石方工程，不找你们房地产公司，而找到工地捣乱，是不是傻？好说歹说就是不听，不给他们颜色看看，以后还怎么站得住脚？怎么施工？"项目部杨经理脸红脖子粗，正在气头上。

陈嘉树两边扫了一眼，看见东边一群人，中间一个块头大大的、头光光的，应该就是芋头哥；西边也是一群人，中间一个身材瘦瘦的，脸小小的，像个猴子，应该是猴子哥。陈嘉树听人说过，这两人是地痞的大哥，两个人各拉起一批人马，注册公司，为了抢夺本地工程项目，经常漫天要价、大打出手。

“这些人是垃圾，当垃圾抛过来的时候，你要侧身躲开。你同他们拉扯什么？弄得一身脏怎么办？”陈嘉树提醒杨经理。

“他们不让施工，还威胁我们，不强硬还有什么招？你教教我？”杨经理不服气。

“好，你看我怎么收拾他们。”陈嘉树拍了下杨经理肩膀。

芋头哥和猴子哥都想承接这个土方工程，他们找过金凤房地产公司，陈嘉树不接见，派黄放与之周旋。眼看工地动工了，猴子哥急了，带着人马刀枪到工地捣乱。芋头哥听说猴子哥带人马去了工地，生怕被他抢先，也召集人马赶过来。猴子哥和芋头哥看见公司总经理和副总经理来到工地，招呼手下人将陈嘉树和黄放围起来。

有三四个小喽啰手里摆弄着匕首，眼露凶光，大有今天不答应，白刀子进去，红刀出来的架势。黄放长这么大，第一次遇到这情况，吓得脸色苍白、汗水直往下淌。陈嘉树知道这些地痞的伎俩，他们色厉内荏，真正也怕死，不敢去捅人。陈嘉树说：“工地只有一个，只能承包给一家，而且要包给实力强的那一家。你们哪一家实力强我不知道，今天你们就在这里比试比试，干一架，谁打赢了，我工程就给谁。”

陈嘉树这么一说，芋头哥和猴子哥面面相觑，不知如何是好。他们两家实力相当，真正打起来，不知鹿死谁手，谁也不敢动手。如果真的动手，一有死伤，那要蹲监狱，家破人亡的，他们谁也不会去触霉头。

“这是市政府的重点工程，我一个电话，派出所、防爆大队人马二十分钟到位，你们相信吗？”陈嘉树警告道。

芋头哥和猴子哥被镇住了，赶紧点头哈腰，赔不是。

“想承接工程，我们欢迎。三天内，你们做好标书，参加招投标，谁价格合理、工期短，谁中标，公平合理。我给你们机会了，就看你们的本事和运气了。就是不中标，以后还有机会嘛。”陈嘉树同芋头哥和猴子哥都握了手，乐得两个流氓头头屁颠屁颠的。

新市政府的土地原来是星光村的。市城投集团储备这块土地时同村里有个约定，没有技术含量的简单附属小项目，村里人能做的，优先包给星光村的人，以照顾失地农民。猴子哥和芋头哥都是星光村的村民，谁都想抢到这个工程。后来经过招投标，芋头哥中标了。为了安抚猴子哥，陈嘉树出面让芋头哥办了一桌酒席，宴请猴头哥一行，并且包了个五万元的大红包，双方皆大欢喜。

建筑业是高利润的行业，包工头就是暴发户、土豪的代名词，多少人为之竞折腰。新市政府建设项目还没动工，各路英雄豪杰闻风而至，都想分一杯羹。上层有关系的人，找门路、请客送礼套近乎；做砂石料、土方工程的地痞流氓，干脆拿刀拿枪以命相拼。陈嘉树让常务副总黄放负责对外工作，作为前线或进攻或防御，自己作为二线指挥全局。工程包给谁，既要看对方公司的报价，也要看对方施工等综合实力。

猴子哥看见一把手陈嘉树实在攻不进去，就进攻第二把手黄放。黄放这小子精虫上脑，给他介绍个女孩，他就上钩了，乖乖地听从安排，可惜他没有权力，讲话不算数，自己捞不到好处。后来听黄放说他们夫妻俩投资二千六百万元，占股份百分之二十六，是公司第二大股东。陈嘉树只投资一千五百万，占股份百分之十五，是公司小股东。猴子哥就嘲笑他："你是傻子买炮，请人放炮。自己花钱，让陈嘉树来玩，傻瓜一个！陈嘉树不是陪着大领导吃香的喝辣的，就是坐在豪华的总经理办公室，抽烟喝茶、指手画脚。你像狗一样被拴着狗链，让你跑你就跑，让你吠你就吠；高兴时给你一泡屎，不高兴时踹你两脚，你是陈嘉树养的一只狗。周末炊事员休息，你连饭都没得吃，像街上的流浪狗……"

猴子哥用激将法，怂恿黄放去争权，为自己夺利。黄放在美国二十几年，天天在锅铲碗碟交响曲中度过，虽辛苦，但简单自由。他回到国内，天天过着纸醉金迷、灯红酒绿的生活，特别是有了黄香依，日子如神仙般快活。但他不自由，报销发票要看陈嘉树的脸色；同黄香依在一起，像做贼一样，心惊胆战。特别是公司制度管理，上下班打卡、不准迟到早退，自己是老板、常务副总，却弄得同打工仔一样，窝囊！每个月两份报告，每周开例会，还要发言，自己初中毕业，又去美国二十几年，搜肠刮肚也只能写几个字，开会发言磕磕巴巴的，这不是让我难堪、让我出丑吗？黄放不服气，我出钱比你多，股份比你大，凭什么我都要听你的？他要抗争，要自由，挑战陈嘉树的权威，于是故意不遵守制度，不按制度办事，看你陈嘉树怎么着！

刚开始，陈嘉树以为黄放从美国回来时间不长，对国内情况不熟，要有一段适应期，对他的要求不是很严格。后来感觉黄放有情绪，对自己不满，同他进行了两次推心置腹的谈话，毕竟他是春发婶婶的侄儿，嘉金、嘉木的表弟，小时候陈家厝的玩伴。

最后陈嘉树发现黄放在外面花天酒地，虚报发票，故意同自己对着干，终于看透了他。黄放品质恶劣、心胸狭窄、鼠目寸光的，是个扶不起的阿斗！

陈嘉树是个心高气傲之人，从此对黄放不冷不热、不理不睬，少了他，工作照样做得好。重大问题，自己出马；小的问题，派郑芬去办理。陈嘉树不想同黄放撕破脸，毕竟他是公司的大股东，是董事会任命的常务副总经理，而且还是严小莺的丈夫。严小莺是自己的初恋，资金困难时都是她借钱周转，对自己无限信任。如果矛盾公开了，严小莺会怎么想？会相信谁？相信自己的丈夫还是相信你陈嘉树？陈嘉树不忍心让严小莺受到伤害。再说，其他股东会怎么想：陈嘉树你是不是想排挤黄放，大权独揽，搞什么阴谋？如果股东之间出现猜忌矛盾，公司怎么能稳定发展？陈嘉树很无奈、也很挣扎。

端午节过后不久，高高的金安市新市委大楼、新市政府大楼、会议中心顺利封顶。封顶那天，放了很多烟花、爆竹。市直各单位、国有企业工厂、民营大企业送来的祝贺条幅，挂满了三栋大楼的正面外墙，远远看过去，像三面巨大的红旗。再过几个月，这里就是金安市的权力中枢、政治中心了。

大楼封顶，意味着室外高空危险施工完成，转入相对安全的室内装修施工。项目部内部举行了一个庆祝仪式，邀请甲方——金凤房地产公司全体人员出席。陈嘉树没有参加，他已预约程秘书长、市国土局柳局长在流水山庄吃饭，商量旧市政府地块挂牌前的手续办理。

市政府搬迁项目是市重点工程，市委常委程秘书长任项目领导小组组长，所以金安市的城市投资集团公司、国土局、规划局等单位对这个项目的手续办理，基本是一路绿灯。宗地挂牌时间定在十月十日。

吃完饭后，柳局长有事先走了。新辉房地产置业公司总经理小文约程秘书长和陈嘉树一起喝茶，三个人来到山庄临湖的茶室里喝茶聊天。喝茶时，小文提出想承包新市政府工程装修项目，问陈嘉树还有哪些没有包出去的单项工程。

工程装修阶段，单项的项目较多，电梯、消防、铝合金、外墙贴砖、防水、道路绿化等工程有的老班组在做，有的已承包出去，只有智能化工程和门窗工程未定。小文当着程秘书长的面提出来要承包装修单项工程，一定是同他商量过了。陈嘉树不敢怠慢，实情相告，并建议小文承包这两项工程，若有困难他来帮忙解决。

陈嘉树一直想报答程秘书长，他清楚小文同程秘书长的关系，小文今天提出来了，陈嘉树哪有不答应的道理呢？他想杨秀夫也一定会答应的。小文的公司是房地产代理公司，主要是做房地产的楼盘广告策划和销售代理，对智能化和门窗工程肯定不熟，她一定会转包给专业班组。到时候，给她介绍一个熟悉的专业班组来施工，小文赚些利润，公司多出一些钱而已。最后项目部的变更签证多做一些，这些钱都回来了，羊毛出在羊身上，何乐而不为。

猴子哥也想承包一两项装修工程，逼着黄放向陈嘉树提要求。黄放不得不厚着脸皮来到陈嘉树办公室，恳求他让猴子哥承包一两个小项目。陈嘉树知道黄放同猴子哥走得很近，猴子哥没有这方面的施工经验和施工能力，工程最后转包给别人，层层转包，偷工减料，工程质量就无法保证，加上心里厌恶黄放和猴子哥，就对黄放说：“工程是福隆集团总承包，我不能做主，你要问杨总。”就冷冷拒绝了。

黄放知道金安的事都是陈嘉树说了算，杨秀夫把权力交给了陈嘉树，陈嘉树说自己没权力，要问杨总，完全是推脱，就是不给自己面子。黄放对陈嘉树充满了仇恨。

一个月时间，金安市新市政府工地的三栋大楼外墙贴砖已完工，外架也拆完了。内部的水电、门窗、涂料等等正从上到下一层层装修下来；附属的道路硬化、消防、绿化等工程都进场施工了，竣工资料正在整理中，大家正铆足劲赶在十月三十一日前通过竣工验收。

市委关书记很关心这个市重点工程，再次到工地来视察。他对工程进度、质量很满意，对陪同的陈嘉树总经理赞赏有加，两个人以大楼为背景照了一张合影。第二天，金安日报一版刊登一篇新闻报道，赞扬以陈嘉树为代表的福隆建设集团公司高层，严格按照合同要求统筹安排、缜密实施、全力以赴，保证工程按期完成。报道还附上了关书记和陈嘉树的合影照。

陈嘉树对新市政府建设项目是全身心投入，对工程的进度和质量严格把关。眼看工程即将完工，他心里轻松了许多。但旧市政府地块的挂牌手续办理，进展缓慢。陈嘉树以为土地挂牌前的手续办理，是市政府下属的城投集团公司、国土局、规划局、土地交易中心等单位内部走程序，这边有黄放跟踪，那边有程秘书长督促，应该没问题。现在城投集团报给规划局的用地规划一直没审批，陈嘉树急了。他听说程秘书长可能会调到其他地级市任职，再不抓紧麻烦大了。陈嘉树清楚知道自己没有给黄放面子，黄放怀恨在心，工作磨洋工，找他没什么用，决定自己出马。

陈嘉树打电话给程秘书长：“秘书长，周六晚上有空吗？我们小聚一下如何？”

“好啊！你给小文装修项目，她也想当面感谢你。最近工作进展顺利吗？”程秘书长很久没同陈嘉树联系了，接到他的电话很高兴。这几天他心情很好，省里主要领导找他谈话了，要调他到省城边的安德市当代理市长。

“新政府工程项目进展顺利，旧政府地块挂牌手续进展缓慢。”陈嘉树同程秘书长是老朋友了，讲话没有客套。

“哦，我最近工作忙，这边工作过问少了。你说，哪个环节又出了问题？”程秘书长问。

“市规划局用地规划卡住了。”陈嘉树大胆回答。

“要我做什么？”程秘书长直接问。

“周六小聚，你出面邀请规划局郑局长参加，可以吗？”

“我邀请可以，可能他不会来。”

“为什么？”

“他办公室被别人泼了粪，现在还有几个人堵在他的办公室门口。”

周六晚上，陈嘉树带着郑芬和程秘书长、小文在流水山庄的别墅里聚会。陈嘉树详细介绍了旧政府地块用地规划办不下来的原因，请求召开协调会，解决以上问题。程秘书长满口答应。

陈嘉树和程秘书长都是中文专业出身，志趣相投，有很多共同语言。他们谈文学艺术、谈社会人生，共同信奉的做人底线是：法律底线不能碰、做人道德底线不能越。每次同程秘书长相见，是陈嘉树心情最舒畅、精神最放松时候。四个人喝完酒后，余兴未尽，小文提议打麻将，四个人刚好凑成一桌。别墅里有娱乐室，四个人打起麻将，最后夜宿别墅。

周二上午，规划局郑局长抱着资料，准时来到程秘书长办公室。程秘书长看见郑局长像苦瓜一样的脸，暗自好笑：“教授，又遇到什么兵，有理说不清？”

“两家旧房改建不符合规划方案，工程科不审批，他们堵在我办公室门口，向我要规划许可证，怎么解释都没用，真烦人！”

“他们是保安的亲戚吗？”

“不是。我看见他们在大门口吵吵闹闹，不雅观，就叫保安放他们上来。”

“你这种亲民风格，老百姓都来找你，以后怎么工作，你考虑过了吗？”

“我考虑过了，敢来政府部门闹事的人极少，正常反映问题的不让他们进来讲不过去。”

“上次办公室被人泼粪，成了金安市一个大笑话，你还不怕？”

“这种人极少，我在规划局六年了才见这么一个。”

“你呀你，真是秀才！”

郑局长以前是湖东大学建筑系讲师，后来作为高级人才被金安市引进任市规划局总规划师，两年后任副局长，四年后任局长。郑讲师到金安六年了，身份地位变了，但书生气不变，还是那么固执、率真，是金安官场的一个另类，人们戏称“秀才”。

程秘书长喜欢忠厚老实、没有城府的郑局长。他亲自泡了一杯茶给郑局长，开门见山地问：“旧政府地块用地规划迟迟批不下来，到底什么原因？”

郑局长解释：“市委背后的回龙山，我们规划不破坏山体，把它建成公园。开发商金凤公司要求挖掉部分山体，一半修建公园，一半作为建设用地建房子。一直协调不成。”

“金凤公司理由呢？”

“他们认为住宅小区内公园四十亩太大了，没必要那么大，建议二十亩作为绿化用地修公园，二十亩作为建设用地建房子，既有公园又不浪费土地，两不误。”

“你们规划局的依据呢？”

“我们依据《金安市城区山体保护规划》文件，不破坏山体，将回龙山建成开放式公园供广大市民游览锻炼使用，既不违反政策又顺应民意，多好的事！”

“开发商的利益有受到损害吗？”

“没有。容积率就那么多，开发面积不变，怎么会损失呢？回龙山是在地块的红线内，那是林地不是建设用地，我们打个擦边球，算绿化用地，开发商是赚了而不是亏了。”

“现在他们将林地的一半申请变性为建设用地，省林业厅和市国土局审批同意了，他们交钱了！”

“那是开发商事先不咨询我们，活该！市林业局、国土局做好人、乱审批，最后把难题推给规划局，让我们做坏人，乱弹琴！”

“我今天特意找你，听听你的意见，怎么办？”

“我们规划局不想背黑锅，我不想让老百姓戳我的脊梁骨。不过我有个想法，建开放式公园，由政府来投资，市民共享。开发商不出钱，小区内的住户也可享用，这样市政府、开发商、市民三方得利，这是最好选项。”

“那小区安全能保证吗？”

“这个简单。小区做围墙，北面开个门，设个岗亭，坐个保安就好了。”

“好，我知道了。下周我们开个协调会，张副市长主持，城投公司、林业局、国土局、规划局、开发商参加，我出席。你们规划局拿出一个切实可行的规划方案，各个单位相互配合，工作尽量往前推进。”

“好的。”郑局长退出程秘书长的会客室。

陈嘉树知道程秘书长和郑局长的谈话结果后，心想郑局长这个秀才还真有才。公园由政府投资建设，一定高端豪华，比公司掏钱修私家公园肯定大气多了。这样公司不用掏一分钱，坐享其成，而且还可利用这个公园做广告，提高房价，大赚一笔。陈嘉树后悔以前一心只想增加土地面积，靠公园旁边建楼盘多赚钱，土地变性折腾了两个多月，做的都是无用功，既浪费金钱又浪费时间，陈嘉树真想给自己狠狠扇一巴掌。

陈嘉树虽然有房地产开发方面的知识，也虚心请教过专业人士，但毕竟不专业。郑局长是城市规划专家，他站在专业角度以发展的眼光考虑各方利益，统筹规划，解决了困扰陈嘉树很久的问题，陈嘉树为没有请教郑局长感到懊悔。

陈嘉树起草了一份《关于要求召开回龙城开发建设协调会的报告》。第一次董事会时候，陈嘉树建议旧市政府楼盘取名为“回龙城”：一，这个项目在回龙山下，全市的人都知道；二，“龙”象征祥瑞、是中华民族的图腾，寓意好；三，回龙山是城市龙脉所在，是风水宝地，居住此地意味着家庭事业好运连连、兴旺发达。蔡东峰建议取名为“中央城”，因为旧市政府在金安市中心，取“中央城”名字大气、权威，有唯我独尊的霸气。杨秀夫和严小莺觉得两个名字都好，以后请个风水师来确定。陈嘉树比较忙，没有请风水师，所以小区名字一直没有定下来。现在陈嘉树写报告，暂且把小区命名为“回龙城”。

过了一周，“回龙城开发建设协调会”在市政府三楼会议室召开了。主管城建的张副市长主持会议，市城投集团公司、林业局、国土局、规划局、开发商、程秘书长参加。会议同意了市规划局提出的规划方案，回龙山公园建设由市城投集团公司投资，争取尽快立项。“回龙城”的开发建设是市政府重点工程，各个单位要有责任感和紧迫感，加快推进速度，确保重点项目工程圆满完成，为全市人民交上一份满意的答卷。

第二十一章

陈嘉树忙，林定军也忙，见一面还真不容易。林定军接到县政府办公室电话，明天准时参加省政府组织召开的防范超强台风——“彩虹”的电话电视会议。

江海县位于闽东沿海，每年都要遭受台风蹂躏，每当夏秋天来临，乡镇干部的神经都绷得紧紧的，各个单位的第一把手必须亲临第一线，不得出现任何事故。今年超强台风“彩虹”又来了。上午八点五十八分，林定军镇长赶到江海县防汛抗灾指挥部。

指挥部位于江海县水利水电局六楼，徐县长和分管副县长，气象局、水利水电局、海洋渔业局、农业局、国土资源局局长和各乡镇一把手或二把手早已到达。九点整，省防范超强台风——“彩虹”的电话电视会议正式开始。

省气象局局长对这场超强台风——“彩虹”的动向、移动路径、强度变化、影响范围、降雨强度作了详细汇报，分析台风“彩虹”可能会给我省带来巨大影响。

省长在会上作出重要指示：一，各级党委政府要高度重视、高度负责，强化防台风工作的组织指挥；二，各新闻媒体要加大宣传力度，及时滚动发布台风动态和防台风常识；三，各地要做好、做细各项防台风措施的反复检查、反复落实，确保人民群众的生命安全。

常务副省长兼省防汛抗灾指挥部总指挥对全省防台风工作进行了动员和具体部署，正式启动防台风三级应急响应。

按照会议精神，徐县长强调：防台风工作的关键在于落实，各部门思想上要高度重视，严格执行预案，充分考虑可能发生的各种情况；要注意宣传，让全民行动起来，取得防御超强台风的最后胜利。

自启动三级应急响应后，江海县各相关单位主要负责人实行领班制度，严格执行二十四小时值班制度，按照预案各司其职，各尽其能。

台风已逼近台湾。罗源湾的上空乌云翻滚，像一群群黑马在左冲右突、驰骋疆场。天空一会儿洋洋洒洒下起阵雨，一会儿太阳从乌云的缝隙间露出笑脸，这是典型的台风天气。太阳雨的出现，说明台风近了。

林定军镇长还在县里开会，游世方书记开着工程车带着副镇长陈如发先到水利管理站检查工作。台风会伴随着暴雨，台风可怕，暴雨更可怕。水利管理站管理全镇的水库山塘、水坝海堤，是最容易出现险情的地方。游世方带领他们巡查重点监管部位，再三强调要加强水库调度，根据气象部门预报，注意及时预泄腾库；加强水坝海堤巡查，若发现险情及时报告要马上处置，坚决防止溃水漫坝事故发生。

傍晚，游书记他们巡查了北门村后，来到乌山村检查防台风情况。游世方要村书记田均来加强山洪地质灾害易发区的巡查值守，存在山洪、滑坡、垮塌等威胁的，要提前采取防范措施，及时转移人员。

晚上，游世方和值班人员消夜后，拖着疲惫的身子回到宿舍。他躺在床上，看着电视不断滚动播报超强台风的最新信息，久久不能入眠。

马堡镇是江海县的经济大镇，人口最多，历任的党委书记很多从这里走向县政府大楼，走进处级干部的行列。可以说，谁坐上马堡镇党委书记的位子，等于半只脚踏进处级干部的门槛。自己担任马堡党委书记六年了，就是不能向前跨一步，提一级上副处。

游世方清楚自己有两个硬伤：第一，自己担任马堡镇镇长的时候，同计生办叶红的绯闻传得沸沸扬扬，在群众中口碑很差；第二，自己是徐县长阵营的人。徐县长同县委于书记尿不到一个壶里，于书记会选一个不是自己阵营的人吗？可能性很小。

今年的干部调整，游世方第一时间找到徐县长。徐县长认真分析了江海县高层派系状况、竞争对手、游世方的优势和劣势，最后总结：有希望，没把握。在县委常委票中，徐县长有把握拿到三票，其余的县委书记、组织部部长、纪委书记、宣传部部长、人大常委会主任和政协主席要游世方自己想办法。

江海县的县委常委，游世方开始一个一个拜访。第一个拜访的自然是县委于书记。于书记是管党组织的，对全县处级干部有提议权，他这一关肯定是绕不过的。于书记很威严，平常不喜欢部下到他家串门，事实也这样，他很亲近的人也极少去他家。游世方想了很多办法想去于书记家拜访，但都没有充分理由，不敢去。最后游世方准备好汇报材料，到于书记办公室汇报工作。于书记认真听取了游世方工作汇报，他一边听报告，一边紧紧盯着游世方的脸，一声不吭。弄得游世方心里一阵阵发毛，汇报完后，游世方赶紧退出于书记办公室。

游世方第二个拜访的是县委组织部陈部长。陈部长是部队副师长转业的，喜欢茅台酒。上次提游世方为镇党委书记，陈部长没少帮忙，两人是老熟人了。游世方提着两瓶朋友送的飞天茅台酒到陈部长家。陈部长晚上正想喝酒，却没人作陪，看见游世方送酒来，高兴地把他拉到餐桌上，两瓶茅台酒喝得底朝天。陈部长答应游世方，他会提名游世方为副处级干部候选人，会继续帮助他，为江海县培养选拔优秀干部是他义不容辞的责任。

游世方第三个拜访的是县人大孙主任。孙主任是游世方的老领导，是他最早发现游世方的组织领导能力并把他带在身边大力培养的。游世方今天能当镇党委书记，与孙主任的培养分不开的，游世方很感激他。孙主任很清廉，红包和贵重的礼物他是不会收的。游世方就送了他一些马堡的特色海产品。孙主任答应到时候会支持他。

游世方接着拜访了县政协黄主席、县纪委邱书记。黄主席、邱书记都是江海县的老领导，同游世方都有工作交集。游世方平常很尊重他们，逢年过节都去拜访，关系不错。游世方晚上登门向领导汇报工作，邀请领导到马堡镇视察指导工作，临走时给领导一人送上两张购物卡。

现在社会很现实，人们衡量一个人的成就，往往看他的金钱和地位，在不触犯法律、不违背做人的道德底线的前提下，谁会放弃一个得到金钱和地位的机会呢?

第二天早晨，游世方和林定军分别开车到海边的几个村检查防台风工作。

海水养殖业是马堡镇的支柱产业之一。靠海边的几个村，世世代代靠海吃海，从海上讨生活。以前渔民们开大船出远洋拉网捕大鱼、划小舟去罗源湾捕小鱼，滩涂上种蛏子、种海蛎、种海带紫菜。海水退潮时，渔民们驾着泥橇，在滩涂上纵横驰骋。他们逮海蟹、抓章鱼、掘跳鱼等，把大的、好的拿到市场上卖掉，换取柴米茶油；小的成为家里盘中美味。

改革开放以来，海里的鱼类资源日渐枯竭，马堡镇的远洋捕捞已停止。罗源湾污染严重，滩涂上长满了大米草，野生的鱼虾蟹鲎几乎绝迹。渔民讨不到小海，一部分洗脚上岸，从事建筑业或其他行业；一部分改为海水养殖业，投入巨资造网箱、搭渔排，养殖经济价值比较高的对虾、鲍鱼、金鲷鱼、黄瓜鱼等。罗源湾海上那一片养殖鱼排，是马堡镇一道美丽的风景线。

渔民们在自己的养殖场里搭建小木屋，平常就住在小木屋里生产生活，风吹日晒，非常辛苦。年景好的时候，他们收入几万、几十万不成问题；年景不好时候，收入锐减甚至亏本。他们最怕台风，台风威力巨大，渔民搭建渔排进行养殖的方式比较简陋，遇上台风就是风中蜡烛；如果是强台风从这里登陆，那根本不堪一击，会全军覆没、血本无归。

渔民们从电视广播中知道超强台风“彩虹”登陆地点在广东汕头市至福建江海县之间，他们的损失很难避免，最好的办法就是能够在台风到来之前把比较大的鱼捞起来卖掉。但“彩虹”来得快，很多人还是来不及。为了抗击“彩虹”，渔民们用绳子加固渔排、网箱。这些渔排网箱凝聚着他们的全部心血、是他们的全部家当，所以渔排上还有不少渔民不肯上岸。

游世方和林定军等镇干部在村干部带领下坐着汽艇到鱼排，他们不断用广播呼喊，劝导渔民上岸。同时，他们分组进入每一个小木屋、逐个检查、坚决劝离，不留一个死角。渔民们也知道，这么大的超强台风，如果留在渔排上，那是十死九不活。现在台风即将在台湾登陆，海面上的风力越来越大，人站在渔排上开始站不稳了。他们纵有万般不舍，也不得不离开渔排上岸。财产有价，生命是无价的。

傍晚时分，台风“彩虹”在台湾的高雄地区登陆了，中心风力达到十四级，整个台湾岛笼罩在狂风骤雨中。电视新闻画面上，台湾山区山洪暴发，摧毁公路房屋；平原农作物被淹，电杆被吹到，树木连根拔起；城市广告牌漫天飞舞，地上一片狼藉。

江海县进入三百千米的风圈内。再过十个小时左右，超强台风就会在福建省沿海一带登陆。全省各级政府加大宣传动员力度，基层单位高度戒备、严阵以待，做好了抗灾抢险的一切准备。

白天，游世方检查容易受灾的重点部位；晚上，他坐镇镇政府值班室，密切关注台风走向；预防突发事件发生。整个晚上，狂风怒吼，电线和树枝呜呜大叫，瓢泼大雨从天而降，像是天河被撕开了一道口子，雨水一刻不停。游世方睡不着，他头脑里一遍遍过滤这两天检查过的地方，是否还有遗漏、还存在安全隐患？

一个晚上的特大暴雨，降雨量起码在一百五十毫米以上。游世方的心里有点发毛，他担心通镇公路工程出现问题。早上，他简单吃了早餐，交代林定军在办公室坐镇指挥，自己披着雨衣，同陈如发副镇长开车出去查看灾情。

一马平川的马堡平原，白茫茫一片。平原上的五座小山，真像水里的五只乌龟；一个个村庄，像一群群凄风苦雨中的企鹅聚在一起，彷徨无助；公路边漂亮的小洋楼，像美丽的孔雀被雨水浇透，萎靡不振。

降雨量太大了。通镇公路南北横亘，还在施工中，简易的施工道路造成排洪不畅，大批农田被淹，绿油油的庄稼地已成水乡泽国。这不行，一定要在乌山村的陈果山水渠处再挖开一道口子，加快排洪！游世方打电话给乌山村书记田均来，叫他赶快组织人马参加抢险。自己和陈如发急忙赶往陈果山。

车过北门村不远，前面的水太深了，游世方不敢再往前开。他把车靠边停下后，同陈如发一起踩着快要没膝的水艰难行进。前面不远有一个人，撑着黑雨伞在艰难跋涉，雨伞被大风吹得忽左忽右，人也跌跌撞撞的。台风马上登陆了，人们躲在家里还心惊肉跳，还有人胆子这么大跑到这里来，而且还撑着雨伞，这不是疯子就是笨蛋！

游世方和陈副镇长大声呼叫前面的人，无奈风雨交加，前面的人没有一点反应。他们想加快速度，赶上前面的人，但在没膝的深水区行走，每一次拔腿都要费很大劲。两位领导像进行比赛一样，都奋力往前冲，目标就是前面的黑雨伞。

到了陈果山边的水渠时，他们追上了黑雨伞。游世方大声喊叫："喂……喂，前面危险，等一下！"

黑雨伞转了过来，原来是一个十三四岁的男孩。他摸了一把脸上的雨水，疑惑地看着两个穿雨衣的陌生人。

一阵狂风吹来，男孩踉跄几步，连同黑雨伞跌进水渠，刹那间，被洪水冲出几米远。"救命、救命啊……"惊恐声夹着风声雨声，尤为凄厉。

游世方距离男孩只有三四米远，眼睁睁看着男孩跌进水渠。他大声呼叫："陈副……快，快叫人……"边跑边脱掉雨衣，扑进滔滔水渠。浑浊的洪水夹杂着草木树枝，向游世方劈头盖脸压过来。他呛了几口后，挣脱漂浮物的纠缠，奋力向前划动。游世方全心思都在前面的男孩身上，祈祷小孩千万别沉下去，希望自己快一点、再快一点，抓住男孩，救他上岸。

游世方在学校时练过游泳，蛙泳、踩水、泅水，样样都会。他从最初慌乱中镇定下来，随着激流，跃上波涛，全力击水，渐渐接近上下起伏的目标。

陈如发被眼前的一幕惊呆了。小孩跌进水渠，游世方不顾自己的安危，跳进激流救人，这是电影、电视上的画面，今天竟然真实地发生在自己面前，他惊慌失措，不知如何是好。他抑制不住心中的悲怆，眼泪直淌。他记得游世方叫他赶紧叫人，去哪里叫人呢？离这里最近是乌山村。他急忙掏出手机，颤抖着拨通了乌山村书记田均来的电话。

“均来，均来啊，游书记……还有小孩，被大水冲……冲走了……”陈如发大哭起来。

“陈副，你们……你们在哪里……在哪里？”田均来听见陈如发惨切的哭声，知道游世方出事了，焦急万分，大声喊叫。

“在……在陈果山、水渠……”陈如发的脸上，分不清雨水泪水，两眼模糊。他打通电话后，顺着水渠边的庄稼地，向下游跑去。庄稼地里的水深浅不一，他跌倒爬起来，跑几步又跌倒，再爬起来，再跑，嘴里喊着：“游书记……游书记……”声音从大到小，最后变成呢喃。

在一个水流相对弱的地方，游世方抓住了男孩的裤子，顺着流水飘往岸边斜角。到了岸边，男孩和游世方抓住的茅草，用尽吃奶力气爬到岸上。一上岸，两人都瘫倒了。

陈如发看见远处岸上两团蠕动的物体，知道两人得救了，脚一软，也瘫倒了。

第二十二章

这次超强台风，田均来不敢马虎，提前回到乌山村严阵以待。陈副镇长打电话时候，他正好同陈与正会长和村里的应急小组成员在村委会集合。在村书记田均来的带领下，七八个人穿着雨衣、扛着锄头，冒着狂风暴雨赶到水渠边。他们和陈如发副镇长围着惊魂未定、筋疲力尽的游世方和男孩，查看伤情、悉心安慰。

游世方的大腿被树枝划了两道口子，伤口很深，经过洪水浸泡，血水没有了，伤口四周的肌肉发白。游世方想站起来，但双腿发颤，伤口刺痛，站不起来。

男孩叫陈耕田，是个留守儿童。他从小上山摘果、下河戏水，是乌山村有名的顽皮小孩。他跌进水渠时，开始很恐惧，被洪水冲出几米后，反而镇定了。他从小就在水里玩，在水里，他感到亲切和刺激，前面他有雨伞护着，没有被杂物划伤，后面雨伞不见了，他索性随着洪水漂流，寻找有利地方，爬出水渠。当他知道后面有人救自己时，他积极配合，和游世方互相搀扶着爬上堤岸。

田均来要背着游世方去马堡医院，游世方不让。他要田均来留下来，指挥村民挖开简易道路，扩大泄洪口。游世方选了一个壮汉背自己去医院，要陈与正和陈如发扶着陈耕田走。

陈耕田没什么大碍，在最危险的激流中，他消耗体力不多。在上岸时，他爬上又陡又滑的堤坡，耗尽了力气，然后又连拉带拽拖着游世方上岸，他累得快要虚脱了。他毕竟是年轻人，体力恢复很快，过了一会儿，像没事似的拉着叔公陈与正的手，问这问那。

陈与正责骂陈耕田：“十几岁的男孩，旧社会家庭好的，都当爹了，你还这么顽皮！不听老师的话，差点掉了自己的狗命，害得游书记差点牺牲。如果游书记出问题，你要拉出去枪毙！明天你爹知道了，不把你吊着打才怪……”

陈耕田是陈与正侄儿的孩子，今年十四岁，是马堡中学初一学生。他父母都在外地打工，自己被家长寄在老师家，每个月给老师一千五百元，伙食费、住宿费、辅导费全在里面。这次超强台风，学校放假，同他一起寄在老师家里的同学都回家了。陈耕田担心家里的门窗是不是都关好了，水会不会淹到家里，没向老师请假，一早就回家了。他没想到会遇到这两个人，还是书记副镇长。被叔公这么一骂，他知道事情的严重性，不敢吭声了。他想不到这次会闯这么大的祸。

风开始小了，雨没有那么大了，一行人踩着积水来到北门村停车的地方。他们上了车，来到马堡镇卫生院。

医院的江院长看见游书记被人背进医院，吃了一惊。他赶紧组织医生护士进行检查，清创、包扎、输液，然后转到医院最好的病房。陈副镇长陪在游书记身边忙前忙后。陈与正掏钱叫陈耕田到街上买最好的水果，送给他的救命恩人。

游世方换了一身干净的病号服，躺在舒软的病床上，所有的紧张、疲惫、疼痛，全部消失了。他看着电视，超强台风“彩虹”已在福建诏安县登陆，马堡镇躲过了一劫，自己也躲过了一劫。

游世方被送到医院后，林定军镇长第一时间赶到医院，把游书记救学生负伤的情况，向县委于书记做了汇报。于书记听后很感动，危急关头，把人民群众的生命安全放在首位，舍生忘死，真正做到：大灾面前，责任如山；群众生命，放在首位的誓言。于书记打电话给游世方，询问伤情，慰问表扬一番。他喝了口茶，又拿起电话打给江海县宣传部部长，通报了游世方书记在滔滔洪水中勇救学生的感人之事，指示宣传部门要大力宣传游世方英雄事迹，树立一个“一心为民”的优秀基层干部典型。

林定军镇长第二个电话打给徐县长。徐县长得知游世方洪水中救出学生，英勇负伤的消息，马上给他挂电话，称他是：“生死关头，无私无畏；公仆情怀，英雄本色。”徐县长决定第二天到马堡卫生院看望游世方，再三叮嘱他好好养伤，尽快恢复身体。

游世方书记在台风中勇救学生光荣负伤的事迹在马堡镇迅速传开了，镇机关同事、其他单位、各个村的干部、部分群众纷纷到医院探望游书记。大家称赞他是全心全意为人民服务的好干部、好领导，是罗盛教式的英雄。

下午叶红和镇里的同事来卫生院看望游书记。病房里很多人，叶红不敢多停留，礼节性安慰几句就退出了病房。整个下午，她心神不宁，想去卫生院好好侍候游世方，不枉相好一场。到了晚上十一点，叶红提着一罐鸡汤来到游世方的病房。

第二天，徐县长带着江海电视台记者、市日报社的记者来到马堡卫生院，采访游世方书记。第三天，江海电视台以“生死关头，无私无畏；公仆情怀，英雄本色”为专题新闻，报道了马堡镇游世方书记抗击超级台风“彩虹”，滔滔洪水中勇救学生的事迹。市日报社以“危难时刻见精神，洪水激流显英雄”为标题，在头版报道了江海县马堡镇书记游世方不顾自身安危，在激流中救出学生的英雄壮举，并配以大幅彩色照片。第四天，市电视台、省日报社先到江海县医院采访游书记，然后到马堡镇采访见证人、被救学生等等。一时间，游世方成为闻名全市的新闻人物，抗洪英雄。

当天下午，马堡中学校长胡文章听说一个学生掉进洪水差点淹死，幸好被游书记发现，救了出来。他买了一堆好水果，来到医院看望老同学游世方。到了医院大门口，胡文章听人们在议论，被救这个学生是马堡中学的学生。他心里暗叫“不好”！县教育局放假通知中，特别强调：超强台风，一定要注意安全问题，确保每一个学生不出安全事故。如果被救的学生真是马堡中学的学生，说明我们工作不细致、宣传不到位。虽然是在放假时间，并且不在校内，但上级领导追查下来，学校相关人员吃不了也要兜着走。胡文章不敢进去见游世方，赶紧返回学校，召集在校的校领导到办公室碰头，商量应对之策。

胡文章派学校办公室主任到医院摸底。办公室主任证实，被救的学生确实是马堡中学学生，是初一（三）班，名叫陈耕田。该生父母常年在外打工，寄宿在学校老师家里。胡文章马上打电话给初一（三）班班主任林钦平老师。林老师正在家里批改作业，接到胡校长电话赶紧来到学校办公室。

被救学生陈耕田是初一（三）班学生，寄宿在班主任林钦平家里。昨天学校通知放假一天，林钦平把寄宿自己家里的学生放回家。陈耕田是他表哥的小孩，父母都在外地打工，他没回家，留在林老师租在学校外面的民房里。林老师租在校外的房子住着八个学生，请了一个妇人负责煮饭、打扫卫生。晚上他辅导学生做作业，收取每个学生每月一千五百元。台风天气，难得放假一天，昨晚他喝了一斤青红酒，美美地睡了一觉，直到今天中午才起床。午饭后休息一会儿，他刚坐下来开始批改作业，校长的电话就来了。

林钦平老师一进办公室，看见校主要领导都在，一个个神情严肃，不知发生什么事情，心里有点发慌。当胡校长问起陈耕田是不是初一（三）班学生，是不是寄宿在你家里时，林钦平真正慌了。他知道陈耕田一定出事了，一定出大事了！他转身往办公室门外跑，想去出租屋找陈耕田。

“站住！”胡校长大喝一声，“你跑，跑哪里去？过来，听我们讲。”胡校长叫办公室主任给林钦平讲事情发生的大致经过。

林钦平听着听着，头上沁出冷汗、腿一阵阵发软，当听到游书记和陈耕田都爬上了岸，他“哇”了一声哭出声来，一屁股坐到地上。林钦平老师担心教育局追查责任人，处理他，恳求胡校长一定要帮帮他，大事化小、小事化了。

林钦平老师是一个对工作兢兢业业的年轻老师。三年前，他从其他中学调到马堡中学任教。林老师很敬业，讲课有特色，对学生和蔼可亲，很受学生欢迎，是马堡中学一名优秀教师。如果他因为这件事受到处理，对学校和林老师的声誉都是很大损失。胡校长看见林老师那哀求的目光，答应全力斡旋。

马堡是建筑之乡，很多家长都外出务工。一部分家长无法照顾读书的孩子，只好花钱把小孩寄宿在亲朋好友家里，如果能寄宿到学校老师家里，老师既能管理孩子、又能辅导孩子学习，那是最佳选择。哪怕多花一些钱，家长们也心甘情愿。老师们工资低，能收几个寄宿生，赚一些钱补贴家用，虽然辛苦但也实惠。

前几年，一部分老师看中这个市场，收了很多寄宿学生。传说个别老师将自己总结的教学心得体会课堂上不讲，晚上辅导寄宿学生才讲，弄得学校乌烟瘴气，老师与老师之间、老师与学生之间矛盾重重，社会影响很坏。后来教育主管部门下达文件，不许老师收寄宿学生进行有偿辅导，一经发现严肃处理，这种现象才得到一定遏制。

上有政策，下有对策。上级的政策无法解决家长们的实际困难，老师的工资又没有实质性提高，于是一部分家长和老师就把学生转移到校外民房，继续做这种互惠互利的生意。学校领导知道老师工资少、社会地位低、怨气大，如果不网开一面，就拢不住他们的心，学校工作没办法正常进行。所以校领导睁一只眼闭一只眼，随它去吧，有的也参与其中，利益共享。上级主管部门也知道这个情况，一堵就死，一开就乱，就抱着民不告、官不究态度，让这政策尴尬地待在文件箱的角落里。

林老师出生于农家，从小聪慧，学习成绩一直名列前茅。他的父母是老实巴交的农民，省吃俭用培养这个孩子，希望他跳出农门，出人头地。林老师也很争气，考上了师大大专班，脱了草鞋穿上了皮鞋。毕业后，他被分配到中学任教。一年又一年，出去务工做生意的人，一个个建起了新房。林老师的父母年纪大了，没办法出去打工，自己当老师工资低，只够糊口，一家人还住在祖辈留下来的老屋里。林老师二十八岁了，到了谈婚论嫁的年龄，也有人帮他介绍女朋友，可女方看见他一家人还住在破旧的老屋里，吓得马上拜拜。林老师的父母愁得常常哀叹："当初不给他读书就好了！"

穷则思变。林钦平学其他老师收寄宿学生，养了八九只"猪仔"（招学生住在自己家，收取一定费用），一年收入比工资高出几倍。林老师在马堡镇收寄宿生养"猪仔"出了名，赚了一笔，正想去县城订一套房子。不想出了这么大一件事，他不知如何是好。

第二十三章

第二天，胡文章提着水果，带着林钦平老师到马堡卫生院探望游世方，到医院一问，游书记已转院去县医院了。胡文章来晚了一步，懊悔不已。他想尽快见到游书记，好好同他赔礼道歉，求他千万不要在领导、新闻媒体面前暴露被救学生寄宿在老师家里，否则对学校、对校长、对林老师都是大祸一场。胡文章打电话叫来一辆的士，同林钦平一起赶到县医院。

游世方的老婆孙雅是县医院的护士长，看见丈夫被人从车上背下来，放进担架床，眼泪忍不住流了下来。当医生护士的，伤病惨状、生离死别见多了，他们很少流泪。孙雅长得漂亮，今天突然在众人面前梨花带雨，煞是楚楚可怜。护送游世方来的徐县长不停地安慰她，大家簇拥着游世方来到病房。

游世方住的是新建干部病房，带会客室。下午，县委于书记来到病房看望游世方。接着，县委常委的组织部陈部长、宣传部部长蔡部长、纪委邱书记陆续来看望游世方。领导们的赞扬和安慰，游世方心里甜滋滋的，他预感，这次干部调整进副处是煮熟的鸭子，飞不掉了。

胡文章在新建的住院部楼下不停地徘徊。整个下午，来看望游世方的县领导一波又一波，络绎不绝。胡文章不敢上去，一定要等客人都走了，自己才能同游世方慢慢攀讲，请他高抬贵手。胡文章看着呆立一旁的林钦平，既生气又可怜。生气他赚了钱又不好好管住学生，出了这么大事情，害自己跟着倒霉。可怜他忠厚老实，职称没评上、女朋友找不着，靠养猪仔赚一些钱，又发生了这件事，真是可怜！

想到教师职称评定，胡文章气得要骂娘。职称应该是为了激励教师的创造性和积极性，是一种荣誉，而不是衡量一个教师水平和价值的唯一标准。一起毕业的老师，干一样的事，只因职称不同，工资就拉开了，人为地制造了教师之间的不平等，造成老师与老师之间、老师与领导之间矛盾重重。更可气的是评职称要划指标，每年就一两个，僧多粥少。名额有了，大家你争我抢，考核条件苛刻又不严格，比如说必须当几年班主任才有资格，可你是否当过班主任、当了几年？上级考核部门却不去学校实地考察。名额不能浪费吧，学校一边把基本符合条件的老师报上去了，一边要在学校公布上报老师的情况，以示公平公正公开。到上一级还有淘汰率，如果被淘汰了，难免会猜疑本校哪位老师暗中使坏，加深了同事之间的矛盾。会争会抢的能评上，老实善良的靠边站。工资有分多与少，办事没分多与少，造成人心涣散、怨声载道。

这次职称评定只有三个名额，条件差不多的有十几位老师，评上了没有聘的还有七八个，大家都想上，弄得胡文章焦头烂额。林钦平自然又没有评上，但他不怨天尤人，依然勤勤恳恳工作着。这样的好老师，你做校长的不帮他，老师们岂不寒心！将来谁会信赖你，你还叫得动谁？

直到晚上七点多，胡文章才来到游世方的病房。病房的会客室里，鲜花、水果摆得到处都是。胡文章才想起忘了买一束鲜花，两个人就提一些水果，显得有点寒酸。他朝游世方尴尬地笑了笑：“游书记，对不起！”

晚饭后，游世方正靠着病床吃水果，看见胡文章走进来，很高兴。这是自己高中时最要好的同学，他招呼着叫胡文章和林钦平就座，叫孙雅削苹果。孙雅正在拖地板，看见胡文章他们进来，不情愿地放下手中的活，去洗水果。

“胡校长，你来看我，我很高兴！我应该感谢你才对，你怎么说对不起呢？”游世方有点不理解。

“你救起来的小孩是我们学校的学生。我代表马堡中学全体老师、我本人还有班主任钦平老师对你表示万分感谢！”胡文章态度诚恳。

“谢谢游书记。我代表学生家长感谢游书记！”林钦平站起来，向游世方鞠了一躬。

“哦、哦，谢谢……谢谢……”游世方听着，知道他们俩的来意，但有一事不理解，“台风那么大，这学生那么早回家，他住在哪里？我正想问你们。”

“听、听说……住在亲戚、亲戚家。”胡文章听见游世方这么一问，说明游世方还不清楚陈耕田是留守少年，寄宿在老师那里。他不清楚被救学生的情况，就肯定没有向领导和新闻媒体讲被救者的具体情况。胡文章紧张的心像快要爆炸的气球突然被扎了个洞，一下子松弛下来。胡文章随口编了这个谎言，其实也不算谎言，林钦平是陈耕田的表叔，陈耕田住在林钦平家里，就是住在亲戚家里，只是没有讲他们是师生关系，陈耕田是林钦平养的“猪仔”而已。

“这小孩听说是乌山村的，他父母是做什么的？”陈嘉军问。

“是泥水工，年年都在外面做工。”胡文章回答。

“自己去外地做工，小孩寄在这种没一点责任心的亲戚家，多危险！”游世方注视着胡文章，“学校开会，你要同老师讲；开家长会，你要同学生家长讲。这次是个教训！”

“对、对……是、是。”胡文章唯唯诺诺，一副恭顺样子。

林钦平的脸火辣辣的，像一阵火从脸上燎过。他低下头，既羞耻又惭愧。

“小孩现在没事吧？他很机灵，我受伤了，上岸时他还帮了我。”游世方赞扬陈耕田。

“游书记您救他，自己受伤了；您不怪他，还称赞他，您做人真好！”林钦平献媚道。

孙雅走了进来，把削好的苹果搁在胡文章和林钦平面前，脸上没有一丝待客的笑容。胡文章见过孙雅，今天看见她的脸冷若冰霜，知道她怪罪马堡中学、怪罪自己这个马堡中学校长了。他赔着笑脸：“对不起！怪我这个校长工作没做好，害游书记受伤，真对不起！”

“害他受伤，害他差点连命都没了！”孙雅声音很大，她是个强势的女人，整个下午的委屈和不满找到了突破口，她要发泄出去。

昨天下午，孙雅接到游世方的电话，说是抢险抗灾时脚被划了一下，一点都没事。今天看见游世方被人背下车，要用担架床送到医院，知道受伤很严重，不是被轻轻划一下而已。后来县委于书记来了、县委常委来了一个又一个，孙雅知道了事情的真相：游世方扑进洪水救起一个落水的学生，这个学生是马堡中学的。她越听越怕，自己差一点家破人亡都不知道，还被别人蒙在鼓里。她恨这些人怎么都不通知她，都瞒着她！孙雅怪罪丈夫单位里的同事，也怪丈夫心里没有这个家、没有妻子、没有女儿，如果他真的被水冲走了，那可怎么办？孙雅不敢想象。

整个下午，县领导来了一拨又一拨，孙雅不得不赔着笑脸迎来送往，又累又恼火，正无处撒气。马堡中学校长胡文章进来了，游世方还要她削苹果，她越削越生气，忍不住爆发了。

胡文章和林钦平很尴尬，不知说什么好。

游世方也觉得很尴尬。老婆当面指责自己的老同学，一点面子都不给，这传出去，将来在同学面前怎么能抬起头？他想骂几句孙雅，又怕火上浇油变得更难堪。游世方只好讨好孙雅，哄着她：

“我不是好好的吗？是我要立功，自己去救小孩，又不是他们逼着我去救人。他们好心来看我，你怎么怪他们呢？不讲道理！你要怪就怪我吧，是我不好，没有及时向你汇报。我错了，向你承认错误，可以了吗？回家拿一些好茶叶来，客人来都没茶喝，这就是你女主人的不是了。”

游世方的话，孙雅觉得也有一定道理，火发过了，心里轻松一些了，她回家去拿茶叶。

游世方把苹果送到胡文章和林钦平手里。两人推让一番，最后接了过来。胡文章最后恳求游书记不要追究学校和老师的责任，他这个校长胆子小，请他一定高抬贵手。游世方笑着答应了。胡文章和林钦平担心孙雅来了之后再给脸色看，赶紧辞别了游书记出了医院。

夜深了，经过一天的折腾，游世方夫妻俩都累了，想休息。游世方两天没洗澡了，他感觉身上黏糊糊的难受，要孙雅帮他擦洗身子。孙雅头脑乱哄哄的，也没有睡意，就帮他擦洗身子。

孙雅一边擦洗游世方的身子、一边数落他：“怎么胆子这么大，敢跳进洪水救小孩？如果你真的被大水冲走了，我们母女怎么办？你真傻，以前我怎么没发现你这么傻？你是天底下最傻的人……”

游世方闭着眼睛，一边享受着妻子的擦洗，一边聆听着妻子的娇嗔，全身每一个毛孔都张开了，无比惬意。他好像回到两人谈恋爱时的美好时光。当孙雅擦洗到他的下身时，他的宝贝疙瘩昂首挺立起来。游世方抓住孙雅柔若无骨的手按在自己的宝贝上。孙雅轻轻揉了起来，笑着问："又想喝水了？"

"好久没喝水了，今晚想喝一壶！"游世方睁开眼睛，期待着孙雅同意。

"你腿伤了，还动得了吗？"孙雅又问。

"我不动，你上来！"游世方建议。

孙雅擦干游世方的身子，小心翼翼地爬到丈夫身上。

游世方是通过亲戚介绍认识孙雅的。孙雅长得漂亮，五官清秀、皮肤白嫩，是县医院里的一朵花。认识孙雅后，游世方经常往医院跑，送这送那，变着法子讨取她的欢心。一天晚上，孙雅值夜班，游世方假装口渴得厉害要喝水，喝了一杯又一杯，赖着不走。到了下半夜，孙雅在游世方连哄带骗下，衣服被一件件剥光，生米成了熟饭。后来"喝水"成了他们俩过性生活的暗号。

陈耕田的父母听说儿子在这次台风中差点被淹死，幸好被镇里的游书记救了，急忙赶回家。他们想带着儿子去县城向游书记表示感谢，陈耕田就是不去，反而愤愤不平地说："我走得好好的，他不叫我，我怎么会掉进水渠？他救我？我还救他呢……"

陈耕田的父母怎么相信这野孩子的话，但儿子不去也没办法，最后同村书记田均来一起去游书记那里千恩万谢。

一个月后，游世方的任命下来，他如愿以偿上调到县里任江海县副县长。林定军镇长接替他，任马堡镇党委书记，陈如发任马堡镇镇长。

第二十四章

超强台风“彩虹”给江海县造成了很大损失，特别是农田作物、海水养殖、电力设备损失尤为厉害，林定军书记、陈如发镇长全力投到灾后生产恢复中。

为防止再次出现洪涝灾害，林定军书记有意在乌山村原有的排洪渠上再拓宽了二十米，做到能防御五十年一遇的大洪水。排洪渠在陈果山一带。陈果山以前属于马堡镇农场，后来镇农场倒闭，土地被疏港公路征用，最后这片土地成了荒地，只有陈嘉树家的一些荔枝树还枝繁叶茂。如果拓宽排洪渠，山上的一部分荔枝树要移走，林定军打电话给陈嘉树说明情况，请他支持。陈嘉树声明拥护民生建设，支持林书记工作，另外他一直有个心愿，把陈果山改造成公园，如果镇政府准备拓宽排洪渠，征用陈果山，是否可以将建设公园的事一并考虑，一同设计？建设公园由他个人出资。

捐资建公园，让乡亲们多一个休闲锻炼的好去处，这是利国利民的大好事，林定军当然热烈欢迎。由于陈嘉树工作忙，委托叔叔陈春旺同林定军书记进一步沟通。

在党委书记办公室里，林定军热情接待了陈春旺，把自己以前从台湾带回来的冻顶乌龙茶泡上。陈春旺代表陈嘉树同林定军书记进行了有效沟通和深入探讨。林定军问陈春旺，为什么陈果山会有陈嘉树家的荔枝树？目的是从侧面了解陈嘉树出资建设公园的初衷。陈春旺知道林定军的意思，同他讲起陈嘉树父子两代人对陈果山的情结。

历史上，陈果山是属于乌山村陈家的。那年马堡游击队撤离马堡地区，黄贵成强行占有了陈果山，在山上修小石屋，雇人看护，监视乌山村。新中国成立后土改运动，陈果山被县政府划拨给了区农场。

粮食困难时期，陈嘉树的父亲、任县武装部副部长的陈春种戴红花回乌山村任支部书记，后来调任马堡镇农场场长。改革开放以前，陈果山还种植桃树、李树，一到春天，桃花、李花盛开，满山是一片缤纷灿烂的世界，空气里弥漫着桃花李花的芳香和蜜蜂忙碌的嗡嗡声。改革开放后，国民经济大发展，工业与农业的剪刀差扩大了。家乡大批青年不甘心于父辈们日出而作、日落而息田园牧歌式的生活模式，勇敢跨出家门，到大城市甚至国外去闯荡拼搏。农产品不值钱了，田地也荒芜了。作为以农业为主，农作物、农产品为企业支柱的马海农场也支撑不下去了，工人的工资发不出来，职工们最后一哄而散，各奔前程。农场实际上处于倒闭状态。

桃树和李树的生长是有周期性的。陈春种退休五年后，陈果山上的桃树和李树慢慢枯死了，一道亮丽的风景渐渐消失了。看着昔日桃红李白、硕果累累的陈果山变成了杂草丛生、满目疮痍的荒草地，陈春种痛心不已。他同老伴郑秋菊不顾年岁已高，自己动手披荆斩棘、掘土挖穴种植长寿的荔枝树。人们笑称他为当代愚公。经过几年的辛勤劳动，一座生机盎然的陈果山又回到人们的面前。

后来陈春种病倒了，战争年代被炮弹震坏的心脏开始衰弱。他知道这次躲不过了，很坦然地面对死神的到来，一再交代嘉树兄弟俩好好孝顺母亲，不管走多远、家迁到哪里，都不忘故土、不忘根在乌山村。不能让陈果山再荒芜，要像他一样好好管理荔枝园，想他了，就回家拾掇拾掇荔枝园。每年荔枝成熟了，一定要摘一盘鲜红的荔枝供在他坟前。

十几年前，福州到浙江温州的福温高速铁路完工。铁路建成后，沿线两边大型工厂企业、港口的铁路支线、公路建设，也像春天瓜藤蔓一样开杈延伸。修建一〇六国道通往海门口港口的疏港公路，沸沸扬扬传了两年多，测量、勘探人马来了一批又一批，公路设计方案才正式确定下来。

大型项目的征地拆迁补偿，历来是各级政府和业主最为头痛的问题。在农村，土地和房屋是农民赖以生存的最根本基础。他们祖祖辈辈生于斯、长于斯，对自己耕耘过的土地自然有着深厚感情，谁愿意被征用？几百、几十年的土地房屋历史变迁，斗转星移、沧海桑田，关系错综复杂，归属问题有几个人能弄清楚？现在征地拆迁补偿，牵涉到方方面面的利益，什么历史归属、陈年老账都被搬出来清算，各种矛盾纷纷浮出水面。

为解决这些矛盾，必须依靠农村基层组织。县里就把这些任务下达给乡镇，乡镇下达给各村居。村两委领导其实也是农民，他们祖祖辈辈同村民们住在一起，有着千丝万缕的关系。他们熟悉情况，解决问题的手段五花八门，游刃有余，实际效果显著。面对征地补偿费这一巨大蛋糕，个别乡镇、村居领导也想浑水摸鱼，切一块蛋糕，这样矛盾就更激烈了。

当年陈嘉树的母亲秋菊同镇企业办副主任郑镇武的矛盾就是这样发生的。

那天秋菊到镇上购物，从镇政府边的北门海鲜楼经过。郑镇武刚好从酒店出来，剔着牙，满脸通红，他看见郑秋菊，叫道："依母，我今天正式通知你，疏港公路经过陈果山，政府要征用。

陈果山是镇企业办的，山上你种的果树，赶紧想办法移栽。”

“荔枝树那么多，树那么大，怎么移？移哪里去？农场不是倒了吗？怎么又活了？”秋菊看见镇武摆出的姿态、说话口气，心里一阵厌恶。

“农场倒了，可它的主管单位还在。农场还有四十号人，还有茶场、果园、田产，镇政府不管行吗？”镇武打着官腔，盛气凌人。

“这么说农场倒了，还有上级企业办撑着？那以前我家老陈向镇企业办要工资，你说农场倒了，没有工资。既然还有这么多家产，那为什么不发工资？”秋菊不甘示弱。

“农场倒了是事实。没发工资这很正常，国家也有困难的时候，还饿死过那么多人呢。再说，全场职工都一样，大家也没发工资嘛。”镇武指手画脚，显得理直气壮。

“你把农场周边的地都卖了，其他职工都分了一些钱，为什么我家老陈没份？”秋菊看见镇武的无赖相，大声责问。

“谁叫你占了陈果山？你占了山，农场收益你自然没份。你现在把陈果山还给农场，我保证也按其他职工一样，多少钱，一五一六全部算给你。”镇武抓住对方弱点，占了上风，满意地打着酒嗝。

“那是荒山，老陈没工资了，我老两口开荒种地，糊口保命还不行？”秋菊指着镇武，气得手指在发抖。

“不行，山地荒了是农场、我们企业办的事！反正没有我的同意，集体财产谁都不能占有，谁侵占了，后果自负！”镇武说完，一转身，得意地向镇政府走去。

“好吧，我等着！我不相信，共产党的天下没有说理的地方！”秋菊憋了一肚子气，决心为捍卫自己的利益，一定要同镇武抗争到底。

郑镇武过去同郑秋菊一家关系很好，他的父亲郑满同秋菊的丈夫陈春种是老战友。陈春种以前一直培养这个老战友儿子，推荐他参军，介绍他工作。郑镇武过去也很尊重陈春种夫妇，一口春种伯、秋菊母尊敬有加。当郑镇武当了镇企业办副主任后，这种友好的关系开始变化了。

当时全国范围内的经济改革开始了，政府提倡国营、集体企业抓大放小，把经济效益差、没有发展前途、经营管理不善的企业改革掉。马堡镇农场也属于经济效益差、没有发展前途的企业。企业效益每况愈下，人心涣散。郑镇武是分管农场的领导，他同农场领导把农场能卖的设备、田地，如茉莉花茶厂、果园、杉木林、交通地段好能盖房子的田地都卖了。后来有人出价十万元要买陈果山，郑镇武三番五次到陈春种家商量。这时候，陈春种在山上种的荔枝已有三年了，他坚决不同意卖掉。镇武许诺，卖了陈果山，补偿春种家五万元。春种忍无可忍，当众臭骂镇武一通，话骂得很难听："你这个败家子，农场的家产快被你卖光了，你还想卖掉陈果山？我瞎了眼……"

从此，双方的关系开始疏远了。陈春种早退休了，农场职工也各奔前程，财务也没人监督，改革也进行不下去了，农场名存实亡。只有哪位职工办喜丧事，大家才可能聚在一起，叙说当年的岁月。

郑秋菊一家同郑镇武的矛盾，随着陈嘉树和郑芬关系不正常的传说，进一步加深了。

郑芬担任福隆建设集团办公室主任是陈嘉树推荐的，那时陈嘉树还是福隆建设集团属下的房地产公司总经理。由于工作关系两人经常出差宴请，孤男寡女，你情我意，在一次酒后上了床。

虽然他们俩在公司、在别人面前刻意保持着正常的同事关系，但个别眼尖的同事、朋友还是从他们的言谈举止、行踪上捕捉到不正常。因为公司老板杨秀夫是家乡人，老乡较多，这事终于传到了秋菊和郑镇武的耳里。他们俩起初有点不相信，但别人讲得有鼻子有眼的，相信应该是真的。两家掀起轩然大波。

郑镇武骂陈嘉树是黄鼠狼给鸡拜年，没安好心。陈嘉树假装好心帮郑芬找工作，实际骗取涉世未深的郑芬当情妇。自己是有妇之夫，骗取未婚姑娘的感情，是不道德、没良心的行为。郑镇武恨不得诛之而后快。

郑秋菊骂郑芬是狐狸精。嘉树好心帮助她，介绍她到公司工作，而她却引诱嘉树上床。嘉树可是有家有妻女的男人，她这是破坏嘉树的家庭，不道德、没良心。如果嘉树家庭有什么变故，郑芬就是罪魁祸首，自己决不放过她。

嘉树在外面有女人，这如果被儿媳肖慧知道还了得！郑秋菊曾试探过肖慧，她说："这世界上，没有人能给婚姻上保险，如果嘉树真的出轨了，我不会拿他的过错来惩罚自己和女儿，不会寻死觅活。一切随缘，一生随缘。"想不到肖慧活得比自己还通透。秋菊放心了。

郑镇武是镇企业办分管农场的领导。十几年来，农场名存实亡，农场里的职工绝大部分都步入了老年，时间长了，大家对农场的印象淡薄了，对自己的身份也模糊了。很少有人去关心农场的事，好像关心农场事情就是盯着农场那些破家产，显得自己子孙无能，无法养活老人，只有个别家庭困难的老人才想到单位，争些财产安度晚年。

农场的事大家都羞于出口，漠然视之，只有郑镇武一个人在忙乎。谁找农场什么事，大家就找郑镇武办理，慢慢地，郑镇武就场长、会计、出纳一肩挑了。镇里的历任领导谁也不想去捅农场这马蜂窝，因为企业的倒闭，职工安置历来是领导非常头疼的事情，所以大家都安于现状，谁都不想沾农场这块烂泥巴。

农场这种局面，是郑镇武梦寐以求的，他心里乐开了花。农场的家底他最清楚，那简直是无尽的宝藏。这几年，闽东地区大搞基础建设，福温铁路、疏港公路、高速公路、港口码头、火电厂等大项目纷纷上马，这不可避免地大批征用土地。前几年的福温铁路建设，农场被征用十几亩地，赔偿费就拿到四十几万元。农场的田园林地共有三千多亩，那值多少钱？农场里的职工，六十岁以上占了百分之八十多，只要守住农场，自己以后就是富豪了。

为了守住这农场，不让别人染指，郑镇武认为花什么代价都值得。在马堡镇，表面看郑镇武天天泡在酒楼里，实际是眼观六路耳听八方。逢年过节时，郑镇武也常常到农场老职工家里走走，送上几百元的慰问金，讲几句健康长寿家庭幸福的祝福话，所以人人都夸郑镇武做人好、念旧情，是一个好干部、好后生。

镇干部中，郑镇武最怕的是游世方。镇里的钟书记调走了，游世方现在是镇党委书记，最高长官，手握全镇干部的生杀予夺大权，是土皇帝，所以郑镇武最巴结他。他想，搞定了游世方，自己就高枕无忧了。当游世方刚来马堡镇工作时，郑镇武很注意观察他，了解他的性格、爱好。郑镇武相信，世界上没有完美的人，人都有缺点，关键是你怎么发现他的缺点并抓住他的缺点，驾驭他，使他为自己服务。

郑镇武策划搞定游世方的“捕狼行动”。当时，福温铁路设计方案已通过，农场土地被征用较多，面对这一笔巨额的征地补偿费，郑镇武担心镇政府或农场里有人争夺，急忙启动了行动方案。他以自己的小姨子叶枫找工作的事多次宴请游世方，叶枫陪酒陪到了书记床上，郑镇武的“捕狼行动”成功了。

这段时间，游世方绷紧神经，全力以赴协调处理这类征地补偿纠纷。土地是农民的命根子，是农民生活的最基本保障。当土地面临被征用时，农民势必会尽一切办法使自己获得最高补偿。与被征地农民就补偿问题进行协调就成为征地工作的难点。

公路施工队伍进驻了，大型设备也进了施工现场。混凝土搅拌站的水泥罐高高耸立了起来，远远望去，像导弹发射架上的巨型导弹。公路建设正紧锣密鼓地进行着，大家都紧张了起来。

郑秋菊天天打电话催嘉树回家解决征地补偿的事。但嘉树太忙了，实在抽不出时间，一次次保证过几天回家，一次次失约。秋菊没办法，请教与正叔。与正叔告诉她：“赔偿事情没解决，不能让施工队进果园施工。他们要强行施工，你就坐在铲车面前，他们就不敢动了。政府有政策，征地补偿费没给，农民有权拒绝交地。”

施工队到陈果山施工，郑秋菊就用与正叔教她的办法对付他们，施工队果然停了下来。施工队第三次到陈果山，郑秋菊还是不让动工。镇干部推搡她，把她推倒在地，导致后来郑秋菊心脏病发作，紧急送医院抢救。

郑秋菊出事，着实吓了游世方一跳。

县委县政府安排今天举行开工典礼，会后省市分管领导、公路局领导、设计单位领导、施工单位领导沿线视察工程施工进展情况。沿线各乡镇、各单位高度重视。为营造轰轰烈烈的施工场面，昨晚马堡镇党委、政府专门开会强调今天领导视察的重要性，并做了精心部署，分片负责。游世方自己坐镇指挥。

九点过后，状况出现了。副镇长陈如发报告陈果山施工受阻情况，游世方特别重视，安排四个女干部去做沟通劝解工作。当乌山村村民拦住施工车辆不让通行时，游世方通知镇派出所所长亲自带队前去疏导。本想女干部同嘉树母亲都是女性，好沟通，想不到她们工作简单粗暴，叶枫竟然还将嘉树母亲推倒在地。真是成事不足、败事有余，游世方是恨铁不成钢。

幸好今天领导视察没到马堡镇，还有派出所周所长经验丰富，发现嘉树母亲情况不对，马上送医院救治。否则，面对那么多群情激昂的村民，稍有不慎，非常容易引发群众性突发事件。游世方听后直冒冷汗。

这几天，征地补偿费的纠纷，公路沿线的几个乡镇大量出现，县委县政府高度重视，专门召集有关单位、乡镇一把手参加。徐县长在会上做了“加强征地补偿管理、切实保护被征地农民合法权益”的报告，重点是防止征地补偿不公平、不合理现象发生，杜绝征地补偿安置工作中的各类违法行为，防止被征地农民蒙受损失，保证征地补偿安置工作顺利进行，按时完成。

中午，游世方接到陈嘉树的电话。陈嘉树怒不可遏，大声斥责：“镇政府没有执法权！你记住！第一，赶紧去医院组织救治，出了大问题，镇政府负完全责任；第二，找出行凶者，叫他马上去投案自首；第三，依法妥善处理好征地补偿事情。否则，别怪我不客气！”

陈嘉树马上回来了，他母亲现在躺在医院里。下面事态会怎样演变，游世方心中没底，必须马上进行危机处理。

游世方赶紧去找胡文章。他很清楚，在马堡镇，陈嘉树同胡文章感情最深，关系最好，胡文章出面，陈嘉树不会不买账的。但胡文章这个人很清高，一般人请不动他，如果自己不亲自去学校诚恳面请，胡文章是不会出面帮忙的。

中午，游世方简单扒了几口饭，打破多年养成的午睡习惯，冒着烈日急匆匆赶到了马堡中学。

游世方这个时候突然来访，胡文章有点意外。当他听完游世方的介绍，知道嘉树一家同企业办郑镇武之间关于征地补偿的纠纷，也感到问题的严重性。出于老同学的交情，胡文章答应试试看。其实他清楚，当局者迷，旁观者清，如果事情闹大了，郑镇武、游世方、陈嘉树可谓三败俱伤。一旦盖子全部揭开，逾越道德、法律底线的人，会受到人们的谴责、甚至党纪国法的制裁。这关系到他们三个前途命运的问题，胡文章也急了，打电话要陈嘉树一路不停留，直接回马堡镇。

游世方打电话告诉派出所周所长，如果陈嘉树家里人要报案，一定要耐心说服，想方设法让其放弃。公安机关要防止事态扩大，保持社会稳定，为重点工程建设保驾护航。

郑镇武和叶枫，游世方都打了电话，狠狠斥责一顿，明确告诉他们：做好卷铺盖走人的准备。郑镇武一句都没吭声。叶枫哭哭啼啼，可怜兮兮。

叶枫一哭，游世方的心就乱了，又赶紧安慰她。游世方同叶枫上床也有几十回了，没有感情那是不可能的。如果真的处理叶枫，那无异用刀割他身上的肉。要是真的把郑镇武、叶枫逼到悬崖边，他们破釜沉舟，把自己同叶枫的风流韵事公之于众，那卷铺盖的不仅是他们，自己也得卷铺盖走人，丢掉大好前途。游世方不寒而栗。

游世方的心像十五只吊桶，七上八下的。他从政以来没有这么忧心过。他知道这事情的严重性，单靠胡文章一条线不够，要双保险。游世方同徐县长关系铁，清楚徐县长同陈嘉树的老板杨秀夫私交很好，于是打电话向徐县长汇报了事情的经过。徐县长同杨秀夫关系确实好，他打电话给杨秀夫，说他明天亲自到马堡医院看望嘉树母亲，解决征地赔偿问题。

陈嘉树见过徐县长。以前徐县长还是县委副书记时，率领江海县委、县政府组织的恳亲慰问团到访湖南长沙，陈嘉树参加接待，同徐副书记有过亲切交谈。徐副书记详细询问过湖南房地产业、建筑业状况，鼓励陈嘉树努力学习专业知识、提高管理水平、积极开拓市场，争取开创一番大事业。他热情邀请陈嘉树回家乡时到他办公室坐坐，有空打打电话。他拉着陈嘉树的手说：“能造就千万财富的老板，一定有他独特的本领，有值得我们学习的优点。虽然他们文化水平比我们低，但他们社会磨炼多、胆子大、个个是人精，一定不要小看他们。”徐副书记推心置腹的话刻在了陈嘉树的心里。

十点整，徐县长来到马海医院。他一跨进房门，看见陈嘉树，轻轻点了下头，一脸的凝重、歉意。然后大步走到郑秋菊床前，伸手握住她瘦骨嶙峋的手：“依母，你受苦了！你的事情我都知道了，我们来向您赔礼道歉！”徐县长态度诚恳，语意关切。

徐县长身后鱼贯似的跟着五个人，有游世方、徐县长秘书、副镇长陈如发、医院江院长等。游世方和徐县长秘书手上各提一个水果花篮。游世方把水果篮放在床头柜上，轻声说：“依母，对不住，我们工作没做好，徐县长批评了我们……”

江院长向徐县长详细汇报了郑秋菊的病情和治疗方案后，等待徐县长指示。

徐县长问：“今天好些了吗？要不要转到县医院？”

“好一些，看看要不要转院……”江院长向陈嘉树投来询问的目光。

“如果没什么大问题就不要转院，这里再住几天，好了就回家。”陈嘉树回答。

“那也好。医院一定要精心治疗，要最好的医生、用最的好药，让依母尽快恢复。院长你亲自抓。还有，所有医药费、营养费由镇政府报销。”徐县长向身后的随行者下了命令。

“好、好……”游世方、江院长满口应承。

“依母，征地补偿的事我们会处理好，一定让您满意。您放心，好好养病，争取尽快出院。”徐县长安慰郑秋菊。

徐县长是师大政教系毕业的，当过老师，但多年农村乡镇领导历练，练就了他把握重点、驾驭全局、解决疑难问题的能力。短短十几分钟，他的动作、表情、讲话，一气呵成、真诚自然，掀开了压在郑秋菊心头几个月的巨石。

“谢谢、谢谢，谢谢县长。”郑秋菊满脸笑容，连声称谢。

“依姆，徐县长指示，我们一定执行。你放心，征地补偿费过几天就到你的卡上。徐县长忙，我们先走了。你安心养病、保重身体。”游世方看见事情差不多了，适时插话，准备抽身。

一行人同郑秋菊告别后又鱼贯似的走出了病房。在医院门口，徐县长请陈嘉树到镇政府商量解决征地补偿事情，顺便一起吃个午饭。一行人一起往镇政府走去。路上，徐县长笑着问：“陈总，怎么都不同我联系？”

“你领导忙，我不敢打扰。”以前对于徐县长的热情邀请，陈嘉树想同他没什么渊源，心想这只是官场的客套话，人家礼节性讲讲而已，想不到他还记得，陈嘉树有点不好意思。

“听说你和杨总拿到一个大项目，作为老朋友，我祝贺你们。”徐县长边走边讲。

“领导消息这么灵通？”陈嘉树感到奇怪。

“我同杨总也是好朋友。好消息、好事情，要同好朋友分享吧！”徐县长搂住陈嘉树肩头。

徐县长这句话、这个动作，陈嘉树恍然大悟，听说徐县长的家人也想投资房地产项目，看来是真的，所以亲自来马海医院看望老母亲，同自己套近乎。徐县长的攻关能力、外交水平自己是望尘莫及。

在镇政府游世方的办公室里，徐县长、游世方、陈嘉树三人进行开诚布公的交谈。陈嘉树从父亲讲起，将农场、陈果山的历史、征地补偿的纠纷始末向两位领导做了全面介绍，讲到激动处，两眼泪花闪现。徐县长听后很感动，当即决定：陈果山陈嘉树家的果园征地补偿费一分不少，另外补贴八万元，补偿陈家二十年的辛苦付出，资金从公路拆迁办拨付镇农场的征地补偿费中直接扣除，此工作由游世方亲自负责落实，最终解决了这场风波。

征地补偿事情解决了，后来疏港公路也建成了，可公路两边的许多地方变成了荒废地，有的荔枝树没有移走，继续茁壮成长。

第二十五章

林定军把陈春旺当成自己的长辈，同他讲起父亲同陈春达的关系以及自己小时候寄在陈家厝的经过，介绍自己主政马堡镇后与陈嘉土结对子扶贫帮扶，他有意将乌山村打造成乡村振兴试点村，把陈家厝作为古民居加以保护，开辟红色展示室，将陈家厝的故事告诉后人，希望得到陈春旺、陈嘉树等陈家厝人的支持。

陈春旺想不到林定军同陈家厝还有这么一段渊源，还有改造乌山村、陈家厝的宏伟计划，心里热乎乎的。这次超强台风，陈家厝没有倒塌已是万幸，如果能得到镇政府的支持，启动修缮工程就容易多了。陈春旺将这三年为了修缮陈家厝的曲折过程一五一十告诉了林定军。现在的难点是怎么解决嘉土的欠债问题。前两天，陈春旺在电话里向嘉树建议将陈果山公园工程承包给嘉土，让他赚些钱偿还债务。陈春旺要求林定军以后将水渠工程陈果山标段也包给嘉土，帮助他脱贫致富。

林定军表示在政策允许范围内，自己会想方设法帮助陈嘉土尽快脱贫，同时也要求族亲们、特别是陈嘉树全力支持陈嘉土。陈春旺说一定转告陈嘉树。

中午，林定军请陈春旺到食堂吃饭，加了几盘菜，还特意上了酒水。

其实嘉树也想拉嘉土一把，可他的思想、性格、脾气让嘉树无法承受。上次嘉土一开口就要借三十万，给他十万都不行，好像前世欠他的。这次林定军书记邀请他回乡面谈，他湖南的房地产项目正处于关键节点，而且还发现了一个新项目正在洽谈中，实在没空回去，只好委托叔叔陈春旺了。

金安市国土局的市政府宗地向社会挂牌期满，金凤房地产公司毫无悬念地摘了牌。金凤公司高管在陈嘉树的带领下，踌躇满志地来到市国土局办理相关手续。陈嘉树满脸笑容、意气风发地同市国土局柳局长签下《挂牌成交确认书》。辛勤的付出终于收获了丰硕果实，陈嘉树很激动。他同柳局长、土地交易中心正副主任和其他工作人员热情握手，对他们的大力支持一一表示感谢。

签订了《国有土地使用权出让合同》后，办理土地证、用地规划许可证、建设规划许可证、图审、施工许可证等流程就轻松容易多了，只要公司手续完备，相关部门审批就快了。

郑芬在陈嘉树的悉心培养下，可以取代黄放负责公司对外工作。女生工作认真细心、责任心强、外交工作有天然优势，特别是又年轻又聪明的女生，漂亮的脸蛋就是一张最好的通行证。郑芬对外工作得心应手，效率很高，减轻了陈嘉树肩上的重担。

陈嘉树的工作重点又回到新市政府项目工程上。过三天工程就要竣工验收了，陈嘉树组织项目部进行最后一次预验收。他带着项目部杨经理、生产副经理、技术副经理、各个栋号的施工员、分包单位的负责人和技术人员等等，对工程每一个分部、每一个成品一项一项认真检查，发现问题，马上整改。

项目部杨经理，是王牌项目经理，在建筑工地上摸爬滚打几十年，经验非常丰富，对工程竣工验收的每项内容、各个环节认真把控，落实到位。项目部先期已完成了消防、人防、水、电、电梯、档案等验收，还邀请了建工处质监站技术人员预验过，现在是万事俱备，就等竣工验收了。

工程竣工验收，市政府搬迁项目领导小组决定举办一个简单但不失庄重的竣工庆典仪式。市委办公室派专人负责这项工作，施工方配合市委办做好相关准备工作。陈嘉树高度重视庆典仪式，督促项目部管理人员和工人加班布置会场，搭主席台、挂条幅、立拱门、插彩旗、挂空飘等等。

作为项目领导小组组长的程秘书长出席了今天的竣工验收会议。程秘书长的调令下来了，调往靠近省城的安德市任代理市长。今天的竣工验收会，他完全可以不来，但这个项目工程是他主抓的，是他在金安市的最后一项政绩工程，他还是决定出席。

程秘书长想，今天可能是自己在金安市官方活动中的最后一次亮相，在新市政府大楼竣工仪式上亮相，为自己在金安画上一个圆满的句号，又表示从这里出发，开始新的征程。

陈嘉树前几天就联系了程秘书长，知道他今天会出席竣工仪式，因此提早来到了工地。陈嘉树又一次检查了庆典仪式会场的布展情况、安全卫生等等。

今天天气很好，万里晴空，几朵白云在悠闲地飘动。橘黄色的太阳被东方一缕晨雾缠住，一动不动，它收敛了以前刺眼的光芒，变得温顺可爱多了。风吹在脸上，清清凉凉的，让人精神抖擞。大半年时间弹指一挥间，三栋雄伟壮观的大楼矗立在面前，陈嘉树感觉像梦幻一般。他望着一片片红色的祝贺条幅、迎风招展的彩旗、空飘，心潮澎湃，喜悦与豪情油然而生。此刻，他最想同合伙人、最好的同学朋友分享这成功的喜悦。陈嘉树拿出手机，激动地给杨秀夫、严小莺、蔡东峰打了电话。

参加竣工验收的相关人员陆续来到会场。根据今天的工作流程安排，第一项工作是工程验收。质监站和市政府项目领导小组成员分成三组，在监理和施工方技术人员的带领下，对三栋大楼进行现场验收。

新政府大楼是申报了荷花奖的，工程质量自然是一流的，验收人员找不出什么大问题，验收轻松通过。

陈嘉树和市建委李主任在停车场迎接程秘书长。程秘书长今天穿着黑色薄呢中长大衣，白净的脸上透着一丝红晕。他微笑着同陈嘉树、李主任亲切握手问好，然后走向会议主席台。程秘书长很亲民，他边走边同媒体朋友和向他问好致意的人们握手，让跟在他身后的李主任和陈嘉树也一直赔着笑脸，不停点头或握手致意。

竣工典礼仪式由市政府搬迁项目领导小组副组长、市建委李主任主持。李主任介绍了主席台上就座的程秘书长、市搬迁项目领导小组主要成员、施工单位、设计院、监理公司负责人等领导嘉宾后，致以热情洋溢的欢迎词，然后宣布庆典大会开始。顿时，礼炮声、鞭炮声响成一片，震耳欲聋。

陈嘉树被邀请第一个发言。在一片掌声中，陈嘉树走到发言席前，从口袋里拿出发言稿。此刻，陈嘉树百感交集，今天的成功，是台下站着的项目部管理人员、建筑工人、农民工的辛勤付出；是台上坐着的各个单位、各个部门领导全力支持的结果。陈嘉树分别向台上和台下深深地鞠了一躬，然后脱稿发言。陈嘉树简单介绍了工程施工经过后，称赞第一项目部管理层抓安全、重质量、拼工期的责任和担当；赞扬建设者的辛勤工作、积极奉献精神。他讲了工人们中秋节不回家，奋战在工地上的故事，博得了台上台下一阵阵热烈掌声。

设计院院长、监理公司总监也发了言，他们称赞施工单位管理制度先进、施工经验丰富，技术力量雄厚，是一家重承诺、守信用的大型优秀建筑企业。

程秘书长最后总结发言。他代表市委市政府、市搬迁项目领导小组向施工单位、监理单位、设计单位、咨询单位等等表示感谢后，高度赞扬福隆集团公司以人为本、诚信守诺、锐意进取、追求卓越的现代企业管理理念、管理艺术，短短的半年多时间为金安市奉献了三座建筑艺术精品。程秘书长高度肯定了陈嘉树总经理的发言；企业家关心员工、对员工负责，把员工当亲人，体现企业家人品。员工立足岗位、奉献企业、创造精品、奉献社会，体现员工人品；人品、精品，二位一体，缺一不可……

程秘书长的精彩发言，在一片热烈的掌声中结束了。

李主任宣布竣工典礼结束。广场上的烟花、礼炮、鞭炮同时炸开，响彻云霄。

新市政府三栋大楼验收交房后，金安市市委和市政府及直属部门陆续搬到新大楼办公了。旧市政府大楼、礼堂、食堂和其他构筑物正在拆迁。

回龙城房地产工程由哪一家建筑公司承建？以前几个股东分析过了，杨秀夫的福隆公司是最佳选择。大家电话沟通后，最后决定由杨总的福隆建设集团公司总承包，付款决算条件参照新市政府工程。杨秀夫接受了这个条件，表面看利润很薄，但工程量大，第一项目部在金安有了基础，一部分建筑材料可以二次三次使用，成本降低了，利润就提高了。再说，自己是金凤房地产公司的董事长，回龙城工程承包给别的公司，他还不放心呢。

第一项目部搬到旧市政府来了。陈嘉树计划春节前将几座基础建筑先赶出来，以免明年开工遇到雨天，耽误时间。他催促杨经理做施工前的准备工作。

房地产开发的相关手续办理繁琐复杂。一些城市打着保护本地经济旗号，颁布了不合法的收费规定，有的收费弹性很大。企业追求的是效率和利润，时间就是金钱，效率就是生命。为了提高办事效率，房地产企业不得不请客送礼，求爷爷告奶奶尽快办理。有弹性的收费项目，开发商更是花大本钱，攻关手握大权的重要人物。权力不关进笼子，给一些负责城建、房地产的官员很大的寻租空间。

郑芬整天忙于办理手续，穿梭于与房地产有关的权力部门。摘牌前，相关手续办理是体制内运作，有专人负责，还有市政府搬迁项目领导督办，程秘书长过问后办理就比较顺利。摘牌后，土地开发手续要房地产企业自行办理。面对四五十个部门领导的签字同意、五十多个盖章审批、二十几个部门收费，郑芬天天唉声叹气，精疲力尽。有的领导、办事人员出差开会、生病请假；有的心情不好，故意刁难给你脸色；一天能办一件事就是阿弥陀佛了。后来一个领导看见郑芬可怜，建议公司聘请一个有经验、有丰富人脉资源的本地人跑开发手续。陈嘉树采纳了这个建议，通过朋友介绍，聘请了市人大副主任的儿媳当公司开发部经理，相关手续的办理就顺畅多了。

程秘书长调走后，主管城建的张副市长接替他担任市政府搬迁项目领导组长。陈嘉树和张市长接触不多，感情自然不深。一个地产企业，如果没有一个市领导在背后撑着，想在这个地方做开发，那是非常困难的。金凤房地产公司虽然是市委关书记引进的，但关书记是市一把手，不可能为了你这个小小房地产公司给相关部门下指示，具体事情还是由分管副市长解决。陈嘉树知道张副市长和程秘书长私交很好，他的主管建设的副市长就是程秘书长推荐的，要想拉张副市长的关系，程秘书长是最佳人选。陈嘉树打了个电话，要程秘书长约张副市长周末小聚。

程秘书长调到安德市当代市长是来救火的。上一任市长和主管城建的副市长收受金水湾开发商的巨额贿赂而落马，安德市房地产市场一片纷乱，人心惶惶。省领导调金安市程秘书长出任安德市代市长，就是让他当消防队长。

行贿的开发商是浙江人，经营房地产、煤矿、纺织等多种产业。因为煤矿被政府勒令停产整合，投入的巨额资金无法回笼，造成资金链断裂，开发商跑路，开发的金水湾楼盘变成烂尾楼。购房者长时间无法收楼，群情激愤，发生了砸售楼部、围堵市政府的恶性事件。最后安德市市长、主管城建副市长被挖出与开发商存在钱权交易、权色交易，双双落马。

程市长一到任，就成立了“安德市金水湾项目善后处理领导小组”，自己任组长，着手处理这个难题。程市长以前在金安市处理过类似事件，有经验。他召集房管、国土、建委、公安、法院、税务、银行等相关部门开会协调，让工程恢复施工，平息购房者恐慌心理，然后寻找有实力的开发商接盘。金水湾项目债权债务关系太复杂了，几个有意接盘的开发商望而却步，不敢接盘。

程市长这几天为金水湾的事发愁，接到陈嘉树的电话，欣然答应。周末了，他也想放松放松，顺便将金水湾信息告诉陈嘉树，叫他帮忙介绍有实力的福建开发商接手金水湾楼盘。程市长还想故地重游，看看小文，聚会地点定为金安的流水山庄。

傍晚的流水山庄，灰色的暮霭给水库、别墅、山峦披上一件薄薄的纱衣，使它们变得飘飘荡荡、朦朦胧胧，很有几分诗情画意。太阳已落进西边山谷，水库边吹来的晚风像在驱赶暮霭。夜色越来越浓，渐渐地同暮霭融为一体，天完全黑了。

程市长和陈嘉树约好了，他和张市长七点前到达，所以陈嘉树和小文、郑芬提早做好了一切准备，就等着尊贵客人的到来。

“滴……滴……”一阵汽车喇叭声响，陈嘉树知道客人来了。他带着小文、郑芬走出别墅，迎接客人。

程市长比以前明显瘦了，但人显得更精神。张市长还是过去一样，胖墩墩的。大家是老熟人，一段时间不见，今天见面显得更亲热。一阵寒暄过后，酒菜上桌，大家按规矩落座。酒是公司标配的飞天茅台和小拉菲，菜是流水山庄特色的野味和农家菜。

这是程市长离开金安后大家第一次见面，人人笑逐颜开，酒桌气氛很好。特别是程市长，从市委常委、秘书长升为市长，这一步的跨越对他的仕途发展至关重要，以他的年龄优势，将来升为副部级应该不是问题。人逢喜事精神爽。程市长对大家的敬酒来者不拒，还主动举杯同大家干杯。他的喜悦之情溢于言表。

张副市长面前就一杯红酒，喝了几轮下来杯子里的酒还是那么多。他有高血压、糖尿病，还有痛风，喝了酒第二天脚就会肿起来甚至下不了床。家里的老婆孩子严格限制他参加宴请，他自己也难以忍受痛风的折磨，所以正常情况不去应酬。今天程市长邀请，张副市长不得不来。

今晚宴请的主要对象是张副市长，可张副市长几乎不喝酒，让陈嘉树多少有点缺憾。陈嘉树找话题同张副市长套近乎，又要适当照顾程市长的好情绪，可谓使出了浑身解数。还好陈嘉树知识面广、接待经验丰富，使这场接待圆满结束。

送走了张副市长后，小文又建议四个人打麻将。程市长吩咐小文和郑芬做准备工作，自己有事同陈总谈。他拉着陈嘉树走进另一个房间，关上门，告诉陈嘉树他同张市长说好了，有事尽可大胆找张市长。另外程市长向陈嘉树介绍安德市金水湾项目情况，请他介绍有实力的福建开发商来安德考察房地产市场，接盘金水湾项目。

程市长有事相求，陈嘉树自然满口答应。但项目具体情况如何，陈嘉树要深入了解，实地考察。陈嘉树同程市长约好下周二去安德考察金水湾项目。

安德市是省城一小时生活圈的地级市，山青水美，旅游资源丰富，是省城的后花园。清晨，陈嘉树一个人开着车往安德市奔驰。因为是了解情况，陈嘉树想一个人到金水湾实地考察，不受干扰地详细了解项目情况，做出准确判断。程市长想自己是私人交情邀请陈嘉树来的，在没有眉目的情况下，不想闹出什么动静，所以也不派人陪同、接待。

从金安市到安德市，驾车在高速公路上只跑了一个小时。现在高速公路纵横交错，交通异常发达。凭良心说，中国改革开放三十多年，交通改革是最成功的项目之一。陈嘉树在汽车导航下来到了金水湾售楼部。

金水湾是旅游胜地，几千亩波光粼粼的金水湖，越冬的鸟儿有的在空中尽情翱翔，有的在湖中欢快嬉戏。湖中几个小岛，绿树成荫，其中一个小岛上成千上万的白鹭在盘旋，在栖息；树梢上，它们快乐地追逐着，欢叫着。这里，是鸟儿的天堂，也是人类的天堂。

陈嘉树不得不佩服浙江老板拿地的眼光。这里是安德市和省城的中心点，开车都在半个小时以内，地理位置特殊；关键这里是旅游胜地，风景优美，空气清新，如果规划做得好，产品定位好，将来一定是个成功的楼盘。

陈嘉树来之前，在电脑上详细查阅了金水湾的相关资料。开发商当初拿地的价格很低，一亩才十一万元，一千亩才一亿一千万，容积率二点零，楼面价每平方八十三元，可以说土地的成本基本忽略不计。当时安德市有人匿名举报市领导贱卖土地，网上也议论纷纷，可这项目还是落地了。可惜这老板实力不行，刚开始开发就出现资金链断裂，还牵出权钱交易的腐败问题，公司倒闭了，真可惜！

陈嘉树看好这块地，如果产品定位准确、交通改善，将来这里会出现一座新兴小城镇。可惜浙江老板产品定位出现失误，建小高层，投入大、购房者多、牵涉面广，出现了问题，局面就变得不可收拾。如果他们先开发别墅，投入少，购房者少，牵涉面就没有这么大，就不会出现这种情况。如果不倒闭，两三年时间，土地升值就是用亿元来计算。

陈嘉树意识到这是一座金矿。俗话说，“富贵险中求”，创业需要一种冒险精神，安于现状不思进取的永远不会有所作为，成功的机遇往往最青睐敢于冒险的人。陈嘉树有拿下金水湾项目的强烈欲望。

陈嘉树测算过，接盘和启动资金要两个亿。有这么多资金、有房地产开发经验、相信自己、敢于投入，陈嘉树把符合这些条件的熟人过滤了一遍，没有一个。杨秀夫是陈嘉树第一个想到的，可他没有这经济实力。做房地产拼的就是资金，资金不够一切都免谈。蔡东峰有一定经济实力，可钱掌握在他老婆手上，可能性微乎其微。其他比较大、做得比较成功的开发商，陈嘉树都没有沾亲带故的，接不上关系。如果四个人继续抱团合作，以回龙城项目作抵押向银行贷款，一是贷不到两个亿，二是陈嘉树觉得自己的付出与得到不成正比，就否定了这个方案。

陈嘉树想，这么好的项目，打着灯笼都难找，在江海，不可能找不到接盘者。陈嘉树又想，如果通过其他人关系转了一个弯，自己就无法把控这个项目，可能会被边缘化，那不是为他人作嫁衣？陈嘉树心想，自己掌握了这么好的资源，有这么好的机会，一定要把它的利益最大化，把它转化为自己能掌控的项目。

这个机会对陈嘉树来说太重要了，把握得好，很快就可以超越杨秀夫；把握不好，只能继续在杨总手下当小弟。哪个男人甘居人后，哪个男人没有英雄情结？在回金安的车上，陈嘉树想了很多，要成为一个成功人士，要做有价值的事，交往有价值的人。在人生或事业的关键时刻，能帮你拨云见日、给你方向、给你信念、推动你往前走，生命中有这么一两个朋友，何其有幸！陈嘉树庆幸，程市长就是这样的朋友。现在，一个程市长不够，还需要找一个像他一样的朋友。这个朋友在哪里呢？陈嘉树发誓一定要像淘金者一样，“千掏万漉虽辛苦，吹尽狂沙始到金”。

第二十六章

乌山村作为马堡镇乡村振兴试点村在镇党委会通过了，上报到了县政府，不出意外，年底前会审批通过。林定军觉得材料中关于陈家厝红色历史的部分过于简单，不够出彩，就问唐跃陈家厝的故事收集了多少？唐跃如实做了汇报，因工作滞后了，他做了自我批评。林定军书记特别嘱咐，赶紧找春旺老人，不得有误。

陈春旺感冒了，这几天一直在县城家里。周末，唐跃回到县城，打电话问清了他的住址，带着一盒大红袍、一兜苹果前来拜访。家里就陈春旺一人，他忙着让座、泡茶，欢迎阳光帅气的客人。陈春旺高兴地告诉唐跃，他做通了嘉树的思想工作，嘉树同意将陈果山公园项目承包给嘉土，这下嘉土就有了翻身的机会，陈家厝修缮问题应该很快就能解决了。趁着春旺老人高兴，唐跃请他继续讲述陈家厝的往事。春旺老人点头应允了……

黄贱贱在官坂镇被游击队枪毙后，黄贵成惶惶不可终日，不敢出县城半步。他给一个家丁三十块银圆，要他回到马堡，找几个宗亲到官坂为黄贱贱收尸，运回马堡，葬在祖墓旁边。

把黄贱贱尸首运回马堡安葬，是黄贵成深思熟虑后的决定。死者为大，这是乡俗，他断定游击队不会做挫骨扬灰的事，不会为难黄姓乡亲，做丧失民心的蠢事。另外，他想借这件事告诉马堡镇人，虎死不倒威，黄厝里的人是不怕死的，我黄贵成还会回来的，你们等着瞧！

黄贵成的父亲一生娶了三个老婆。大老婆生了黄贱贱的父亲，可这儿子不到三十岁就被鸦片吸干了血髓。大老婆怨恨丈夫纵容儿子，儿子染上恶习后又不管不问，最后一命呜呼。儿子死后不久，她同丈夫大吵一架后吊绳死了。黄贵成父亲的第二个老婆不会生育，第三个老婆生了二儿子三儿子。二儿子黄忠成，后来考上了福州船政学校，在福州一所学校教书。三儿子黄贵成继承了家业，成了大地主、马堡区的区长。

黄贱贱娶妻两年，没有子女，最亲的亲人是叔叔黄忠成、黄贵成。黄贵成不敢回家，就通知在福州的二哥黄忠成，要他回家主持料理黄贱贱的丧事。

黄贵成咽不下这口气，几次跑到日军驻江海县的最高指挥官田原的办公室，要田原派兵围剿马堡游击队，为黄贱贱报仇。田原答应了。

黄忠成长期在外地求学、工作，很少回家。父亲死后兄弟分家，黄贵成说很多家产是他拼死拼活攒下的，他要分一半，另外一半给黄忠成、黄贱贱。按马堡的风俗，分家时不管几个儿子，长孙肯定要一份。黄贱贱是长子长孙，加上他的父亲一份，一半家产本来要归他，可他不敢同三叔黄贵成争，就向二叔黄忠成要，哭爷爷喊爹爹地吵闹。最后一半家产又分成了三份，黄贱贱得两份，黄忠成得一份。

闽东乡俗，家族喜丧事，族亲要到场，五服之内的血亲更是不能缺席，这是责任也是义务。黄贱贱死了，黄忠成回到马堡镇奔丧，同时想把自己的那份产业卖掉，年后去美国留学。

黄忠成的产业要卖，而且出价很低，可谁也不敢买，谁都怕黄贵成。有人告诉黄忠成，你的家产要卖，第一个要找你的亲兄弟，他不要了，再找叔伯兄弟、族亲，如果族亲也没有人想买，才能考虑其他人，这是祖辈留下的规矩。你的亲弟弟黄贵成还没发话，也没有通过叔伯兄弟和族亲，谁敢买你的房屋田地?

草草掩埋黄贱贱后，已是腊月二十八了，黄忠成到江海县城找黄贵成。逗留家乡几天，黄忠成听到很多黄贵成、黄贱贱横行霸道、做了不少伤天害理的事，特别是勾结日本人偷袭马堡镇，做了汉奸，名声都臭了。一到江海，黄忠成就苦口婆心地劝说黄贵成改邪归正，赶紧脱离日本人，离开江海，争取戴罪立功。

黄忠成是知识分子，见多识广，把自己的所见所闻、分析判断告诉黄贵成。日本人同美国人在太平洋大打出手，美国人占了上风，日本人战败是早晚的事。现在赶紧抽身还来得及，等到日本人战败，国民政府清算汉奸叛徒，到那时候一切都晚了。

黄贵成读书不多，可头脑灵活，想想也对。在江海县城这段时间，他发现日本军队越来越少，自己两次报告马堡游击队行踪，可田原都没有派兵围剿，看来日本人是不行了。他答应哥哥尽早脱离日本人，以后回到马堡老老实实做人、做事。对哥哥提出出售家产的事，黄贵成同意接盘，但提出两个条件：一要便宜，卖给亲兄弟，要比市场价便宜二成；二要分期付款，先付五百银圆，其余的三年内全部还清。

面对强盗一般的黄贵成，黄忠成不得不忍痛答应。

除夕到了，这是一年中最重要的一天，富裕人家要用猪头、鱼、肉、鸡、鸭摆在厅堂供桌供奉天地、家神、祖宗，称“分年”，祈求来年平安吉祥。贫穷人家用芥菜煮稀饭，因“芥菜”与“解债”谐音，合家吃芥菜饭，意思能“解债”。然后吃鱼，意思是年年有余。有钱没钱，回家过年。人们不管是出门经商做生意，还是求职为官的，都要赶在大年三十前回家乡过年。

自从黄贵成逃离后，马堡镇成了游击队的天下，社会安定，买卖公平，街道两旁摆的摊子井然有序，摊主人和顾客的讨价还价声都和气多了。

这天傍晚，陈春种提着一刀肉、两条黄瓜鱼、一兜橘子还有表哥杨德昌送的一只烧鸡，兴冲冲回到了陈家厝。“筅堂”后的陈家厝，厅堂、走廊干净清爽，廊柱上红红的对联，更增添了过年的喜庆气氛。天井里的鞭炮硝，说明“分年”做完了。陈春种紧赶慢赶，还是来不及给家神、祖宗磕头。

香香看见叔叔从大门进来，从厅堂绕着走廊跑过来，边跑边喊“奶奶、奶奶，二叔回来了，二叔回来了！”

这是春种自父亲、兄长过世后吃得最开心的一顿年夜饭。饭桌上有鱼有肉，还有炸海蛎、鱼丸、肉燕、年糕等等，满满的一桌子菜。母亲王玉莲把“分年”用过的一壶黄酒温热了，给春种、春旺、秋菊、自己各倒了一盏酒，说着喜庆的话。香香看见大人端着酒盏喝酒，吵着也要喝。春旺试着给香香一口，辣得她哇哇大叫。

年夜饭后，春种把自己积攒下来的三块银圆交给母亲，另外将一些零钱给春旺、香香做压岁钱。春旺死活不要，说都大人了还给压岁钱，说出去让人笑掉大牙。饭后大家放了鞭炮，春种和春旺要到西边春发、春达家走走，母亲王玉莲交代要早点回来，有事找春种谈。春种看了一眼正在收拾碗筷的秋菊，看见她面颊红得像桃花，知道母亲要讲什么。他答应后抽身就走。

兄弟四人难得聚在一起，又是除夕夜，不知谁提议，他们准备再喝一回。春发家有酒，可菜吃光了。春种知道自叔叔过世后，春发一家过得很艰难，就叫春旺回东屋，把橱柜里剩下的炸海蛎和烧鸡全拿过来，四个人哥呀弟呀乒乒乓乓开始碰杯。

春种和秋菊，郎有情妾有意，王玉莲一说，俩人都点头同意了。王玉莲心里那个高兴，像热锅浇了油，一下子沸腾了。她怕两个年轻人反悔，说初五开假后找五行先生讨个好日子，这个月内给他们俩圆房。春种说他是队伍里的人，游击队有纪律，结婚要批准，等领导批准后再结婚也不迟。王玉莲说这不行，结婚是男女双方和父母说了算，外人凭什么插一竿子？他要找外甥杨德昌说理去。

正月初三，王玉莲去马堡小学找杨德昌。杨德昌开会去了，她就到杨厝街找姐姐王凤莲将春种和秋菊准备圆房的喜事告诉她，另外要姐姐出面同外甥德昌说说，春种结婚的事，游击队不要横加干涉。

春种和秋菊将要圆房，义房族亲和亲戚们都知道了。结婚的日子还没确定下来，就有亲戚送来了贺喜的物件，有布料、开水瓶、锡酒壶、木桶等等。陈家厝里的男男女女脸上洋溢着笑容，开始准备婚礼要用的东西。春旺、春发、春达天不亮就出发，到九溪深山里砍干枯的树枝，天井里一溜码得整整齐齐的木块柴火，就是他们的杰作。

结婚是新人的人生大事，也是父母亲的人生大事。春种去游击队找领导批准婚事，王玉莲一直在等待消息。她走出陈家厝，向路口眺望着。

晴朗的天空，一群野鸭子嘎嘎嘎叫着，在不远处的水田上空盘旋着。收割后的田野，一片空阔辽远。这时，空中传来一阵嗡嗡嗡的声响，声音由小到大，由远到近，一会儿，一个比水牛还大的飞鸟飞到了头顶。王玉莲第一次看见这个怪物，心想这可能就是人们说的飞机了。

飞机突然号叫着冲下来。王玉莲暗叫不好，这是日本人的飞机，要吃人的，她赶紧转身跑向大门。“轰轰轰”一阵巨大的爆炸声在前面响起，王玉莲的胸口像被舂米的石锤砸中，瞬间仰面倒在地上，胸口快要裂了，双眼直冒金星，两只耳朵呜呜叫着。

过了好一会儿，王玉莲缓过气来，听见大门里一阵凄厉的哭声。这哭声她听见过，是长子陈春耕过世时候，媳妇秋菊的绝望的哭声。王玉莲心里像被针戳一般，撑起身子，然后踉踉跄跄迈进陈家厝大门。

三颗炸弹落在陈家厝，炸毁了东书院、天井和西书院。香香在天井柴垛间穿梭玩耍，被炸飞的柴火埋在地下，当春发母亲和秋菊把香香扒出来时，发现一段锄头柄大的树木从她肚子穿过，她浑身是血，一会儿就没了气息。

黄昏时候，春种赶回来了。他看见春发、春达和几个族亲在清理东西两个书院的碎石瓦片；母亲由婶婶和堂妹陪着，躺在床上呜咽；秋菊窝在床上，把香香紧紧抱在怀里，两只眼珠子一动不动。春种喊一声“香香！”想把香香抱过来看看，春旺拉住哥哥，不让他再去刺激嫂嫂。兄弟俩抱头痛哭。

香香最后葬在春耕的坟边，小棺材是用她母亲秋菊睡的铺板钉成的。

这次日本人的飞机炸了马堡镇三个地方，陈家厝、黄厝里、林家九柱厝，都是马堡镇著名的大厝。黄厝里死了三个人，林家九柱厝死了四个人。陈家厝的三个小伙子上山砍柴、三个女人在后厅打草鞋，因此避过了灾难，只死了一个小孩，算是这次轰炸中损失最少的了。

黄厝里也挨了三颗炸弹，其中一颗击中后正房，把黄贵成的小老婆、小儿子和一个婢女炸死了。黄贵成知道后气冲冲地跑到田原办公室要赔偿。田原说是根据你的情报定点轰炸的，没炸着游击队驻地，白白浪费了价格昂贵的航空炸弹。你谎报军情，皇军正要找你算账！吓得黄贵成半夜逃出江海县城。

马堡小学办在郑家祠堂。郑家是马堡镇的名门望族，祖上出过状元，注重耕读传家、办私塾、培养有才华的郑姓子孙后代。马堡小学在郑家私塾基础上发展而成的。因为祠堂是一个家族的核心，是光宗耀祖的产物，可以得到大量的经济支持，所以郑家祠堂面积很大，三进院落，小学、游击队都驻在这里。黄贵成报告田原，游击队住在三落透后的郑家祠堂。日本人就知道三落透后是一栋很大的房子，为保证轰炸成功，就把马堡镇最大的三栋全炸了。郑家祠堂是镇里第二大院落，由于几棵百年大树遮蔽，日军飞行员看不清楚，错把陈家厝当成郑家祠堂，逃过了一劫。

日本飞机轰炸马堡镇，一时人心惶惶，形势顿时紧张起来。马堡游击队要转移。陈家厝又经历了一场大劫难，春种和秋菊的婚事被迫取消了。游击队转移前，春种回了一趟家，安慰母亲和秋菊，日本人的日子长不了了，等打败日本鬼子，保证就回来。他交代弟弟春旺，一定要好好保护母亲、嫂子，等他回家。

游击队离开马堡镇半个月后，黄贵成带着一队穿着黑制服的国民党保安队回到了马堡镇。黄贵成还是国民党马堡区区长。

黄贵成带着家丁半夜逃出江海县城，辗转来到国民党县政府临时驻地小场村。他带来了日本军队的情报，说他这一段时间是身在曹营心在汉，为了骗日本人，不惜将自己的黄家厝标出来，作为日本人的轰炸目标，牺牲了三个亲人，救民于水火之中。国民党县长是黄贵成的老上级，对他知根知底，知道他鬼话连篇，但看在他一家死了三个人的份上，为了填补游击队撤出后的权力真空，就让黄贵成官复原职，带一队保安队回到马堡镇。

王玉莲盼望着春种回来，经常去姐姐王凤莲家打探消息。外甥杨德昌是江海县共产党宣传部部长，又是游击队队长，两百多名年轻人是他带走的，所以来王凤莲家探听消息的人很多，后来这里成了马堡游击队后方联络站。游击队成了新四军，越走越远。日本仔投降后，国民党和共产党打了起来，新四军又成了解放军。王玉莲不知道是真是假，心里感到很茫然。直到姐姐王凤莲被黄贵成的保安队抓进监狱，王玉莲终于断了儿子春种的消息。

有好心人劝王玉莲一家要避一避。王玉莲想自己一个老太婆，经历了这么多事情，生与死早就看开了，无所谓了。媳妇秋菊说什么也不走，是生是死都要和婆婆在一起。说心里话，她实在没地方可去。春旺也不想走，家里就自己一个男人了，如果走了，母亲和嫂嫂吃什么，怎么活？

王玉莲说，西屋婶婶的一个堂哥在福州拉车，可以介绍人到车行干活。婶婶同她堂哥约好了，这几天介绍春旺去福州，赚了钱寄回家，母亲和嫂嫂不就有了活路了吗？春旺被母亲逼得没办法，点头同意了。

春发听说福州可以拉车赚钱，说什么也要去。长这么大，他连江海县城都没去过一次，更不要说省城福州了。他怪母亲手指头往外掰，为东屋春旺着想，不为自己的儿子想，因此晚饭没吃，第二天早饭也没吃，躲在屋里怄气。母亲说春发你年纪轻，从没有出过远门，她不放心。再说弟弟春达才十三岁，家里的农活多，家里离不开你。春发反驳母亲，春旺与我同岁，他也年轻呀，他的母亲放心，你为什么不放心？家里农活多，如果我赚钱多，寄回家雇几天工；如果赚不了钱，我就回来得了。

母亲拗不过春发，想想他同春旺在一起也有个照应，应该不会出事，勉强答应了。二月末的一天清晨，春旺和春发吃了太平面，背着包袱，在亲人的千叮万嘱中离开了陈家厝，像雀儿出了鸟笼，奔向福州城，成为第二个和第三个走出陈家厝的人。

第二十七章

春旺和春发离开后，陈家厝只剩下五个人，四个女的和一个男的。四个女的经常在一起打草鞋，草鞋多了，春达就挑到周围乡镇售卖。春旺、春发也时常寄些钱回来，日子平平淡淡过得下去。可是三年多时间，他们俩回家的次数加起来只有四次。乌山村离福州城才一百五十多里路，走路快的人一天就能到家，他们俩都说忙，实在没时间回来，这让家里人多少有点疑虑和担心。

三年多来，王玉莲早晨起来洗脸漱口后，第一件事就是给厅堂供桌上家神、祖宗牌位上香，祈求儿子平安顺利。两个儿子是她的希望、她的命根子，可他们俩都远离了自己的视线，怎么不令她思念和忧虑呢？王玉莲平常很少出门，外面的消息多是春达卖草鞋听来的，什么日本人投降了，国民党和共产党又打起来了，山区又来了共产党游击队。连姐姐凤莲被黄贵成抓走，最后病死在江海监狱的消息，也是春达告诉她的。

亲姐妹过世，杨家也没派人来报丧，王玉莲有点不相信。后来她到杨厝街姐姐的一个妯娌那里想问个明白。原来确有其事，黄贵成说王凤莲是共产党的秘密交通员，给游击队送情报。其实乡里人都知道，黄贵成想报祖墓被泼狗血、黄贱贱被杀之仇，找不到杨德昌，就找他的母亲替代。当杨家族亲听到消息后赶到江海监狱时，凤莲的尸身已经被人接走了，具体埋在哪里谁也不知道。生不见人死不见尸，加上德昌不在家，所以没办法给亲戚们报丧。姐姐的妯娌说，黄贵成像疯狗一样，到处咬人，劝玉莲小心点。

晚上躺在床上，王玉莲脑子里常常出现姐姐凤莲、丈夫寿昌、大儿子春耕、孙女香香的面孔，实在睡不着，就点油灯起来打草鞋。这天半夜，王玉莲正在后厅打草鞋，突然，后大门传来“咚、咚、咚”的敲门声。这大半夜的，什么人来敲门？她赶紧解下腰间的草鞋绳子，吹灭油灯，屏住呼吸聆听门外的声音。

漆黑的大厅，静得掉根稻草都能听见。王玉莲犹豫要不要叫婶婶起来。突然，门外传来一句熟悉的声音：“我是春发，我回来了！开门……”是春发，春发的声音！王玉莲顾不得叫婶婶她们，赶紧点灯，打开了后大门。

春发半夜回来，而且还带回三个陌生的年轻人，把陈家厝里的所有人都惊醒了。春发的母亲和妹妹忙着煮稀饭，春达拉着哥哥的三个朋友问这问那。玉莲和秋菊把春发叫到东屋询问春旺的事。

春发笑眯眯的，说我们两家的好日子就要到了，过几天，春旺也要回来了！玉莲听了云里雾里，不知道什么意思，逼着春发讲清楚，不然不让他回西屋吃稀饭。面对伯母、嫂嫂乞求的眼神，春发实在不忍心再隐瞒下去了，将自己和春旺这三年来的经历简单说了一下。

车行内有一个共产党组织，春发的堂舅是这个组织的头。在他的培养下，春旺、春发加入了地下党城工部。这次解放军十兵团进军福建，很快就要攻打福州城了。为配合解放军解放福州及周边县城，城工部领导指示所有人员都要做好支援前线、迎接解放军工作。春旺、春发被调到了游击队，春旺分在征粮队，春发分在侦察队。为摸清江海一带国民党驻军情况，春发带着侦察员提前来了。

秋菊问春发有没有听到春种的消息？春发说，他打听到杨德昌的队伍打到江苏、山东去了，这次十兵团进军福建，不知道他在不在这个队伍里？将近四年了，秋菊第一次听到春种的一点消息，激动得眼里闪着泪花。

吃了稀饭，休息了一会儿后，春发带着三个侦察员摸黑来到离陈家厝两里多路的陈果山。陈果山只有几十米高，面积几十亩，位于乌山村通往马堡镇的路边。

自从马堡游击队撤离后，黄贵成强行占有了陈果山，在山上种了桃树、李树，修了小石屋，雇人看护。其实那是国民党区公所监视整个马堡地区的观察哨。

陈果山同马堡镇的制高点林厝山遥遥相望。春发和侦察员小心翼翼爬上了山顶，靠近小石屋，发现里面没有人。站在山顶，东方露出了鱼肚白，侦察员发现两座小山距离不上两千米，形状高度大小相仿，就像平地上被人堆出来的两个大土堆，感到好奇。春发对这里太熟悉，就介绍了陈果山的情况。

陈果山上没有石头，全是黄沙土，这在山多石头多的沿海地区是很少见的。陈果山同林厝山的来历，还有段美丽的传说。

传说很久很久以前，马堡平原一带经常受到海水肆虐。每年台风一来，海水倒灌，万亩良田淹没，大批房屋被冲毁，百姓流离失所，哀鸿遍野。

当时，一位仙人目睹这一人间惨状，就拔了根青蒿，挑一担竹箕，夜夜挑土围堤填海。眼看两条堤坝就要合拢了，仙人一时兴奋，不顾天将破晓，想挑最后一担土把缺口堵上。当他跨步到了马堡镇时，刚好被一早起拾猪粪的老农看见。老农一声惊呼，仙人的法力顿时消失，青蒿断了，两土箕的土就洒在乌山村和马堡镇镇口边，从此就有了陈果山和林厝山。没完成的围堤变成了现在的黄山半岛和成江半岛，缺口就是今天的海门口。海门口内就成了罗源湾，海门口外就是东海。

站在陈果山山顶上，整个马堡镇的十几个村庄一览无遗。清晨，薄薄的晨雾像一条飘动的白纱巾把远处山脚下的村庄一个个拢在一起，马堡平原的风光，原来这么美！

陈春发一行四人从陈果山下来，还是被一早赶来的看山人看到了。看山人把消息报告给了黄贵成。

保安队几十个人包围了陈家厝，还在大门口架起了机枪，呼啦啦的，声称要捉拿地下党陈春发和游击队员。黄贵成掏出驳壳枪，对天开了三枪，喊话要陈春发四个人主动出来投降，不然被搜出来，陈家厝的人个个都得死！

枪声震得春发的母亲耳朵发麻。她知道自己不出去肯定不行了，还好春发他们离开后再没有回来，于是就壮着胆子从大门走了出来。女儿小妹不放心母亲，也跟着出来。任凭黄贵成如何威逼利诱，春发母亲一口咬定春发没回家，一家人根本没见过他。黄贵成不相信，就指挥保安队冲进陈家厝，里里外外翻了个底朝天，里面除了两个女人外，一个人影也没有。

前几天，黄贵成参加江海国民党县党部会议，县长严令各区公所防止游击队渗透，一经抓获，格杀勿论。他从会议通报中知道共产党部队快到福州城了，现在地下党、游击队异常活跃，到处乱窜，必须严加防范。地下党名单中就有马堡镇的陈春旺、陈春发的名字。

黄贵成得到看山人报告，说陈春发回来了，还带着三个人，知道一定是来侦察的，马上带着保安队来抓人。黄贵成抓不到陈春发他们，就把他的母亲和妹妹带到区公所。

春发走后不久，春达挑着草鞋也出门了。等春达卖完了草鞋回到陈家厝，太阳偏西了。春达听伯母讲母亲和妹妹被黄贵成抓走了，急得号啕大哭，要去马堡区公所看她们。玉莲劝他千万不要去，黄贵成吃人不吐骨，去了，一家三口人都危险，赶紧去找春发、春旺，要他们想办法救出母亲和小妹。

春达出门找哥哥春发，可春发在哪里？他后悔昨晚没有问清楚他的落脚点，现在去哪里找？春达想去省城福州找春发，可福州城实在太大了，自己一次都没去过，路都不知道走，怎么找？他记得父亲以前说过“路在嘴上”，只要多问，就一定能找到。春达记得哥哥春发在车行做过事，到福州后找车行，一定有人认识他，应该可以找到哥哥。他吃了晚饭，怀揣着伯母给的盘缠，连夜出发去了福州城。

送走了春达，王玉莲赶紧给婶婶和小妹送饭。她一路颠簸到了马堡区公所，保安队的人告诉她，来迟了，春发的母亲和妹妹已经被送走了，可送到哪里，就是不说。王玉莲再三恳求，他们才透露消息，区长黄贵成怕夜长梦多，下午派人押送她们去了县城。

解放军大军压境，福州城一片慌乱，街上的很多店铺关了门，军车一路鸣笛，呼啸而过。街上的军人很多，有的吊着胳膊，有的拄着拐杖，三五一伙地围在一起。他们衣服破烂，唉声叹气，满脸疲惫，显然是从前线败退下来的国民党残兵败将。有的军服整洁、挎着枪，排着整齐的队伍来回巡逻、维护秩序。偶尔出现一些市民，慌慌张张的，低头快步行走。春达到处找车行，问了很多人，就是没消息，急得他蹲在路边哇哇大哭。

春达找到春发的时候，已是福州城解放的第三天。那天春达在街上漫无目的地行走，突然看见一个熟悉的背影，追过去一看，果然是哥哥春发。当春发听到母亲和妹妹的遭遇后，赶紧向领导请假，连夜赶回了陈家厝。

福州解放的第三天，马堡镇也解放了。黄贵成准备租船逃往台湾，可惜晚了一步，被赶来的解放军截住，当了俘虏。当春发听说母亲和妹妹被抓到了江海监狱，又赶到了江海监狱。

江海监狱已是人去楼空，可牢房里依然阴森森的，走廊通道到处血迹斑斑。春发和春达在牢房里没找到母亲和妹妹，就奔向接管政权的军管会。军管会的人说，解放军攻占监狱后，发现所有的犯人都被国民党军队枪杀在河边的沙滩上。要找关在监狱里的人，就要到沙滩上辨认。兄弟俩疯一般地赶到河边沙滩，看见临时搭建的棚子里，母亲和小妹像睡着似的，紧紧抱在一起，静静地躺在一张床上。干透的血水，把母女俩的衣服凝成几朵大红花，枪口像红花的花蕊。

国民党县长杀掉所有政治犯后逃往台湾，目的是向蒋介石交投名状。他们想不到解放军远距离迂回，早已断绝了他们的退路，在观头码头被解放军抓获。

战友们赶制了一副特殊的担架床，将陈春发的母亲和妹妹抬回了乌山村。村外临时搭建的灵堂，乡亲们里三层外三层，哭声一片。王玉莲和郑秋菊用温水一遍又一遍搓洗那母女俩僵硬的手脚，边流泪边说安慰的话，费了半天时间才把她们俩分开。

出殡那天，全村的男女老少都来送春发的母亲和妹妹最后一程，打破了送葬长辈不送晚辈的传统习俗。几个老人走在最后，他们说，改朝换代了，陈家厝这波劫难，应该是结束了。

江海县解放了，来不及逃跑的国民党官员、有血债的地主恶霸、汉奸特务等三十多人，被新生的人民政府集中关押在原来的国民党江海县监狱，分头审讯。

春旺和春发在监狱礼堂里审讯黄贵成。黄贵成嘴硬，对春旺、春发翻白眼，对他们的问话三缄其口，一副死猪不怕开水烫的样子。

“把他吊起来！都说你嘴硬，看你喊不喊，嘴硬不硬！”春旺怒目圆睁，大喊一声，脑门上暴起几道青筋。

早已气得不耐烦的陈春发把黄贵成拖到礼堂角落，把他的双臂拧到背后，用绳子死死捆住，余下的绳子抛过屋梁，用力一拉，黄贵成的双脚离地了。

黄贵成仿佛被断筋裂骨，脸色由苍白变成猪肝色，冷汗一下子渗透出来。他憋不住了，如公牛般号叫。

“说不说？承认不承认……”春旺和春发边拉绳子边审问黄贵成。

黄贵成被吊在屋梁上，挣扎了一会，双脚伸直，公牛般的号叫声也停止了，奇臭无比的屎尿顺着裤腿往下流。春旺和春发松开了绳子。黄贵成像一堆烂泥瘫在地上，口中的声音如蚊子一般：“你、你们一刀、砍了我吧……”

“死，你是死定的！”春旺说，“死前我告诉你，你祖墓的狗血，是我泼的！死狗是我丢的！”

“你、你……你斩不了我的根，我儿子去美国留学了……”黄贵成一阵冷笑，眼里射出一道凶光，挣扎着想站起来。

“还不服？还想你儿子回来吃人？”春旺和春发又使劲拉紧绳子，蹭蹭蹭，黄贵成又被吊到屋梁上……

公审大会在江海县中学操场举行。高台上，新任的共产党江海县长讲话，通过喇叭，声音是那么铿锵有力。台前跪着一长溜五花大绑的犯人，每个犯人的背后是两名穿着军服的威风凛凛的解放军战士。

会场人山人海，红旗飘飘，人们举着红红绿绿的小旗子，呼喊着口号。在口号声中，国民党县长、黄贵成区长等一共二十四个血债累累的犯人被押上汽车，最后在江边沙滩刑场上枪毙了。

回忆这段历史，春旺老人时而浊泪流淌，时而喜笑颜开，情绪波动很大。唐跃担心老人血压会飙升，加上感冒，长时间讲述身体会受不了，趁他讲到报仇后的高兴劲儿，建议今天的讲故事环节到此为止。

第二十八章

陈春旺闲不住，身体一恢复就来到了马堡镇，开始陈果山公园建设的前期工作。

“陈嘉树准备修陈果山公园。”这消息在乌山村传了几天了，可追溯起来，找不到消息的源头。

乌山村老人会的几个老人坐不住了，打电话给陈嘉树的叔叔陈春旺。老爷子说“不知道”。因为事情没正式确定，为防止引起不必要的麻烦，陈嘉树交代注意保密。老人们不死心，来村部找村书记田均来。田均来事先没有得到一点讯息，只能含糊应对“有听说”。这回答老人们不满意，被称为李逵的李老头嚷嚷开了：“村里这么大的事情，哪有村书记不知道的道理？”田均来脸上一热，赶紧转身到里间拿茶叶，准备给老人们泡茶。

田均来想了想，自己的回答确实不妥，而且很容易引起别人的其他联想。如果真有其事，明眼人一看就明白，村里的首富同村里的一把手有矛盾，陈嘉树根本不把田均来放在眼里，这无形中严重打击了自己的威望。不行，要赶紧摸清情况，变被动为主动。田均来好茶好烟招待老人，答应马上核实情况，第一时间向老人们报告。

礼送老人后，田均来关上办公室的门，躺在大班椅上认真思考着。要摸清这情况，一定要找陈嘉树身边亲近的人。田均来把陈嘉树身边的人过滤了一遍，觉得找镇企业办主任郑镇武最合适。郑镇武的妹妹郑芬长期跟着陈嘉树，听说是陈嘉树的二老婆，陈嘉树修公园的事，郑芬肯定知道，她可能会告诉她哥哥。还是找同自己关系比较好的郑主任妥当些。

“郑主任，忙吗？”田均来操起电话就打。

“忙哦！有事吗？有事就说！”

“听说陈嘉树准备出钱修陈果山公园，你知道吗？”

“我不知道呀。你，你听谁说？那可是农场的地！”

“我听别人说的，但具体的不清楚。”

“你等下，我马上打电话问问。”

郑镇武打电话给郑芬，拐弯抹角地探听陈嘉树准备建设陈果山公园的事。郑芬很久没接到哥哥电话了，高兴之余，不小心透露了信息，陈嘉树确有建设陈果山公园的打算。

郑镇武马上将消息告诉了田均来，说动用农场的地，没经过他的同意，坚决不行。同郑镇武通了电话，证实陈嘉树修公园的消息是真的，田均来觉得奇怪，这么大的事情，陈嘉树怎么不向他透露一点消息呢？这里面肯定大有文章。以前村里的工程都是自己做的，是不是嘉树不想将这工程包给自己或者其他打算？但不可否定的是，陈嘉树不把我放在眼里，田均来感受到自己的权威受到了挑战。中午吃饭时，他把昨天没喝完的半瓶五粮液酒拿出来，一个人喝闷酒。

田均来和陈嘉树是同龄人，都是高中毕业，虽然不同届，但作为村里为数不多的知识分子，两个人关系还不错，平常也谈得来。田均来高中毕业后去部队当兵，回来后一边当村干部，一边做些小工程，日子过得有滋有味；现在当了村书记，成了村里说一不二的人物，心里愈发自信，感觉乌山村没有自己不能掌控的事情。陈嘉树高中毕业后考上大学，毕业后当老师，后来辞职下海，跟着他的同学杨秀夫包工程、做房地产，成了乌山村的首富。

田均来有个习惯，当头脑乱哄哄精力不集中的时候，喝些酒、好好睡一觉，起来时头脑特别清醒，思路特别清晰。傍晚起来后，他泡了一杯明前绿茶，一个人在书房里静静思考怎么应对这事情。

田均来决定去拜访陈嘉树，深入交谈一次，自己毕竟是村书记，没有村两委的配合，想修公园也是困难重重。他拨通了陈嘉树电话。

“陈总，您好呀！您在福州还是在湖南？”

“哦，是田书记。我在湖南，有事吗？”

“听说您准备捐巨资修陈果山公园，这是造福家乡的大善事，功德无量！我代表乌山村全体乡亲感谢您！”

“你听谁说的？”

“这么大事情，村里早传开了。您说您，怎么事先不透露一点消息？是不是我们工作做得不到位，惹恼了您？我想向您当面赔礼道歉！”

“没有，没有。我有修公园的计划，不过现在还早着呢。我本想等筹备工作做得差不多时再告诉你。”

“我有自知之明，以前如果有对不住陈总的地方，请一定海涵！我想向您当面道歉，另外讨教修公园的方案，看看我们怎么配合您的工作。”

“不敢当！我在湖南，短时间不能回去。以后工作上请田书记多多支持！”

“应该的，应该的……”

这一通电话，田均来对陈嘉树捐资修公园的事有了大致了解，有人出钱，镇政府肯定支持，修公园是板上钉钉的事了。现在关键是如何争取主动，最后接到工程。想接工程，就要知道规划，还好刚才打电话时态度谦卑，陈嘉树没有拒绝，这样就师出有名，可以堂堂正正、大张旗鼓宣传陈嘉树捐款修公园的事，掌握舆论的主动权。

田均来想，陈嘉树是捐资者，最后的决定权在他，能影响他决策的主要人物是镇党委书记林定军和他的叔叔陈春旺。陈嘉树捐款修公园，这是为领导脸上贴金的大好事，镇领导会把他当菩萨供着，只有点头支持，不会干涉他的决策。以前陈嘉树做建筑，事业不是很大，亲叔叔开口，他多半会听；现在事业发展大了，不知道他叔叔的话对他还有多大影响力？通往陈嘉树的捷径有两条，一条是陈春旺，另外一条是林定军。林定军同自己关系平平淡淡，这条路显然走不通了。现在只有陈春旺这条路了。

早上陈春旺接到林定军的电话，说他通过陈嘉木联系上了陈嘉土。陈嘉木做了很多思想工作，说是长房的恩惠，让他承包公园工程，这是他翻身的最后机会，不然谁也救不了他了。最后嘉土接受了嘉树的好意，这几天回家，参与修建公园的早期准备工作。现在设计院开始做设计方案，有些具体问题需要陈春旺来镇政府面谈。

谈完工作后，陈春旺开车回到了乌山村，想看看堆积在陈家厝大厅里的材料保存情况。

乌山村村委会大楼建在后山，可以俯瞰整个村子。田均来经常站在阳台上，观看自己治理下的这片土地。村东、村南，两百多座新建的楼房连成一片，两条宽敞笔直的水泥路通往村外，整个村庄呈现欣欣向荣景象，他的心里有一种莫名的自豪和满足。今天，田均来远远看见陈春旺的电动四轮车驶进村子，知道是老爷子回来了。他赶紧下楼，骑着摩托车向村中心奔驰而去，邀请老爷子晚上到他家里喝两杯。

陈春旺想田均来毕竟是村书记，将来建公园少不了同他打交道，有的事情还要他来帮忙，自己有嘉树别墅的钥匙，晚上可以睡在嘉树家，于是就答应了他。傍晚，春旺从嘉树的客厅拿了一盒包装精美的武夷岩茶，准时来到了田均来家。

田均来的家是几年前新盖的，四层小洋楼，外墙用白色真石漆装饰，基脚采用土黄色文化石，还有金色线条和浮雕搭配，大气又精美。正面的高门檐凸显出楼房的端庄气质，看上去很有立体感。入户是客厅，客厅面积较大，非常舒适怡人。西北角有一间独立的厨房，与餐厅相连。田均来夫妻俩准备了一桌海鲜，有海螺、鱼干、清蒸海蟳、丁香鱼煎蛋、石斑鱼锅仔、跳跳鱼炖酒等，都是本地特色的美味，外加两盘时令青菜，丰盛奢华。

田均来从饭厅酒柜里拿出五粮液和十年糯米老酒，问老爷子要喝哪种酒。春旺几十年喝老酒喝习惯了，选择了老酒。春旺问是否还有其他客人，田均来说今晚就请您这个贵客，难得您老人家肯赏光，两个人好好喝一顿。

菜肴美味可口，老酒温热顺口，田均来和老爷子你一杯我一杯，两人的脸上不知不觉也染上了像老酒一样的颜色。田均来看见差不多了，提出请老爷子同嘉树说说，把修公园的工程包给他，以前村里的大大小小工程也都是他来做，都做得很好，请老爷子放心。

陈春旺吓了一跳，原来田均来请他喝酒是这个目的，顿时酒醒了一半。自己和嘉树、林书记商量好了将工程包给嘉土，嘉土也答应了，怎么可能再给田均来呢？可拿人家的手短，吃人家的嘴短，只好应付田均来，说他问问嘉树，有消息了通知他。

田均来一个礼拜打两次老爷子的电话，询问消息。老爷子怎么敢问嘉树这事呢，最后不敢接田均来的电话了，只是回了个信息，有事、在外地等等。

这明显是忽悠、蔑视，田均来有一种被羞辱的感觉。不行，不能这么被动，要化被动为主动。陈嘉树、陈春旺想玩我是吗？那我联合郑镇武也玩玩你！在乌山村这小山村里，没有自己玩不转的道理。田均来想到几天前郑镇武找他，想从这个工程中分一杯羹，于是有了主意，邀请郑镇武来自己家喝酒。

晚上，郑镇武提着两瓶五粮液酒来到田均来家。在饭厅里，田均来和郑镇武边喝酒边商量如何介入公园项目，掌握主动权，进而取得承包权。

郑镇武早就想做工程赚大钱，可自己是镇政府工作人员，要天天上班，不能像村干部一样边拿工资边从事其他事业。这次修公园是个契机，自己还管着农场，如果田均来取得工程承包权，就有机会入股了。别小看这些小工程，虽然工程量少，可利润高得很。现在国家实行乡村振兴战略，每年都会下拨大笔资金搞建设，如果能搭上田均来，将来赚钱的机会不会少。郑镇武是个聪明人，接工程赚钱，主要靠田均来，自己的股份宁愿少拿些。

田均来和郑镇武商讨的结果，是趁现在小阳春，郑镇武在陈果山大种杨梅树，到时候要赔偿大笔青苗费，将陈嘉树一军。这时候田均来提出把工程包给他，由他解决这棘手的问题，变被动为主动，逼陈嘉树就范。

第二十九章

郑镇武到浙江买了一千多棵多年生东魁杨梅树苗，雇了二十多个民工，一天时间全部栽在陈果山上。

乌山村街头巷尾，顿时议论纷纷，人们纷纷指责郑镇武不地道，想钱想疯了，又想敲诈陈嘉树一笔，居然用这种下三烂的招数！当然也有个别嫉妒陈嘉树的人为郑镇武说话，反正陈嘉树有钱，再诈一些钱出来给镇武，这叫肥水不流外人田。

郑镇武一天雇二十多个民工在陈果山荒地上全种上杨梅苗，陈与正赶紧打电话告诉陈春旺，春旺把消息转告陈嘉树。陈嘉树没想到郑镇武会使用这个手段，就打电话告诉林定军。林定军把郑镇武叫到办公室，劈头盖脸地臭骂了一顿，责令他赶紧处理好这件事，消除不良影响，让公园项目的前期工作顺利进行。

郑镇武很委屈，说林书记您冤枉我了！我怎么知道那里要修公园？绝对没有想抢种果苗捞青苗费的想法，再说种树绿化是国家提倡的，不犯法吧？如果镇政府或乌山村贴一张公告，告诉大家不许在陈果山种树，我也不会花这么多钱雇民工去种树啊，现在树都种下去了，您让我怎么办？

郑镇武振振有词，无懈可击。林定军一时也没办法，就给陈嘉树回了电话，商量如何妥善解决。

陈嘉树现在忙得不可开交，一时顾不上这边的事，就说请书记同叔叔春旺商量处理。自安德回到金安后，陈嘉树一个人待在办公室里，翻看手机电话本，寻找可能的合作者。陈嘉树又翻到蔡东峰，想起上一次开董事会时候蔡东峰说过，有好项目他还想投资。于是打电话告诉他关于金水湾楼盘的信息。

这几天深圳能源公司总经理张中瑞在山西，蔡东峰陪他饮酒喝茶。他同张总谈起好同学运作湖南安德的金水湾项目，需要一笔资金，问张总对房地产开发有没有兴趣。

几十年来，张总经历过风风雨雨、沧海横流后，参透了人生。他端起茶杯，说：“人生如茶，茶壶有量，茶味无穷。年轻时学习创业像茶，充满苦涩；中年时事业有成苦尽甘来；到了老年，一切归于平平淡淡。每个人的事业有大有小，切莫强求。成功也好，失败也好，谁也逃不脱一抔黄土。人生的结局都一样。道法自然，我年纪这么大了，何苦再去追求霸业红尘呢？”

张总的老婆、儿子、孙子都在加拿大，一直要他去渥太华团聚，享受天伦之乐。张总年纪大了，想开了，有了隐退之意。这次煤矿整合，赔款分到三亿五千万，结束了他在山西煤矿业的辉煌历史。在离开祖国之前，他最不放心的就是干女儿秦莹莹。自己能在山西挖到宝藏、积累这么多财富，秦莹莹起了至关重要的作用。这么多年来，她无怨无悔地陪伴自己，耽误了美好的青春年华，可以说，这“军功章”里也有秦莹莹的一半。张中瑞决定分给秦莹莹一个亿，作为自己对她的回报和补偿。

张总一直没有把钱交给秦莹莹，因为他不放心。离开了自己的保护，一个三十多岁的单身富婆，周围一定少不了心怀不轨的男人对她虎视眈眈，稍不小心，就会上当受骗，财色双失，甚至危及生命。张总正为秦莹莹的将来昼思夜虑。当蔡东峰讲到他的同学做房地产需要资金时，张总眼睛一亮，这倒是好去处，把钱借出去，资本既安全又可增值，何乐而不为。蔡东峰是自己多年的老朋友、老部下，又是秦莹莹的姐夫，又有一定身价，人品也不错，他作保，可以考虑借钱出去。张总和秦莹莹准备随蔡东峰到湖南安德实地考察。

事情进展这么顺利，陈嘉树始料未及。后天张总和蔡东峰就来了，陈嘉树什么准备也没有。他在办公室连夜加班做方案，就项目状况、解决方案、产品定位、市场分析、合作模式、股份比例、资金计划、人员安排等等洋洋洒洒地写了几十页。

郑芬见陈嘉树这几天神龙见首不见尾，神神秘秘的样子，很纳闷。她来到陈嘉树的宿舍，打开房门一看，没人。她又来到陈嘉树办公室，打开房门，一股烟酒味呛到了她。陈嘉树办公桌上烟蒂、酒杯、A4 纸杂乱无章。他两眼通红，不停地敲打着键盘。到底什么事情这么神秘、让他这么忘我地工作？郑芬拉开了厚厚的窗帘，打开窗户，让外面的风快速荡涤室内的浊气。

陈嘉树见郑芬大半夜来到办公室，知道这件事今晚不告诉她不行了。那天晚上程市长特意避开她和小文，单独同自己谈这件事，一定有什么考虑。郑芬既然来了，事情有了眉目，自己也需要帮手，干脆告诉她算了。陈嘉树把金水湾项目的来龙去脉告诉了郑芬。

郑芬既心疼陈嘉树的劳累，又为陈嘉树能有这么好的机遇感到欣喜。她抱住陈嘉树，把脸紧紧贴在他的背上，深情地说："让我帮你好吗？"

陈嘉树握住郑芬的手，感受到郑芬的深情："好啊，夫妻同心，其利断金。"

两人决心为这千载难逢的机会豁出去了。

陈嘉树把自己加班做的《关于安德金水湾项目改造初步方案》通过邮件发到了程市长邮箱，另外告诉他明天自己带人来考察项目。程市长回了一个字："悉！"

程市长一直很赏识陈嘉树。他把陈嘉树和杨秀夫做对比，发现杨秀夫的攻关还停留在送钱送物的水平，开拓事业谨慎有余、魄力不足。如果长期同他交往下去，将来一定会出事。陈嘉树同他不一样，他目光高远、诚信守律，有思想、守底线，具有成功企业家的潜质，同他交往，舒服放心。昨天晚上，程市长看了陈嘉树发来的邮件，很欣慰，如果陈嘉树有资金支撑，金水湾项目交给他就放心了。

陈嘉树来到程市长办公室，看见市长一脸笑容，知道自己的《报告》已基本得到了认可，忐忑不安的心一下子放下了。他接过秘书泡的茶，坐在程市长对面，谈话进入正题。

程市长对自己知根知底，关爱有加，陈嘉树敞开心扉向他提出自己要接盘金水湾项目，请求支持。

程市长微笑着，陈嘉树敢提出这个要求，一定是找到了经济实力雄厚的人物，做好了充分准备。但他还是关心地问：“你股份占多少？”

“股份比例还没定，但我说了算。”陈嘉树回答。

“对方的人品、背景你了解吗？”

“了解，他是我高中同学。”

“他们今天考察重点是什么？”

“项目是否真实可靠。”

“这个简单。你想要哪种接待？”

“您派一个熟悉金水湾项目的人，详细介绍项目情况。晚上请我们一餐，您露下脸。”

“好的。你们要准备一个亿，这是门槛。”

“好的。”

“时间不等人，要快！”

“我明白……”

程市长心想陈嘉树一下子融资一亿多，其中可能有不好向别人说的秘密，自己不好问什么，只想了解几个大问题。关于考察接待的事，程市长已经交代了善后处理小组的林副组长，林副组长已做了安排。

陈嘉树从程市长办公室出来后，直接去找林副组长。根据安排，下午陈嘉树和林副组长接到张总、蔡东峰、秦莹莹后，先到金水湾项目实地考察，然后到善后处理小组查阅相关档案资料，晚餐安排在安德宾馆，晚饭后下榻楚天大酒店。

陈嘉树和林副组长在安德高速路口迎接蔡东峰一行。大家相见，热情地握手问好。张总穿着蓝色T恤，系着领带，头上戴着一顶蓝呢帽，像电影导演。帽子下露出的花白头发和耷拉的眼袋暴露出他是老年人。蔡东峰穿着夹克衫，面容沧桑，是中年人。秦莹莹穿着鹅黄色罩衣，长皮靴，头戴一顶红呢帽，青春靓丽，少女一般。他们三个走在一起，就像一家祖孙三代人。

一行人在金水湾楼盘里转了一圈后，来到金水湖边。虽是秋天，这里依然是一片生机盎然的绿色，令人赏心悦目。金水湖水波荡漾，群鸟翱翔，三三两两游湖观鸟的人们徜徉湖边，好一幅江南秋日的美丽画面。一行人坐车绕着湖边转了一圈后，去了金水湾项目善后处理领导小组办公室。

查完档案资料后天黑了，陈嘉树一行在林副组长的带领下来到安德宾馆。安德市政府因公接待基本都在安德宾馆，酒菜也是相对固定的，酒是湖南名酒，酒鬼酒或白沙液；菜是传统的湘菜系列，食材是当地特产，本地厨师独特做法。大家落座后，酒菜就上来了。

林副组长说：“程市长请大家吃便饭，他有其他事，迟些过来，我们先吃，不必等他。”他开了一瓶酒鬼酒，顿时满室飘香。

主人位留给程市长。张总坐在主宾位上，后面是蔡东峰、秦莹莹。林组长坐在副陪位上，后面是陈嘉树。经过半天接触，大家没有陌生感。张总是广东人，几十年走南闯北，让他喜欢上浓烈的白酒。张总以前可能很少喝过酒鬼酒，一杯下肚，都要痛快地“嗨、嗨、嗨”大喊几声，不停称赞真是好酒。大家的情绪都被张总带起来了，你来我往，觥筹相错。蔡东峰怂恿陈嘉树不断与张总敬酒。张总是主宾，大老板，年纪大、威望高、大家都向他敬酒，他酒喝得最多。等程市长到了包间时，大家都有点微醺了。

程市长到来时，大家不得不打起精神。程市长微笑着向大家逐一敬酒，他根据敬酒对象的身份、年龄、性别不同，辞令都不一样，让对方感到很温暖、很亲切。客人感受到主人的热情，一一回敬程市长，感谢他的盛情款待。这场酒席，宾主尽欢。

酒后，陈嘉树想请客人到茶馆喝茶。张总年事已高，又一路劳顿，想去宾馆休息。秦莹莹要照顾他，也去不成了。大家一齐回到楚天大酒店休息。

从下午到住进酒店，陈嘉树和蔡东峰还没有单独相处过，他对金水湾项目感觉如何，是否有兴趣？陈嘉树急需蔡东峰的答复。陈嘉树想今晚是最好时机，两个人坐下来好好商量。他洗完澡后，想找蔡东峰好好谈谈。

门铃响了，蔡东峰来到了门口。他比陈嘉树还急，通过实地考察、林组长的介绍，蔡东峰发现金水湾项目真的像一座“金矿”。机会稍纵即逝，他急于了解陈嘉树的整体设想和运作模式。

两个人喝着茶，表面很轻松，其实内心波涛汹涌。

“这项目感觉怎么样？”陈嘉树笑着问。

“好，像我当年煤矿一样好！有把握拿到吗？”蔡东峰高兴之余，有点担心。

“这是一块肥肉，好多人盯着呢。很快就年底了，市政府资金紧张，急着成交。程市长有意给我们，就看我们的资金情况和到位时间了。”陈嘉树担忧道。

“那你要花代价，把程市长紧紧抓住。资金问题好解决，我与张总谈好了，两个亿以内不是问题，随时可以打款。”蔡东峰胸有成竹。

“那他们的条件呢？条件是什么？”陈嘉树急于知道。

“他们不参股，月利息百分之一，一年一付。借款人必须是房地产公司，以土地做抵押，我做担保人。另外，莹莹想年后来公司上班，她有财务专长。”蔡东峰实话实说。

陈嘉树舒了一口气，说：“莹莹来上班好呀，我们也需要这方面的人才。担保的事，看你愿意不愿意啰？”

“愿意是愿意，但要看你给我多少股份，股份多，担保就多；股份少，担保就少。”蔡东峰也不藏着掖着，摊开了讲。

“这我理解，股份的事情我们好好商量……”

“股份占比是最大的事，当然要好好商量。你的设想呢？”

“这么大的项目，是不是分几个大股……”

“这、这没必要。别人为了融资，不得已才分那么多股东。我们资金有了，有必要那么多股东吗？多个香炉添个神，请神容易送神难。我是直性子，我的意见就分两大股，你一个，我一个。”蔡东峰急忙插话，亮出自己的观点。他从煤矿合伙中得到教训，在公司，股份就是财富和权力，怎么能给别人呢？

“那杨总呢？要不要给他一些股份？”陈嘉树问。

“杨总家大业大，还要我们照顾他吗？他没参与这件事，就不要考虑他了。如果你那边有领导要参股，你股份多拿一些，你再分他们。大股东就我们两个，可以吗？”蔡东峰既否定了杨总，又考虑到陈嘉树，说得合情合理。

“可以呀。那你想占多少股份？”陈嘉树试探道。

“四十多吧。你拿下这个项目，贡献大，应该占大股。我筹到钱，贡献小，占小股，这样公平公正、合情合理。”四十多少，蔡东峰不明说，让陈嘉树斟酌，这样自己有原则，对方留有余地，逼对方亮出底牌。

“你占百分之四十三，我百分之五十七，如何？”陈嘉树向蔡东峰商榷。

“我筹的钱算了利息，你前期费用多少我不知道，干脆这样吧，我四十二，你五十八。你的前期费用、介绍费什么就不用算了，这样行吗？”蔡东峰的话既大度又严谨，令人信服。

“好吧，股份就这么定。”陈嘉树问，“那工作分工呢？你过来当总经理？”

“我房地产没摸过，一点经验都没有，这么大楼盘，我怎么做？还是你来，董事长、总经理一肩挑，我派一个财务总监负责财务。”蔡东峰说的是实情，建议有道理。

“那金安回龙城怎么办？杨总会怎么想？”

“杨总是大老板，他有办法。我比你了解他，到时候我跟他讲。”

“那好……”

俩人在探讨着、规划着自己的房地产公司怎么搭建、怎么一步步走向正轨、走向辉煌。

蔡东峰的到来和金凤房地产公司高管的异常行动，不知怎么传到了杨秀夫的耳朵里。杨秀夫很惊诧，这是怎么回事呢？他不相信，也不理解，几十年的同学，如亲兄弟般的关系，有什么事情瞒着他呢？杨秀夫本来想打电话给陈嘉树，问问怎么回事，后来想陈嘉树心气比较高，不打电话一定有他的道理，如果自己冒昧问他这些事，他肯定有想法。还是先打蔡东峰的电话，兴师问罪。

“东峰，到湖南了不给我电话、也不到我这里来，你还把我当兄弟吗？”一接通电话，杨秀夫就是责问。

“本来去找你，好好撮一顿。这次是我老板来，我要陪他，走不开。”

“走不开，那你应该打个电话呀，怎么电话也不打了？”

“我想马上开董事会，见面早几天晚几天的事，所以没打电话。”

“不对，你是急性子，这不是你的做事风格。快说，什么秘密行动？”

“好、好，我坦白，什么秘密都瞒不住你。我老板不是有钱吗？煤矿被整合了，他就改行做房地产了。前几天看上湖南一个大型房地产项目，叫我和他一起过来考察。”

“在湖南什么地方？”

“湖南安德市。”

“谈得怎么样？要不要我帮忙？我的好朋友在那里当市长。”

“不要了，基本谈妥了。”

“我都不知道安德有项目，你们怎么知道？”杨秀夫想打破砂锅问到底。

“朋友介绍的。这项目太大了，要好几个亿。”蔡东峰故意把项目往大里说，让杨秀夫知道没有雄厚的经济实力，是撬不动这个项目的。

“嘉树同安德市的程市长关系也很好，你们找他了吗？”

“找他了。他可能忙，没告诉你。”

“可能吧……”杨秀夫不想再问下去了。几个亿的项目，只有市委书记、市长才能拍板，其他市领导不可能主导。能够把安德市长和山西开煤矿的张总、蔡东峰接上线的只有陈嘉树。杨秀夫知道这个项目是陈嘉树牵的线，所以他不敢打电话。陈嘉树和程市长的关系超过了自己，他的翅膀已经硬了。这资源本来是公司的，也可以说是我杨秀夫的，这么大的项目，陈嘉树竟然一声不吭地介绍给张总，杨秀夫感觉陈嘉树深不可测。他心里五味杂陈、百感交集，一夜睡不着。

蔡东峰同杨秀夫的通话一结束，就赶紧打电话给陈嘉树，告诉他杨总知道了我们运作安德房地产的事，并将他们的对话告诉了陈嘉树。陈嘉树知道纸包不住火，这事情杨总早晚会知道，他对自己的失望、愤怒将不可避免，甚至分道扬镳。陈嘉树对杨秀夫感到深深的内疚，没有杨总的提携，就没有自己的今天，这天大的恩情，将来何以为报？陈嘉树也是整夜睡不着。

2002 年，杨秀夫成立了一家房地产开发公司。他认为房地产业虽然低门槛、高收益，但也是高投入、高风险的产业。若项目定位不准、市场判断有误、政府关系处理不好、人事变动、资金断裂都可能血本无归，所以不敢轻易出手。他大量承包房地产建筑工程，积累资金，一边寻找可靠关系，筛选合适的地产项目；一边招揽人才，为进军房地产做各种准备。

杨秀夫和陈嘉树是同学，知道他是个人才，在马海中学郁郁不得志，就以超出学校十倍的工资邀请陈嘉树加盟自己的公司。陈嘉树心动了，树挪死，人挪活，很多同学高中毕业后从事建筑业都发了财，我大学毕业，文化知识、智商情商都不比他们低，他们能发财我为什么不能发财？陈嘉树也想创一番事业。在父母、妻子的反对声中，他坚决辞职下海，来到了杨秀夫的湖南福隆建设集团公司，负责房地产公司工作。

做房地产开发，不仅要雄厚的经济实力，还要强大的官方背景。怎么建立官方人脉关系呢？陈嘉树找到在省工商联工作的同学。在他的指点和帮助下，陈嘉树邀请省工商联领导到湖南福隆建设集团公司考察。在迎接省工商联领导的宴会上，领导建议成立湖南省福建商会，搭建党和政府联系非公有制经济人士的桥梁，互联互通助推福建、湖南的经济建设，为在湘的福建企业实现资源共享、互利共赢、共谋发展，得到了出席宴会的在湘福建知名企业家、湖南的工商联领导一致赞同。经过半年多的筹备，湖南省福建商会成立了，陈嘉树担任秘书长。在商会工作期间，陈嘉树认识了许多湖南的福建籍高官和名企业家，从此打开了公司发展瓶颈，几年时间，不仅为杨秀夫拿到了几个大项目，自己也接了几个项目，挂靠福隆建设集团公司，事业做得风生水起。这次金安地产项目，其实关系也是陈嘉树找来的。

金水湾善后处理领导小组成员也在加班加点工作。元旦临近，社会矛盾集中易发，程市长在维稳会议上，专门讲到金水湾问题，要求善后处理领导小组春节前解决金水湾问题，给市民一个交代。林组长要求陈嘉树多派人手，加快工作进度。陈嘉树无法分身，只能白天在金安，晚上在安德，夜以继日地忙碌着。

蔡东峰来了，资金到位了。陈嘉树和蔡东峰注册成立的金丰田房地产开发有限公司与安德市金水湾项目善后处理领导小组签订了合同，原开发商的金水湾产权、物业、债权债务全部转移到金丰田房地产公司名下，原开发商与政府相关部门签订的协议合同、享受的优惠政策继续有效，城市基础设施配套费减半收费。

陈嘉树把公司取名为金丰田房地产开发有限公司，是有一定寓意的。根据五行相生相克原理，开发房地产，从土地获取高额利润，是土生金，金生水，水灌溉着肥沃的田地，田地获得丰收。“田”就是陈嘉树，因为他小名叫田田；“丰”谐音“峰”，代表蔡东峰。公司开发的楼盘在金水湾，寓意陈嘉树和蔡东峰在这个项目上一定取得巨大成功。

第三十章

陈嘉树一边忙着金凤公司的事务，一边操心新成立的金丰田公司事情，疲于奔命。

黄放为猴子哥争取新政府工程的装修项目，陈嘉树不同意，使他在公司同事和猴子哥面前抬不起头。猴子哥和他的手下经常对他冷嘲热讽，令他无地自容。黄香依不像过去那么温柔可爱了，三天两头向他要钱，让他不胜其烦。昨天黄香依眼泪汪汪地对黄放说，她怀孕了，问怎么办？黄放一听这话，顿时愣住了，好一会儿才回过神来。

黄放想，黄香依怀孕到底是真是假，是不是变了法子向他要钱？他想以前云雨时黄香依都要他戴帽，否则就不让进入。只有几次刚拿到钱，她自己认为是安全期，才让他不戴帽进去。是不是那几次中的一次中彩了？黄放努力回想一个月前他们之间的时间、次数、细节等等，可一直捋不清。

如果是假的，她的目的是什么？无非是敲一笔钱，离开自己。一个黄花大闺女跟着你这么长时间，离开了给她一笔钱也是应该的。黄香依为什么想离开？有另外的大老板想包养她？凭她的姿色，不够；是她的同学追求她，她想谈恋爱，不像。种种迹象表明，黄香依没有想断了自己的财路，没有离开的意思。那么怀孕可能是真的。黄放想，现在是假是真都不重要了，重要的是要有一笔钱，才能渡过目前的难关。

钱，去哪里借钱呢？以前为了投资，他动员亲朋好友投资给自己。他们知道严小莺是大富婆，家里有钱，投资放心。如果现在突然向他们借钱，他们一定会认为出了什么问题，这实在开不了口。再向猴子哥借？前面借的十五万高利贷还没还，再问他借钱，他会答应吗？先问他再说，反正是高利贷，到时还他就是了。

黄放负责公司的对外工作。房地产公司就那么多事，有了陈嘉树亲自出马，所以黄放有很多空余时间，无所事事。他这个人坐不住，没有其他爱好又耐不住寂寞，金安市又没有其他熟人朋友，只能往猴子哥的公司跑。有时候他被猴子哥讽刺得太狠了，面子上挂不住，就几天不去。可猴子哥一个电话，要他去吃饭唱歌，他又屁颠屁颠地去了，他实在受不了这般孤独无聊。

黄放从心底感激猴子哥。猴子哥帮他介绍黄香依，还借钱给自己，自己却一点都帮不了他，黄放感到很惭愧。猴子哥的借款利息很高，一万元一天一百元，黄放心甘情愿。社会上的担保公司利息都很高，还要抵押物担保，猴子哥的担保公司不要自己抵押担保，利息高一些也正常。他打电话向猴子哥再借五万元。

猴子哥的担保公司经营得有声有色。他们从亲戚朋友那里以月息百分之二、百分之三借来资金，以月息百分之五、百分之十甚至更高的利息放贷，牟取暴利。他们视借款人价值、信用、借款多少、时间长短、担保抵押情况，收取不同的利息。有的人临时急需用钱，一时筹不到，干脆到这些担保公司借款，反正借的时间不长，利息高些无所谓。借款人到期不还是绝对不行的，担保公司有一批专业讨债人，他们的办法多得很，让你家无宁日、生不如死，最后不得不乖乖还款。

猴子哥的担保公司借款是五万元起。黄放开口借钱，猴子哥求之不得。他最好黄放天天向他借钱，借得越多越好，他以最高利息计算。黄放是金凤房地产公司大股东，是公司常务副总经理，借款合同中有他的签字、有金凤公司开发部盖的公章，还怕他们不认账，收不回钱？黄放他们外地人，来这里做房地产生意，大赚特赚金安人的钱，还睡了金安的漂亮姑娘，他们吃肉，还不许我们喝汤！

黄放来到猴子哥的担保公司，他只花十几分钟就办理好了借款合同，扣除三个月的利息一万五千元，三万五千元钱一会儿就到了他的银行卡上。事情办完后，黄放到猴子哥办公室表示感谢。

猴子哥泡好了茶等着黄放："黄总，你这么大的老板怎么借这种钱呢？"

"这段时间手头不方便。"黄放笑得很尴尬。

"一时不方便可以理解，但经常不方便我就不理解了。我早给你讲过，这利息很贵的。别人借钱是过桥用，借了很快就还；你好像借钱当生活零用，用完了再借，长期不还，到时候会很麻烦。"猴子警告道。

"没问题，二十万是小钱。我金安投资两千多万，躺在这里也可以赚两千多万，这些钱你怕我还不起？真是笑话！"黄放满不在乎。

"这我相信，你是大老板赚大钱。我这是兄弟们集资办的小公司，水浅只能养小鱼。你这样的大鱼进来，把水都喝光了，兄弟们还不渴死？你要想办法先还一部分，我们好周转。”猴子哥口气很严肃。

“我知道，我知道……”黄放感到不好意思。前面借的十五万都到期了，有的超过两期了，担保公司的小弟催过。黄放打电话给猴子哥，要求延期。猴子哥很给面子，每次都答应。黄放觉得对不起猴子哥。

“你知道啥！早跟你讲过，想尽办法拿一个装修项目，我给你提成，抵这些借款，你就是不帮忙。现在兄弟们发火了，你不给他们面子，他们也不会给你面子。我压不住他们，你赶紧还钱吧，不然会很难看！”猴子哥突然变脸了。

在黄放面前，猴子哥以前也发过火，但没有这次严重。黄放不知如何是好，嘴里一直嘟囔：“陈嘉树，你一点面子都不给，欺人太甚，看我怎么弄死你……”

“你今天借的钱不要拿走，先还公司吧！”猴子哥的脸乌云密布。

“那，那不行。我会尽快还你们的。”黄放紧张了，猴子哥说翻脸就翻脸，尽快借钱还他们算了。

“你借这么多钱做什么？是不是黄香依家里人得大病，急用？”猴子哥想套出黄放借钱目的。

“不是。是黄香依病了。”黄放轻声回答。

“她一个年轻人，农村出来的，身体好着呢，怎么会病呢？你又在骗我！”猴子哥不相信。

“她怀孕了。”黄放嗫嚅道。

“好，好啊！你又当爹了，祝贺，祝贺！”猴子哥脸色马上阴转晴，高兴地叫了起来。

“我都愁死了，你还笑话我。”黄放哭笑不得。

“这是喜事，我当然替你高兴。你来金安，做房地产赚大钱，讨小老婆生孩子，喜事连连，什么好事都被你占了。你还愁眉苦脸，你应该高兴才对。中午你要请客！”猴子哥很兴奋，好像是自己家的喜事似的。

猴子哥的过度反应，让黄放意识到自己说漏了嘴，这秘密如果被猴子哥传播出去，对黄香依对自己都会惹出大麻烦。黄放后悔了，赶紧改口：“香依生病了，应该不是怀孕……怎么可能呢？你千万别说，不可能，不可能……”黄放语无伦次，边说边退出猴子哥办公室，不顾猴子哥挽留，急急忙忙走了。

猴子哥望着黄放渐行渐远的身影，一条毒计在他心中产生了。

黄放回到公司。他心思很乱，坐立不安，但有一点是清晰的：事情既然发生了要赶快处理掉，以绝后患！他给黄香依发了一条信息：今晚你过来，我们商量解决。

这几天黄香依惶惶不可终日。以前她的月事比较准时，个别月份有提前或延后三五天，这次超过了七天还没有来，黄香依担心是不是怀孕了。她去药店买了验孕棒，结果两条红线。她不相信，偷偷去了区医院妇产科检查，果然是怀孕了。黄香依吓得不知所措，赶紧去见黄放，问他怎么办？她看见黄放期期艾艾半天拿不出一个主意，不是个敢作敢当的男子汉大丈夫，很失望，流着眼泪转身走了。

下午没有课，黄香依一个人来到金河边。偌大的金河公园几乎看不到什么人。可能今天是阴天吧，天空灰蒙蒙的，枯黄的树叶随风簌簌飘落。浅水滩觅食的小鸟也缩着脖子，好一会儿才往前踱几步，伸嘴往水地里搜索一番。这秋天阴沉沉的下午，谁愿意来到空阔寂寥的旷野，徒增伤感罢了。

黄香依的心情同这情景很契合。她从昨天下午到今天上午一直盼着黄放来电，直到中午吃饭时才接到他的十一个字信息，没有安慰、没有说出办法。黄香依恨黄放，只顾自己销魂，不顾别人死活，出了问题当缩头乌龟。寒风吹在脸上，像细小的竹枝抽过，隐隐生疼，可黄香依没什么感觉。她郁闷到极点，就想出来透透气。她很无助，漫无目的地走着。

黄香依包包里的电话响了，她拿出来一看，是猴子哥打来的。

“妹子，你好！在干吗呢？”猴子哥的声音。

“我……我……”黄香依一阵哽咽，说不出话。

“怎么啦？妹子，谁欺负你了？谁，是黄放吗？”猴子哥很关心。

“是……是……”黄香依抽泣着。

“你在哪里？哥过来看你。你在哪里？”猴子哥声音很焦急。

“在……在金河……公园……”黄香依号啕大哭。

猴子哥一直关心黄香依，每次他同黄放吃饭都要叫上黄香依，有时还送上包包、首饰什么。黄香依觉得猴子哥不像别人说的是地痞流氓，自从认识到现在，他从来没有逼迫自己做什么事，也没有对自己图谋不轨。有时黄香依同黄放闹矛盾，猴子哥从中调和，总是向着黄香依。黄香依渐渐相信猴子哥，有时还依赖他，把他当成自己的哥哥看待。今天是黄香依最无助、最困难的时候，猴子哥打来电话关心她，怎不令她感动万分呢？

猴子哥开车来到金河公园，把楚楚可怜的黄香依接到车上。黄香依把自己怀孕的事和黄放的态度一五一十告诉了猴子哥。猴子哥谴责黄放一番后，安慰黄香依：“妹子，你是哥介绍认识黄总的，由哥而起。哥一定帮你解决这个事情，讨回公道！”

“哥，你一定要帮我……”黄香依哀求道。

“那你要听哥的，一切听哥的安排。能做到吗？”

“能，能，一切听哥的，听哥的安排！”黄香依抓住了救命稻草。

猴子哥把黄香依接到自己公司安顿好后，打电话告诉黄放，黄香依把事情都告诉他了，现在黄香依在他公司里，约黄放今晚在金河湾酒店吃饭。

金河湾酒店是一家三星级酒店，是猴子哥的朋友承包经营的，吃喝玩住一条龙服务，在金安市有些名气。以前猴子哥带黄放来吃饭，把老板介绍给黄放认识。黄放经常带客人来这里消费，有的客人酒后想活动活动，这里方便安全又保密，又可以多开发票。后来金河湾酒店成为黄放请客的一个定点酒店。

黄放来到酒店包厢时，猴子哥和黄香依已先到，菜都摆在桌上了。黄放望着黄香依可怜兮兮的模样和猴子哥狡黠的笑脸，不知如何开口。

“闹着玩的事，怎么玩成真呢？你们两个，我要批评你们……”今天猴子哥以裁判者的身份，谈话自然由他主导。

黄放和黄香依低着头，像做错事的小孩，任凭大人发落。

“事情既然发生了，不要我埋怨你、你埋怨我，两个人都有错！妹子呀，黄总不戴帽你怎么让他进去呢？黄总，隔着一层薄薄的膜有什么关系呢，一样快活，干吗非要脱掉帽子？这么大年纪的人，怎么还这样疯狂？你们两个现在弄出事来了，怪谁呢？怪你们自己！”猴子哥数落黄放和黄香依，“你们呀，不是冤家不聚头！事情发生了，你们说怎么办？要不要我帮你们？”

黄放和黄香依还是低着头，羞愧难当。

“来，先吃饭，吃了饭再商量怎么解决。”猴子哥把黄放和黄香依拉到座位上。

黄放一杯接着一杯喝酒。他心里有一团怒火，黄香依怎么把这么秘密的事告诉猴子哥呢？如果传出去，被别有用心的人拿去做文章，自己和黄香依都会身败名裂，后果不堪设想。黄放狠狠地瞪了几眼黄香依。黄香依睁眼怒视予以回应。两个人没有语言互动交流，整个酒桌只有猴子哥的声音。

猴子哥提出三个方案：一，黄香依尽快去做人流，黄放要陪她去，营养费、损失费两人商量解决；二，两个人想不想继续同居？如果继续同居下去，必须约法三章，不能强迫对方，不允许怀孕现象再发生；三，如果不想继续同居，黄放一次性补偿黄香依青春损失费，金额多少由两人协商解决。以上问题如果双方协商无果，他愿意从中调停。猴子哥是黄放和黄香依的朋友，又是两人的牵线人，他想他有资格充当调停者角色。

黄放听猴子哥讲话，听着听着听不清他讲什么。他的眼皮越来越沉重，他努力睁开眼，想看看猴子哥，听他讲什么，可眼前一片模糊。最后，黄放撑不住了，趴在桌子上。

黄香依同黄放差不多。她想喝饮料，但在猴子哥的劝说下，也倒了一杯白酒。不知不觉中她喝了两杯白酒。以前黄香依喝过白酒，四五杯不是问题，今天只喝两杯，怎么眼冒金星，浑身无力呢？是酒的度数太高了，还是自己怀孕了不胜酒力，黄香依想不明白。不一会儿，她也趴在桌上了。

猴子哥早在楼上开好了房间。他先把黄放搀进电梯，上了八楼房间，放在床上；然后又把黄香依背进电梯，上了八楼同一房间，把她放在黄放旁边。猴子哥瘦小的身材，两次背着体重超过自己的人上楼，气喘吁吁。他休息了一会儿，缓过劲后，先扒掉黄放的衣裤，然后一件一件剥光黄香依的衣裤。

黄香依的胴体，在灯光映照下，晶莹剔透，如十五月光下的白雪，泛着光晕。猴子哥心中如有一把火，烧得嘴干舌燥。他挣脱了衣裤，扑向黄香依……

猴子哥翻了黄香依随身带的包包，看见医院妇产科开的怀孕证明，用手机拍了照。然后爬到床上，摆了几组黄放和黄香依正在苟合的造型，拍了照片，最后依依不舍地离开酒店。

第二天，黄香依醒来，发现自己赤身裸体躺在黄放旁边，疑惑昨晚怎么又上了他的当，同他睡在一起？她回想昨晚喝酒细节，只记得前半段，三个人喝酒，后半段断片了，记不起来。她又气又急，穿好衣服、洗刷好后，把一只枕头狠狠地砸向死猪般的黄放，摔门回学校了。

黄放到中午才醒来。他酒喝得多，安定片的药劲大，自然醒得晚些。他醒来发现自己睡在宾馆里，而且浑身一丝不挂，第一感觉是不是被别人下了套？他回想昨晚的每一个细节，后面也断片了，想不起来。可宾馆里就他一个人，身上的东西一件不少，没有谁要敲诈勒索的迹象。他起床洗刷完毕，忐忑不安地回到公司。

第三十一章

黄香依确实是怀孕了，这对她造成了很大的伤害，黄放既自责又心痛。猴子哥提出的调停三条件，黄放愿意接受前两条，第三条不愿意接受。他迷恋黄香依青春美妙的身体，尝到他自认为的甜蜜爱情，这个时候叫他离开黄香依，无疑是割他的肉。他不想让猴子哥掺和自己和黄香依的事情，就直接打电话给黄香依。电话打了三遍，通了，可她就是不接。黄放没有办法，只好搜肠刮肚编写信息："依依，我的最爱，你受苦了，对不起！我们的事，你千万不能让别人知道，不要让猴子哥知道得太多，如果传出去，对你对我都不好。你今晚过来吧，我们自己商量怎么解决。我的钱也是你的钱，我们好商量。你一定要过来，我等你！"

信息发出去后，黄放一直等着黄香依的回复，直到下午快下班时才收到她的信息。信息就一个字："嗯"。

黄放下班后到步行街福建酒楼点了几盘海鲜，打包后赶回出租屋。一会儿，黄香依来了。她刚进门时，脸色是乌云密布，黑沉沉的。当她看见桌上摆着硕大的海螃蟹、黄花鱼、冒着热气的鲍鱼鸡汤，脸上顿时风卷乌云，露出了明媚的笑容。黄放悬着的心放了下来。他殷勤地拉着黄香依的手，把她按在座位上，盛好汤、剥好蟹，放在她面前，哄着她吃。黄香依扭捏一会，便大快朵颐起来。

晚上，黄放通过手机银行转了两万元到黄香依卡上。所有的矛盾和不快，包括猴子哥的三个调停条件都抛到了九霄云外，两人又腻在了一起。黄香依对黄放产生了依赖，一时离不开黄放这个金主，她享受同他在一起的生活。第二天，黄放陪着黄香依去一家民营的妇产医院做了堕胎手术。

陈嘉树开车去建委办事，远远看见黄放和一个年轻女孩上了一辆的士，碰了下旁边郑芬的手，示意郑芬快看。郑芬看了一眼，幽怨地说："如果一辈子只守着一个人，那多单调、乏味呀！这种只进身体、不进家庭也好，双方都保留一定距离，到时候一拍两散，你走你的，我走我的，哪个男人不喜欢？”

“食色，性也。爱美之心，人皆有之。漂亮的姑娘男人喜欢，英俊多才的男人姑娘也喜欢。五四运动后的北大文学系，陈独秀、胡适、徐志摩哪一个不倚红偎翠，有人说他们下流淫荡吗？没有！他们是在错误的时间，遇到了真正喜欢的人，所以只能以婚外情的形式存在了。这很无奈。”陈嘉树知道郑芬意有所指，故意把话题往大的方面扯。

“你多金吗？”

“没有。”

“你能同陈独秀、胡适、徐志摩比吗？”

“万万不能。”

“你比不上三个文学大师，却把自己当成孔圣人，高谈阔论‘食色，性也’，你不觉得自己很无赖吗？”

“我是无奈。我刚才讲过了，我是无奈。”

“我讲的‘无赖’是流氓无赖的“无赖’，不是无可奈何的无奈。”郑芬知道陈嘉树理解错了，真是可气又可笑。

“你呀，你……”陈嘉树哭笑不得。

郑芬知道陈嘉树看重家庭，不可能对自己承诺什么，自己同陈嘉树会不会有结果她心里没底。但郑芬还是飞蛾扑火、死心塌地爱着他。她爱陈嘉树重情多才、爱他英俊潇洒、爱他的男子汉事业心。全身心付出没有得到回报，郑芬的心里自然失去平衡，逮到机会，郑芬趁机发泄一下不满情绪。发泄之后，郑芬又开始自责，陈嘉树是有家庭有妻女的人，自己有什么资格同他谈情说爱呢？有什么理由责怪他呢？真如陈嘉树刚才说的，在错误的时间，遇到真正对的人。郑芬在矛盾和痛苦中挣扎着。

陈嘉树何尝不知郑芬内心的挣扎。随着时间增长，两人的感情也越来越深，陈嘉树越觉得对不起郑芬，对郑芬的小性子，只能是苦笑和包容。陈嘉树内心也在挣扎，自己和郑芬的关系，妻子肖慧早知道了。那年除夕吃完了年夜饭，一家人看着春节联欢晚会，当看到冯巩、闫学晶、牛莉演的小品《爱的代价》时，肖慧有感而发，说："一个男人，长得帅、有事业、有金钱，肯定会有女人喜欢，但要有一个度，不能把家庭忘了。家庭存在的目的，不是谁付出得多、谁付出得少，不是谁对谁错，而要共同付出，尽量创造一个相对好的环境，让全家人拥有一个安全愉快的生活。"嘉树知道，肖慧这是策略性提醒而不挑明，包容自己。陈嘉树重感情、也重名誉，面对无怨无悔、修养高尚、心胸宽敞的妻子，他不可能抛弃她，也不可能对郑芬不负责任，置之不顾。陈嘉树发现自己和郑芬发展下去，就是第二个的蔡东峰和秦婷婷。想到蔡东峰接到女儿电话时号啕大哭的样子，陈嘉树心惊肉跳。千万不能让郑芬怀孕生子，得尽快帮她找一个好男人嫁了。

陈嘉树也怕蔡东峰和秦婷婷的故事在黄放身上发生，那怎么对得起严小莺呢？第二天，陈嘉树把黄放叫到办公室，想同他再一次推心置腹地长谈。

自从那次要装修项目被陈嘉树拒绝后，黄放第一次踏进总经理办公室。他仇视陈嘉树，自己是公司第二大股东，还是公司常务副总，陈嘉树一点也不把他放在眼里。他大权独揽，把工程包给自己的关系户，中饱私囊，自己吃肉还不许别人喝汤，简直是欺人太甚！这段时间，陈嘉树带着郑芬接管了公司全部对外工作，把自己的工作权也剥夺了，一定是想赶尽杀绝把我撵出公司，好让他的情妇当常务副总。黄放脸色铁青，两眼瞪着陈嘉树，心里充满着仇恨。

陈嘉树正忙着泡茶。他抬头看见黄放敌视的目光，心里暗叫不好，黄放对自己的误会太深了。这场谈心怎么谈得下去，开场白怎么说才合适？一向擅长辞令的陈嘉树不知如何开口。他一边给黄放倒茶，一边思索着怎么才能化解黄放的敌对情绪。两人的矛盾从装修分包的事开始，既然在这里打了结，就从这里讲起，把这个结先解开吧。

“黄总，装修项目分包的事，我早就想同你解释。前一段时间忙，一直没时间和你坐下来谈心，对不起！”陈嘉树放下身段，做一个自我批评。

“你是老板，我是打工仔，你的决定没必要向我解释。你跟我说对不起，我消受不起。”黄放的话冷嘲热讽。

“黄总你误会了，你们是老板，我才是打工仔。打工仔没及时向老板汇报工作，老板动怒了？”陈嘉树按下心中的不快，赔着笑脸。

“我哪里是老板？如果是老板，一个装修项目都定不了，跟土捏的有什么区别！过去的事不说了，你今天找我什么事？是不是我犯了什么罪？”黄放觉得陈嘉树请他到办公室一定没什么好事，他的低姿态、笑脸，是黄鼠狼给鸡拜年，没安好心。黄放的语气充满火药味。

“你今天怎么啦？来和我吵架是吗？我们是合作者，我今天想和你谈工作的事，有不同看法、有什么意见你可以说，干吗这样夹枪带棒！”陈嘉树觉得自己工作兢兢业业，没什么大失误，也没有做对不起黄放的事，今天被他这样嘲讽、无端指责，心中的怒气再也按不住了。陈嘉树脸色凝重，语气很严肃。

“你不是嫌我在公司碍手碍脚吗？什么事都不让我参与、都不让我知道，要赶我走是吗？不可能的！我的身家性命都在这里，不可能走的……”黄放很激动，把积压在心中的怒气一股脑倾泻出来。

“你发疯了！你是公司股东，是董事会任命的常务副总，我哪有权力赶你走？你是常务副总，要以大局为重，要努力工作，不要把精力放在泡女孩子身上……”既然说到这个份上，陈嘉树干脆点到黄放的死穴，让他警醒。

“我泡女孩、包二奶，你捉奸在床了吗？你养情妇，自己屁股没擦干净有什么资格教训别人……”被陈嘉树点到包二奶，黄放的气焰一下子消去一大半。他知道陈嘉树自视很高，招收员工时，他说教育人是学校的事、改造人是监狱的事，我们是使用人才，适合的用，不适合的该干吗干吗。这么再吵下去，自己讨不到便宜，反而会自取其辱。黄放边说边退出总经理办公室。

陈嘉树很懊丧，本来想好好同黄放谈谈心，消除误会，不想闹到双方面红耳赤、撕破脸皮，这对陈嘉树的自尊心是个很大的打击。难道自己的人品很差吗？自己的管理水平不切实际、落伍了吗？陈嘉树把自己关在办公室里，一个人静静地反思，想要说服一个人，看来不能用道理，而是用南墙。他在一本书上看过，我国民营企业平均寿命不到三年。导致企业“短命”的原因往往是内部矛盾。而股东之间的矛盾，则是企业内部矛盾最主要、最具破坏性的。股东里虽然没有黄放的名字，但他真金白银投了一千万，还代表了严小莺名下的一千六百万，是公司第二大股东，在公司起举足轻重的作用。陈嘉树知道自己和黄放之间矛盾的严重性。现在矛盾发生了，而且还撕破了脸，不解决肯定不行。陈嘉树想先向董事长杨秀夫汇报公司发生的事情，讨教解决办法。后来又想董事会下个月就要开了，到时候大家坐下来商量解决更稳妥。于是打消了向杨秀夫董事长打电话的念头。

金凤房地产公司老总包市职业技术学院学生当二奶的消息，是黄香依同宿舍的同学传出去的。黄香依的时髦衣服一件又一件，苹果手机、ipad 电脑、高档化妆品应有尽有。昔日还浑身散发泥土味的乡下姑娘，一下子变成富家大小姐，两个同宿舍的金安本地女同学眼睛红了。她们看见黄香依时不时整夜不归，有时看见她同一个中年男人在校门口上下车，很想知道这个男人是何方神圣。后来她们终于打听到同黄香依在一起的男人是金凤房地产公司的老总，福建人。男女间的风流韵事永远是人们津津乐道的话题，黄放和黄香依的事像水滴滴到宣纸上，在金安慢慢扩散开来。

陈嘉树怎么知道自己包二奶，是谁把这事告诉陈嘉树的呢？黄放想，没有利益冲突，谁去管这闲事，知道这事而且有利害关系的只有猴子哥。一定是猴子哥看见自己没权力，没办法将单项工程分包给他，暗地里去求陈嘉树，为了讨好陈嘉树，把自己包二奶的事告诉了他。

这几天猴子哥给黄放打了三次电话，口气一次比一次严厉，催讨到期的十五万高利贷本息。黄放同猴子哥商量，能不能先还利息。猴子哥说他的合伙人不同意，一周内要本息还清，若还不了，到时候出问题他也无能为力。黄放被逼得没有办法，不得不放下面子，四处打电话借钱。这年头借钱不容易，找了七八个亲朋好友，才借到十二万元，还差一半。如果陈嘉树给自己一点面子，匀一个装修项目给猴子哥，就没有今天的狼狈不堪，黄放恨不得一刀杀了陈嘉树。

猴子哥的逼债，引起黄放的强烈愤怒，借十五万元，到手才十万零五千元，才过几个月，要还二十二万多，简直是抢劫！迟一点还或者先还利息都不行，黄放想：要趁早同这种翻脸无情的流氓强盗划清界限，不能再有任何瓜葛了。

猴子哥看见新市政府一期工程已经结束，第二期工程即将开始，如果二期工程再拿不到一两个项目，自己在金安市江湖上就没有了地位。猴子哥想把绑在黄放身上的炸弹引爆，引起金凤公司内乱，逼走陈嘉树，自己才有机会。如果逼不走陈嘉树，拿不到工程，也要从黄放身上放一桶血出来，堤外损失堤内补。猴子哥开始把套在黄放脖子上的高利贷绳子渐渐拉紧，逼着黄放乖乖就范。

黄放找各种理由不露面。猴子哥想，不下一副猛药是不行了。他做好了准备，打电话请黄香依吃饭，说有重要的事情和她谈，要她今晚务必来他公司一趟。

第三十二章

这是猴子哥第一次单独约黄香依。这几天黄放没有约黄香依，她几天没出去了，心里闷得慌。下午下课后，黄香依特意打扮一番，兴冲冲地来到猴子哥办公室。办公室里就猴子哥一个人。他在楼下的一家饭馆里订了饭菜，服务员把饭菜装在篮子里提到办公室摆好，算好钱就走了。

“哥，我们吃饭不去酒店，就在这里吃饭？”黄香依感到很意外。

“对，吃好饭我们好谈事情。”猴子哥回答。

“就我们两个？还有其他人吗？”黄香依有点忐忑不安。

“没有，就我们两个。”猴子哥回答。

“哥，有什么要紧事你就说吧，哥！”黄香依不知道猴子哥葫芦里卖的什么药，心里有点发毛。

“不急，先吃饭，吃了饭我慢慢跟你说。”猴子哥招呼着黄香依吃饭。

这餐饭吃得很沉闷。黄香依边吃饭边揣摩着猴子哥到底找自己谈什么事？她悄悄瞥一眼猴子哥，他的脸上有一丝笑意，像有什么喜事，暗自高兴。黄香依放心了，猴子哥一直对自己好，自己同黄放闹别扭，他都向着自己，就像哥哥爱护妹妹一样。他找自己谈的应该不是什么坏事，可能还是好事。

秋天的晚上，天黑得比较早，吃好晚饭后，窗外已是一片漆黑。

黄香依催促猴子哥：“哥，你快说什么事？”

“好吧。我让你先看一样东西。”猴子哥从抽屉里拿出几张纸，坐在长沙发上，招呼黄香依坐到自己身边。

黄香依感到好奇，坐到猴子哥身边。

原来这几张纸是黄放向担保公司借钱的借条，一共四张，从八月到十一月，每个月借五万元，总共借了二十万元。

“什么亿万富翁、华侨大老板，房地产开发商，纯粹是骗子，穷光蛋一个！到我这里骗财，到你那里骗色……”猴子哥骂骂咧咧，发泄心中的愤怒。

黄香依被这突如其来的事情搞蒙了，她不明白：黄放是你介绍的，是你把钱借给他的，你今天找我讲这件事，什么目的？黄香依有点胆怯：“你找他呀！”

“找了，打了几个电话，他不来，这个骗子……”猴子哥眼露凶光。

“你们找不到……他，找……我干吗？”黄香依声音有些颤抖，她担心猴子哥找不到黄放，找自己算账。

“你拿了他多少钱？我上次跟你们提的三个条件，你们商量好了吗？不能便宜了这个骗子，要让他出血！”猴子哥的眼睛盯着黄香依。

黄香依似乎明白了，猴子哥和黄放因为借钱的事发生矛盾。过去猴子哥以为黄放是大老板，把自己介绍给他，是想巴结他。现在他发现黄放是个假富翁，想敲他一笔钱，逼自己与黄放分手。黄香依有一种被愚弄、被侮辱的感觉。她沉默了。

猴子哥看见黄香依不吭声，加重了语气：“你跟谁上床不是上床，为什么非要跟这个骗子、老头子上床？你要他赔你的青春损失费，要五十万、一百万，他不给，哥帮你讨！”

猴子哥的话加深了黄香依对他的反感。你把我当成“鸡”了，为了钱，跟谁都可以上床。面对面目狰狞的猴子哥，黄香依想到黄放。虽然黄放是个假富翁，但他尊重自己、宠爱自己，送钱送物，对自己有求必应，比猴子哥强多了。现在猴子哥逼着她答应去敲诈黄放，黄香依下不了这个狠心。她依然默不作声。

猴子哥急了，从抽屉里拿出一个信封，抽出照片摔在黄香依面前：“你不答应，我就将这些照片寄到你学校，发到网上，你看着办！”

桌面上的照片是黄放和黄香依的床照，有的赤身裸体、有的正在缠绵，还有一张黄香依怀孕的医院证明单。黄香依看见这些照片，脑袋像被重重地敲了一棍，蒙了，身子像跌入深潭，不停地往下坠……

这些照片是猴子哥拍的。上次猴子哥、黄放、黄香依三人在宾馆吃饭喝酒，黄放和黄香依被迷倒后，在宾馆的床上被拍的。

黄香依明白了为什么那天早晨自己赤身裸体躺在宾馆床上，

原来是上了猴子哥的当。她流泪了，喃喃着："你怎么能这样、怎么能这样……"

"我不这样，你能听我的吗？这白白嫩嫩的菜，怎么让猪拱了？"猴子哥看着照片，淫笑着扑向黄香依。

黄香依边招架边哀求："不要……不要……"

"放开手！你的照片在我手里，你的小命就在我手里，手放开！"猴子哥恶狠狠地掰开黄香依护着胸部的双手。

黄香依精疲力尽，她泪流满面，放弃了抵抗。

"这就对了！以后跟着我，听我的，我保证你吃香的喝辣的！"猴子哥在沙发上又一次强暴了黄香依。

黄香依彻底屈服了。猴子哥完全控制了她。

黄放想先还利息，余款春节前还清，猴子哥不答应。猴子哥不相信他了，非要本息一次性还清，口气中带着威胁，吓得黄放惶惶不可终日。黄放知道猴子哥的几个手下心狠手辣，什么坏事都干得出来，如果猴子哥真的翻脸不认人，自己就麻烦了。现在对外工作被郑芬接管了，黄香依也几天没联系了，他整天无所事事，一个人躲在出租屋里唉声叹气，度日如年。

"滴……滴……"黄放的手机来了信息。黄放连忙抓起一看，手机显现一行字："你今晚有空吗？我想过去。"

信息是黄香依发来的。黄放一阵感动，自己最落魄的时候，还是黄香依不嫌弃我、关心我，真是一日夫妻百日恩。为了她受苦受难，黄放觉得值。他回了信息："依依宝贝，你早点过来吧，我在家煮好吃的等你。"

黄放是厨师出身，他看时间差不多了，就到附近的菜市场买了几种食材，回家一阵鼓捣，四盘色香味俱全的美味佳肴端上了餐桌：有红烧鲤鱼、荔枝肉、莲藕排骨汤、泥蒿炒腊肉等。黄放等待着黄香依的到来。

黄放左等右等，黄香依一直没到，打她电话，都是无人接听。黄放想，可能在公共汽车上了，碰上堵车耽误了。现在车太多了，市内交通拥挤，小小的地级市，居然也堵车了，中国真的变化太快了。黄放又把桌上的菜放在锅里重新热了一遍。

天黑透了，门口的铃声终于响了。黄放兴奋地打开门，顿时，他傻眼了。门口来的是黄香依，可她的背后站着两个彪形大汉，对自己虎视眈眈。这两个人是猴子哥手下的哼哈二将，一个黄毛，一个光头。光头闯进门一把揪住黄放领口，“啪、啪”就是两巴掌，咬牙切齿地说：“你躲呀、你跑呀，你敬酒不吃吃罚酒！”

黄放猝不及防，被这突如其来的两巴掌打懵了。他疼得弯下腰，大声号叫。

“你还叫，你再叫？”光头举起手，又欲打黄放。

黄放马上停止了号叫，只剩下痛苦的呻吟声。

黄毛拥着呆若木鸡的黄香依进了门。他关了门后，招呼大家：“来、来，大家去客厅，坐下来谈，这问题怎么解决。”

“黄总呀，你没钱充什么大款？吃饭玩姑娘都要向我们借钱，完全是穷光蛋一个，还吹自己是开发商、亿万富翁，纯粹是骗子嘛！”黄毛不急不慢地继续数落黄放，“你借了我们的钱，约好了什么时候还，你要想方设法及时还掉。你不但不还，还继续借，打电话叫你来，你推三阻四，就是不还，你这是骗财吧？你骗香依玩香依，把她肚子都玩大了。上次我们老板建议你赔偿她一些青春损失费，你不但不赔，还继续骗她玩她，你这是骗色吧！你说，这些问题怎么解决？”

黄放低着头坐在沙发上，双手护着被打得火辣辣的脸颊，喘息着。他想不到猴子哥翻脸翻得这么快，会用这个手段来对付他。黄毛的话黄放只听了个大概，他头脑乱哄哄的。

“说，怎么办？不说，我弄死你！”光头怒目圆睁，抡起拳头又想揍黄放。

“我……我还。我有十二万，先……先还利……利息。”黄放声音直打哆嗦。

“利息还了，那本金呢？本金什么时候还？”黄毛逼问。

“离春节……不远了，春节前保……保证本息全部还……还清。”黄放可怜巴巴地望着黄毛，目光饱含哀求。

“这个嘛，我们再考虑考虑。你把香依的肚子搞大了，还流了产，人家可是大学生、黄花大闺女，就这样被你毁了！你说，这个损失你怎么赔？”黄毛从口袋里掏出一沓照片，拍在茶几上。

黄放看见是自己和黄香依的床照，两人赤条条的一丝不挂。这是哪里来的照片？黄放心惊肉跳，他抬头望着黄香依。

黄香依脸色苍白，身子曲卷着缩在沙发里一动不动。从她踏进房间到现在，她一直低着头，不敢抬头看别人一眼。下午黄香依接到猴子哥的电话，要她配合光头和黄毛，找黄放催讨借款和她的青春损失费。黄香依现在成了猴子哥手中的提线木偶，叫她往东她绝不敢往西，她听从猴子哥的安排。

黄放看见黄香依一句话不说，苍白的脸毫无表情，心想他们可能是一伙的，用女色勾引你，用高利贷套牢你，用艳照威吓你，一步一步把你逼上绝路。这明眼人一看就知道是陷阱，自己怎么不多想一想呢？黄放的心脏像被锥子扎进一般，一阵剧痛。

“香依，把赔偿的承诺书拿出来，让他签字！”黄毛示意黄香依。

黄香依抖抖索索地从衣袋里拿出一张折成四方形的纸，放在茶几上。黄毛把纸张展开，放在黄放面前。

承诺书是黄香依写的，就几行字：

承诺书

本人黄放，美籍华人，祖籍福建江海县，现就职于湖南金安金凤房地产开发有限公司，任公司常务副总经理。本人用花言巧语骗取金安职业技术学院学生黄香依的信任，并多次奸污她，以致她怀孕、堕胎，使她身心受到严重创伤。为医治黄香依的身心，弥补本人犯下的罪孽，本人承诺赔偿黄香依人民币 80 万元（八十万元），今年春节前付清。特此承诺。

承诺人：黄放

黄放认得这是黄香依的字。开口八十万元，真是黄蜂尾上针，最毒妇人心！黄放怒视黄香依，恨不得一把扼住她的脖子。

“黄总，钱这玩意儿，越花来得越快。几十万钱对你来说不算什么，这项目你可以赚两千多万，这点小钱你不会不舍得吧？玩爽快了，签字也来个爽快！”黄毛拿出笔和印泥，要黄放签字按手印。

黄放如同被人长时间按在水里，胸口憋得难受，满脸通红。他是叫天天不应、叫地地不灵，不知如何是好。

黄毛指着裸照说：“强奸女大学生，使她怀孕堕胎，这照片寄到公安局或者发到网上，你不到号子里蹲几年才怪。赶紧签了，不然皮肉受苦！”

“啪、啪”两声，光头又是两巴掌打到黄放头部，吼叫：“你还不签，看我怎么收拾你！”

黄毛拦住光头，把笔塞进黄放右手，劝道：“今晚就凭这几张相片我们打你，你都没地方告状。赶紧签了，不然打残了，要后悔一辈子！”

黄放又挨了两巴掌，随着他杀猪般的惨叫，所有的尊严和自信荡然无存。今晚这一关肯定是过不去了，为了免受更多侮辱、更严重的暴力，黄放选择了屈服。他想等今晚这一关过了再说，车到山前必有路，船到桥头自然直，天无绝人之路，到时候再想办法。黄放在承诺书上签了字，按下了手印。

黄放把银行卡里的十二万元通过手机银行转到黄毛卡上后，黄毛带着黄香依扬长而去。

第三十三章

镇政府的公告出来了，陈嘉树捐资修建陈果山公园的传言得到了证实，而且陈嘉树绕开田均来、郑镇武，直接将工程包给了陈嘉土。

红纸写的公告，田均来和郑镇武像斗牛场上的斗牛看见红布，眼红了。乌山村的老人得知陈嘉树捐款修公园、造福乡里，大受感动，陈与正带着几个老人顺着陈果山旧道走了一遍。

陈果山，曾经养活了一代又一代乌山村人。崎岖不平的山路，老人们小时候经常走，哪里石阶几级、哪里拐弯要侧肩走、哪里石头下有泉水，他们笑称闭着眼睛都能找到。疏港公路修通后，山上荒芜了，野草荆棘覆盖了路面。要不是前几天郑镇武雇人种树，旧道都难以辨认了。

老人们有的手里拿着柴刀，有的肩上扛着锄头，一路跋涉一路回忆过去艰辛的岁月。

“这是我家过去的园地，怎么种上杨梅了？”老李头喊。

“哥，那是以前你家的地，也种上杨梅了。”陈与正的堂弟说。

“我的地也被种上了！”一个老人也惊叫起来。

在半山腰一片缓坡地前，老人们辨认自己家过去的园地，其中三人发现自己的地被种上了杨梅树。

“农场倒了，这些园地应该还给我们才对。要种树，也要让我们先种。”

“简直是地主恶霸，强占别人的地！”

“占别人的地，种自己的树，敲诈老板的钱，这是流氓行为，这次不能便宜了郑镇武！”

“去他家，找他去！”

“找他干吗，直接把它拔了算了！”

大家本来对郑镇武抢种果树就愤愤不平，现在看见自己以前的地被种上了树，更是义愤填膺。

老李头奔向自己家的园地，要拔杨梅苗。

“老李，别急，我们回去向林书记反映，由他来解决。”陈与正小学校长出身，考虑事情比较周到。

“不行，别人怕他我不怕他，我不能让他在我头上拉屎拉尿！”老李头当了一辈子农民，头脑简单。

气头上的老李，一会儿的工夫就把十几棵种在自己地里的杨梅苗都拔了起来，丢在路边。

郑镇武一直盯着陈果山。星期天早上，六七个老人上山，他听说后赶紧跟着上山了。紧赶慢赶，还是迟了一步，十几棵果苗被老李头拔掉了。这几天，郑镇武一口恶气正没地方发泄，吼叫着扑向老李头，压在他的身上。

几个老人奋不顾身地冲过去，有的抱住郑镇武的头、有的捉他的手、有的搬他的腿，有的趁机给了他几拳。

老人们虽然年纪大了，但都是农民出身，身体硬朗，明显占了上风。郑镇武哎哟哎呀叫着，松开了老李头，四脚朝天躺在地上。老李头的额头被石头磕出了一道口子，血流满面。

陈与正报了警，警察开着警车来到乌山村村委会。在会议室里，报警人和两个当事者向警察陈述了事情的经过。案件很简单，李老头看见自己家以前的园地被别人种了树苗，把苗拔了。郑镇武看见自己的果苗被李老头拔了，动手打了他。

当事人双方各说各的道理。郑镇武的理由是：陈果山以前是镇农场的，后来被公路局征用了，现在是块荒地。国家法律规定，土地撂荒了，就属于集体土地，集体荒地谁栽种归谁所有；李老头拔苗是破坏农业生产，是犯罪！李老头的理由是：这地几十年前是我家的，现在政府不要了，我有种树的优先权。郑镇武没有跟我说就种上树苗，是强占土地，还动手打人，是农村黑恶势力典型人物！

陈果山出现打架斗殴事件，惊动了警方，派出所所长亲自带队来到乌山村。几十个老人，男的女的围在村委会门口的警车旁，议论纷纷。农村几千年儒家传统，和睦相处、尊老爱幼的思想深入了中国人的骨髓。哪有年轻人打老人的道理？而且还是年轻的镇政府干部，把老人打得头破血流，这是全村人的耻辱，大家一致指责郑镇武，声称绝不放过他。

老李头的头部受伤，要求治疗、赔偿，并逮捕郑镇武。郑镇武说被几个老人打伤了，浑身疼痛，要求验伤、赔偿。林定军在外出差，接到陈嘉土的电话后，马上联系派出所所长，要求一定要执法公正、妥善处理，给老百姓一个交代。田均来担心拔出萝卜带出泥，当面向所长求情，其实是件很小的斗殴事情，我们村委会可以调解解决。既然派出所介入了，就不要把事情闹大了，可大事化小、小事化了。

派出所所长办案经验丰富，清楚这小案件其实不简单，镇干部打人，性质恶劣，如果今天不把郑镇武带走，说不定会闹出事情来，陷入被动局面。所长同田均来、郑镇武私交很好，说今天郑镇武不带走不行，你们到拘留所后申请去验伤，最关键的要取得对方谅解，争取从轻处理。我多给你们一些时间，你是聪明人，要认真、谨慎对待！

到了中午，初步处理结果出来了：李老头去包扎治疗，做伤情鉴定；郑镇武送到拘留所治安拘留，待李老头的伤情鉴定结果出来后再做处理。

做公益事业，也容易触犯部分个人利益，出现好心办坏事、出钱买冤仇的情况。现在事情发生了，陈春旺一夜睡不着，第二天开车赶到乌山村，了解事情的真实经过，然后去探望伤者老李头，去派出所说情，捞出郑镇武，化解矛盾。

陈春旺找到当时在场的陈与正了解情况。陈与正对昨天发生的事情气愤不已，公告刚贴出来，工作还没正式开始，郑镇武就跳出来搞破坏，这太猖狂了。这次如果不把他关进监狱，马堡镇将恶霸当道，暗无天日！陈春旺越听越不落耳，催促陈与正一起去看望老李头。

老李头昨天下午去公安指定的医院验伤，然后在县医院住院治疗。当陈春旺提着水果和陈与正来到病房时，刚好田均来和老李头的儿子也在。看起来老李头精神状态不错，应该没什么大问题，陈春旺略宽了心。他讲了些安慰话，吩咐老李头的儿子妥善处理这件事，抬抬手，都是一个镇的，抬头不见低头见，没必要你死我活结下冤仇。

老李头的儿子说："是呀，我也这么说，都这么大年纪了，还同别人打架，你不怕别人笑话，我还怕别人笑话呢。"

听了陈春旺的话，还有儿子刚才的一番数落、埋怨，老李头想，他们怎么都同田均来说的一样？是不是真的自己错了？他想起田均来带来郑镇武家人诚恳道歉和一万元医疗费，紧皱的眉头慢慢舒展开了。

"有什么要求可以提，我帮你解决。"田均来削了个苹果递给老李头，"镇武的老婆同你儿媳妇是堂姐妹，转来转去还是亲戚，给年轻人一个面子好了。"

其实田均来同老李头的儿媳也有点亲戚关系。农村就那么大，转两个弯，都可以拉上关系。事情发生后，田均来马上打电话把老李头的儿子叫了回来，做通了思想工作。老李头就一个儿子，别看他在外面凶巴巴的，在儿子面前却温顺得很，一物降一物。

老李头躺在病床上，手拿着苹果，默不作声。陈与正知道老李头动摇了，叹气摇头。陈春旺该说的说了，看见事情正往自己想要的方向发展，心里很高兴，从包里拿出一个装满钱的信封交给老李头的儿子，说是给老人买些补品，养好身子。

从医院回到镇里，陈春旺要陈与正一起去派出所。陈与正借口要去药店买药，转身走了。老爷子独自一人去派出所找所长。

所长以前同陈春旺的儿子陈嘉军是同事，还和陈春旺一起喝过酒，看见老爷子来了，拿出平常舍不得喝的正宗牛栏坑岩茶，热情招待。陈春旺要求所长从轻处罚郑镇武，尽早放他回家。所长频频点头，说我会考虑、会认真考虑。所长要留老爷子吃午饭。陈春旺说，你们当领导的，工作日中午不能喝酒，就免了，下次回县城，到我家好好喝几盏。

双方博弈，输赢往往一时疏忽。田均来和郑镇武把球踢到了对方禁区，占据了主动，可郑镇武一时冲动，把老李头的头打破了，直接被罚下场。现在场上就自己一个人了，对方人多势众，攻势汹汹，田均来能做到球门不失守算是万幸，可主动权永远失去了。田均来在心里把郑镇武祖宗十八代骂了一遍。

老李头的额头缝了五针，创口长度没有达到八厘米，不构成轻伤，住了一礼拜医院，出院回家了。郑镇武家人承担全部医药费和住院费，还给了受害者赔偿费和营养费合计一万元，取得了对方的谅解。在派出所调解下，双方在调解书上签了字，老李头的儿子申请撤案。派出所看见郑镇武没有达到刑事拘留标准，同意撤案处理。

被关了十五天后，郑镇武回家了。第二天晚上，田均来提着烟酒来到郑镇武家，告诉他合作关系到此结束，以后桥归桥路归路，想发财找别人去。

蹲了半个月号子，赔了一大笔钱，身上受着伤，还被一脚踢出局，郑镇武心里痛恨田均来。这一切都是你田均来布的局，自己只是个木偶听你摆布，出了点小问题就赶紧切割，翻脸比翻书还快，郑镇武窝了一肚子气。

陈果山公园的施工图出来了，下一步就是材料进场，准备施工。施工可以点工，可购买条石、运石头水泥上山不能点工制，要承包给特定的人。村里有两个人想承包这项业务。

自从打架的事情发生后，陈春旺经常待在老家，参与公园建设的决策和管理。现在打架的事情解决了，可杨梅树的问题还没解决。陈春旺主动上门找郑镇武商量。

郑镇武知道陈春旺心地善良，不但不记恨、不下井添石，还以德报怨，为自己的事出了很大力，他心里非常感激。陈春旺提出，将陈果山新种的杨梅树全部盘下来，付给郑镇武种树本钱的三倍。郑镇武说这太高了，按本钱给好了，本来就是自己不地道，如果拿了三倍的钱，那更坐实了敲诈勒索，名誉将永远扫地。不过，郑镇武想承包材料和运输，赚点小钱，弥补这次打架造成的经济损失。陈春旺见郑镇武能认识到自己的错误，而且态度诚恳，答应一定帮他促成。浪子回头金不换，他相信嘉树和嘉土肯定会同意的。

第三十四章

陈春旺终于说服了陈嘉树和陈嘉土，他们同意将材料供应包给郑镇武。郑镇武要上班，就找他的一个懂行的亲戚小李做管理并在承包合同上签字。正式施工开始了，两部勾机进了施工现场，新挖的路坯像一条盘龙一直往山顶延伸。上山路陡峭，运输条石上山成了一道难题。小李以前在工地上遇到过这个情况，他请来了一个马队，靠马来驮石头上山，效率又高又节约成本。

马队驻扎在芦溪边。这里有座旧工棚，是田均来以前承包田间道路工程时搭盖的，现在被郑镇武租来做马棚和工人住宿使用。可惜这里距离施工现场有点远，还要绕过一个挖土留下的大水坑，但为了节约成本，只好将就了。

这几年气候反常，秋天像夏天，非常炎热，报纸上说是厄尔尼诺现象。中午，工人汗水滴在石头上会吱吱冒烟，他们干活的劲头也在吱吱冒烟。十几个大工砌条石，二十几个小工抬石头、拌水泥，你追我赶，吆喝声、说笑声响成一片。

为保证水渠工程开工前完成公园建设，工期紧、任务重。为了减轻工作强度、提高工作效率，陈嘉土和小李商量，大小工自由组合，分组施工，各组灵活掌握工作时间，可提前也可延后，一天做满十个小时即可。这个政策是及时雨，切实有效，调整后的工作效率比过去高多了，工作量提高了三分之一，登山路快速向上延伸。

工程进度快了，材料运输要跟上，郑镇武常常到马队驻地催促运输人员加快速度。工人们也确实辛苦，早出晚归，干得是重体力活，郑镇武不时还带着鱼肉来犒劳工友们。

重阳节马上到了，大理石铺就的登山路，如同一条白龙，窜到了山顶，远远望去，如同白龙戏珠，许多人啧啧称奇。

工程进入了收尾阶段，大家紧张的心理得到了舒缓，马队的运输任务完成了，他们准备拿了工钱后撤场。

年轻人是不安分的。马队的两个小伙子天天经过大水坑，经常看见水中有鱼儿跳跃，心里早痒痒的，现在没事做了，他们就拿着马棚围栏拆下来的旧渔网去水坑捕鱼。渔网短，水坑长，两个小伙子小心翼翼走进水里，你推我拉，一个小伙子一脚踩空，跌进了深水区，一阵扑打，离岸边越来越远。水坑另一头的小伙子也是旱鸭子，他眼睁睁看着同伴在水里挣扎，凄厉呼喊：“救命……救命啊……”

郑镇武骑着摩托车正驶往马队驻地，他把决算好的钱用手机银行转到对方的账上，因为一笔钱对方有异议，他想来当面解释。呼救声从水坑方向传来，郑镇武知道出事了，调转方向赶往出事地点。

郑镇武到了水坑边，平常清澈的水面一片浑浊。在另一个小伙子的指点下，郑镇武跃入水中，潜到水底，摸索着落水者。郑镇武四次出水换气，第五次只看见落水者的头探出水面，并逐渐向岸边靠近。

水中救人是有技巧的，不能正面接触，要绕到背后把人托出水面。因为溺水者只要抓到一件东西就会死死抓住，“救命稻草”讲的就是这个现象。如果正面接触，百分之九十九的例子就是人没救着，两个人双双溺水毙命。郑镇武小时候经常在水库里扑腾，知道这个道理。他小心翼翼地摸索落水者，最后确定他的方位姿势，用头顶着落水者的屁股，让他尽快露出水面，然后拼尽全力向岸边游动……

马队里的人们也听见了呼救声，但他们是跑步来的，比郑镇武慢了些。他们在浅水区手挽手，终于抓住了落水者的头发，把他拖出了水面。大家围着落水者，有经验的人在作胸外按压、人工呼吸，全力抢救。其他人神色慌张，所有人的注意力都在落水者身上。

当落水者大口大口吐着水，有了轻微呼吸后，在场的人全都松了口气。突然，有人问，救人的人呢？大家恍然回头，水面上平静如镜，没有一丝涟漪，水坑四周，也没有救人者的痕迹，只有一辆两轮摩托车在水塘边突突突响着。所有人的心又揪紧了，呼喊的、打电话的、要脱衣下水的，现场又乱成一片。

陈嘉土赶来了，陈与正也来了，110 也来了，乌山村能走得动的人几乎都来了。郑镇武的尸体被捞上来了，还保留着托举姿态。上百人围着他的遗体，唏嘘声、抽泣声一片。所有人都为郑镇武舍身救人的事迹感动着。

陈春旺闻讯后也赶到郑镇武家，将陈嘉树捐的二十万元，和自己的私房钱一万元送到叶红手上。陈嘉树以前看不起郑镇武，可他浪子回头，关键时刻挺身而出，牺牲自己，勇救别人，是个男子汉，是个英雄！陈嘉树发动乌山村企业家捐款，帮助郑镇武家人。

修建陈果山公园，郑镇武同陈嘉树的关系出现了缓和，郑芬正高兴着，想不到突然祸从天降，哥哥救人时牺牲了。郑芬心如刀割，哭成泪人。郑芬怨恨陈嘉树，如果不修这公园，哥哥怎么会撒手人寰？自己怎么面对嫂子、侄儿？面对自己心爱的女人悲痛欲绝，陈嘉树暗暗下定决心，这一生不能愧对这个女人了。

郑芬回家奔丧，在哥哥遗体前哭得死去活来。把自己多年来的积蓄六十多万，全部给了侄儿，以求嫂子叶红谅解。

事故发生后，随着派出所调查深入，田均来的面目渐渐浮出了水面。田均来承包修建田间路，需要填土，他看上了附近的一片集体田地，没有开村民大会，也没有同其他村干部商量，就派挖机去挖土。挖着挖着，原来的田地成了一个大坑。本来大坑要回填、平整，可田均来不想再花回填这笔钱，就干脆引芦溪水进来，这样就形成了一个大水坑，肥沃的田地变成了废地。最终他为自己当初的贪婪付出了惨重代价，被撤职处理，而且公安机关还要追究他的刑事责任。郑镇武见义勇为牺牲自己的生命，很多人原谅他，称赞他。田均来成了贪官、蛀虫，变成乡亲们耻笑的对象。

陈春旺一直担心的事情还是发生了，好心办成了坏事。郑镇武因为修公园的事救人溺水而死；田均来被追责不但丢了官，还被刑事拘留。不管是事出有因，还是因果报应，但这些都是修公园引起的，陈春旺懊恼不已。他为郑镇武申请见义勇为称号四处奔波。为使田均来减轻刑罚，他向公安部门求情，恳求检察院高抬贵手，网开一面，从轻处理。

到处求爷爷告奶奶，得到的信息就一个：田均来的事县纪委介入了，检察院立了案，无能为力。

陈春旺跑省民政厅、省公安厅等有关部门，拿着陈与正写的《关于郑镇武舍身救人英雄事迹报告》，一心就想为郑镇武讨个荣誉，能评为烈士最好，最低也要评上见义勇为者。

重阳节到了，新修的陈果山公园完工了。

今年的重阳节在国庆长假的最后一天，连续几天，来陈果山公园游玩的人络绎不绝。在重阳节的前一天晚上，一些按捺不住的年轻人早早就来到了陈果山山顶，目的就为迎接重阳节的第一缕阳光。

陈嘉树同林定军约好了准备重阳节见面，为新建的陈果山公园剪彩，商讨办苗圃场、种植特色农产品事情，并一同登高，宴请全村老人。可湖南的金凤房地产公司出了些事，严小莺精神崩溃需要安抚，他又回不去了。陈嘉树交代叔叔陈春旺中午办酒席宴请全村六十岁以上的老人，向他们送去节日的祝福。乌山村老人们说应该给乡贤陈嘉树做点什么，推选会长陈与正同镇党委书记林定军反映。双方商量后决定立一块石碑，表彰陈嘉树的修建公园功德。

九月九重阳节，是民众登高狂欢的节日，无论是孩童还是老人，纷纷提着干粮，迈步山巅。陈果山公园登山道，兴高采烈的民众，摩肩接踵，走累的人，停下来歇一歇，用镜头记录美丽的瞬间。

在登山道入口处，一块高高的青石碑立在花丛中，石碑上刻文：

修陈果山公园记

陈果山峦，一片沃野，历代乡人，赖以生息。其山高路陡，崎岖难行。岁月艰辛，血汗泪洒。

农历戊戌年，欣逢盛世，政通人和。乡贤陈嘉树，情系故土，慷慨解囊，修建陈果山公园。建者叩石垦壤，挥汗如雨；历时两月，一座花园式公园，展现眼前。登山路条石铺设，外加路灯、两个休息亭，总造价一百万元。

公园道路蜿蜒，如若游龙。拾级而上，满目苍翠。清风徐来，心旷神怡。登高远眺，罗源湾波涛，马堡平原风景，尽收眼底。

一园之益，百业可举。饮水思源，当不忘谋划捐资者之功，乡贤报效桑梓之德。立功立德，百世流芳。谨铭石为记，以纪功德。

马堡镇人民政府、乌山村老人协会同立

陈与正撰文

林定军、陈如发、唐跃、陈春旺、陈嘉木、陈嘉土一行沿着蜿蜒的登山道一路前行。蓝天白云、群山逶迤、亭亭翠竹、樟树飘香。远景近景，珠联璧合，美好的自然风光，令人目不暇接。登上山顶，一面五星红旗在陈果山最高处迎风飘扬，几个年轻人在歌唱《我和我的祖国》，一个漂亮的姑娘忙着用手机录像。

山顶上人挤着人，欢声笑语。远望罗源湾，烟波浩瀚，几艘巨轮劈波斩浪，身后是一条长长的白练。山下马堡平原广阔壮美，村庄星罗棋布，公路纵横交错，风光美妙。美好风景尽收眼底。

今天一大早，筹备宴席的师傅们就开始忙碌起来了，他们各司其职，择菜、洗菜、摆桌、烧菜，忙得不亦乐乎。他们等待贵宾和老人们的到来。这次乌山村重阳节敬老宴活动由陈春旺组织，共二十桌，由陈嘉树请客买单。陈春旺代表陈嘉树向乌山村全体老年人致以节日的慰问和良好的祝愿，他表示，感恩党、感恩这个伟大时代，成就了陈嘉树的事业。陈嘉树捐建了陈果山公园，目的是为回馈社会，报效桑梓。他还计划创办乌山村教育基金会，联合乌山村事业有成的企业家共同为家乡办好事，办实事，助学助困，扶贫敬老，为美丽的乌山村，为乡亲们共同富裕贡献应有的力量。

林定军代表镇党委、政府向关心支持家乡公益事业的乡贤陈嘉树先生表示衷心的感谢！向广大老年朋友致以节日的问候和衷心的祝福！

陈与正会长当场挥毫写下一副对联，贴在承办酒宴的陈氏祠堂大门上。

上联：桌桌敬老宴，虽不算丰盛，却桌桌有真情；

下联：碗碗敬老菜，虽不是珍馐，却碗碗充满爱。

横批：真情嘉树。

第三十五章

陈与正将自己写的对联用微信发给陈嘉树。当陈嘉树看到横批“真情嘉树”时，心里一热，接着久久不能平静。拿下了金水湾项目，意味着财富陡增，事业更上层楼。陈嘉树总结自己事业做大做强的两大要素：第一有高人指点，是程市长这个伯乐，让自己这匹千里马能够在商场纵情驰骋；第二有贵人相助，是同学杨秀夫一路提携帮助，让自己从一个穷教师变成了房地产老板，实现了华丽转身。陈嘉树明白，人生对于财富，没有所有权，只有使用权，财富来自社会，最终都要归还社会。他想好好行使财富的使用权，成为一个有责任、有使命、有情怀的企业家。陈嘉树订好了机票，想在董事会前回家乡主持陈果山公园落成典礼，重阳节宴请村里的老人，宣布年后准备筹办乌山村教育基金会，造福家乡，造福父老乡亲。另外，他想见见林定军书记，为成立农业公司，流转土地的事同他好好交流。可严小莺一个电话，要他到金安大酒店见面，打乱了回乡的计划。

这段时间黄放到处打电话向亲朋好友借钱，理由五花八门。有人不放心打电话问严小莺，严小莺觉得莫名其妙，房地产公司没有要求增资，也没听说黄放投资什么新项目，他借这么多钱做什么呢？一定是出了什么问题。严小莺想过几天开董事会了，就提早到了金安，秘密调查黄放借钱的原因。

严小莺突然到了金安，事先不打电话，不来公司，而且还要自己到酒店相见，陈嘉树感到很意外。到底是她的家庭矛盾，她和黄放感情出了问题，还是自己和蔡东峰另外成立一家房地产公司，杨秀夫派她来了解情况？陈嘉树不清楚。但她的到来，陈嘉树还是很高兴，急忙放下手头上的工作，开车到了金安大酒店。

陈嘉树发现严小莺的笑容有些勉强，平常娴静大方的脸存着一丝忧愁，心情不免沉重起来。陈嘉树知道严小莺一定遇到了什么困难，不好开口，装着漫不经心地问：

“怎么来之前不打个电话？还要宣我到这里觐见？”

“一言难尽……”严小莺长长叹了口气，将黄放到处打电话借钱、自己的疑惑、担心全部告诉了陈嘉树。她询问黄放这大半年在公司工作生活情况，有什么异常举动。

“黄总大半年的工作生活，讲心里话，我关心少了……”陈嘉树从心底瞧不起黄放，严小莺这朵鲜花怎么插在这泡牛粪上了呢？自从黄放同他争吵后，他对黄放基本上不闻不问，现在她问陈嘉树关于黄放什么事，陈嘉树一时确实讲不出来。

“他平常跟谁走得比较近？有没有和谁一起去赌博、玩游戏机什么的？”严小莺提醒陈嘉树。

“跟他走得比较近的是当地做土方工程的猴子哥，没听说他们赌博、玩游戏机之类的。”陈嘉树如实回答。

“做土方工程的很多是黑社会的人，打砸抢角色。猴子哥这个人怎么样？有没有吸毒？”严小莺反应迅速。

“猴子哥这个人以前是混混，现在办企业，有一家土石方工程公司、一家担保公司、一家拆迁公司，没有听说他吸毒、贩毒。”陈嘉树将自己知道的猴子哥的信息都告诉了严小莺。

“黄放借钱一定同猴子哥有关！你帮我了解一下这个人、查清这些企业内幕，一定能找到他们违法的线索。”严小莺从黄放八小时之外接触的人和事入手，发现他同猴子哥交往密切，就断定黄放借钱与他有关。

“对，有可能！”严小莺眼光敏锐、思路敏捷、分析判断能力之强，令陈嘉树刮目相看。陈嘉树答应严小莺尽快查清黄放和猴子哥之间是否有经济往来，有没有不法行为。两个人在饭店吃了晚饭后，严小莺回房间休息，陈嘉树找管理治安的区公安局副局长查找线索。

严小莺住在酒店，一个说话的人都没有，陈嘉树不放心，第二天下午到酒店陪她。

女人最看重的就是婚姻，婚姻家庭是女人的全部。严小莺同黄放结婚二十多年了，真正在一起的时间不上三年，同守寡没什么两样。看着别人夫妻成双成对，恩恩爱爱，自己孑然一身、孤独寂寞，严小莺无比后悔。黄放碌碌无为、烂泥扶不上墙，严小莺有时真想疯狂一把，养个情人，但她是个思想传统的女人，不敢跨出这一步。人们羡慕她老公在美国赚大钱，她从练摊开始，成为女企业家、千万富翁，哪知道她内心的痛苦。如果有第二次选择机会的话，她宁愿抛弃这些荣华富贵，做一个天天在家相夫教子的小女人。

严小莺把积压在内心的苦水向陈嘉树倾吐，讲到伤心处，眼里闪着泪花。严小莺楚楚可怜，陈嘉树真想拥她入怀，用自己宽大的胸怀慰藉她的痛苦心灵。初恋是美好的，不管岁月如何变迁，曾经沧海桑田，纯真的感情依然是人们内心深处最美丽的那一道风景，也是每个人心里最柔软的地方。但陈嘉树不敢，初恋是纯洁的、神圣的，因怀念而美好，不是占有。对严小莺，陈嘉树只能倍加珍惜，而不是亵渎。他静静地倾听着严小莺的诉说。她情绪激动时，陈嘉树就轻轻拍打她的手背或握紧她的手。

家家都有一本难念的经。陈嘉树也讲述了自己大学毕业后的事业、家庭情况，内心的痛苦和挣扎。为了赚钱、为了所谓事业，辜负了亲人的真情和希望。

陈嘉树与妻子肖慧读的都是师范类专业。当时政策规定毕业生从哪里来的就回哪里去，如没有特殊关系、特别原因，毕业后他们必须回到户口所在县等待分配。这些未来的老师也开始担忧自己将来的工作、婚姻生活。他们开始准备了，成立或参加同乡会、同其他学校建立友好寝室等等，其目的就是扩大交际圈子、寻找将来有可能成为自己另一半的她（他）。

陈嘉树宿舍的八个男生都是农村来的，大三时同师范普师班一个女生宿舍建立了友好寝室。周六的一天，男生们盛情邀请友好寝室的八个女生来长安山公园游玩。在长安山公园的一块空地上，八男八女围成一圈，一一作了自我介绍。原来陈嘉树和肖慧是同一个镇的老乡，同年考上大学或中专来到福州。肖慧是初中毕业后考取了福州师范学校，比陈嘉树小四岁。在同学们的起哄声中，两个人有了第一次握手。

陈嘉树和肖慧的第一次约会是在夏天放暑假前的一个晚上。他知道肖慧喜欢文学，就带了上下两册厚厚的当代文学课本借给她，里面有当今最优秀作家的经典作品。肖慧收到后就带着陈嘉树到学校背后的于山游玩。夏天晚上的于山，树丛中一对对恋人或喁喁私语、或搂抱亲嘴。肖慧和陈嘉树从小路上山，肖慧走在前面，陈嘉树后面跟着。眼前一对又一对、一幕又一幕，羞得肖慧连连惊呼：“我这带的是什么路呀！公共场所，他们怎么能这样呢？”

“这多好！是世界上最美的风景。”陈嘉树笑着说。

“羞死人了！”肖慧双手掩住脸。

“诗经开篇就是：关关雎鸠，在河之洲。窈窕淑女，君子好逑。几千年前的古人都在歌颂这美好的事情，公共场所可以这样。他们多开心、多幸福、多有诗意。”陈嘉树打趣道。

“你们中文系的真有才！”肖慧感佩。

两人漫步于山顶九仙台，谈人生、谈现在、谈将来、谈现实，相谈甚欢。

“好不容易从农村出来，又要回农村去，我们的命怎么这么苦？”肖慧抱怨道。

“我觉得我们命不苦。孟子曰：君子有三乐，而王天下不与存焉。父母俱在，兄弟无敌，一乐也；仰不愧于天，俯不怍与人，二乐也；得天下英才而教育之，三乐也。有这三乐，人生足矣。”陈嘉树笑呵呵地说。

“我们女生，毕业后如果分配到山区、海岛，每天面对破烂的学校、吵吵闹闹流着鼻涕的学生，这日子怎么过呀。”肖慧忧心忡忡。

“我们每天面对的都是一张张笑脸，一张张充满崇拜、尊敬的可爱的脸。你想想你那些读护士专业的同学，她们毕业后每天面对的都是愁眉苦脸、血水细菌，还要端屎端尿，他们比我们难过多了。但我们从事的都是伟大、崇高的职业，为国家培养人才、为同胞解除痛苦，我们的人格是高尚的。既然我们读了这个专业，那就奉献吧！”

20世纪80年代是一个充满生机、活力和对未来憧憬的年代。校园里充满理想主义的气息，学生们格外看重精神生活，不那么看重物质功利。陈嘉树讲得头头是道，妙语连珠又激情洋溢，肖慧被他彻底征服了。

陈嘉树和肖慧一同毕业，一同回到江海县教育局等待分配。通过叔叔陈春旺的关系，陈嘉树被分配到马海中学，肖慧被分配到马海学区北门小学。两校距离不到三里地。工作两年后，在亲人和同学朋友的祝福声中，陈嘉树和肖慧结婚了。一年后肖慧怀孕了。自从肖慧怀孕后，曲折和烦恼接踵而来，一家人陷入痛苦的深渊。

公公和婆婆不断催促肖慧去医院鉴定胎儿性别，嘉树是长子，一定要有长孙。九十年代初，计划生育政策是国策，享有一票否决权，乡镇干部为了完成计划生育任务，无所不用其极。肖慧怀孕后，白天要上课、晚上要批改作业，加上孕期反应，心情是千变万化，一次控制不了自己的情绪，她当着公公婆婆的面大喊大叫，发泄了一通。陈嘉树理解父母的良苦用心，也知道一个有知识的年轻女性的母爱，如果检查出肚子里的胎儿是女婴，把她打掉，肖慧无论如何都不会同意的。陈嘉树左右为难，两面讨好。

十月怀胎，婴儿呱呱落地，是个女孩。陈春种从此有了心病，经常借酒消愁，后来心脏病复发，身体每况愈下。临终前，他觉得自己一生最大的遗憾是没有见到长孙，念念叨叨地要陈嘉树想尽一切办法、不惜一切代价生个男孩。

陈嘉树下海赚了一笔钱后，在福州买了一套房子。肖慧选调也去了福州。肖慧性格要强，常说靠山山会倒，靠人人会跑，只有靠自己最好，你若靠别人，永远找不到属于自己的幸福。她努力工作，教育女儿，日子过得简单快乐，对陈嘉树外面的世界很少过问。

陈嘉树把自己和蔡东峰另外成立一家房地产公司的事也说了，希望开创一番自己的事业，严小莺有什么不理解呢。

陈嘉树和严小莺的晚餐在酒店中餐厅就餐。陈嘉树点了几盘湖南特色菜，要了一瓶红酒，两人边吃边聊，似乎有说不完的话。

四天后，区公安局治安副局长传来消息，猴子哥的担保公司出事了。原来一个小企业主借了担保公司一笔钱，一直还不上，被黄毛和光头绑到山上的一个破房子里。被绑的小业主又冷又饿，趁看守人睡着了，半夜逃跑下山。这几天雨夹雪，下山的路又陡又滑，小业主在漆黑的夜里慌不择路，从山崖上掉了下来，摔断了双腿。第二天，附近的村民发现了身负重伤的小业主，报警救了他。

小业主把自己遭遇的来龙去脉告诉了警察，区公安局刑侦大队马上立案侦查。刑侦大队昨晚收网，在省城抓到了黄毛和光头，在本市金河湾酒店的被窝里抓到了猴子哥。猴子哥被抓时和一个金安职业技术学院的女学生在一起，俩人赤身裸体。接下来就是审讯，黄放与他们有什么瓜葛，相信马上水落石出、真相大白。

陈嘉树把猴子哥被抓的消息告诉了严小莺。严小莺清楚，距离真相应该不远了。

连续几天的雨雪天气，给工程施工造成很大困难。回龙城工地上，工人们冒雨支模板，一期工程的基础施工，就差基础梁砼浇捣了。离春节还有一个多月，可恶劣的天气不能施工，工人们都想尽快完成自己的目标任务，好结账回家。

杨经理开始安排工人看场和退场的事了，申请工程进度款的报告也送了上来。陈嘉树很头疼。三月份公司刚成立时候，大家预计今年春节前最快只能宗地摘牌，八千万资金基本够用。想不到工作进展超出预期，回龙城一期工程的基础提前抢出来。一期基础工程的材料费、工人工资要三千多万，可工程款没了着落，陈嘉树急得团团转。

混凝土、钢筋等大宗材料款年后还，应该问题不大。难度大的是班组工人的工资。工人们一年风吹日晒、辛辛苦苦做工，就盼望着这些血汗钱拿回家好好过个年。工人的工资是一分都不能少的。这几年，人工工资不断攀升，人工费占工程总造价的三分之一还多。现在没有一千万，工人是退不了场，自己也甭想回家过年了。

几个股东中，手头有这么多现金的只有蔡东峰。三月初公司成立时候，大家就考虑到资金可能不够，预留了百分二十股份给资金缺口时能出资的人。现在房地产市场一路高歌，金安的房价不断上升，如果手头有现金，投资入股是绝佳机会，陈嘉树相信蔡东峰不会放过这个好机会的。

其实陈嘉树还有另外一层考虑。他想利用这次董事会辞去总经理职务，好全心全意投入金水湾项目工作，那里才是他的重点、自己的事业。陈嘉树想，建筑企业年底资金压力很大，杨总可能拿不出这么大一笔资金，但他又是公司董事长，不解决问题也不行。当他两难的时候，若蔡东峰主动站出来，帮助董事长解决了问题，提出要担任总经理，杨秀夫应该不会反对。

马上开董事会了，陈嘉树在安德金丰田公司同蔡东峰进行一次深谈，将自己的想法告诉他。

"好啊，这个办法好！"蔡东峰是个聪明人，他懂得取舍、选择。自己接手金水湾项目，千头万绪、错综复杂，弄得他晕头转向。蔡东峰以前没接触过房地产，业务不熟，手下报上来要他拍板的事情，他反而问手下这事情怎么解决，闹了笑话。金水湾初期工作，还是陈嘉树合适，没有他转不动。回龙城项目基本走上正轨，人员配备比较全，工作相对容易些。如果两边选择一边，蔡东峰还是愿意去回龙城。

"钱、钱最重要，经济是基础。没有钱，一切无从谈起。"陈嘉树现在最关心的是钱。

"你放心，钱，我有办法。"蔡东峰信心满满。

"五天之内要到位，有把握吗？你还没有同你老婆商量，你老婆不同意怎么办？"陈嘉树对蔡东峰大大咧咧的态度很不放心。

"把心放在肚子里，我说有办法就有办法。"蔡东峰拍拍陈嘉树的肩膀，安慰道。

"那好，资金的事情你解决，我就不找别人了。"陈嘉树想，蔡东峰的老婆就是不同意，他还可以向张总借钱，所以他回答才那么有底气。

从安德回来后，陈嘉树一上班就准备董事会的事情。他在电脑上敲自己的述职报告，对回龙城楼盘的运作、公司将来发展的思路做了阐述。陈嘉树回顾了自己在这大半年时间里所做的一切，圆满并超额完成公司下达的目标任务，他为自己感到自豪。

陈嘉树正在办公室写述职报告。开发部经理突然推门进来，慌慌张张地说：

“陈总，黄副总在楼下门口被公安局的人带走了！”

陈嘉树吃了一惊，赶紧冲到窗口，看见一辆警车从公司门口绝尘而去。陈嘉树拿出手机，给区治安副局长打电话，要他帮忙查清黄放出了什么问题？被公安局哪个部门带走？

下午，区治安副局长打来电话，黄放是被区公安局刑侦大队带走的。猴子哥和黄放之间的关系也查清楚了。八月份开始，黄放到猴子哥的担保公司四次共借了高利贷二十万元，短短四五个月时间，本息达到四十四万元。他借钱用来包养情妇，就是和猴子哥钻一个被窝的金安职业技术学院的女学生黄香依。黄香依被猴子哥控制，充当猴子哥敲诈勒索土豪富翁的工具，黄放是第一个。黄放还有一张承诺书在办案人员手里，内容是黄放多次奸污黄香依，致其怀孕堕胎，黄放愿意赔偿黄香依八十万元等等。公安局依法传唤黄放到案说明。

黄放出事了，陈嘉树不敢隐瞒，将自己知道的事情一五一十全部告诉了严小莺。

严小莺静静听完陈嘉树的讲话，然后一声不吭地放下电话。自己的担心终于变成了事实。严小莺脸色煞白、心如死灰。自结婚以来，自己一个人开小店、搞批发、办工厂、做贸易，历尽千辛万苦，才有今天的成就。生意场上，作为一个年轻漂亮的女人，严小莺曾遇到多少诱惑，但她一直恪守妇道，就为了这个有名无实的家。黄放在金安才半年，就敢借高利贷养情妇，搞大女孩肚子，用八十万摆平，这种人渣不要也罢。

这么多年了，自己和黄放离多聚少、貌合神离，双方各做各的，经济也是各自独立，这种名义上的夫妻没有必要再维持下去了。严小莺大彻大悟，干脆离婚算了。反正小孩也大了，以后跟着自己，会理解妈妈的苦衷。

严小莺主意已定，但还是不甘心，她很想发泄，找人倾诉。但自己的憋屈、自己的痛苦、自己的煎熬，谁也不能代替，只能自己承受。严小莺的心在滴血。她决定在这次董事会期间向黄放摊牌，协议离婚，他如果不同意，那就法庭上见！

严小莺精神状态很差，陈嘉树实在不忍心。他退了机票，天天陪着严小莺。

第三十六章

拖了一个月的董事会要召开了。陈嘉树到公司门口迎接杨秀夫。杨秀夫的笑容很勉强，没有往日那样发自内心的亲切。陈嘉树显得有些尴尬，他有愧于杨总，于是小心翼翼地陪着他，倒茶敬烟。

杨秀夫梳理了自己与陈嘉树这十年的交往，不得不承认他对福隆集团的巨大贡献。当年陈嘉树提议成立福建商会，花半年时间多方联络奔走，得到了福建省和湖南省工商联领导的重视和支持，十几个闽籍在湘的高级干部、企业家积极响应，终于成立了湖南省福建商会。陈嘉树以出色的组织能力当上了秘书长，自己担任了常务副会长，从此结识了许多权贵，也整合了很多资源。

凭良心说，自己事业的腾飞发展，有陈嘉树的一份功劳。对于陈嘉树这大半年的工作，杨秀夫也是满意的，如果以总分一百分来评分的话，杨秀夫评他九十八分。这个人理想远大，非池中物，尽管自己一直支持他的事业发展，最终还是制止不了他游入大江大海。既然合作缘分尽了，那就好合好散吧。

陈嘉树开车去宾馆接严小莺。严小莺憔悴许多，可见她这几天经受的煎熬是何等痛苦。严小莺在车上就同陈嘉树说了一句话:“我要同他离婚!”陈嘉树一只手紧紧握住严小莺的手，这个时候，任何的语言都是苍白无力的。

蔡东峰是最后一个到达的。他还是大大咧咧的，一到公司，就把杨秀夫拖到一个空房间，谈什么秘密事情。

这次股东见面，大家各怀心思，没有了过去温馨欢乐的气氛。中午吃饭，陈嘉树本来安排在流水山庄，大家感觉麻烦，就在公司食堂解决算了。

杨总一直没见到公司常务副总黄放，中午吃饭时还没见他的人影，感到奇怪，就问陈嘉树:

“陈总，黄副总去哪里了?”

“这，这两天他有些事。”陈嘉树看见严小莺脸色骤变，不敢往下说了。

“杨总，喝点酒怎么样?”蔡东峰从陈嘉树那里知道了黄放的事，故意岔开话题。

“中午喝什么酒!”杨秀夫看见陈嘉树和蔡东峰神色不对，严小莺更是双眉紧锁，脸色很差，心想黄放可能出了什么事情，没有往下问了。

草草吃了午饭后，陈嘉树安排大家住进金安大酒店。在杨秀夫房间里，陈嘉树把黄放的事情和金凤公司这个季度的工作情况、遇到的资金困难等等向杨总做了汇报。

这个季度公司的业绩有目共睹，陈嘉树的能力和水平得到了大家的认可。公司年底资金缺口大，杨总早就预料到了，作为董事长，他一直为这件事头疼。如果按股份比例再出资，自己资金周转困难，实在拿不出这笔钱；如果按公司成立时约定新出资的算股份，杨总于心不甘。这也是杨总推迟召开董事会的原因。现在年底了，箭在弦上不得不发，董事会不能再推迟了，这些困难在董事会上全体股东商量解决。

上午蔡东峰向杨总提出按以前的约定新出资算股份，自己愿意出资，而且要出任总经理。杨总既高兴又为难，高兴的是资金的问题得到了解决，为难的是蔡东峰没有房地产工作经验，能不能胜任房地产公司总经理职位是个未知数。另外陈嘉树的总经理做得好好的，如果把他撸了，陈嘉树会怎么想？股东之间会不会闹矛盾？杨秀夫心中没底。他没有明确回答蔡东峰，只是说在会上听听其他股东的意见，大家商量解决。

黄放的事，杨秀夫认为是小事，关几天就会放出来，本来不想理会他。但他是严小莺的丈夫，是公司的常务副总，作为严小莺的同学、公司的董事长，于情于理杨总要去安慰严小莺。杨总觉得严小莺受伤害最深、最值得同情。对黄放，杨总觉得他罪有应得，不值得可怜。杨秀夫决定下午看望严小莺，董事会改为明天上午召开。

下午杨总看望严小莺。陈嘉树和蔡东峰找区公安局刘局长，要求自己作保，把黄放放出来参加公司董事会。

黄放的事情基本弄清楚了，他的口供和黄香依、猴子哥、光头、黄毛的口供基本一致。事实上黄放也是受害者，公安局正准备放人，等候处理。刘局长给刑侦大队队长打了电话，那边同意放人，要公司派人到刑侦大队接人。

经过两天两夜的关押审问，黄放胆战心惊，吃不下饭睡不着觉，精神快要崩溃了。两个办案人员轮流审问黄放，他们时而温文和善摆事实讲道理、时而拍案而起怒斥他的犯罪行为，吓得黄放魂飞魄散，担心自己会被批捕蹲监狱，最后妻离子散。当黄放走出刑侦大队门口，看见陈嘉树和蔡东峰时，忍不住泪流满面。

陈嘉树和蔡东峰把黄放送到他租住的地方，准备等他洗刷好后接他去吃饭。黄放说太累了需要休息，拒绝了陈嘉树他们的好意。陈嘉树和蔡东峰本来就厌恶黄放，看见他不领情，就赶紧撤退了。

这次董事会在房地产公司会议室举行。郑芬准备了橘子、苹果等时令水果，可大家一动也不动。黄放的事情，大家心情都很沉重。严小莺双眼红肿，昨晚一定又没睡好。董事会弥漫着阴沉、悲凉的气氛。

陈嘉树把这个季度公司的工作进展情况、现在遇到的困难，特别是财务上的困难以及自己工作上的失误一一向董事会做了汇报。

陈嘉树这大半年开拓性的工作，超额完成了董事会定下的目标任务，为公司下一步发展奠定了坚实基础。陈嘉树居功至伟，本来是值得骄傲、值得称赞的事情，因为黄放事情的发生，陈嘉树高兴不起来，大家脸上也没有笑容。不过大家心中都有一杆秤，从心里佩服陈嘉树。

资金困难是这次董事会急需解决的问题。当杨总将这项议题提出来的时候，大家沉默了。过了一会，蔡东峰表态：

“这事情我想到了，我想办法解决。”

“哦，那你说说，怎么解决？”杨总欣喜地问。

“我家里有一笔钱，在我老婆手里。她听说新投资算股份，想拿钱出来，不过，她有个条件……”蔡东峰吞吞吐吐，欲语又止。

“东峰，你怎么婆婆妈妈的，说呀，什么条件？”杨总有些焦急。

“她想投资这么多钱，占这么多股份，一定要我坐镇公司，当公司总经理。你说，陈总做得好好的，我怎么好意思去争总经理的位子？”蔡东峰苦笑道。

“这怎么不好意思呢？你股份多，出任总经理天经地义。”陈嘉树不失时机赶紧表态。

“这不好吧，我们几十年的老同学，我还不相信你吗？”蔡东峰推辞道。

“我没有钱怎么当总经理？过两天工人围过来要钱，我跑都来不及。你当总经理是在帮我、救我。”陈嘉树态度诚恳、讲的是实情。

“杨总，你是董事长，你说呢？”蔡东峰问杨秀夫。其实他同杨秀夫、陈嘉树私下两边都讲好了，不过搬到董事会给大家演一遍罢了。

杨总的脸色有点尴尬，内心却是欣喜。资金问题解决了，公司渡过了难关。蔡东峰想当总经理，陈嘉树同意让位，实现了公司权力和平过渡。陈嘉树的安德项目没有汇报，直接介绍给了张总，杨总如鲠在喉，压一压陈嘉树，也是好事。蔡东峰没有房地产经验，自己可以多帮他，也趁机掌控金凤房地产公司的权力。不过他的真实意图不能表现出来，要做做样子。他把问题抛给陈嘉树：“陈总，你说怎么办？”

“就这么定吧，没时间了，东峰马上接手！”陈嘉树是今天董事会的总导演，他看见杨总和蔡东峰正按他编排的剧情在表演，心中暗暗高兴。

严小莺的心思不在董事会上。她相信这三个老同学不会骗他，会处理好公司事务的。她现在心思在黄放身上。昨晚她到了黄放住的地方，把离婚协议书拍在黄放面前，坚决要离婚。黄放痛哭流涕，又是下跪又是自扇嘴巴，恳求严小莺看在孩子份上饶他这一回。严小莺对他彻底死了心："不签字，就法庭上见！"

黄放看见严小莺不肯原谅自己，豁出去了："好，那法庭上见！你和陈嘉树在金安大酒店鬼混，你们公司拜年拜节贿赂官员我都抖出去！"

黄放丧心病狂的话，更坚定了严小莺离婚的决心。她气得脸色铁青："那你的一千万投资就别想要了！"

"我明天去董事会找他们评理。你不让我活，我也不让你好过，大不了鱼死网破……"黄放绝望地喊叫。

严小莺又是整夜没睡，遇上这种渣男，一生都被毁了。严小莺怨父母势利、怨自己软弱，如果人生还有选择的话，一定选择自己爱的人、简单快乐地生活，而不是选择金钱地位这短暂的辉煌。回想这二十年来的痛苦经历，像梦一般，严小莺的眼泪禁不住刷刷地往下流。

严小莺本来不想参加今天的董事会，因为担心黄放来捣乱，才勉强出席。还好黄放不敢来，董事会顺利结束了。

这次董事会解决了两个大问题：资金和人事问题。蔡东峰任公司总经理，资金两天内到账。陈嘉树和黄放任公司副总经理，协助蔡东峰工作。其他议题不多，大家各有心事，会议只开了两个小时便草草结束。

会议一结束，杨总声称公司忙，很快坐车走了。严小莺想尽快离开这伤心之地，谢绝了陈嘉树和蔡东峰的挽留，叫司机送她到机场。

陈嘉树和蔡东峰办了交接手续，把郑芬留下来帮助他，自己去了安德金水湾。

金水湾楼盘旧貌换新颜、恢复了生机。围墙四周彩旗飘飘，巨幅的售楼广告气势恢宏，破烂的安全网全部换上了崭新的防护网，工地内材料摆放整齐、卫生整洁。售楼部整修后富丽堂皇，一个个青春靓丽的售楼小姐身着空姐服，笑靥如花，成为金水湾一道美丽的风景。

陈嘉树这次花了大本钱，广告是城乡全覆盖，电视、报纸、电台、灯箱、墙体广告全部上。售楼小姐深入每一个乡村发广告单，宣传金水湾楼盘。大家铆足了劲，一定要在春节售楼高峰期打个漂亮仗。

金水湾项目营销由小文的房地产置业顾问公司代理。小文对房地产的广告策划、营销方式很有一套。短时间内，金水湾楼盘在安德、省城引起了轰动，来看房订购的客人逐日增多。

回龙城项目的工人们开始退场了。蔡东峰拜完年、安排好春节留守人员后，准备一两天后回山西。这么多年了，两个家庭都陷入痛苦的深渊，蔡东峰更是痛不欲生。前不久公司投资要钱时候，秦婷婷要求蔡东峰今年回老家与老婆离婚，哪怕花五百万、一千万都行。蔡东峰也有这个想法，过小年时回马堡看看孩子，了结自己名存实亡的婚姻。

金水湾项目的工人也退场了。陈嘉树处理好公司扫尾的事情后，留郑芬负责楼盘销售，自己开车回到了福州。

陈嘉树一到福州，就接到蔡东峰的电话。蔡东峰昨天到了福州，住在六一环岛的白宫大酒店。他迫不及待地要和陈嘉树见面，商量怎么解决自己婚姻问题。

蔡东峰想，如果春节前没解决好，正月头不可能办离婚手续，那不知道要拖到什么时候。蔡东峰是家里老幺，父母亲前几年就过世了。哥哥看见他抛妻弃子娶小三，在村里抬不起头，一气之下同他断绝了关系。关于离婚，蔡东峰已有了处理方案，但实施方案少了个帮手，蔡东峰想还是陈嘉树比较合适。

陈嘉树到蔡东峰房间不久，他的姐姐领着他的一双儿女来了。

蔡东峰的儿子，活脱脱是蔡东峰高中时的模样；他的女儿，脸型五官与父亲有几分相像。兄妹俩听姑姑说去福州买衣服，就跟着来了，当他俩看见这个熟悉的面孔时，愣住了。蔡东峰的眼睛一刻也没有离开儿女，他脸上的肌肉在颤动，眼眶慢慢红了，眼泪涌了上来，一会儿满脸泪水。他强忍着没有哭出声来。

姑姑对两个侄儿说："你爸爸回来看你们，好好跟爸爸谈谈。"然后和陈嘉树退出房间。

房间里一会儿哭声、一会儿风平浪静、一会儿又响起争吵声，陈嘉树和蔡东峰姐姐的心提到了嗓子眼。他们俩在门口足足站了两个小时，门才打开。满脸泪痕的兄妹俩跨出房间，一言不发走向电梯口，坐电梯下楼了。

"谈得怎么样？"小孩一走，陈嘉树迫不及待走进房间，开口就问蔡东峰。

蔡东峰悠闲地喝着茶，脸上露出笑意："一报还一报，造孽！我儿子前面要跟我打架拼命，后来我说给他在福州买房、买车，他态度一百八十度转弯，马上同意了。跟我年轻时一样，想钱想疯了！还是女儿好，心疼爸爸，对钱不动心，只求我常回家看看她们。"

为了顺利离婚，蔡东峰做足了功课。他先做通一双儿女的思想工作，孩子是母亲的心头肉，两个孩子理解了、同意了，他母亲就没了支撑，工作就好做多了。蔡东峰表面看着毛毛躁躁的，其实心细着呢。

“唉，我们房地产公司四个股东，半年时间两个离婚，一年之后是不是我和杨总两家也要离婚？是流年不利还是公司选址风水出了问题？”陈嘉树很沮丧。

“严小莺也准备离婚？”蔡东峰疑惑道。

“那是肯定的。黄放的处理结果出来了：黄放道德败坏、行政处罚。估计他没脸在金安待下去了。那个女学生更惨，被开除学籍，遣送回家。”陈嘉树的话是告诉蔡东峰，金凤公司明年没有副总经理了，千斤担子落在你肩上。

“我们为什么活得这么累？”蔡东峰问。

陈嘉树沉默着，没有回答。

第三十七章

唐跃在整理陈家厝史料，陈家厝的故事让他着迷。春字辈四兄弟在新中国成立后命运如何，唐跃想请春旺老人继续讲下去。老人说新中国成立前的红色故事讲完了，任务完成了；新中国成立后的故事很平常，没有了流血牺牲，大家都过着平安幸福的日子，没什么可说的，一直推脱，似乎有难言之隐。唐跃同玲玲谈恋爱后，见了几次陈嘉木，想请他讲讲陈家厝的往事。陈嘉木推说不清楚，普通百姓家有什么好说的，很多是别人添油加醋编的故事，总之也不愿意讲父辈的往事。唐跃不甘心，故事有开头没结局，不能闭圈，以后有游客问起来，解说员怎么回答？唐跃想来想去，乌山村老人会会长陈与正经常给游客讲陈家厝的故事，而且他的年龄比陈春旺小不了多少，应该对新中国成立后的陈家厝历史很熟悉，找他是最佳选择。

陈与正会长是个热心人，难得镇干部又是老熟人唐跃来访，就带他到老人会办公室泡茶。当他知道了唐跃的来意，明白了政府要收集红色故事的意义，达到提高乌山村陈家厝的知名度，吸引更多游客的宣传作用，非常高兴，于是就滔滔不绝讲开了，补上了陈家厝新中国成立后的那段历史……

一九四九年十月一日，毛主席在天安门城楼上宣布："中华人民共和国成立了！"一个旧政权垮台，一个新政府诞生，给整个社会、每个乡村乃至每个家庭带了巨大的变化。

江海县成立了十个区政府，马堡属于第六区，区政府设在马堡镇。乌山村成立乡政府。接着轰轰烈烈的土地改革运动开始了，所有的土地都归了公，然后整片，按照人口划分每个乡的田地、林地、海域等等。每个乡按每户人口再划分，没有住房的人还可以分到地主家归公的房屋。家里有人参军的，乡政府负责派人代耕田地。陈家厝人口少、房屋多，但两户都是军属，房屋的产权和居住权没有变化。

陈春旺、陈春发所在的游击队改编成军区独立团。他们俩参加了几场解放沿海岛屿战斗后转业了。陈春旺在部队时是排长，转业后被安排在江海县供销社工作。陈春发在部队时是班长，转业后被安排在马堡镇粮站任副站长。陈春达农忙时忙着农活，空闲时到马堡粮站打零工。陈家厝平常就两个女人，显得寂静、空空荡荡。

王玉莲和郑秋菊最想念的是陈春种，走了五年多了，一点消息也没有，到底在哪里？是死是活？现在全国都解放了，该有消息了吧。邮差每次来乌山村，王玉莲都要追着问，有没有我们家春种寄来的信？秋菊常常逼着邮递员再翻一遍邮袋。

这天中午，一阵“叮叮叮”的自行车铃声在陈家厝大门外响起，声音清脆，在静谧的陈家厝显得格外响亮。这声音，王玉莲和郑秋菊太熟悉了，两人愣了下，不约而同地放下饭碗，一路小跑出了大门。

邮递员送来了一封来自广西的信，信封上写着陈春旺收，背面还有一行字：信儿信儿快快跑，见了亲人先问好，千万要保重！这肯定是春种寄来的。玉莲和秋菊不识字，央求邮递员赶紧撕开信封，给她们念念。

陈春种来信除了向母亲、秋菊和春旺问好外，主要写他不能回家的原因。那年离开马堡后，部队一路向北，经过浙江、安徽、江苏，最后到了山东。日本投降后同国民党军队打了几次大仗，部队一路南下，漳州解放后他本来想请假回家，可部队又接到命令要到广西参加剿匪。他是连长，要服从命令，等剿匪结束后一定会回家。信中还夹着一张照片，春种一身军装，腰上别着手枪，英姿勃发。

婆媳俩像小孩似的，争抢着照片，旁边的邮递员哈哈大笑。

陈春种有了消息，而且还当了军官，王玉莲和郑秋菊两颗悬着的心终于落下了，脸上洋溢着笑容，手脚也轻快多了。过了两天，王玉莲叫人写了回信，还特意问外甥杨德昌的情况，照来信的地址寄过去。秋菊想照一张照片一并寄出，可马堡镇没有照相馆，只好作罢。

人逢喜事精神爽。王玉莲盘算着，春种和秋菊的婚事定了，就等春种回家，然后结婚生孩子。春旺在县城当干部，人又长得俊，讨个老婆还不是口水蘸芝麻一样？不过春旺也不小了，村里同他年龄一样的人，孩子都会走路喊爹了，必须催他赶紧找对象结婚。王玉莲又担心西屋的春发兄弟，家里没有一个女人，衣服脏兮兮的，烟囱经常不冒烟，这怎么行呢？兄弟俩的父母去世了，作为他们的族亲长辈，王玉莲觉得自己有责任为春发张罗婚事。

王玉莲不打草鞋了，打了草鞋也没人去卖。她吃得好、睡得安稳，空闲之余，她常常想起西屋春发娘的好，可惜好人没好命，眼看好日子就在眼前，为什么就不能多挨几天？并且还要带走花一样的小妹？这几年，陈家厝不停地损丁破财，现在该添丁进喜了！王玉莲等着春发回家，问他有没有中意的女孩子，如果看中了谁家姑娘，她叫媒人上门提亲。如果没有，她请媒人找去。

夏天天气热，征粮也忙，春发回家次数少，就是回来也是一会儿就走。一天在大门口，玉莲碰到春发，拉住他讲了自己的意思，家里没有女人，哪像一个家呀。春发拧着眉头抿着嘴，到底有没有，就是不吭声，这不像平常直言直语的陈春发。王玉莲问急了，他抛下一句话：“问春旺去。”扭头就走。

王玉莲想想也对，春发和春旺从小玩到大，又一起去省城，后来参加游击队，两人是知心兄弟，有什么心思，应该会告诉对方。王玉莲去马堡镇给春旺打电话，专门问春发的事情。电话打通了，春旺将春发告诉他的话简单转告母亲。

春发有一个中意的女孩子，是马堡镇黄厝里黄家的姑娘黄芬芳。她的父亲是资本家，经常被戴上高高的白纸帽游街，与被镇压的黄贵成是亲兄弟……

一听到黄厝里、黄贵成，王玉莲的头一下子涨得像箩筐一样大。“这是仇人的亲侄女，陈家和黄家是世仇，怎么能找黄厝里仇人家的女儿呢？不行，这绝对不行！”王玉莲告诉春旺，“一定要让春发死了这份心，就是天下的女人死绝了，也不能找黄厝里的黄芬芳。”春旺说：“我也是这个意思，同春发说了，可他就是不听，还对我发脾气，说不理解他。”春旺劝母亲不要管春发的事，他说的话春发都不听了，你一个老人的话他更不可能听的，千万不要自讨没趣。

春发第一次看见黄芬芳，是两个月前的事。粮站在黄厝里有几个房间没有使用，今年职工多了，有几个要搬到黄厝里来住。那天下午，春发带着两个新职工来打扫卫生。他来到既熟悉又陌生的黄厝里，东看看西瞧瞧，从头落一直走到三落，对比自己的陈家厝，春发自言自语：“黄厝里，真的宽敞、漂亮！”在三落天井走廊上，透过窗口，春发看见撇榭房的书桌边，一个上身穿着月白色唐装薄衣，下穿一条黑色裙子，长得水灵灵的姑娘站在那里看书。太阳的余晖透过窗棂照在她白净的脸上，如盛开的白莲花一般，纯洁静美，春发不由得看痴了。

“嗯哼！”背后突然一声咳嗽，春发转头一看，一个五十开外的清瘦老人微笑着站在自己身后。春发的脸唰一下红了，手足无措，不知道说什么好。

老人温和慈祥，没有指责春发，反而邀请他到后落厅堂喝茶。春发想以后免不了同他打交道，认识一下也好，向老人介绍了自己的身份，接着跟他喝茶去了。交谈中，春发知道老人叫黄忠成，以前在福州教书，后来开店做生意，新中国成立后生意交给儿子打理，现在年纪大了，落叶归根回到老家，这里是他的祖屋。在书房里看书的是他小女儿，跟嫂嫂合不来，随他回了老家，十九岁了，高不成低不就，到现在还没有婆家，他急死了……

从黄厝里出来后，春发问了一些熟悉的人，想了解住在里面的黄忠成，以及他同黄贵成的血缘关系。他们都说，黄忠成和黄贵成的是亲兄弟。黄忠成年轻时候去福州读书、教书，两年前才回到黄厝里，他和他的女儿很少同别人接触，大家对他不是很了解。

陈春发听说黄忠成是黄贵成的血亲，资本家身份，吓了一跳。但黄芬芳是陈春发见过最美的女子，他头脑里不断闪现夕阳下黄芬芳读书的倩影，晚上躺在床上，陈春发像煎鱼一样翻来覆去整夜睡不着。他想，黄忠成当面对自己说，芬芳十九岁了，还没有婆家，他急死了！这什么意思？是不是看见我长得一表人才，又是国家干部，有意将他儿女许配给我？如果能娶到这天仙一样的女人，天天晚上抱着她睡觉，这一生值了！天快亮时，春发梦见怀里抱着光溜溜热烘烘的芬芳，一激灵，身下一股热浪喷涌而出。

第二天下午，陈春发到供销社买了一包高山云雾茶，到黄厝里三落厅堂回访黄忠成。一回生二回熟，两人像老朋友一样喝茶聊天，聊得很热络。陈春发有备而来，他想黄忠成不像黄贵成，没有欺压百姓，没有血债，再说他是资本家，身份也比地主好一些，应该问题不大。他故意透露自己未婚，年纪大了，也急着找一个媳妇成家。黄忠成说可惜了，你是共产党干部身份，我是资本家身份，如果不论成分，你和芬芳真是天造地设的一对。黄忠成说，以前一家有女百家求，现在家里放着这么漂亮的姑娘，却没有人敢上门提亲，怪他成分不好，害了女儿的幸福。

这是新中国成立初期的社会现实，从政府层面，政治、经济、文化等方面全面打压可能威胁到新政权的人物。当时口号是:“把地主打倒在地,再踏上一只脚,叫他永世不得翻身。”基层组织发动翻身的农民,对地主、富农、反革命和坏分子进行批斗,不但没收他们的财产,还要枪毙、劳改、管制,最低的常常被拉去游街,去扫大街、淘厕所。同这些人沾亲带故的人躲避还来不及,谁还敢同他们攀亲联姻?

黄忠成从福州城回到马堡黄厝里,出于一场家庭变故。黄忠成本来想去美国留学,可他妻子死活不肯,丈夫去了外国,国内长期战乱,家里没有积蓄,妻儿生活怎么办?黄忠成从学校辞职了,美国去不成,只好开一家店铺度日。夫妻俩生了一男一女,儿子结婚后在自己店里帮忙,女儿上初中,家庭还算可以,一家人幸福和美。自从国民党重燃战火,物价飞涨,家庭入不敷出,黄忠成的老婆与媳妇为了柴米油盐的琐事吵了一架,老太太想不开,吃了老鼠药撒手而去。家庭破碎,父女俩相依为命,黄忠成萌生退意,告老返乡。还好老家有祖屋,又有两亩水田,可以安度晚年。

政权更替,社会变革呼啸而来,所有人不可避免地卷入漩涡之中,都要成分定位,乡下也不安宁了。黄忠成的成分定位有点难,定为地主成分,却只有两亩田地,连富农、富裕中农都算不上;定为恶霸、反革命、坏分子,没有真凭实据。可他是黄贵成留在马堡镇最亲的一个直系亲属,不把他拉出来批斗,贫苦百姓心有不甘。所以政府给他定为资本家成分,毕竟他在福州开过店,当过老板。

五十多岁的人了,黄土埋到了脖子,黄忠成一切都看淡了,他现在最担心的是女儿。女儿还年轻,女儿的将来是他唯一的牵挂。黄忠成想,由于成分原因,被划入社会最低层,芬芳出去工作是不可能了，只能找一个好人家嫁了。可好人家的小伙子谁会瞧得上资本家的女儿？下三烂的人，自己瞧不上，芬芳也不会下嫁。黄忠成哀叹之余，只能求老天保佑了。

那天发现陈春发偷窥芬芳，黄忠成如同夜晚迷路的人看到了一束灯光，心里一阵暗喜，诚恳邀请他坐下来喝杯茶。他阅人无数，看见年轻人五官端正，身姿挺拔，一副男子汉气魄，知道此人是个小干部，诚实无城府，所以把自己和女儿的信息透露给他，试探他的反应。第二天，陈春发买了茶叶来拜访，黄忠成这下心中有底了。为防止夜长梦多，他决定趁热打铁，不惜代价，尽快把生米做成熟饭。

第二次从黄厝里出来，陈春发明白了黄忠成想把女儿嫁给他，就等着自己点头答应。高兴之余，陈春发就把这喜讯电话告诉了陈春旺。

这个消息，陈春旺不认为是喜讯。婚姻不仅仅是一个人的大事，而是两个人、两个家庭的大事。一旦结婚，就必然会牵涉到双方家庭，是两个家庭的结合。陈家厝和黄厝里世代结怨，黄芬芳的叔叔黄贵成还是杀害春发母亲和妹妹的间接凶手，双方怎么融入？现在一方是资本家家庭，一方是革命家庭，怎么融合？男方是革命干部，女方是资本家小姐，社会成分悬殊，领导也不会批准，怎么结合？春旺劝春发死了这份心。

陈春发怎么会死心呢？国家有婚姻法，婚姻法明确规定婚姻自由。他三天两头往黄厝里跑，见了几次黄芬芳，对她更是痴迷不已，后来干脆把宿舍搬到黄厝里。休息日喝茶聊天，黄忠成有时挽留陈春发吃饭，陈春发也不时带着酒菜同黄忠成小酌几杯。黄芬芳从省城到了乡下，远离了原来的生活圈，孤寂难耐，又遭受社会变革，沦为社会底层，更是郁郁寡欢。突然出现了个阳光帅气的年轻干部，死水塘一般的生活顿时泛起阵阵波光。黄芬芳文化水平高，陈春发经常请教她，说拜她当老师。一次黄忠成外出两天，两个人孤男寡女，干柴热火，遂了自己的心愿，也遂了黄忠成的心愿，完成了两个家庭的融合。

黄厝里深宅大院，陈春发和黄芬芳的秘密交往只有黄忠成知道，可时间长了，黄芬芳怀孕了，纸包不住火，两人的私情被住在黄厝里的一个职工发现，报告了站长。

根据婚姻法，搞对象结婚是个人自由，但是党组织有党组织的规矩。凡共产党员甚至党外积极分子谈恋爱，都必须先向党组织如实汇报情况，经党组织同意后方可继续发展感情，以保证党员的阶级成分、社会关系的纯洁性和可靠性。陈春发作为一个革命干部，同资本家小姐谈恋爱上床，搞大了肚子，如果传出去会是爆炸性新闻。为了单位的信誉，也为了保护年轻干部的前途命运，县粮食局决定酌情处理，送陈春发回乌山乡任拿工分补贴的副乡长。

丢了公籍，保留党籍，同意陈春发和黄芬芳结婚申请，陈春发觉得这是组织对自己从轻发落，法外开恩，是不幸中的万幸。陈春发觉得值，可陈家厝里的人觉得不值。陈春发想补办个婚礼，光明正大地娶黄芬芳进门，但王玉莲、郑秋菊、陈春旺、陈春达四人没有一个人支持，暗骂陈春发忘记了母亲和妹妹是怎么死的？为了娶仇家的女儿，丢了公职，给陈家厝的人丢脸，给祖宗蒙羞，拒绝帮助他筹办婚礼。陈春发众叛亲离，带挺着大肚子的黄芬芳，灰溜溜地回到了陈家厝。从此，陈家厝的亲人间又一次产生裂痕，并影响到下一代。

陈春达怨恨哥哥陈春发，经常同他闹别扭，觉得这个家待不下去了，刚好二十八军到江海县招兵，陈春达报名参军去了部队，成了第四个走出陈家厝的人。

王玉莲不用操心西屋陈春发兄弟了，现在操心的是春种什么时候回来同秋菊圆房，春旺什么时候带女朋友回家，自己什么时候能抱上孙子。

一阵“叮叮叮”的自行车铃声又在陈家厝大门外响起。王玉莲一路小跑出了大门。这次邮递员送来了一封来自东北的信，信封上写着郑秋菊收，这肯定是春种寄来的。王玉莲央求邮递员赶紧撕开信封，给她念念。

信很简单，就几行字，说部队接到紧急命令，从广西开到了东北，准备到朝鲜抗美援朝，让秋菊要孝敬母亲，好好保重身体，等他回来。还说表哥杨德昌后来当了团长，在淮海战役时牺牲了。这事不要告诉母亲，免得她又要伤心。

手中薄薄的信纸，王玉莲却觉得有千斤重。她鼻子发酸，眼角痒痒的，泪水顺着脸颊往下蠕动。秋菊的命怎么这么苦呢？眼看就要结婚了，却一次又一次落空，你还要遭受多少个难呢？玉莲想到姐姐凤莲、外甥德昌，我的心肝肉，到死都没有见过一面，一家人就这样死绝了。老天爷呀，你怎么不睁眼看看！

秋菊正忙着煮饭，听见大门外有自行车铃声，婆婆一路小跑出了大门。她煮好饭没看见婆婆回来，出门找她去了。秋菊看见婆婆站在路口，没有邮递员的身影，就喊着婆婆回家吃饭。王玉莲擦干泪水，把信封折好塞进口袋。她决定瞒着秋菊，不让她知道春种给她来的这封信。

第三十八章

王玉莲娶儿媳妇抱孙子的希望，现在只能落在春旺身上了。春旺净说工作忙，很少回家看望母亲和嫂嫂，平常联系，多靠电话或者写信。电话或写信，王玉莲都要问找到对象了没？要是有了，要告诉家里；如果还没有，要赶紧找，母亲急着抱孙子呢！

供销社下属的商店很多，柜台前年轻的女售货员，个个像蝴蝶一样飞来飞去，令人目不暇接。陈春旺英俊潇洒，又是社里的干部，热心的同事帮他介绍一个又一个漂亮的女售货员。同事出于好心，帮他介绍，陈春旺看多了，眼花缭乱，其实他有自己的标准。

同陈春旺交往的第一个姑娘是江海城关人，父亲是县文化局的副局长，母亲是县革命小学老师。她原来在新华书店上班，为了转正，被调到新开的副食品商店。当介绍人把姑娘指给陈春旺看时，她正同一个顾客吵架。顾客很凶，她也丝毫不让步。陈春旺上前调停，原来是顾客不知道四舍五入引起的纠纷。姑娘强势，但讲道理，气质也很好，交往一段时间后带陈春旺见她的父母亲。她的父亲同春旺寒暄几句后，就到另一个房间练字去了。她的母亲问了很多，从年龄、学历、家庭、单位职务、工资、两人认识过程以及发展到什么程度都问。这简直是审问！陈春旺看见姑娘母亲鄙夷的目光，知道不能过关，知趣地挥手告别。

过几天姑娘解释，父亲想把她介绍给他的同学的儿子。对方大学毕业，在福州工作。母亲知道你我正在交往，特意叫你来面试，做个比较。她听说你是农村出来，没读过书，就判你出局。她说我们是知识分子家庭，如果来了个文盲，怎么沟通？怎么相处？她看见你长得帅，怀疑我们上过床，不停地问，你说好笑不好笑？春旺问，你的态度呢？她说，我爸我妈就我一个女孩，我将来不会离开我爸妈家，肯定要找一个我爸妈满意的。这不是在找上门女婿吗？陈春旺从此同她断了联系。

同陈春旺交往的第二个女人是日杂店的店长。介绍人前脚说完，她后脚就到了春旺的办公室，自我介绍刚从邻县调回来，为回到家乡工作，把自己的婚姻大事都耽搁了，成了大龄姑娘，现在最重要的就是找个男人把自己嫁了。她眉目清秀，身材却有些臃肿，两片大屁股颤颤巍巍，讲话大大咧咧，认识后天天晚上往春旺宿舍跑，洗衣服、打扫卫生，好像怕别人不知道似的。

陈春旺一直怀疑她不是处女，甚至生过小孩。一天夜晚，女店长一直赖着不走，后来干脆脱光衣服，白花花地躺到床上，挤眉弄眼催促陈春旺上床，把陈春旺吓得转身就跑，连宿舍的门都没关上。第二段姻缘就这样结束了。

同陈春旺交往的第三个女孩是马堡镇人，县中毕业后分配在供销社门店工作。因为是老乡，同事就把她介绍给陈春旺认识。女孩文静柔弱，一副怯生生的样子，陈春旺如果不打电话、不邀约，她从不主动找春旺，半年了，两人一直保持着不即不离的关系。春旺急了，问小女孩想不想处对象？女孩说，叔叔你大我十岁，我还小，还想多赚几年工资给我两个弟弟读书交学费。陈春旺这半年的感情付出又泡汤了。

供销社李主任看不下去了，一个帅哥、国家干部，一个枪林弹雨出来的英雄，怎么就攻不下个女人？这不仅是陈春旺个人的耻辱，也是整个供销社的耻辱！李主任一气之下，把外甥女和陈春旺叫到自己家来，互相介绍后锁门而出。临走前命令道，你们俩给我谈出结果来，没有结果，我不回来。

李主任的外甥女叫蓝梅，比陈春旺小五岁，在商业局做财务，一整天在算盘珠子霹雳啪哒声中度过。蓝梅身材适中，走起路来，两条长长的头发辫子垂到了屁股，晃晃悠悠如风吹杨柳左右摆动。转过身来，一副大大的眼镜遮住了半个面孔，玻璃镜片像树木的年轮。她不管走到哪里，人们总能一眼认出来，是辨识度很高的一个姑娘。

由于李主任保媒，两个人直接奔着结婚而去，感情直接上升，半年后开始谈婚论嫁。陈春旺写信告诉母亲。邮递员读完后，王玉莲惊喜而泣，一路跑回家，吓得郑秋菊以为又发生了什么事。

陈家厝二十几年没办喜事了，这次春旺结婚，王玉莲决定要好好操办一番，给列祖列宗争光，为陈家厝冲冲喜。大婚礼数不能少，一定要风风光光地把新媳妇引进陈家厝。

结婚有很多讲究，前期要合婚、定亲、择日子一套流程。合婚就是媒人将女方的庚帖送到男方家，男方父母将庚帖压在灶公神龛前，或者放进米缸里，三日内家中没有打破碗碟、小孩跌伤，或与人争吵，就算是进关。或请五行先生合婚，将男女双方的生辰八字算一遍，如果匹配，家里平安无事，这门亲基本上定了，接着准备定亲。

定亲也叫“订婚”或“回帖头”。男方家合婚满意后，将男方庚帖送女方家“开合”（女方家再次核对是否合婚），然后双方商定聘金多少。聘金定后，男方家委托媒人，提着红箩筐，里面放着红烛、竹筷、糖糕、红枣、瓜子等，加上金戒指及部分聘金到女方家“起帖”。如果女方家收起戒指和钱物，就将女方的庚帖正式交由媒人，带回男方家，这就完成了定亲程序。

择日子（定婚期）一般要提前几个月，媒人先到女方家开列其全家人的年庚八字送达男方。男方会同自己一家人的年庚八字，拿到五行先生那里，选择结婚的吉日，同时开列开剪（裁制新郎衣服）日期。婚期定下后，男方家要送肉包和糖包到女方家，还要补上定亲时约定的礼金和聘礼差额。女方收到“日子包”和聘礼后，回几包糖和几十对“花”。男方就把这些糖和“花”分发给亲人和亲戚，以告知亲戚结婚喜讯。女方把“日子包”分发给舅、姨、姑等亲戚和叔伯邻里等。亲朋好友收到“日子包”后，就会陆续赠送结婚礼物给出嫁者，以示祝贺。婚期定后，男方开始置办结婚用品，女方准备嫁妆。接着男方就要发请帖，宴请内亲外戚。父母亲的内亲外戚，请帖叫全帖或大帖，要在婚前十日由新郎亲自分发。朋友邻居请柬，一般是提前三天发放。

王玉莲催促儿子叫媒人李主任来一趟，把女方的生辰八字带来。春旺说城里人不讲究这个，李主任是县供销社主任，国家干部，不可能像农村走街串户的媒婆一样，拿着双方的时辰八字来回奔走。他和蓝梅是公家的人，要按照新婚姻法要求婚事新办，举办新式婚礼，不搞过去封建落后的那一套。王玉莲和儿子为说服对方，来来回回一个月，最后互相妥协。陈春旺将蓝梅的出生年月日告诉母亲，让她拿去合婚。他和蓝梅是自由恋爱，定亲环节就免了。结婚日子就选公历十月一日，这天是国庆节，黄道吉日，特别喜庆的日子，就不要找五行先生择日子了。县城离乌山村太远了，抬嫁妆接亲太耗时耗力，他们决定婚礼在县城举办，第二天回陈家厝再办酒席，宴请亲戚和宗亲邻里。

婚礼的重头戏是酒席，酒席越多，亲朋好友来得越齐，东家越有面子。为了办好这场酒席，王玉莲三次到西屋请春发来当主事，身段放得很低。春发想，我结婚要办婚礼，你们个个绝情，拒绝帮忙，成为乡间的笑话。现在春旺结婚，婚礼要隆重热闹，要我帮忙，凭什么呀？春旺几次打电话告诉春发，你是陈家厝在家唯一的男人，如果不帮忙，别人会怎么看？怎么想？别的族亲谁敢来帮忙？我在县城办了婚礼，老家办不办无所谓，如果宗亲邻里知道因为你我办不了酒席，你怎么面对他们？在春旺的劝导下，春发思前想后，最后不得不点头答应当主事，筹划指挥婚宴一切事宜。

王玉莲本来要到县城参加儿子婚礼，因为家里第二天要办酒席，这两天忙得声音都哑了，没有去成。陈春旺举办新式婚礼，少了很多繁文缛节，少花了很多钱，王玉莲决定将节省下的钱用到了酒宴上。她把所有的钱都交给春发调配。

红色的对联、灯笼，把陈家厝里里外外装扮得喜气洋洋。进进出出的宾客们，脸上无不洋溢着笑容。春旺在县城忙，亲戚和宗亲邻里由玉莲挨家挨户亲自去请。婚礼的前一天，亲戚们都来了，春发安排杀了一头猪，晚上安排酒席欢迎各位亲戚，叫“闹厅宴”，也叫“杀猪夜”，为明天的婚礼预热。第二天是结婚日，早餐出“六碗六缸”招待亲朋好友，这顿饭叫作“天地早”。饭后，宗亲要做好接新娘，搬运嫁妆，燃放鞭炮，准备迎接新娘的到来。

傍晚，在人们翘首以待的期盼中，一辆吉普车一路鸣笛缓缓驶近陈家厝。新娘在喜娘的搀扶下下了车。顿时，鞭炮声、锣鼓声震耳欲聋，小孩们大声起哄：“新媳妇到厅了！新媳妇到厅了！”

春旺和蓝梅约好了，为了母亲高兴，回陈家厝后结婚程序礼节按农村传统办，所以特意请了个喜娘。当徐娘半老的喜娘扶着蓝梅来到陈家厝大门前，唱起新人过门歌：

新人过门啊，喜气洋洋啊！

门前发炮啊，乡里知道啊！

新人下轿啊，孝顺婆婆啊！

新人到门头啊，嫁妆很丰厚啊！

新人走阶座啊，养孙奶奶抱啊！

头层阶座走牡丹啊，新人明年养双生啊！

二层阶座走玫瑰啊，合家荣华和富贵啊！

三层阶座走向阳啊，夫妻恩爱百年缘啊！

在喜娘的指挥下，新郎春旺和新娘蓝梅一拜天地、二拜高堂、三夫妻对拜。喜娘不停“唱诗”，大厅里许多人喝彩应和，“好呀！是呀！”气氛热烈，煞是热闹。拜了婆婆后，接着下跪拜见亲戚长辈。长辈们早就准备了红包，塞给新郎新娘做“见面礼”。行礼完毕，送新人入洞房，一对新人开始吃“房里酒”，而后找一个聪明可爱的男孩，在婚床上翻滚，叫作“滚滚床”。“滚滚床”的小男孩，还要在新娘的马桶里撒上一泡童子尿。这就是“开房里桶”。马桶里的“花纸”和“五子糕”等，就送给小男孩。新房间里还摆一个孩子坐轿，坐轿里放几个小芋头，轿子上披上一块围裙。桌子上要点亮一对龙凤烛，摆一个红漆木斗心、里面装着大米、红枣、花生等等，寓意添喜添丁，长发其祥。

掌灯时候，客人到齐了，宴席正式开始。一阵鞭炮后，肥肉、炖鸡、甜糯米、全节瓜、太平燕、鱼丸汤、炒年糕等，一碗碗陆续送上桌，王玉莲领着陈春旺、蓝梅、郑秋菊，一家人轮番敬喜烟喜酒，客人道贺新人喜结良缘。据说这场婚宴是乌山村新中国成立后办得最丰厚、最圆满的，一直被人们称赞。

陈春旺在老家三天，发现二十几年来同自己经历几乎相同的陈春发，不但生活水平拉开了距离，而且两颗心也拉开了距离。春发身上的干部服洗得发白，磨破的袖口用其他的布块重新缝上，格外显眼。黄芬芳为遮住隆起的腹部，提早穿上了冬大衣，显然是没钱做一件宽松的孕妇装。春发的笑很勉强，讲话时总要看一眼自己，声音也轻多了，没有了以前的大胆爽快。陈春旺决定同他好好谈一谈。

晚上，春旺提着酒席剩下的酒菜来到西屋，同春发边喝酒边谈心。几杯酒下肚，春发敞开心扉谈到自己目前的窘迫。俗话说，钱威衣服胆，没了工资收入，没下地干活工分少，吃饭都成问题，哪有钱买衣服？衣服都破破烂烂的，有什么底气资格大声吆喝，指挥别人？春发后悔当初没向领导求情，只要留住公职，怎么处分都行。春旺理解同情春发目前的状况，告诉了他可靠消息，国家准备开展公社化运动，撤区并乡，乡以下成立大队，要他早做准备。成立乌山党组织，以后成立乌山大队，春发就是党支部书记了，有了实权，就可以甩开臂膀大干一场，何愁吃不饱穿不暖……

两年后撤区并乡，马堡区撤销了，乌山乡并入马堡乡，改为马堡公社。乌山村成立大队，陈春发担任大队党支部书记，家里的生活才慢慢好了起来，先后生了嘉金、嘉木、嘉水三个男孩，陈家厝又有了笑声。

朝鲜战场上，陈春种经历枪林弹雨，九死一生，直到一九五五年才回国，被安排在江海县武装部任副部长。陈春种完完整整地回到了陈家厝，他成熟、稳重，眉宇间深深的“川”字形皱纹，透出坚毅果敢，完全没有了过去的稚气、羞涩样。郑秋菊虽然年过三十，依然清丽秀雅，白皙的脸因为激动，透出一片红晕，如同寒冬里一朵盛开的红梅；明亮的眼睛充满着少女般矜持和羞涩，像一朵绽开的昙花。王玉莲理解秋菊此刻的心情，牵着春种和秋菊的手，择日不如撞日，今天晚上圆房。望着母亲期盼的眼光，秋菊昙花一样的神情，陈春种点头答应了。

陈春种洗脸擦手后，第一件事就是给大厅祖宗牌位上香，然后跪拜。接着同母亲商量，婚事一切从简，就自己一家人吃一顿饭好了。郑秋菊也是这个意思，可谓是心有灵犀一点通。王玉莲早就准备好了，就请西屋春发一家三人。晚上一阵鞭炮后，大厅上一张八仙桌前，陈家厝除了陈春达部队转业后去了省地质队外，所有人都来了，祖孙三代，刚好一桌。

一九五八年，三年自然灾害开始，爆发了严重饥荒。江海县下发了“精兵简政”文件。武装部政委找陈春种谈话，说“精简下放”是国家非常时期采取的非常措施，要千千万万人为此做出牺牲，加强农业生产。我们是军人，如果说牺牲，就应该冲在最前面，回到农村，带领乡亲们战天斗地，战胜饥荒。

面临新的人生十字路口，陈春种想了很多很多。他对部队有感情，非常喜爱自己身上的这身绿军装，但铁打的营盘流水的兵，最终都要转业，回到地方工作，不脱军装是不现实的。再说拿着四十多元的工资，一斤大米四元多，根本养不活一家人。回到农村，既响应党的号召，减轻国家负担，还可以带领乡亲们努力生产，多打粮食，解决乡亲们吃饱饭问题。陈春种看见马堡镇好几个在外地工作的干部回到了家乡当大队干部，其中三个还是他游击队时的战友，毅然递上了辞职书，回乌山村担任大队党支部书记。陈春发转任大队长。

陈春种辞职一个月后，陈春达也被精简下放回到了陈家厝，带回了刚结婚的闽西姑娘莫小娥。马堡公社领导考虑到陈春达是立过战功的党员干部，应该给他一定的政治待遇，安排他任乌山大队党支部副书记。

走出陈家厝的春字辈四兄弟，三个又回来了。当初他们走的时候，是目不识丁的农民，现在是衣锦还乡，全当上了干部，分别担任乌山村一、二、三把手。陈家厝成了乌山村的权力中心，人来人往，风光无限。

后来，陈春种有了陈嘉树、陈嘉森两个男孩。陈春旺生了个男孩陈嘉军。陈春达紧跟其后，生了陈嘉土、陈嘉火两个男丁，陈家厝彻底转运了，六十年甲子一轮回，发展到现在，又成了远近闻名的望族。

陈与正老人作为局外人，他的讲述应该是真实的，还原了那个时期陈家厝和黄厝里以及陈家厝亲人之间错综复杂的关系。唐跃明白了春旺老人不愿讲起那段历史的原因，这牵涉到陈家厝长房和二房间的恩怨、兄弟间的隐私，还是不让外人知道为好，以免成了后人的谈资。唐跃也理解为什么陈嘉木不愿意提起父辈的故事，因为他的母亲、外公家同陈家厝恩怨重重，可以说是血海深仇，作为后代难于启齿，像伤疤不愿意被别人揭开一样。

第三十九章

陈果山公园工程完成后，水渠拓宽工程开始了。陈嘉土投中了水渠工程陈果山标段，债权人看见他终于站了起来，也不像过去那样逼债上门。陈嘉土也盘算过，这一单做下来可以还掉大部分债务，到时候老婆就可以回家了。他最高兴的是女儿燕燕有了工作，由林定军书记介绍，经过考核，到镇土地所城建站上班，负责规划工作。他高兴之余，觉得自己实在对不起三伯陈春旺、堂哥陈嘉树，自己太混蛋了！惭愧之后，他打电话问三伯春旺，祖厝修缮什么时候开始？到时候自己也捐一些钱，表表心意。

春旺同嘉树、嘉金、嘉森、嘉火商量好了，趁春节前一个月时间，争取先把厅堂翻修好，正月祭祖。材料几个月前就备好了，现在就等师傅们进场施工。

田均来被判了两年有期徒刑，乌山村党支部书记空缺。陈如发镇长推荐由村委会主任张应强兼任，这是天塌下来高哥顶着。林定军书记欣赏张应强的实干精神，再说村里的工作不能因为田均来的犯罪而停滞不前，于是同意了陈镇长的建议，张应强书记、村主任一肩挑。

江海县第一批乡村振兴试点村的公示出来了，乌山村名登榜单。这意味着五百万的补助款到手了，整个乌山村沸腾了。张应强和村两委征求乡贤们的意见，就完善荔枝公园、改造村道、旧村古建筑修缮、道路绿化、水库建成游泳和垂钓相结合的休闲场所等等，大家提出了很多意见建议。陈嘉树意见是按设计院的规划来做，如果资金不够，趁着这阵东风，再发动乡贤们捐款，争取把乌山村建成江海县旅游网红打卡地。

对乌山村的乡村振兴问题，陈嘉树有他的认知。乡村振兴和乡村旅游两者之间有着密不可分的关系。乡村旅游可以优化农村产业结构，拓宽就业渠道，吸引农民返乡，增加城乡互动，推动现代农业发展等等，是乡村振兴中重要一环。乡村旅游促进乡村经济发展，改善农村基础设施，促进当地文化的传承，提高农民收入，促进乡村经济发展和社会进步，这才是真正意义上的乡村振兴。他把自己的想法告诉林定军，得到了林定军肯定和支持。

唐跃收集了许多陈家厝的红色故事，正在做展板设计、解说词撰写。

今年天气热得有点反常，马上腊月了，冷不丁要来场特大暴雨。天气预报说，这场特大暴雨降水量将达到一百多毫米，江海县政府还专门出一份通知，要求各乡镇领导高度重视，将住在低洼和危房的群众转移到安全的地方。

连日的炎热天气，晴空万里，这哪里有一点特大暴雨的征兆？陈春旺接到张应强的电话，说要注意陈家厝的防护工作。陈春旺想，现在年轻的干部是怕担责任还是什么，往往夸大其词，制造气氛。就是下场大雨，哪能同夏天的超强台风“彩虹”比？陈家厝扛过了那场台风，这场大雨怕什么？就是断一两根梁，马上开始修缮了，小问题不是问题。他在家里悠闲地看着电视。

夜深了，窗外突然狂风大作，接着大雨来了，窗户传来一阵阵啪啪声，好像有人在敲着窗门。雨越下越大，风也越来越大，哗哗哗叫着。春旺翻来覆去睡不着，后悔小看了天气预报，现在的高科技，你不服不行了！这么大的暴雨，陈家厝能扛得住吗？陈春旺的自信心随着大雨声一点点慢慢消退，担心忧虑如积水渐渐上涨，如果陈家厝扛不住坍塌了，以前所有的希望、努力将前功尽弃，上对不起祖宗，下对不起后代，将来怎么向先人交代？在这节骨眼上，一定不能让陈家厝倒掉。天一亮，马上回陈家厝看看，实在不行，花大价钱找几个人马上加固，春旺下了决心。

整个晚上，狂风怒吼，电线和树枝呜呜大叫，瓢泼大雨从天而降，像是天河的堤坝垮了，大水倾泻而下。春旺一夜没睡，天刚蒙蒙亮，就起床洗漱，本来想到街上吃早点，街上没有一个人影，早餐摊点也没了踪迹，他饿着肚子开车往乌山村去了。

一马平川的马堡平原，白茫茫一片。春旺好不容易把车子开到乌山村停在榕树底下，撑着雨伞向陈家厝走去。雨伞被大风吹得忽左忽右，人也跌跌撞撞的，脸上不知是雨水还是汗水一直往下淌，他没办法擦，如果腾出一只手，伞马上会脱手而飞。他死死抓住伞把，眯着眼，艰难跋涉。

春旺推开门楼大门，看见天井像个水库，风吹过，浊水荡漾，腐朽木条、衰草垃圾，随波沉浮。他绕陈家厝绕一圈，情况非常糟糕，东边后正房又断了一条梁，危及与之相连的正房和后厅，如果不及时抢修加固，随时有倒塌危险。西边后墙倒了一半，雨水顺着墙角灌进来，流到厅堂，建筑材料一片狼藉。这可怎么办呢？回到厅堂，春旺掏出手机把这危急情况通知了几个侄儿。嘉树的手机转入秘书台，应该还没起床。嘉森的电话暂时无法接通。嘉火的电话通了，他在福州工地，答应马上打电话叫嘉土来帮忙。嘉金的电话也通了，他在隔壁乡小学工地做工，距离不远，会尽快回来。

春旺松了一口气，坐在厅堂左角的米春上歇一会儿。雨越下越大，厅堂浊水横流，低矮的柱础处积满了水。这不行，如果西边后墙另一半也倒了，北边的水会全部倒灌进来，后果就不堪设想了。要尽快找几根木头把剩下的后墙顶住，把堵住的排水沟挖开。

春旺找到一根木头，扛到后院。木头短了，没办法顶好后墙，他搬来两块大石头当后座，折腾来折腾去，一直没办法把后墙顶住。突然，轰隆一声，剩下的后墙又塌了，把春旺压在墙根底下……

雨小了，嘉树回叔叔电话，电话通了，可一直没人接。嘉森也回电话，也没人接听。嘉土来了，找遍整个陈家厝，不见三伯的身影，打电话问嘉火。嘉火觉得奇怪，打三伯的电话，一阵接通音后，回应是：“您拨打的电话暂时无人接听，请稍后再拨。”

一种不祥的感觉涌上嘉火心头，他不停地拨打电话，叫嘉土顺着手机声音找人，最后在后墙倒塌的废墟中传来微弱的手机铃声。当嘉土把三伯春旺扒出来时，他已经没有了呼吸。

暴风雨过去了，陈春旺老人走了。

嘉树听到消息后第一时间开车往老家赶。路上雨水、泪水不停地模糊了双眼，雨刮开到了最快一挡，前面的路依然模模糊糊。嘉军正要去处理一个交通事故，接到噩耗，交代工作后带着老婆小孩一起赶回老家。

春旺老人躺在自己祖屋的一张床上，面目安详，像是睡着了一样。房间是嘉金和嘉土临时清理出来的，床是以前旧椅子旧床板临时铺的。嘉树跪在叔叔身旁，泪水涟涟。嘉军夫妻俩悲伤不已，由嘉森媳妇一旁陪着。嘉军的儿子一直坐在爷爷灵床边，谁劝都不肯离开。陈家厝的嘉森、嘉木、嘉水、嘉火等嫡亲陆续回来了，陈家厝里的哭声像海水拍岸，一阵连着一阵。

八个嘉字辈兄弟一个不缺全都回来了。他们商定，老人寿终正寝，丧事就放在陈家厝办，按传统丧葬，由嘉树当主事，请熟悉农村红白事的与正宗亲负责传统习俗。

陈与正从马堡镇女儿家赶来，擦干眼泪后，安排嘉金媳妇和嘉水媳妇去煎鸡蛋，盖在逝者嘴上；安排嘉木媳妇和嘉森媳妇去镇上购置逝者的寿衣；安排嘉土到水井挑水，水桶要绑一条用稻草搓成的绳子，提水时绳子要放在地上拖，叫作“买水”，给逝者擦洗身子。水挑回来了，衣裤鞋帽和袜子也准备好了，接着由与正、嘉金、嘉木、嘉树、嘉军、嘉森给春旺老人擦身、梳头、剪指甲、穿衣戴帽穿袜等等。

净身后已是傍晚，陈与正指挥将逝者移放到厅堂，先让春旺老人坐在厅堂正中的靠背椅上，脚踏倒扣筛篮，由他扶着，陈家厝人从大到小，一一跪拜。按风俗，春旺老人在厅堂“住”一个晚上，躺在三块木板上，底下铺着稻草席子，一边手握着麻饼，一边手握着木炭，由嘉军父子彻夜守灵。五更天时，嘉军媳妇和几个妯娌在春旺老人的灵床边“诉哭”。

第二天早上，接到通知的亲戚朋友，都赶来见春旺老人最后一面。林定军书记、陈如发镇长、张应强村主任也来了。林定军流下泪水，说自己百密一疏，怎么没把陈家厝盯紧了，造成了事故！他哭着离开了陈家厝。

第二天下午四点，江海殡仪馆运来冰棺。进棺时，嘉军抱头，嘉树搬脚，其他兄弟抱身子，将老人徐徐放入冰棺中。这时，陈家厝男女老少披麻戴孝，哭声一片。

殡仪馆的人和嘉森等人布置了灵堂。陈家厝内外张素灯结素彩，大门口挂一对白灯笼，叫作“高照”。上头用蓝字标明：九旬寿考四代同堂。大门口还竖立一块大屏风，写着讣告内容。灵堂两边挂着挽联。亲戚朋友来吊唁，送来花圈及白烛、冥钱等。陈家厝天井和大门外，摆满了大大小小的花圈。

停丧期内，八个兄弟轮流守灵，并在冰棺尾设香案，通宵达旦焚香。香案里有一个装着油的小碗，一根棉质灯芯燃烧着，这是长明灯，给逝者照明，黄泉路上一路好走。陈家厝女人们，三餐都要摆上春旺老人生前爱吃的饭菜。

春旺老人过世三天后，陈嘉树决定陈家厝大厅的翻修工作马上开工，加班加点、工资翻倍也无所谓，让亡者安心上路。

第四十章

马堡镇政府和乌山村决定先出资十万元参加修缮陈家厝，赶在陈春旺老革命出殡前整出两间房子作为红色陈列室，向来参加春旺老人葬礼的人全面介绍陈家厝的革命历史、逝者的生平事迹，以告慰陈春旺老人。陈家厝修缮工程开始了，工程队夜以继日加班，一部分有手艺的乡亲也过来帮工，工程进展很快。

临近春节，镇里忙得不可开交，可林定军还是两次抽空去乌山村，一次同张应强商讨实施乡村振兴中可能遇到的问题和解决方案，一次同陈嘉树深入交谈，争取他带头回乡投资兴业，举办公益事业，为乌山村明年启动乡村振兴做好准备工作。

乌山村入选乡村振兴试点村公示后，张应强整夜整夜睡不着，政府给村里五百万补助款，只能做些基础设施，如果按照上级要求做好乡村振兴，这些钱远远不够。后续的钱在哪里？有钱还必须有人，有能人才能做好工作，人才在哪里？张应强觉得自己肩上的责任太重了。这时候，林定军来到了乌山村村委会。

“林书记，钱呢？人呢？”一见面，张应强张口就问。

“这话是我问你。我是镇党委书记，为你们村争取了五百万，你是村书记兼村主任，钱呢？人呢？什么时候开始？怎么做？”林定军反问一句，张应强哑口了，翻着白眼。

张应强的急切反应，说明他在认真思考问题了。林定军心里高兴，但不轻易表露，他也一直思考这些问题，而且考虑得更多。乡村振兴在实施过程中会遇到很多的难点和挑战，林定军归纳为几条：一是资源分配不均匀，乡村振兴需要大量的资金、人才、技术等资源投入，很多地方资源匮乏，难以实施；二是产业结构调整难度大，农村地区产业结构单一，转型升级难度大，需要找到适合当地特点的发展路径；三是人才流失和人口老龄化严重；四是基础设施不足；五是资金不足；六是农村土地问题，土地流转和规模化经营问题复杂，涉及土地承包权、土地流转、土地保护多个层面，需要找到一个平衡点；七是制度问题，有时政策不协调，制度不健全，制约乡村振兴的顺利实施；八是传统文化观念对新兴产业的影响；九是外部环境的不确定性，会影响到乡村振兴的进程。这些难点需要政府、企业、社会等各方面共同努力，通过政策制定、技术创新、资源整合等手段逐步解决。

在规划的基础上，如何实施、如何针对性解决可能出现的问题，在张应强的办公室，林定军和张应强深入探讨，争取拿出一套比较完备的、操作性强的方案来，让陈嘉树满意并带头投资，将纸上的蓝图变成大家看得见摸得着的现实。

乌山村如何实现乡村振兴，林定军和陈嘉树有过三次交谈，两人在村委会办公室再谈及这个问题，马上就进入主题。张应强烧水倒茶后，忙着记录。

“要坚持规划先行，先规划后建设，无规划不建设，防止‘有村无民’造成的浪费。确保规划同乌山村经济发展相适应，做到以规划凝聚共识、汇聚人心、积聚力量。”陈嘉树首先发言。

“万事开头难。怎样凝聚共识、积聚力量？”张应强理论领悟力差，他需要实实在在的、自己能听明白的话语或者事例。

陈嘉树意识到，张应强是个重要角色，今天的谈话，不能忽略他。他讲了张应强最为熟悉的乌山村“吃花”的故事：

据乌山村田氏族谱记载，明朝有个叫田尚华的族人中了贡元，万历年间在外地做官，亲眼看见当地的村民以“吃花”的方式乞求全境平安。他辞官回乡后，便将这个道教民俗活动带回家乡，在每年的正月元宵夜表演，后来成为乌山村的一种民俗活动，一直流传至今。

活动分为“闹花”“入场”“表演”三个部分。

“闹花”比较简单，就是观众候场，不停地敲锣打鼓，燃放烟花，营造气氛，等待僮者（神明附体者）出场。“入场”就是僮者入场，表演者有四位。一个穿着白衣白裤，是元帅。其余三个穿黑衣红裤分别为大哥、二哥、三哥三位神明。四个人都头缠红头巾，腰束红腰带，肩挂红绶巾。在喧天的锣鼓和炮仗声中，四个僮者一出场，就被村民围在中间。村民们手提烟花，点着后，将冒着五彩焰火的烟花递给僮者。僮者接过村民递来的烟花，一边往脸上狂喷，一边翩翩起舞。一炷烟花放完后，又接另一个递过来的烟花……就这样接连不断，持续数十分钟。场内火树银花，交相辉映，场面煞是热闹。

“表演”是最精彩的部分。表演分三场，第一场表演结合锣鼓板，僮者进行“丁步走功”表演，并配合手势动作，有板有眼的，有时还打几路拳。第二场是演唱，演唱者是村民自愿的，有几个人引领，后面伴唱有若干人，可多可少。人越多，气氛越浓烈。同时，四位僮者入场，给演唱队伴舞。他们唱的曲目为《十全罗琏本》，其内容分两方面：前面是科文，后面是祁安词。最后是僮者与村民互动，这是整个活动的高潮。四个僮者全部入场，在四面的烟花焰火中，再度起舞。在鼓乐声中，他们边接村民从四面送来的烟花，边将喷出的烟花往嘴里吞。这就是本地人说的“吃花”。

“吃花”民俗活动，集音乐、舞蹈、武术为一体，具有较强的表演性和娱乐性。活动每年的正月十五举办，在村中心的尊王宫礼堂举行，从晚上七点开始，至晚十点多结束，整个过程历时三个多钟头。

"吃花"是明朝民俗活动的活化石，福州地区硕果仅存，是乌山村村民的集体信仰，如果向文化部门申请"非物质文化遗产代表性项目"，一定会通过。正月初筹备"吃花"时，将这个消息发布出去，能起到凝聚共识、汇聚人心作用，把这作为乡村振兴的开头如何？

陈嘉树讲这个故事，其实也是讲给林定军听的。马堡一带，寺庙祠堂比比皆是，传统信仰非常浓厚，从信仰入手，是汇聚人心积聚力量的最佳方法。

林定军听懂了，而且猜想到这只是陈嘉树整个方案的序曲，猛料在后头。他微笑着点头，一边示意张应强不要讲话，做好记录，一边等待陈嘉树继续讲下去。

陈嘉树将自己思考几天的宏伟计划和盘托出。他计划以"合作社十公司十农户"模式成立一家公司，吸引企业、民间等社会资本以不同方式参与乌山村乡村振兴建设，从乡村旅游开始，利用马堡镇在福州市一小时生活圈的优势，把马堡镇的各个自然风光、人文景观、休闲农业、民宿餐饮串起来，让游客晚上在乌山村欣赏一场与武夷山的"印象大红袍"相似的"吃烟花"的活神仙民俗表演，然后在乌山村就宿……

"这个方案好！我在武夷山看过'印象大红袍'表演，一人一张票二百八十元，那简直是印钞机！"张应强听后激动得跳起来，"这个方案可操作性强，而且我们的'吃花'表演更独特、更精彩，成本更低。那什么时候公布？什么时候开始？"

陈嘉树："春节后召开一场"我的家乡我建设"为主题的新

春茶话会，制造一种热爱家乡、回馈家乡、建设家乡的浓厚氛围，充分激发在外的乌山村人参与家乡建设积极性、主动性和创造性，然后正式公布这个方案，动员有能力、有影响、有声望、热衷家乡建设事业的经济能手、专业人士、社会名流回乡参与建设。”

林定军：“要健全各种制度和服务体系，让这些能人想干事、能干事、干成事，让更多的人想回来、回得来、留得住、干得好。”

商谈半天后，三人约定下次再深入讨论。

郑芬一天一次甚至两次打电话给陈嘉树，汇报金水湾项目的销售情况，报来的全是好消息。腊月前十天，销售六十五套，照着势头，春节期间肯定火爆。郑芬的心思，陈嘉树清楚，不仅是汇报工作，还包含查岗、焦虑的成分。陈嘉树回电话的最后一句都是：“我很好，你放心。你也要好好的，等我回来。”

夜深人静时，陈嘉树一会儿想肖慧，一会儿想郑芬。肖慧表面糊涂，看透不说透，看穿不说穿，给自己留面子，也给她自己留下一片清净。她拿得起，放得下，心胸豁达是个大智慧的人。郑芬拿得起，却放不下，所以活得很苦很累。这一切都是自己引起的，陈嘉树内心也痛苦挣扎，可天下没有后悔的药可吃。明年一定要妥善处理这件事，把彼此间的伤害降低再降低。

腊月初，金水湾的湖面上不知什么时候来了一对白天鹅。它们漫不经心地在水面上游动，湖面上荡起一圈圈粼粼波纹。它们时而俯首用细长的脖颈向湖中索取什么，时而以喙相碰或以头相靠，咕噜咕噜亲密交谈着，显然是一对恋爱中的情侣。

“金水湾来天鹅啦！”这消息像风一样迅速传遍了金水湾周边的城镇农村。来看天鹅的游客骤然多了起来，他们有的开车来，有的成群结队骑着自行车来。天鹅好像知道人们是冲着它们而来，愈发兴奋、卖力表演。它们俩用力拍打着湖水，像水上飞机起飞一般，昂首直冲云天，在空中盘旋着，欢快地叫着。一会儿又扑棱棱相继降落湖面，溅起一朵朵水花，引起岸边游客一片欢叫。

郑芬白天忙于工作，晚饭后都要在金水湾湖边兜一圈。她常常望着那对白天鹅发呆。春节马上到了，多少人赶着回家过年，与亲人团聚，可自己成了一个无家可归的人。郑芬审视自己同陈嘉树交往的过去，想不可预知的将来，万分愁绪在心头。

金水湾畔楼盘销售一炮打响，春节前这段时间，金水湾畔楼盘的销售出现了两个高峰。腊月初一到十五，十五天时间卖了八十一套；后来在“老带新”的奖励政策的刺激下，十五到二十日短短五天又卖了二十套，而且每平方价格提高了三百五十元。这远远超出了陈嘉树的预期。预计春节期间，一期的二百六十套房子会销售一空。营销代理——湖南新辉房地产置业顾问有限公司的总经理小文来电话，要求陈嘉树过完春节赶紧出来，尽快启动二期建设，以免出现销售断档、无房可售的尴尬局面。销售像打仗一样，就像《曹刿论战》里写的“一鼓作气，再而衰，三而竭”，如果房源接不上，购房客户的关注点就转移到别的楼盘，以后想重新成为广大客户关注的焦点，广告费起码要多花三四百万元。

房子大卖的好消息，陈嘉树暗中高兴，却没有表现在脸上。叔叔的丧事，是他眼前最重要的事情。他是主事，白天忙于大大小小的事情，有谁说要用钱，他马上答应：“花！”晚上回到自己的别墅中，他尽心尽力陪好妻子和女儿，以弥补自己作为丈夫和父亲的缺憾。

嘉树的殷勤，说明他心中有愧。肖慧明白，女人想拥有一段好婚姻，就要活得通透些。人生是一场非常不容易的修行，不要将自己困在执念和伤害中。人生苦短，一切随缘，方得自在。

出殡时间定在腊月二十七日，这是黄道吉日，诸事皆宜，不避凶忌，吉祥如意。陈嘉树得到报告，花圈共八十八面，上面都有参加出殡的亲戚、单位和好友的名字。他决定给每个送葬者一个红包，红包里是五百元，由他个人出资。

马堡镇党委和政府决定，为老革命陈春旺同志开一场隆重的追悼会。厅堂修缮好的第二天上午，也是出殡的前一天，陈家厝庄严肃穆、哀乐低回，厅堂正中悬挂着逝者陈春旺遗像，两边挽联写着：赴汤蹈火为革命，春风两袖，英魂永不泯；危难时刻显担当，旺气长存，百世还遗芳。陈与正把逝者的名字巧妙镶在挽联中。冰棺四周摆着鲜花，两旁堆满了马堡镇机关单位、各村党支部、村委会，还有陈春旺工作过的单位敬献的花圈。

林定军书记根据唐跃收集的资料，介绍了陈春旺的生平事迹，高度赞扬他一生为革命、胸怀坦荡、高风亮节，最后为保护明清古建筑献出宝贵生命的英雄事迹，号召全镇党员干部向陈春旺同志学习，在血与火、金钱与权欲面前经得起考验，用实际行动诠释共产党员的忠诚和荣光。林定军还宣布了两个好消息：一是乌山村入选江海县乡村振兴试点村；二是经陈家厝原住户同意，在陈嘉树投资五十万的基础上，镇党委、县文化旅游局、县党史办等单位决定再投入三十万元，共同保护陈家厝古建筑，并开辟陈家厝红色展室，助力乡村旅游，实现陈春旺同志的遗愿。

按传统习俗，这天晚上，陈嘉军在陈家厝办了五十桌酒席，宴请族亲和亲戚朋友，那餐饭叫“大感暝”。酒席后，陈与正把出殡之时要做的每一项任务分配清楚，各负其责，以保证出殡时井然有序。而后仪式是道士诵经、哭灵、大烧冥钱，超度亡灵。

出殡日，陈家厝人头攒动、花圈遍地，哀乐阵阵，祠堂祭、内亲祭、外戚祭，祭文由老人会会长陈与正撰写诵读，听者无不感动泪下。

送葬的队伍有三里长，从陈家厝排到陈果山。路上，要进行路祭，所有来送葬的亲眷，都严格按陈与正的号令跪拜。出殡队伍排列，有严格的规范，第一拨是导引队。先是嘉金提着一篮子冥币，一路“分纸钱”；后面是嘉军的儿子逝者长孙抱着画像跟着；接着是一合高照（素灯笼）高举前行，一对大锣紧随其后；而后是几个年轻的族亲扛着竹丫，上绕着红布条的彩旗；最后是花圈，后头跟着一队京鼓吹班。第二拨是棺柩队。八个精壮汉子抬着覆盖红毯和白菊花的冰棺，嘉军、嘉树、嘉森三对夫妇分列在两旁护棺而行。后面是头扎白布条、身着白衫的嘉木、嘉水、嘉土、嘉火等所有的义房子孙及亲戚，再后面是胸前戴着黑绸白纸花的林定军、陈如发、唐跃等镇干部，各村支部、村委会代表，逝者的战友、同事，最后是乌山村男女老少，还有其他不相识的人。喇叭播放《哀乐》《大出殡》《父亲》《让我再看你一眼》送亲曲和《十送红军》《映山红》《送战友》等红色歌曲，还有三班乐队穿插其中，歌声、哭声、锣鼓声、鞭炮声响成一片。

后 记

我的家乡在福州连江马透平原边上，这里靠山面海，山清水秀，土地肥沃，自古就有鱼米之乡的称谓。可在20世纪六七十年代，这里和全国大多数地方一样，贫穷落后，人们常常吃不饱饭。大约七八岁开始，我就和小伙伴们一起，上山放牛砍柴种番薯，下地挑肥插秧割稻子，十二岁后到生产队赚工分，算半劳力，一天两三毛钱。但不出工不行，不出工就分不到稻谷、番薯、稻秆，没吃的，也没烧的，逼着家家户户都要出劳力。实在没劳力的家庭，只能把生产队里的耕牛领来放养，一年折成多少工分，或者拿钱买队里的粮食。每年“双抢”季节，田里滚烫的水、脸上豆大的汗水、肩膀上扁担磨出来的血水，是我一生的记忆。我黝黑发亮的皮肤，应该是那些年烈日暴晒下的结果。

我的家庭情况有点特殊，是小伙伴的羡慕对象。我父亲是转业军人，东山岛反击战中立三等功后转业在县供销社工作，后来响应国家号召戴红花回大队任支部书记，再后来又被调到公社林场当场长。我上有一个姐姐，下有两个弟弟、一个妹妹，父亲工作在外，作为家里的长子，我义不容辞承地担起家里的重担。小学阶段，我边读书边帮姐姐放牛，干田园活，劳动之余最大的乐趣就是看父亲领回来的《水浒传》《李自成》小说，晚上在晒谷场给小伙伴们讲书中的故事。我写小说的基础大概就是在那时候打下的。

我的家乡是个小山村，一千多点人口，有一所小学。学校在陈氏祠堂里，有三间教室，一位公办教师，两位民办教师，三四十名学生。低年级学生多些，占用一间教室；二、三、四、五年级根据学生数分配了另外两间教室，常常两个年级在同一间教室里上课。我那一届小学毕业生算是最多了，共九名，那年隔壁村透堡小学办个戴帽的初中班，需要生源，我们九名同学侥幸上了初中。初中班招收六名行政村小学毕业生，一百一十多人，分两个班。那时候没听说高考什么，虽然课程多了，但谁也没有把学习放在心上，除了周末寒暑假，家里农活多时，还经常请假。学校也不太重视教学，农忙季节，就放农忙假。我们九名同学结伴走读，一天四次往返，大家没有升学压力，轻轻松松、浑浑噩噩过了两年。

我一九六三年出生，据统计那年出生的婴儿约三千万，是历史之最。眨眼间，他们到了上学年龄，纷纷向学校汹涌而去。为容纳这批学生，学校不得不拓宽办学渠道，扩大招生。小学容易些，大家挤一挤，实在没座位，从家里扛一条板凳就行。初中就困难些，我们是透堡小学首届初中班，第一学年是在透堡文昌祠度过的。到了高中就更难了，连江四中招生量翻了一倍，增加了两个高中班，仍远远满足不了马鼻镇二十二个行政村的初中毕业生。最后上级决定一半升学，一半回家务农，由各村自己决定。我语文成绩相对好些，又糊里糊涂上了高中。

高中生涯开始了，新鲜好奇劲儿过后就是无尽的折磨。从我们村到连江四中，走路往返十千米，要经过广桥、庄边、林厝前三个自然村。夏天烈日酷暑还好，冬天凄风苦雨就惨了，身上衣着单薄、脚下土路泥泞，如同长征过草地，苦不堪言。我数理化基础差，胆子小不敢问老师，成绩愈加下滑。天智老师上英语课，我像鸭子听雷，怕老师提问、怕老师拧耳朵，盼望着第四节下课铃声早点响起，好冲向食堂寻饭盒填饥肠。我只有语文课好些，记得天明老师在我的作文本上写了一页评语，还作为范文在各班展示过。我懵懵懂懂度过了高一上学期。

高一下学期，我只能用灾难来形容。我喜欢看小说，后桌的满谋同学有一本烂到只剩半本的繁体《封神榜》，在我几次恳求下，他同意借我看两天。英语课反正听不懂，我坐在座位上，埋头翻看书屉里的小说，正看得津津有味时，耳朵突然被揪住，天智老师猫头鹰般的眼睛盯着我，我一哆嗦，小说掉到地上，被他人赃俱获。

满谋说，这小说是他父亲从别人那里借来的，是禁书，如果不及时归还，后果不堪设想。他天天催，催得我像热锅里的蚂蚁。我想了很多办法，甚至逼迫经常出入天智老师宿舍的同学去偷书，否则同他断交。不知天智老师把小说藏在哪里了，历时半个月，偷书行动失败了。我惶惶不可终日，生怕满谋的父亲知道事情真相。满谋的父亲同我父亲熟得很，他如果向我父亲告状，我死定了。提心吊胆过了一个月，书实在要不回来了，满谋也无可奈何，同意我用钱了结。对方出价赔十元，我讨价还价，满谋从中斡旋，最后六元成交，两个月内还清。那时候，六元钱对我来说是笔巨款，一天的菜金只有四分钱，两分饭票、两分买萝卜条或油条。

为了还债，我连续几周上长龙外窑真茹砍柴卖给广桥开砖瓦厂的舅舅、以多报少，截留部分钱款；每天带饭时从米缸里多抓两把米，经位法同学介绍卖给三姓堂做糕饼的依伙师。我绞尽脑汁，千辛万苦，两个月后终于还清了债务。期末了，天智老师把我叫到他的宿舍，让我坐在椅子上，还倒了一杯开水，然后变魔术般把又破又烂《封神榜》摆在我的面前。他说了很多，有现在才还书的良苦用心，有老师对学生的谆谆教诲，还有朋友兼长辈的殷殷期望。我当时少不更事，哪能听进这些话，心中就一个“恨”字，现在才还我书，有个屁用！

更悲催的事发生在两天后。马上要放假了，学校要求学生将厕所里的粪便抬到拱头试验田做肥料，我记得同里溪村孝德同学抬了一桶粪水，他个子矮在前面，我个子高在后面。那天天明老师戴着草帽，肩上搭着毛巾，胖墩墩的连走路都有点困难，我和孝德暗中笑话他。天明老师看见我后叫我放慢脚步，说有事同我讲。我同他关系比较好，以为有什么好事。

“班主任国伟老师……提早回福州了，他交代我……同你讲，准备让你……留级，高一，重读一年……”天明老师汗流满面，喘着气，走一步说一句，还不时托了托眼镜。

“什么？我留级再读一年，还要折磨我？”这消息像一颗手榴弹投进我心里，我的五脏六腑瞬间裂了。我撂下扁担，气冲冲地扭头就走。

天明老师高声喊：“道忠，不急，国伟老师有他的考虑……你不想留级，等他回来再……再商量……”

当时高考刚恢复，学校决定将学习成绩中等以上、有潜力的学生留级一年，打好基础，争取以后考上大学。可我不知道老师的良苦用心，只感觉自己憋屈、气愤。我泪流满面，不顾天明老师呼喊，一路狂奔而去。可怜孝德，被溅起的粪水洒了一身，欲哭无泪。

我是家里的长子，我父亲早给我规划了人生之路：小学毕业后学泥水工。小学毕业上了初中，父亲安慰我毕业后找个大师傅。初中毕业后稀里糊涂上了高中，父亲向我保证高中毕业找马鼻最有名的包工头，拜他当师傅。我相信父亲的话。那时建筑业开始兴起，马鼻包工头想外出承接工程，都要到公社管理站开介绍信、挂靠汇款等等。管理站站长则铿伯，是我父亲的好朋友，则铿伯出面介绍我跟包工头当学徒，谁会不给面子？我一心就想赶快完成学业，跟着包工头师傅走南闯北打天下。若现在留级，离自己的远大理想越来越远，我的痛苦、失望，感觉心都被掏空了。

暑假在家，我天天在黄岐屿山上锄番薯，给番薯施肥，起早贪黑，全身被烈日晒成非洲人。体力劳动我不觉得苦，可以忘却思想上的压力。十亩地，约十万棵番薯，被我侍弄得生机勃勃、绿意盎然。

九月开学，摄于我父亲的威严，我不得不来学校报名。这次我被分到高一⑶班，班主任还是国伟老师。发了课本开班会，我不敢抬头看他，他藏在眼镜背后的那双眼睛，像黑夜里的两盏探照灯，让人无影可遁。我物理很差，又是留级生，上学期末抬粪时在天明老师面前的恶劣表现，让我不由得产生一种绝望的感觉。在选班干部时，国伟老师提议我当语文课代表，我惊讶地抬起头，发现他眼镜背后的目光是那么慈祥、和蔼。

新学期的学习生活很愉快，我结识了新同学，又见老同学，第一次当小官，并且留级的同学很多，自卑感一扫而空。更让我高兴的是，我堂弟也上了高一，奋驾老师（堂弟舅舅）帮他办理了寄宿手续，我占他便宜，也成了寄宿生。两人合睡一张床，同吃一盒饭，免去了“长征”之苦，晚饭后伴着夕阳，还可以到不远处海堤看潮起潮落、看滩涂上跳跳鱼无忧无虑嬉戏、看招潮蟹纵横奔驰，心里乐开了花。

一个月的幸福日子如白驹过隙，厄运又降临在我的头上。我发高烧，左手臂肿痛，几天后肿得如大腿，不得不请假到处求医。父亲带着我辗转了五个村庄，请了五位民间青草医，在亲戚家里住了一个多月，总算保住了左臂。正当一家人松了口气时候，我又畏冷发烧，感觉右背疼痛难忍，到马鼻医院一查，背后长痈，而且严重化脓，必须马上手术。我父亲的两个战友智昌院长和嫩妹师在我后背按来按去，嫩妹师用圆珠笔在我背后画了个碗大的圆圈，智昌院长一刀下去，脓水四溅，用手刮出来的血水装了半脸盆，腥臭无比。最痛苦的是每天换药，药布塞进去拉出来，痛不欲生。

医生诊断是毒血长痈，是暑假劳动过度中暑感染毒邪引起的。住院期间，多想有人来看我一眼，同我说两句语。一天下午，宗遂老师突然出现我的病房，讲了很多安慰和鼓励的话，我感动得热泪盈眶。他具体讲什么我忘记了，但他花白的头发、慈祥的面孔、略带沙哑的声音，永远定格我的脑里。

那年高考，我报了文科，成绩出来了，离录取线少了十几分，成绩名列应届生第二。我印象深刻，盛夏的一天中午，烈日当头，宗遂老师一路问询，汗流浃背地来到我家茉莉园地。我们一家人正在摘茉莉花，他说了我的高考成绩，要我父母亲一定要让我复读，将来肯定能考上大学，勉励我树立信心，继续努力，暑假不要丢掉课本，下学期他在学校等我。连江四中文科，还没有当年就考上大学的，所以复读成了父母的共识。当年九月，我又回到母校连江四中插班复读。经过一次高考，我知道自己严重偏科，数学和英语一塌糊涂，我就把初中到高中的数学、英语课本全都找出来，从因式分解、二十六个字母开始自学，无奈基础太差，成绩还是不理想。第二次高考，考场还是设在连江一中。我父亲信心满满，带我住进了连江第一干部招待所。招待所服务员是我父亲朋友能新叔的妻子，以前在马鼻供销社工作，我天天卖蘑菇都是她过称登记。她看见我父子俩住进来，好奇地问我们来县城做什么？我父亲自豪地说，儿子参加高考。她不相信，说我过去天天放牛种地、晒牛粪做蘑菇，没有读书怎么高考？当我拿出准考证时，她说想不到，特意煮了一大碗海鲜米粉，还卧了两个鸡蛋。这是我十八岁以来吃过的最丰盛的点心。父亲担心我营养不够，除了每天加餐外，还买了一包龙眼、一包参片，泡开了当水喝。可能是龙眼、参片吃多了，高考那几天，我每天晚上睡不着，迷迷糊糊地完成了第二次高考。

翘首以待的高考成绩公布了，我离录取线又差了三分。这下我父亲急了，带着我去宁德找关系。当时连江县属于宁德地区，最后录取者都是进宁德师专的。我父亲在宁德有两个好朋友，一个是时任宁德县委书记的杨家盛，一个是任宁德师专政治部主任的黄赐增。两个领导告诉我父亲，师专要扩招，要降低录取线，你小孩差三分，应该能入围，放心回家等待好消息。我们喜滋滋地回家了，等待着那封录取通知书飘然而至。左等右等，九月过半了，考上的同学该走的都走了，我的消息却石沉大海。一天父亲回来，垂头丧气地对我说，家盛书记打来电话，说扩招名额全给了少数民族，我上不了师专了。家盛书记叫我到宁德找他，由他写一封信给连江县委书记谢统院，请他给我安排个工作。我想安排的一定不是什么好工作，不如再考一次，运气不可能总这么差吧。

想不到那两年运气就是这么差，成绩提高多少，数学、英语分数占比也提高多少，高考录取线水涨船高也提高多少，每次都差两分、四分，我整个人快崩溃了。我开始怀疑人生，怀疑自己不是读书的料，决心再不去补习了，人生的路千百条，干吗在高考这条路上吊死？那年透堡一带农户扦插茶苗严重滞销，我自告奋勇，拿着公社林场介绍信，坐车去闽西、闽北兜了一圈，最后通过一个老乡关系，同清流劳改支队签订八十万棵茶苗合同。为保证对方履约，合同上我加了一条，如果甲方在约定时间不买茶苗，甲方应付总货款的百分之十作为违约金赔付给乙方。甲方负责签字的政委笑了，说年轻人怎么不相信人民警察，既然乙方提出新条款，为体现合同公平，他也增加了一条：甲方打电报要茶苗时，乙方必须在三天内到货，否则视为违约，乙方应付总货款的百分之十作为违约金赔付给甲方。

四个月时间，我全身心扑在这单生意上，同苗圃户讨价还价，签订合同。到了腊月二十二，我终于接到甲方电报：起苗送货。我激动得整个人快要飞起来了。我通知苗户马上起苗，两天内打包完毕，不得有误，接着到丹阳镇找熟人租用部队四台解放牌载重卡车。为保证三天内安全准时送货到达清流劳改场，我要求部队每台车配两个驾驶员，轮流开车，昼夜不停。我给每个驾驶员送了一条三五牌香烟，极力安抚他们。20 世纪 80 年代初，连江到三明地区清流县，全是沙土路，而且路弯坡陡，汽车像哮喘的老人，声嘶力竭吼叫着。车子通过戴云山脉段，公路下的朵朵白云，一望无际，人和车仿佛在天空中飘荡着，望之既赏心悦目又胆战心惊。汽车开了一天一夜，到了晚上十二点，终于按时到达了目的地。支队领导带着一批花枝招展的年轻女人早在操场等着我，喇叭里播放着新出的歌曲《风雨兼程》。车子一停，年轻女人们一拥而上，开始卸车。这歌曲一定是为我专门播放的，年轻漂亮的女人把我当成英雄模范人物来欢迎，我被支队领导的精心安排感动得热内盈眶，不顾疲劳要帮忙卸车。政委制止了我，要我和驾驶员到办公室喝茶驱寒。一个多小时，茶苗卸完了，一个警察吹响哨子，刚才嘻嘻哈哈的女人们一下子肃静了，列队后迈着整齐的步伐走了，原来是一群充满朝气的女犯人！

这单生意，我赚了六千块钱，上交父母五千，自己留一千私用。当时说这家人非常富有，最高称谓是万元户，我一下子赚的钱超过了半个万元户，整个人飘飘然了。这年春节，是我二十年中最快乐的一个春节，拜亲访友，好不惬意。从同学口中得知，连江二中文科补习班的郑永桐老师到处找我，春节前还交代马鼻的同学一定要到我家，告诉我春节后一定要到校参加补习，学费他帮我交了。

感念永桐老师的厚爱，加上年后没什么事情可做，我来到了二中，又坐在教室里听老师讲课。这时候我口袋有钱，心态完全变了，对学习考大学欲望不高，抱着无所谓态度，常常出去到琯头镇看录像什么。清明时节，二中后山桃花、梨花盛开，姹紫嫣红，我常常溜到后山徜徉其中。这时候，我发现一个大商机，二中旁边的东边村有大片大片的茉莉苗，一棵苗只要五分钱，可我的家乡透堡一带一棵苗卖到了一毛，而且还买不到。我欣喜不已，把身上带的钱全买了茉莉苗，租了一辆手扶拖拉机连夜赶回家，委托母亲第二天卖给乡亲们。我又坐着拖拉机回学校，第二天继续买苗回家，本钱不够了，就把同学们的伙食费借来周转，连续一周，我赚到了一千多块钱。我正乐此不疲，一个下雨天运苗回家路上，半夜时分，拖拉机到了长龙华侨农场东上坡地段，突然“咔嚓”一声，震耳欲聋，十几米远一棵大松树被雷电击中，起火燃烧，吓得我和司机魂飞魄散。到家后，我母亲煮了两碗太平面给我和司机。母亲说，这是老天爷告诉你，这生意不能再做，今晚在家睡觉，明天开始回学校读书，不要折腾了。

永桐老师发现我思想走偏，行动诡异，两次找我谈心，后来又叫同我关系很好的伦健同学做我思想工作。我知道老师和同学的良苦用心，但我更明白自己现在的状况，本来基础就差，又将近一年时间荒废了学业，高考，怎么考？说心里话，对考大学，我是绝望了。

那年五月，连江县税务局招干，通知农村户口去年离高考录取线五分内的人均有资格报考。这可是连江农村户口参加招干破天荒的第一次，我激动之余，报名后参加了在福州的招干考试。七月初，高考开始，伦健同学邀我考试时一起住在连江华侨招待所，那里环境好，也安静。我说我反正考不上，和你住在一起会影响你，拒绝了他的好意。

那年高考，我父亲还想来连江照顾我，我母亲说，你和儿子一个属鸡，一个属兔，卯酉相冲，今年你不要再去了。没有了父亲的监督，我一个人在连江第二干部招待所登记了单间，三天高考，我按过去掌握的知识从容作答，轻轻松松度过了最后一次高考。

七月中旬，连江税务局招干成绩公布了，我榜上有名。接着通知体检，然后听课，知道“国之税收，民惟邦本”，税收是国家财政收入的主要来源，是保证社会正常运转的基石等等。税务局杨局长是我父亲的战友，他听说我文章写得很好，找到我父亲，要我入职后到局办公室上班，负责文秘工作。七月底，高考成绩公布了，我总分超过录取线十八分，多年的夙愿终于实现了，刹那间，我哽咽了，泪水在眼眶里打转。

双喜临门是大好事，可我却陷入两难之中，现在两条路出现在我的面前，选择哪条路，意味着决定了我将来的命运。选择去税务局，在县城工作，坐办公室，风光荣耀。可这批招干是终身合同干部，将来有可能被解除合同，重新回到农村穿草鞋。选择上大学，离本科差了两分，大概率会被师专录取，毕业后回农村中学教书。可大专毕业后是国家干部，永远穿着皮鞋，再说，上大学是我梦寐以求的愿望，是证明自己的最好机会。

我父亲同我一样，也陷入两难境地。他第一次也是唯一一次找我谈心，讲起他年轻时的梦想，着重讲他迁移我爷爷坟地的事情。我父亲在东山岛反击战中立了三等功，部队领导有意送他到军校深造，让他填写一张表格，可他一天书都没读过，就知道自己的名字，其他的看不懂，更不会写，错过了部队提干的机会。他全力培养我叔叔读书。叔叔小学毕业后当了老师，可他的心大着了，要参军当军官。在部队里，叔叔很优秀，入了党，当了班长，提干的表格都填了，可在一次保卫省军区不被红卫兵冲击的执勤中，他班上的战士掉了链子，他不但提不了干，班长职务还被撸了，最后退伍回家。我父亲发现武的路走不通，可能是祖宗风水出了问题，就找地理先生选一块文的好地，将我爷爷的坟地迁过去。地理先生交代，后代出生的时辰八字与这坟地相合，将来会读书，一生不用脱鞋袜，会吃文字饭，只是所取的长生峰，远在罗源湾对面的将军帽山，要到五十岁后才有所成就，将来会越来越好。父亲意思我是应了地理先生的话，应该认命去读师专当老师，吃文字饭。

当年九月，我上了福州师专三年制中文专业。第一年全校征文比赛，我获二等奖；第二年是一等奖；第三年是特等奖，并作为毕业论文答辩通过。我偷偷将获特等奖的长篇小说投稿到《中外电视》杂志（记忆中），编辑看后上报主编。主编说这小说题材很好，文字也可以，就是揭露社会阴暗面太过了，要修改。这本刊物有向国外发行，华侨很爱国，若发现有损祖国光辉形象的文章，会投诉报社的，他们吃不了兜着走。我写这部小说半个月吃不好睡不好，起码瘦了七八斤，整个人快不行了，最后抄写还是几个同学帮忙的，如果再修改，那不是要我的命？写作会写死人！后来这事被我班主任刘新华老师知道了，他笑着说，毕业后赶紧赚钱去，等以后有钱有阅历了，再去写小说。三年师专，我有幸得到教写作的班主任刘新华老师教导，打下了良好的写作基础。

师专毕业后，我回到了母校连江四中当老师。20 世纪 80 年代末 90 年代初，改革开放风起云涌，社会经济得到了前所未有的发展，很多行业欣欣向荣。当时同我一起参加税务招干的同学，后来到税务学校学习一年，现在都是镇税务所的所长。高中毕业后考不上大学的同学，当兵的几乎全上了军校，成了军官；去建筑工地打工的，不是预算员就是施工员，有的还成了老板，收入都是我的几倍以上。我的家乡是建筑之乡，小时候想走南闯北干事业的心又开始萌动。我母亲一直唠叨，说算命先生算我命中没大财，五十岁之前不要闹腾，越闹腾越欠债，要到五十岁后才顺畅……我打死不服气，凭我的聪明才气、办事能力，别人能赚钱，我怎么不能赚钱？如果等到五十岁，土埋胸脯了，还干什么事业？人生还有什么意义？我同妻子约好，她继续教书，培育孩子，我出去拼搏，成功了，不枉来这世上走一趟；失败了，由她来支撑这个家，保证一家人不致饿死。我壮怀激烈，义无反顾地下海去了。

下海的二十多年间，我北上内蒙古满洲里建过火电厂，南下广东东莞开过鞋厂，中在江西、湖北做过工程，也许冥冥中真有命运，成就几个人成了千万富翁，自己却起起落落，一直赚不到什么钱。2016 年，为了儿子和侄儿的就业婚姻问题，加上房地产建筑业开始走下坡，我决定远离尔虞我诈、血雨腥风的生意场回到福州，过着相妻扶子的家庭生活。在宴请班主任刘新华老师时，他听了我的故事，说我房子车子有了，小孩独立了，现在可以静下心来写作了，再不写以后写不动了。那段时间空闲，就试着写了一部长篇小说，请刘老师把脉。刘老师说可以呀，达到了发表水平，但是太长了，抽几个章节改成中短篇小说，刊物才会接受，才有发表机会。我听从刘老师建议，改写了几个中短篇小说投稿，两年时间，在省级以上文学刊物发表了约八万字小说散文，并顺利加入了省作协。

近三四年，我得到连江作协原主席阮道明先生赏识，被推荐当选为连江县作协副主席，并接过他的班，担任《青芝文学》主编。还得到福建省人大常委会原副主任张明俊先生，福建省科协原党组书记、知名散文家林思翔先生的厚爱，担任福建省金凤经济发展促进会办公室主任，编辑《金凤》杂志。2021 年 10 月底，我参加了由省作家协会主办，省文学院、福建文学杂志社等单位协办的福建作家 2021 年长篇小说创作高研班（在南平建瓯市举办）。开班仪式上，省作协主席陈毅达的动员讲话，激发了我的创作热情，在 2022 年春节前后三个月时间，我完成了《陈家厝》的初稿。后来在《福建文学》原主编、知名作家黄文山先生指导下，完成了二稿；在《福建文学》常务副主编、《海峡文艺评论》主编、著名青年评论家石华鹏先生的悉心教导下完成了三稿。五月参加由省文联、省作协联合组织的"新时代福建山乡巨变"等福建本土重点题材原创长篇小说扶持项目评选，小说成功入选，并在《福建文学》2022 年长篇小说专号发表。2022 年是我的幸运年，我三年前发表在《朔方》的中篇小说《祖厝》，也荣获福建省第三届中长篇小说双年奖。

《陈家厝》成功出版，我感慨万千，回顾了自己大半生经历，在几次重要人生节点，幸好都遇到了贵人、恩人。在此，我感恩养育我的父母亲，感恩默默支持我的妻子、儿子，感恩文学路上悉心教导我的各位领导老师以及海峡文艺出版社的何莉主任、林滨社长。这本书的出版，不仅是我心血的结晶，也是你们心血浇灌的结果，在此，我深深鞠躬，再一次对你们表示诚挚的谢意！

陈道忠

2023 年 9 月